Leonard Heffels
Dinahs Ehre

Leonard Heffels studierte Kunst in Maastricht und Pädagogik in Amsterdam. In seinem literarischen Werk setzt er sich immer wieder mit biblischen Themen auseinander. Dabei bewegt er sich im Grenzbereich zwischen Lyrik und Prosa. Immer wieder spürt er dem Sinngehalt der archaischen biblischen Gestalten nach. Bei TWENTYSIX erschienen die Novellen „Marthas Geschick" und „Hiobs Freunde" sowie die epische Dichtung „Wer mit Gott geht", ferner der historische Roman „Daniels Vermächtnis". Leonard Heffels lebt mit seiner Frau in München.

Leonard Heffels

# Dinahs Ehre

Israels Tochter
geschändet, geliebt, geläutert

Roman

TWENTYSIX – Der Self-Publishing-Verlag
Eine Kooperation zwischen der Verlagsgruppe Random House und BoD – Books on Demand

© 2017 Heffels, Leonard

Herstellung und Verlag:
BoD – Books on Demand, Norderstedt.

ISBN: 9783740716622

1. Levi. Der Weihevolle

2. Sichem. Der Wollende

3. Schimon. Der Wütende

4. Hamor. Der Wissende

5. Leah. Die Wägende

6. Jakob. Der Waltende

7. Dinah. Die Willige

# 1. Blickwinkel

Ein älterer Bruder berichtet, ein Eiferer und religiöser Fundamentalist. Seine Perspektive ist die des dünkelhaften Außenseiters, der dem irdischen Leben zutiefst ablehnend gegenübersteht.

## Levi. Der Weihevolle

Aber die beiden erwiderten: „Wir konnten doch nicht hinnehmen, dass er unsere Schwester wie eine Hure behandelt hat!"
GENESIS 34, 31

Heute fürwahr ist ein großer Tag, traurig, dunkel und denkwürdig. Isaak ist tot, Isaak, der Sohn des Auserwählten, der Vater meines Vaters. Uralt geworden und blind ist er friedlich entschlafen. Gott war dem Gläubigen gnädig und führte ihn hin zu den Alten, den Ahnen des Volkes. Wohlgesonnen war Gott seinem Diener und sorgte dafür, dass Isaaks Söhne beide am Lager des Sterbenden saßen, Esau zur Linken und Jakob zur Rechten. Nun haben ihn seine Söhne begraben, hier in Mamre, wo er so viele Jahre verbracht hat. Es ist ein großer Tag, denn alle sind da, die Kinder, die Enkel, die Weiber, die Knechte, die Mägde. Esau, mein Oheim, ist Anfang des Mondes mit großem Gefolge gekommen, her geritten, hergeeilt aus dem Bergland im Süden, hat seine Zelte unweit des steinernen Brunnens aufgeschlagen, Zelte für Weiber, für Söhne und auch fürs Gesinde. Es war ein ernstes, würdevolles Wiedersehen hier an der Stätte der Herkunft. Bruder hielt Bruder im Arm, die Söhne reichten den Söhnen die Hand, die Töchter nickten den Töchtern zu. Freude und Feier gestattete ihnen der Anlass nicht. Und als dann vom Stammvater Abschied genommen und der Platz in der Höhle bereit war, als geölt und aufgebahrt lag der Mann, dessen Samen so fruchtbar gewesen, standen sie alle hinter den Herren, hinter den nunmehr versöhnten Geschwistern. Ein großes Gefolge fürwahr und auch dieses, zumindest am heutigen

Tage, friedlich verbunden.

Nur ich war nicht unter den meinen, nicht Schulter an Schulter mit Israels Nachkommen, sondern vorne und stand vor den Herren noch, jung und doch näher der Gruft. Denn dorthin zu treten hatte mich Vater gerufen, geheißen die alten Todeslieder zu singen, ich allein, begleitet allein vom klagenden Laut meiner Leier. Alle lauschten andächtig dem Klang meiner Stimme, vereint in der Trauer um Vater und Großvater. Hin an die Felswand, die Furchige, sang ich die Lieder des Leides, hinein in die Höhle und heller hallte von dort der Ruf meiner Ahnen ihrer im Tod zu gedenken. Feierlich stand ich und schlug in die Saiten, hervorgehoben vom Vater, erhoben das Haupt und fand sie erhaben, die Andacht der anderen.

Dankbar dem Herrn war ich selbst von der Weihe des Kultes ergriffen, gerufen am Grabe zu stehen und singend die Meinen zu rühren, sie zu gemahnen, zu trösten. Und ich sah wohl, dass so mancher der Alten das Antlitz mit Tränen benetzte. Wohl hab ich früher bereits bei Feiern und Riten gesungen, doch nie bei so einer festlichen, großen Bestattung. *Mich* hat mein Vater nach vorne gebeten, wissend, dass nicht etwa Ruben, sein Ältester, sondern dass ich, dem der Herr einst den Namen Levi gegeben, am klarsten zu singen vermag. Fest und kraftvoll ist stets meine Stimme gewesen. Als Junge schon lauschte ich ab von den Ammen flotte und fröhliche Lieder, lauter vertonte Geschichten aus Ur und Harran, wo unsere Vorfahren einstmals gelebt haben. Immer schon fiel es mir leicht, die unterschiedlichen Worte und Weisen im Sinn zu behalten und das erkannten die Weiber alsbald. Da fingen sie an, mir die schwereren, ernsteren Lieder ebenfalls beizubringen, getragene Verse von Weisheit und Wehmut der Väter, von Fehden und Feinden, vom siegreichen Heimgang der Helden.

Rachel, die Schwester der Mutter, gefiel es und irgendwann schenkte sie mir eine kleine, zierliche Leier, ein einfacher Rahmen mit wenigen Saiten. Es war nichts besonders. Wohlfeile Leier wie jene boten die Händler aus Sumer des Öfteren an. Anfangs beachtete ich das schmucklose Stück denn auch kaum. Dann eines Tages zeigte mir Mu, der Verwalter im Dienste des Vaters, wie man die Saiten angemessener spannte und so dem Gerät schöne Klänge entlockte. Danach fand ich langsam Gefallen am Zupfen der Stränge. Oft saß ich abseits der Meinen, vertieft in das Sirren der Sehnen. Schließlich begann ich, Töne zu eigenen Folgen zu fügen. Ich suchte die Laute, die mittragen konnten die Verse der alten, ließ meine Stimme erklingen und spielte zugleich. Wenn ich draußen war, nächtens die Herden des Vaters bewachte, vertrieb ich die einsamen Stunden mit Leier und Liedern. Ab und an trat ich auch vor meine Brüder, um ihnen singend und spielend das Herz zu erfreuen. Aber ich musste bald einsehen, dass keiner von ihnen wirklich ein Ohr dafür hatte. Juda, der über uns Brüder so gerne bestimmte, schlief jedes Mal ein, wenn ich sang, und Sebulon wurde davon immer ungeduldig, rutschte gereizt hin und her auf dem Schilf seiner Matte. Ruben, der Gütige, lobte mich zwar, aber mir entging nicht, dass Musik ihm im Grunde gar nichts bedeutete. Letztendlich blieb ich mit meiner Begeisterung ohne Gehör und Gefolge.

So lernte ich früh, dass der Herr mich an einen besonderen Ort zu bestellen geruhte. Näher zu ihm gestattete er mir zu stehen, denn im Klanglaut der Leier, im heiligen Maß der uralten Verse klang seine Stimme noch nach und klang auf mit dem Jubel der singenden Söhne. Ich fühlte es so. Wenn ich sang, war mir nahe der Gott meiner Väter. Aber die Freude darob war getrübt, denn während ich, einfacher Diener, mich Gott bereitwillig näherte, standen die Meinen mir ferner denn je.

Und darunter litt ich. Es schmerzte mich sehr, dass die Brüder nicht sahen, wozu mich der himmlische Herrscher berufen hatte. Mein heiliger Auftrag, ins Herz mir gegeben, war es den Meinen zu zeigen, dass Gott nur nahe ist dann, wenn wir seiner gedenken. Hat mich der Eine nicht selber aufgefordert innezuhalten und langsam im Lauschen der Lieder meiner Herkunft innezuwerden? Hieß er nicht uns, Enkel des Bundes, öfter auch niederzulegen das Tagwerk, zum Himmel hin hochzuheben die Augen und Hände, ihm zu danken für Wohlstand und Weisung? Aber ich sehe sehr wohl, wie leicht meine Leute vergessen, gottgefällig zu leben, wie schnell sie die hehre Verpflichtung missachten, berufene Kinder des Einen zu sein.

Heut' hätten alle der Gegenwart Gottes gewahr werden sollen. Stehend am Eingang der Grabhöhle, dort an der Scheide von Leben und Tod hätte den Meinen bewusst werden müssen, wozu sie geboren, wozu der Herr sie erkoren, und wessen Vorfahren Enkel sie sind. Denn wir sind nach Recht und Gesetz die Erben des Vaters im Himmel, wir allein, die Söhne Israels, des Engelsbezwingers, Enkel des Erstgeborenen, des im Alter berufenen Abraham, wahrhaftige Nachfahren Sems, des Ältesten Noahs, den Gott aus den reißenden Wassern gerettet hat. Ach, meine Brüder, bedenkt es! Als vorhin die heilige Höhle der Ahnen verschlossen ward, hieß mich mein Brotherr noch einmal zu singen, am liebsten jedoch hätte ich allen, den Brüdern, den Müttern und ja, auch dem Vater, dem Trauernden, zugerufen: Seid stolz, geht erhobenen Hauptes! Es gibt keinen Grund euch zu schämen! Es gibt keine Untat, die Gott euch zur Last legt. Nichts ist geschehen, dass er nicht gewollt hätte. Denn ich sah in den Zügen der schweigend Versammelten, woran wohl die meisten zurückdachten, woran sie gerade an diesem Tag zurückdenken mussten: an all jene Toten, denen wir damals verwehrten das Grab, die wir den Geiern zum Fraß im schwelenden Schutt ihrer Häuser liegengelassen haben.

Ein Jahr ist's her, ein Jahr genau, dass wir drüben in Schechem den Namen des Herrn von schlimmster Besudlung befreiten und unsere Ehre mit Schwert und Messer verteidigten. Nicht überraschend indes, dass heute, am Tag der Bestattung, nicht einer den Vorstoß von damals erwähnt. Aber im Grunde schweigen wir über den Tag der Vergeltung, seit wir aus Schechem geflohen sind. Vater gebot uns zu schweigen und verstummte auch selbst. Kein Wort mehr wollte er über die Tat seiner Nachkommen hören, auch selbst kein Wort mehr darüber verlieren. Ihn hatte seinerzeit übel verstimmt, dass Schimon und ich in der Nacht auf eigene Faust die Schändung der Schwester so mitleidlos rächten. Während ein neuer Tag ihm die Verheerung der Nacht offenbarte, klagte uns Vater sein Leid, sagte uns damals, er würde sich schämen für Leichtsinn und Wahn seiner Söhne. Aber der Herr, unser Gott, gab uns Recht. Schechems Verbündete waren gewarnt und ließen uns ziehen. Keiner bedrängte unseren Zug in den Tagen und Wochen danach und alles Erbeutete brachten wir sicher ins Land meiner Vorfahren. Alle Bewohner von Kanaans Städten hatten erkannt, wie mächtig der Heerführer war, der schützend die Hand über Israel hielt, wie gnadenlos Gott, mein Gebieter, die Feinde der Seinen zermalmte.

Alles verdanken wir Gott, dem Einen, der uns auf den Weg der Gerechtigkeit führt, uns die Kraft gibt dem Bösen zu trotzen. Hatte es Vater vergessen? Er, der am Ufer des Jabbok verbissen mit Gottes Gesandten gerungen? Er, auf dem Gott seinen Segen so nachhaltig legte? Wer, wenn nicht Israel könnte behaupten, dass Gott, unser Herr, verlässlich die Seinen beschützt und beschenkt? Hat ihm der Herr nicht beständig die Wege geebnet, ihn reichlich mit Söhnen gesegnet, mit zahlreichen Zelten und Hütten, mit Herden so groß, dass keiner die Rinder und Schafe noch länger zu zählen vermag?

Ja, ich hätte es gerne den Meinen mit lauten Posaunen verkündet: Der Allmächtige sieht es nicht gern, wenn ein Enkel des Bundes sich schämt, wenn einer der Seinen bezweifelt, dass Gott ihm in allem die Hand führt. Aber ich wusste, es stand mir nicht zu am Grabe der Ahnen zu reden. Umso gefühlvoller, ernstlich und inständig sang ich die Lieder der Herkunft, die Weisen der Alten. Gewiss, es gibt Brüder, die fühlen wie ich und wissen sich stets mit dem Vater im Bunde. Doch spüre ich auch, dass manche im Glauben nicht fest stehen und meinen das Recht wäre nicht auf unserer Seite gewesen. Dinah ist sicherlich eine von ihnen, die törichte Tochter des Herrn, die nun die Frucht ihres Frevels, den Lohn ihrer Dummheit im Arm trägt. Was *sie* eines Tages dem Sohn ihres hingerichteten Schänders erzählen wird, kann ich mir denken. Besser, sie hielte den Mund, denn Schande hat sie über Vater und Brüder gebracht und Kummer der Mutter bereitet. Nur, so wie ich mein Schwesterchen kenne, wird es auf Dauer nicht schweigen. Und Vater, das hat sich gezeigt, hält weiter die Hand über Dinah.

Bald also werden die Weiber und Frevler Lügen verbreiten und Israels Söhne verleumden. Doch wer seinen Herrn und Gebieter fürchtet, wer Gott über alles verehrt, kann solch eine Schmähe nicht zulassen. Jene wie ich, die wandeln im Lichte des Einen, müssen die Schergen der Schatten bekämpfen. Deshalb alleine werde ich künftigen Kindern und Enkeln alles erzählen, werde nicht ruhen, bis sämtliche Nachfahren wissen, was wirklich geschah.

Mein Vorfahre Abraham, der vor vielen Jahren schon hier

in der Höhle von Machpela beigesetzt wurde, stammte aus Ur im Land der Chaldäer. Lang ist es her, da zog er von dort nach Harran, wo er rechtschaffen lebte, bis Gott ihm befahl nach Süden ins Land der Kanaaniter zu wandern. Gott gelobte ihm dort eine neue, eigene Heimat zu geben. So kam der Auserwählte nach Schechem und baute daselbst seinem Herrn einen schlichten Altar, unweit der Eiche, die More genannt wird. Der Himmel bestimmte, dass Jakob, sein ahnender Enkel dorthin gelangte, von wo er einst selber gekommen war. Denn Jakob, mein Vater, wanderte aus nach Harran, zum Bruder der Mutter, zum Onkel Laban, der ihm seine Töchter für Jahre der dienenden Hilfe gewährte. Er führte zunächst die Ältere, später die Jüngere ebenso heim und bald schenkte diese ihm Söhne. Ich kam als Dritter, entbunden von Leah, der erstgeborenen Tochter des Oheims. Dann, als die Schar seiner Nachkommen elf Söhne stark war, sammelte er seine Herden, Kinder und Weiber, Knechte und Mägde und zog in das Land seiner Herkunft zurück. Auch ihn hatte Gott, der Gebieter, angewiesen die Siedlung Harran zu verlassen. Wie einst seine Ahnen hieß er nun auch ihn mit den Seinen nach Schechem zu wandern. Also sind wir dem Stammvater Abraham nachgezogen und haben nachvollzogen den Weg, den Gottes Auserwählter schon einmal gegangen war. Anders als dieser jedoch wanderte Jakob, mein Vater, mit großem Gefolge und riesigen Herden ein in das Land, das der Herr ihm gewiesen.

Nun hauste in Schechem Gesindel. Verschlagene Männer vom Stamm der Hiwiter trieben dort Unzucht und führten sich auf, als wären sie Herren im Land unsres Herrn. Und als sie uns sahen, als Israels Schar auf den rundum der Siedlung gelegenen Hügeln erschien, befiel sie Beklemmung. Die Söhne der Schatten scheuten schon immer den Lichtglanz der Helden. Finster und falsch war die Sippschaft in Schechem gewiss. Denn Nachfahren Kanaans sind diese Hiwiter. Und Kanaan war jener auf ewig verdammte Spross aus dem Stamme des Ham, der einst seinen eigenen Vater entehrte. Also war nichts außer Tücke und Trug vom Volk dieses Schlags zu erwarten. Ungläubig waren sie, ehrlos, verlogen und sündhaft. Blind für die Weisung des Einen, taub für die Worte des Wahren, knieten sie nieder vor grausamen Göttern, die weiter nichts waren als dunkle Dämonen. Sie warfen sich hin vor glänzenden Götzen und gossen das Blut ihrer Opfer aus erzenen Schalen über den Lehm ihrer Äcker. Sie hörten auf Priester, die Leber geopferter Schafe befragten, versuchten verzweifelt all ihre furchterregenden Götter mit Zauber und Schwüren gnädig zu stimmen.

Niedertracht wohnte im Heim eines jeden Hiwiters und gut beraten war der, der ihnen den Rücken nicht kehrte. Wehe wer Handel mit ihnen zu treiben gezwungen war! Arglistig suchten sie jeden zu täuschen. Wenig galt ihnen, was einmal versprochen. Egal, was es sagte, ihr Wort war nichts wert, denn teuer war ihnen nur Silber und Gold. Einen Fremden betrügen? Das war bei ihnen erlaubt, gar erwünscht, sofern man geschickt war und ausreichend Ausbeute lockte. Aber obwohl ihnen Anstand und Sitte ermangelte, trugen sie doch die öligen Häupter im Nacken. Tatsächlich hielten sie selbst sich für besser und edler als andere. Wenn sie uns sahen, rümpften sie stets ihre Nase. Sie aber waren's, die herliefen hinter dem Dreck ihrer Ochsen und täglich den Harn ihrer Rinder hinaus auf ihr Ackerland schafften.

Also weshalb, so fragte ich mich, schauen Verderbte wie sie herunter auf Israels Schar aus der Wüste? Bald ward mir klar, sie schätzen die Meinen gering, weil wir anders als Schechems Bewohner nicht hausten in steinernen Hütten, weil wir nicht saßen auf Stühlen, nicht aßen an Tischen, nicht leinengewandet herumgingen. Schwer zu ertragen war das für einen wie mich, der ich über die Vorfahren selber im Bunde mit Gott stand. Lachhaft, dass wir den Hiwitern weiter nichts waren als Wilde, bloß weil wir nirgendwo Tempel erbauten. Sie ahnten ja nicht, dass der Herr uns die Weiden und Wüsten als Tempel gewiesen. Weit wie der Himmel war unseren Leuten der Tempel Gottes geworden. Durch Wolken und Winde sprach er zu seinen Erwählten. Sollten wir uns denn den Blick auf den Himmel verbauen, uns verkriechen sogar unter düsteren Dächern aus schwerem Gebälk? Mochten Hiwiter getrost ihre Götter in finsteren Kammern und Felsspalten suchen. Unser Gebieter, das wussten wir wohl, war dort nicht zu finden. Nie würde er sich im Dunkeln verkriechen. Wir waren Kinder des Himmels und weil wir die Weisungen Gottes befolgten, kam unser Weg einer betenden Hingabe gleich. Niemals verließ ein Getreuer des Herrn seinen Tempel, denn da, wo er war, war auch Er, unser Vater des Bundes.

Da die Hiwiter Gottes Gebote nicht kannten, lebten sie unrein wie Vieh. Sie tranken das herbe Gebräu der Ägypter, aßen vom Fleisch ihrer Hunde und nagten die Knochen von Ratten und Klippschliefern ab. Noch schlimmer war, dass sie hurten und allerhand Unzucht begingen. Lüstern und widernatürlich legten die Männer sich nachts zu den eigenen Müttern. Andere holten sich Knaben aufs Lager, berauscht von der Glut ihrer Gier. Kurz gesagt, dort ging es zu wie damals in Sodom, wo Lot seine Leute vor Feuer und Schwefel zu retten versuchte.

Trotzdem, vielleicht auch deshalb, wurde die Stadt der Hiwiter für manche von uns zum Genist der Versuchung. Einige Knechte und Diener, beschnitten wie wir, erlagen den Reizen der gottlosen Dirnen in Schechems Spelunken, dem vielversprechenden Lockruf des finsteren Pfuhls, und wir waren gezwungen sie streng zu bestrafen. Aber es nutzte nicht viel und je länger wir weilten im Umland der ruchlosen Stätte, umso vertrauter erschien meinen Leuten der Anblick des Übels. Selbst meine jüngeren Brüder begannen nach einiger Zeit voller Neugier und Eifer die Gassen und Plätze der Stadt zu erkunden. Schließlich betraten die ersten die Heime der Frevler, tranken und aßen mit ihnen und gaben den Herren der Häuser gar große Geschenke. Mehr und mehr Männer und Weiber aus Israels Reihen machten sich also gemein mit Huren, Halunken und Hochstaplern.

Voller Besorgnis vor allem sah ich das sprunghafte Tun meiner Brüder, ahnte ich doch, welches Los wir damit beschworen. Lang würde Gott dieses treulose Treiben der Seinen nicht dulden. Deutlich vor Augen stand mir die Gefahr, verworfen zu werden vom Herrn, den die Brüder zugunsten von Götzen und Geistern verwarfen. Sollten wir bald schon in Elend versinken? Sollten wir werden wie diese Hiwiter und unseren Schöpfer verraten? Sollten wir ausschlagen Gottes erlösende Hand, seine Gnade tatsächlich von Irrsinn geblendet verschmähen. Mehrmals warnte ich meine Geschwister vor Tod und Verdammnis, ermahnte sie nachdrücklich gottgefällig zu leben. Aber sie lachten mich aus und die Söhne der Kebse verspotteten mich. Sie meinten, ich würde mich bloß dem Neuen verschließen und sollte mich öffnen, das Gute am Brudervolk Schechems bedenken. Sie warfen mir vor, dass ich alles, was fremd oder anders ist, immer nur ablehnen, ja, mich gar hochfahrend über die Brüder erheben und sie wie ein Richter verurteilen würde. Ach, ich sah wohl, sie wollten vom Laster nicht lassen, doch statt sich selber zu züchtigen, griffen sie mich an, den wachsamen Diener des Einen.

Jakob, mein Herr, schien den Verrat seiner Söhne an Gottes Gebote zu dulden. Ich allerdings hörte ihn nie seinem

Hause den Umgang mit Kanaans Brut untersagen. Älter geworden inzwischen war Jakob, die Tatkraft der früheren Jahre spürbar abhandengekommen. Sicher, sein eigener Glaube war unerschütterlich. Niemals, das wusste ich wohl, würde Isaaks Sohn etwas tun, das Gott zu erzürnen vermochte. Niemals, da war ich mir sicher, verursachte Jakobs Verhalten auch nur die winzigste Falte im Antlitz des Herrn. All seine Wege und Worte fanden Gefallen bei Gott. Aber er glaubte – und irrte darin – dass auch seine Söhne den Gott seiner Vorfahren fürchteten. Blind für das Unheil, das aufzog, meinte mein Vater es würde genügen, dass er, der Berufene selbst, die Weisungen Gottes in unverbrüchlicher Treue befolgte. Gott hatte alles gerichtet im Leben des Vaters. Nun ließ er zu, dass die Söhne den Weg der Gerechten verließen. Wie man verlorene Schafe zur Herde zurückführt, hätte mein Vater die Seinen heimholen sollen. Doch er begriff nicht, was vor seinen Augen geschah, bemerkte zu spät sein Versäumnis.

Auch wenn sich mancher aus unserem Haus mit Schechems Gesindel gemeinmachte, Bier trank wie dieses und Fleisch aß von unreinen Tieren, trieb es doch keiner von ihnen so weit wie Dinah, die einzige Tochter des Herrn, die faulige Frucht aus dem Leib meiner Mutter. Gott hat geruht mir ein Ausbund an Einfalt zur Schwester zu geben. Ich nahm das schon damals als Auftrag die arglose Magd zu belehren, ihr beizubringen den Gott ihrer Väter zu fürchten. Ausrichten wollte ich Seele und Sinn meiner Schwester nach Gott hin. Ihm zu gehorchen, das sollte sie lernen, lernen am Beispiel des älteren Bruders. Denn deutlich wie sonst nur mein Vater vernahm ich im Herzen, was Gott von mir wollte. Mehr als die anderen Söhne des Herrn war ich willig und fähig zugleich, mein Leben bedingungslos hinzugeben dem einen machtvollen Herrscher der Himmel. Fromm wie ich selbst also sollte das Schwesterchen werden, vom Weg der Gerechten nicht weichen. Ich hieß sie am Morgen und Abend zu beten, geduldig und still im Geiste des Herrn zu verharren, hieß sie in Demut ihr Tagwerk verrichten, die Arbeit als heilsame Anordnung Gottes zu sehen. Auch trug ich ihr auf ihr Haupt zu verhüllen und niederzuschlagen die Augen, wo immer die Frevler vorbeigingen. Ich lehrte sie maßvoll zu bleiben, bescheiden und selbstgenügsam die Würde des Hauses zu wahren.

Gott kann bezeugen, ich mühte mich sehr, doch blieb mir die Frucht meines Eifers am Ende verwehrt. Ich schaffte es nicht das Töchterchen Israels fern der Versuchung zu halten. Unglückseligerweise gesellte zur Dummheit der Magd sich ein weiteres, größeres Übel. Denn Dinah war überaus neugierig, sog in sich auf, was sich um sie herum offenbarte: Gesichter, Gewänder, Gerede, Gehabe. Hilfsbereit war sie gewiss, auch gewillt ihrem Hause zu dienen. Aber ich sah und erkannte, wie sehr sie die weltlichen Dinge zu fesseln vermochten. Angespannt lauschend versah sie im Haus ihren Dienst, wenn Gäste von Reisen erzählten. Kein Wort, kein Wink, kein Gemurmel entging ihr dabei. Ja, sie war hungrig, begierig danach zu erfahren, was draußen geschah. Weit geöffneten Auges betrachtete sie die Bewohner der Stadt, ihre selbstgefällige Kluft, die Weiber, geschminkt nach der Art der Ägypter, die Männer, schmuckbehangen wie Dirnen, die Finger gebürstet, die Bärte gestutzt.

Dann kam der Tag, da sie tat, was ihr besser sofort untersagt worden wäre. Ich hatte schon länger befürchtet, das lechzende Schwesterchen würde auf dumme Gedanken verfallen. Damals schon sah ich zusammenziehen die dunklen Wolken des Unheils. Dinah, das spürte ich, würde uns allen noch ernsthaften Ärger bereiten. Aber ich konnte sie nicht daran hindern zu tun, wonach es ihr ausschweifendes Wesen gelüstete. Vater erlaubte der Magd sich in Schechem mit anderen Weibern zu treffen. Immer allein unter so vielen Brüdern, erklärte er mir, dürfe Dinah wohl anderswo Freundinnen haben. Also entschied unser Mädchen nach Wochen der Sehnsucht, dass nunmehr gekommen der Tag, die nahe Umgebung aus eigener Kraft zu erkunden. Voller Erwartung trat es hinaus vor die heimische Hütte, durchquerte das Lager der Ihren und ging entschlossen hinunter nach Schechem. Freudig erregt kam die Tochter wieder nach Hause zurück, da neigte der Tag sich bereits seinem Ende.

Seitdem sah man sie oft auf dem Weg in die Heime der Fremden, der, ach, so arglos erwählten und eilig ins Herz geschlossenen Schwestern. Wenn sie dann abends von drüben berichtete, war es, als hätte ich nie was erzählt von der Würde der Reinheit, vom Israels Auftrag der Lockung des Bösen zu trotzen. Die Saat meiner mahnenden Worte, ich sah es betrübt, war auf steinigen Boden gefallen. Aufgegangen war keines der sorgsam ins unbekümmerte Wesen der Schwester gesenkten Körnchen an Weisheit, Demut und Gottesfurcht. Mehr noch, sie liebte die überflüssigen Dinge der Städter, erzählte begeistert von Tischen und Betten, von feinen Gefäßen und leinenen Tüchern in leuchtenden Farben. Sie liebte das eitle Treiben der Leute auf Straßen und Plätzen, ergötzte sich förmlich am lauten Geschrei und Gelächter. Aber am meisten genoss sie den Klatsch mit den Weibern der Stadt beim Verrichten der täglichen Arbeit. Gleich ob am Webstuhl, beim Wässern der Gärten, beim Kochen und Käsen, beim Mahlen am Reibstein, beim Tränken der Ochsen – immerzu wurde geredet.

Mich wunderte sehr, als ich davon erfuhr, worüber denn bloß diese Dirnen die ganze Zeit schwatzten. Doch ich verstand mit der Zeit, dass es ihnen im Grunde nach Rummel und Kurzweil, statt Ruhe und Sammlung verlangte. Ich glaube, vor lauter Geschnatter und Lärm hätte keine der Mägde es auch nur bemerkt, wäre plötzlich die Stimme des Herrn im Kreise der Ihren erklungen. Eindrücklich zeigte sich mir, dass der Herr den Dummen und Kraftlosen fernbleibt. Wehe den Schwachen, die unfähig abzuwehren den Ansturm der Sünde, jeder Versuchung erliegen! Wer seinen Frieden sucht, wer als Wahrhaftiger leben will, ernsthaft und treu seines Gottes Gebote, sollte sich züchtigen, sollte wie lästige Fliegen verjagen die dreisten Dämonen der Lüge, Arglist und Falschheit. Irreführend ist deren Gesäusel, betörend ihr Liebreiz. Immerzu lenken sie einen vom Wahren und Wichtigen ab, bedrängen den Sinn des Gerechten mit hohlem Gerede und flüchtigen Bildern. Fromm muss man sein, um diesen Gehilfen des Bösen Widerstand leisten zu können. Aber den Weibern der Stadt war Frömmigkeit fremd. Dinah jedoch fand an ihnen Gefallen.

So kam denn die Tochter des Hauses, die Enkelin Isaaks, schrittweise ab vom Glauben der Väter. Mich hat das damals sehr aufgewühlt und öfter ereiferte ich mich beim Vater. Durfte es sein, dass das schlichte Gemüt eines Weibes die Würde der Auserwählten verletzte? Durfte es sein, dass sich Israels Tochter abgab mit Flittchen und Frevlern? Wollte der Herr nicht bestrafen die schamlose Magd, die offen das Haar trug und offen den Blick? Galt es nicht endlich zurückzuführen das schwankende Weib auf den Weg der Genügsamen? Keusch sollte jedes Weib sein und fürchten den Herrn und Gebieter. Ich konnte nicht fassen, dass unser Ernährer und Vorreiter Gottes das lose Begehren der Tochter erfüllte. Er, der vom Engel des Einen Ergriffene, angegriffen vom Boten des Höchsten, er, den sogar der Gesandte des Himmels am Ende nicht niederzuringen vermochte, zeigte sich nunmehr verhalten und duldete Dinahs Verfehlung. Hätte mein Herr sie doch bloß an den Haaren nach Hause gezerrt und Zucht walten lassen. Ich verstand nicht und verstehe noch weniger heute, was Vater bewegte, das ungehörige Treiben der Tochter kein Ende zu setzen. Schließlich, so schien es, war unabwendbar geworden, die Strafe des Herrn, unser böses Geschick.

Noch aber wollte ich Israels Schande nicht tatenlos hinnehmen. Ähnlich wie ich mich erregte, erzürnte das Laster der Schwester auch manche der Brüder, namentlich die aus dem Schoß jener Mutter, die einmal auch mich trug. Juda, der meistens uns Brüdern voranging, meinte, wir sollten die Schwester beständig im Auge behalten, sehen, was sie treibt und mit wem sie verkehrt. Kaum war der Vorschlag gemacht, da erhob sich der Jüngste der unseren. Sebulon straffte die Schulter bemüht, erbot sich der Schwester klammheimlich zu folgen. Ich wusste, dass Sebulon neuerdings häufig die Stadt der Hiwiter besuchte. Mir war gewiss nicht verborgen geblieben, wie sehr er es liebte in Schechem zu weilen. Issachar sprang ihm zur Seite und bot ihm die Hilfe des Älteren an. Selbstlos wie immer sagte er zu, das Tagwerk des Brüderchens auch noch zu schultern. Jung war auch Issachar, wenige Jahre nur älter als Sebulon. Deswegen war ich nicht wirklich erstaunt, als er Sebulon vorschlug täglich die Pflichten zu tauschen. Schließlich war Issachar ebenfalls längst von den Reizen der sündigen Siedlung gefesselt. Ruben, der Älteste, mahnte zur Vorsicht, hieß uns den Vater zu ehren. Trotzdem, auch er war verstimmt, dass die Schwester den Brüdern nicht demütig diente. Grimmig jedoch wie sonst keiner von uns starrte mein älterer Bruder Schimon ins Leere, Schimon, der Kämpfer, der früher als Kind schon sich ständig mit anderen prügelte. Dass er sich ärgerte, zeigten allein seine steinernen Fäuste, die, mühsam im Zaum gehalten, kraftstrotzend baumelten nahe dem Messer am Gurt. Er sagte kein Wort, doch ich wusste, er würde wenn nötig mit aller Gewalt seine Ehre verteidigen.

Was uns der Aufpasser Sebulon anderntags aber berichtete, ließ uns zunächst einmal unbeschwert aufatmen. Nichts war passiert, was uns nötigte irgendwie einzugreifen. Kein Mann hatte Dinah belästigt, kein Bursche sie angesprochen. Überall war sie auf Abstand zu Fremden geblieben, hatte geschaut, aber kaum mal gesprochen. Freilich war Sebulon nicht in die düsteren Heime der Gottlosen eingedrungen und konnte nicht sagen, was hinter den steinernen Mauern geschah. So wussten wir weiter nicht sicher, womit sie sich abgab, die Schwester, im Kreis der Hiwiter.

Auch in den folgenden Tagen und Wochen hatten die fleißigen Späher nicht viel zu vermelden, nichts dazu angetan Gott zu erzürnen. Langsam versiegte die Neugier der Brüder und häufiger lustlos fragte man aus die Verfolger am Abend. Statt von der Schwester erzählten die beiden uns schließlich vor allem vom Leben der Städter, von stattlichen Häusern und schwer beladenen Wagen, von dunkelhäutigen Sklaven, geboren im Lande jenseits Ägyptens, von weit gewanderten Händlern und spärlich bekleideten Priestern. Leuchtenden Auges erzählte sowohl Issachar als auch Sebulon gern von den dortigen Weibern, die Kopf und Schultern unverhüllt trugen und schamlos bemalt durch die Straßen stolzierten, lachten und schrien. Mir entging nicht, wie sehr sie inzwischen die Schönheit der zotigen, zuchtlosen Siedlung berauschte. Schon sah ich das Grinsen der Gier in den Zügen der unerfahrenen Knaben. Mehrfach verlor ich dabei die Geduld und rief meine jüngeren Brüder entrüstet zur Ordnung. Die aber ließen mich mahnen und schimpfen, zuckten die Schultern, erwiderten nichts und schauten betreten zur Seite. Wieder einmal ward mir klar, wie unausgesetzt unser Glaube bedroht wird, wie mühsam und nahezu endlos der Kampf gegen Trugbilder, Trägheit und Untreue ist. Ich konnte die Brüder auf Dauer nicht fern vom Ort ihrer Anfechtung halten. So ließ ich sie ziehen und bloß noch dem Anschein nach weiter verfolgen die Schwester. Damit war zwecklos geworden die ganze Beschattung der Dinah, der unehrerbietigen Magd aus dem Haus der Getreuen.

Und dann kam sie doch, die Kunde vom Kniefall der Kleinen vor Schechems Dämonen der Lust und Verderbtheit. Aufgeregt lief eines Tages der Jüngste der Brüder zu uns ins heimische Lager hinauf und rief uns herbei und hielt an erst vor mir, der ich nahe der Hütte verharrte. Still stand ich da, als sich Sebulon näherte, hart aber schlug mir das Herz in der Brust. Ich wusste sogleich, dass der Herr uns ein Zeichen geschickt hatte, wusste, dass nun auch der Vater einsehen musste, dass keiner von Gottes Erwählten den Gottlosen trauen kann. Ringend um Atem, die Augen zu Boden gerichtet, wartete Sebulon, bis sich die anderen Söhne der Leah um Israels Späher geschart hatten.

Ein Mann, so sagte der Knabe, ein Mann hätte Dinah angesprochen und sie hinausgeführt aus der Siedlung, hinauf in ein Waldstück, das nördlich der Stadt sich erstreckte. Der Schamlose trug, was bis dahin mein Bruder nie sah, auf dem Arm einen Falken, die scharfsichtigen Augen verhüllt, die Schwingen zum Kleide gefaltet. Wer war dieser Bursche und was veranlasste unsere Schwester dazu seinem Lockruf zu folgen? Kannte sie ihn, war sie öfter bereits mit dem Fremden zusammengekommen? Sicher war Sebulon nur, dass der Kerl nicht unserem Lager angehörte. Keiner von uns war er, keiner der Knechte und Diener, vielmehr ein Unbeschnittener, Uneingeweihter. Aber ein Vornehmer schien er zu sein, ein edel Gewandeter unbelastet vom Joch einer täglichen Fron. Schon sein gefiederter Freund machte klar: Der Mann war ein eingebildeter Nichtstuer ohne Verdienst oder Demut, ohne so etwas wie Ehre im Leib. Je länger ich Sebulons Ausführung lauschte, je klarer verstand ich, dass nunmehr die Mächte des Dunkels Israels Lager bedrängten. Wie und in welcher Gestalt sich das Böse heranschlich, erschien mir mit einem Mal so, dass es anders in Wahrheit nicht sein konnte. Es ergab einen Sinn, so ward mir gezeigt, dass der Gegner des Einen auftrat als federgeschmückter, vogelverliebter Verführer.

Die Brüder begannen zu schreien, schwangen entrüstet die Fäuste, schworen die Schwester nun endlich und unnachgiebig zu züchtigen. Einsperren würden sie sie, anbinden wie eine läufige Ziege, fesseln im Zelt ihrer Mutter. Manche wie Schimon langten bereits nach der Rute, drängten zum Aufbruch um heimzuholen die ungehörige Magd. Lautstark erklangen die Rufe der ehrlich Erregten durchs Lager und lockten nun auch die Söhne der Kebse herbei. Als er hörte, was los war, gab Gad sich dann ebenfalls kämpferisch, wollte die Schwester, wie Schimon, gewaltsam zurück auf den Weg ihres Herrn holen. Dan aber mahnte zur Ruhe und hieß seine Brüder zunächst einmal anzuhören die Worte der Dinah am Ende des Tages. Ihm, dem Besonnenen, pflichtete Naftali bei, der Bruder, der schöner als alle zu reden vermochte. Asser dagegen polterte ähnlich wie Gad und rief dazu auf, die Ehre des Vaters beherzt zu verteidigen. Ruben versuchte erschrocken die heißen, stolzen Gemüter der Jüngeren wenigstens etwas zu mäßigen.

Unberührt aber blieb ich vom Streit meiner Brüder. Schweigend inmitten der Aufregung sank ich hinab in den tieferen Sinn des Geschehens. Denn ich sah, was den Brüdern bei allem Gezeter verborgen blieb. Hier ging es keineswegs nur um das Laster der Schwester, nicht bloß um Ungehorsam und Trotz einer lange verhätschelten Tochter. Nein, denn was nun auf uns zukam, glich einem Angriff dämonischer Macht auf das Lager der Gläubigen. Ich wusste, es galt sich auf Gott, unser Vater, nun zu besinnen, des heiligen Bundes mit ihm zu gedenken. Jetzt war die Stunde gekommen, treu an der Seite des Herrn zu verharren. Jetzt war es wichtig, entscheidend sogar, sich zu lösen von denen, die Gott nicht fürchten, abzurücken von sämtlichen Dienern des Dunkels. Jetzt durfte keiner vom Haus der Erwählten sich länger mit Schechems Gesindel gemeinmachen. Jetzt tat es not auf der richtigen Seite zu stehen.

Aber als später die Schwester ins Lager zurückkehrte, standen wir Brüder starr und unentschlossen am Rande des Guts, das der Vater erworben. Grimmigen Blickes verfolgten wir schweigend die fahrigen Schritte der Magd auf dem Weg zum Gezelt ihrer Eltern. Etwas, das spürte wohl jeder der Wartenden, etwas, zu schlimm noch für Worte, war heute passiert. Wir sahen das Mädchen verstört und anders als sonst ging es hastig, die Augen gesenkt, den Rücken gekrümmt und verschleiert das Haupt. Mit einem Mal wussten wir nicht, was zu tun war. Wir hatten ein trotziges Kind, eine schamlose Tochter erwartet, hatten uns vorgenommen sie unmissverständlich zu lehren Israels Würde in Zukunft zu achten. Sie sollte am Leibe erfahren, was Gottesfurcht heißt, und wem zu gehorchen das Weib in die Welt kam, sollte den durchaus berechtigten Zorn ihrer Brüder schmerzhaft zu spüren bekommen. Nun aber waren wir alle gelähmt und nicht in der Lage, auch nur ein einziges Schimpfwort der Magd vor die Füße zu spucken. Bloß aus der Ferne sahen wir zu, wie das Mädchen das Lager durchquerte.

Vielleicht hätte einer von uns unser Schwesterchen seinerzeit schützen, schonen und aufmuntern sollen. Ruben hat später gemeint, es wäre wohl besser gewesen sich damals der Tochter des Vaters brüderlich anzunehmen. Ach, unser Rubin! Ein Zauderer war er schon immer, ein zartbesaiteter Liebling der Weiber. Schwach ist der Älteste Israels, wahrlich kein Macher, kein würdiger Erbe. Betreuen und Trösten? Solches zu tun war doch ausschließlich Auftrag und Neigung der Weiber, der Mütter und Ammen. Nein, das verzweifelte Kind konnte froh sein zuletzt ohne Schläge und Schelte Israels Heim zu betreten. Wir wussten ja damals noch nicht, was der Magd widerfahren. Doch eine Ahnung des Übels hielt uns zurück und zwang uns bloß tatenlos zuzusehen. Die Fäuste erschlafft und verflogen der Unmut standen wir da und ließen es ziehen, das sichtlich erschütterte Mädchen, hinab in die Obhut der Leah.

Abends erfuhren wir mehr. Der Herr hatte uns, die Söhne des ältesten Weibes, von schweigsamen Dienern ins Zelt holen lassen. Wir saßen im Kreis mit dem Vater zusammen, sahen den Alten betrübt und besorgt. Thronend auf seinem mit Fellen verkleideten Sitz, im flackernden Lichtschein der Lampen, schien mir der Engelsbezwinger schon fast wie gemeißelt in hartes, helles Gestein: kantig die Züge, die unbeweglichen Augen vom Dunkel gefesselt. Ich meinte zu sehen, dass neue, tiefere Falten das Antlitz des Vaters durchzogen. Keiner von uns, die wir unauffällig den Alten beäugten, traute sich etwas zu sagen. Israel, Abrahams Enkel, zog den Gebieter, den Gott seiner Väter, zurate, bat in der Stille der Nacht um den Beistand der Ahnen. Lange verharrten wir dort und während wir warteten, wuchs die Erregung in unseren Herzen.

Schließlich entriss sich der Vater den trüben Gedanken, schaute uns an und nickte entschlossen. Er holte tief Luft und setzte sich auf um uns endlich zu sagen, was los war. Also erfuhren wir angespannt lauschend und innerlich bebend vor Zorn, welch ein abscheuliches Unheil uns heimgesucht hatte.

Einer der Städter, ein Ehrloser, hatte die Tochter des Herrn in die Wildnis gelockt, um sich über die Arglose herzumachen. Er riss sie zu Boden, nahm mit Gewalt ihre Ehre und damit – viel schlimmer noch – unsere, Israels Ehre, die Ehre des Hauses als Ganzes. Uns allen hatte der Wüstling die Würde geraubt, mit ihm hatten alle Hiwiter Israels Ansehen mit Füßen getreten. Als aber Vater uns sagte, wer diese Schandtat verübte, stöhnten wir auf und blickten einander fassungslos an. Denn der Täter hieß Sichem und der war als brünstiger Bock in der Stadt wohlbekannt. Als Ältester Hamors, des hiesigen Fürsten, konnte er offenbar tun, was er wollte.

Einige Monde bereits war es her, dass mein Vater mit uns im Gefolge den Sippenfürsten Hamor besuchte. Seinerzeit neu auf den Hügeln um Schechem herum, wollte er Land für das Volk und die Herden des Herrn vom Hiwiten erwerben. Mehrere Stunden saßen die Männer beisammen, beide umringt von der Schar ihrer Söhne. Der Fürst und der Vater sprachen mit höflichen Worten und ruhigen Stimmen, sorgsam bedacht einander das eigene Sinnen und Trachten verborgen zu halten. Israel lobte und schmeichelte Hamor und dieser erwiderte Gleiches mit Gleichem. Irgendwann stellten die Herren einander die Söhne vor, legten uns Männern und Knaben die Hand auf die Schulter, lachten, taten bescheiden und priesen den Himmel. Schweigend beäugten die Jungen einander und nickten verhalten. Dort also, sitzend im Schatten des östlichen Stadttores, lernte ich Hamors Ältesten kennen. Da ich schon bald von den höflichen Worten der Väter genug hatte, sah ich mich um und betrachtete heimlich, doch durchaus genau diesen Sichem Ben Hamor. Offenbar ahnte ich damals bereits das Übel, das er uns bereithielt.

Ich hatte nicht lange gebraucht um zu sehen, was für ein

Leichtfuß der Erbe des Stadtfürsten war. Einen selbstgefälligen Jüngling gewahrte ich dort, gewandet in leuchtendem Leinen, die lockigen Haare zusammengebunden, die Backen rasiert nach der Art der Ägypter. Und während wir uns zurückhielten, nicht redeten ohne vom Vater zum Reden aufgefordert zu sein, unterbrach dieser Sichem immerzu plappernd die Worte der Herren. Er scherzte, erwähnte Verwandte und Freunde, erinnerte lachend an lustige Vorfälle. Eigentlich hatte er gar nichts zu sagen, aber er liebte es sichtlich Gesagtes aufzugreifen und dieses mit dem, was andere sagten, zusammenzubringen. Kaum war das Wort seines Vaters verklungen, fiel ihm ein anderes ein, das offenbar unbedingt dazu gesagt werden musste. Mich störte in kürzester Zeit das dreiste Geschwätz dieses eingebildeten Lümmels. Außerdem staunte mich sehr, dass sein Vater ihm niemals zu schweigen gebot. Schließlich verstand ich, hier wuchs einer auf ohne Anstand und Ehrfurcht. Keiner war da, der den Grobian lehrte den Vater zu ehren, bescheiden zu bleiben, vor Gott sich zu fürchten. Was war von einem wie ihm zu erwarten, was außer Streit und Beschwernis

Ausgerechnet ein Nichtsnutz, wie er, hatte nun also unsere Schwester geschändet. Ratlos verharrte der Vater angesichts dieser Verwicklung, von neuem in Schweigen versunken. Ebenso ratlos umgaben die hergerufenen Söhne den Alten, innerlich tobend im unruhig tanzenden Lichtschein der Lampen. Dann fasste einer den ganzen Ingrimm der Brüder in Worte. Das wird er büßen, eiferte Schimon sich drohend, das wird er teuer bezahlen, der hundsgemeine Hiwite. Uns war egal, dass der Vater des Schänders Burgherr und Fürst war. Mehr noch, gerade von ihm durfte Israel nie eine schäbige Schandtat wie diese erdulden. Hatte denn nicht dieser freche Hiwite unsere Schwester gleich einer Hure behandelt? Sollte denn Schechems Bevölkerung meinen, Israel ließe sich straflos erniedern.

Bald sprachen all meine Brüder wie wild durcheinander, forderten immer noch höhere Preise für Israels Tochter. Gerste und Emmer, je zweitausend Scheffel, sollte der Vater vom Fürsten verlangen, ferner Bedienstete, Weiber vor allem, ein Dutzend zumindest. Schafe und Rinder besaßen wir wahrlich genug, wir brauchten nicht mehr. Gefäße jedoch und Geräte aus Erz sollte Hamor dagegen zahlreich für unsere übel besudelte Schwester entrichten. Schimon schlug vor, dass sich Vater vom Fürsten gar Schwerter und Äxte ausbitten sollte. Er hatte als Knabe bereits eine Schwäche für Waffen, liebte sein eigenes Schwert über alles. Vielleicht aber dachte er auch schon daran, seine Schwester zu rächen, und plante gar listig dem Feind einen Teil seiner Waffen zu nehmen. Doch, es kam anders.

Ehe noch Israel anderntags aufbrechen konnte um Hamor, den Herrn und Gebieter von Schechem, aufzusuchen, ihn anzuklagen und einzufordern den Preis für die einzige Tochter, war dieser bereits heraufgekommen zu uns. Begleitet von Sichem, diesem lausigen Dreckskerl, begehrte er Einlass am Eingang des Lagers. Nur eine kleine Schar unbewaffneter Sklaven hatte der Fürst im Gefolge. Niedergeschlagen durch Kummer und Scham, so bekannte der Mann vor dem Vater, wäre er selbst in das Lager der neuen Freunde geeilt, sobald ihm der Sohn seinen Fehltritt gestanden. Ehrlich und schmerzhaft bedauere er die hitzige, unbedachte Tat seines Sohnes. Wahrlich, er würde, versicherte Hamor mit Nachdruck, gerne die Dummheit des Jungen rückgängig machen. Ihn hätte Sichems Vergehen als Vater und Erster der Einwohner Schechems entsetzt. Doch, was geschehen, war geschehen, er trüge die Schande in Demut. Der stolze Hiwite verneigte sich ehrerbietig vor Israel, bat um die Gnade des Herrn ihm und dem Sohn zu verzeihen. Einschmeichelnd sprach dieser Hamor, ruhig, geschliffen und scheinbar versöhnlich. Vater, ich merkte es wohl, war dem schlauen Gebieter wohler gesonnen, als ich es für angebracht hielt.

Wir könnten das Unglück, behauptete Hamor, zur glücklichen Fügung verwandeln, könnten die Untat des Burschen als Aufruf begreifen künftig wie *ein* Volk zu leben. Der Fürst hieß uns anzuhören den Sohn, und forderte winkend den Taugenichts auf sich zu äußern. Was dann kam, war ziemlich erbärmlich, kaum zu ertragen für einen wie mich. Wortreich und weinerlich fast schon beschwor uns der Gauner zu glauben, er hätte sie aufrichtig liebgewonnen die Tochter des Hauses. Es täte ihm leid ihre Würde missachtet zu haben. Sein Sinn, so erklärte der Hund, war geblendet gewesen vom gleißenden Licht ihrer Schönheit. Ihm hätten plötzlich die Hände nicht länger gehorcht. Er bat uns mit wässrigen, falschflehenden Augen ihm Glauben zu schenken. Er sei bereit, so lange er lebe für Dinah zu sorgen. Israels Tochter, versicherte er, bedeute ihm mehr als sein eigenes Leben. Damit jedoch nahm der Bursche das Mundwerk voller als ratsam.

Möglich, dass auch sein Gebieter das merkte, denn Hamor hieß seinen Ältesten innezuhalten. Lasst uns, so sprach er an Vater gewandt, zusammen in Frieden den Wohlstand der Stadt und des Umlandes sichern! Lasst uns wie Brüder und Schwestern unsere Reichtümer teilen! Gebt meinem Sohn Eure Tochter zum Weib und ich werde Israels Haus genauso die Meinigen lassen. Ihr, Herr, und ich hätten sicherlich bald gemeinsame Enkel. Dann hob der Fürst seine Hand und deutete wieder auf diesen Halunken, seinen missratenen Erben. Gutmütig lächelnd beschwor er das gute Gemüt seines Sohnes, sagte das Wesen des Mannes sei ehrlich und sanft. Gewiss fände Israels Tochter bei ihm ein gutes Zuhause.

Während ich hörte, was dieser Hiwiter dem Vater vorschlug und anbot, sah ich die heimliche Absicht dahinter. Plötzlich verstand ich, weswegen ich abends zuvor beim Gerede der Brüder abseits gestanden war. Mir ging das alles zu schnell, ich wollte noch nicht über Preise und Pläne verhandeln, wollte nichts wissen von Korn oder Krügen, weder von Waffen noch Sklaven. Hatten denn alle auf einmal vergessen, was Gott uns zu heiligen auferlegt hatte? Wollten wir tatsächlich eins seiner Kinder achtlos den Unreinen lassen? Mir war die Schwester, ganz gleich was sie tat, zuerst eine Enkelin Abrahams. Sie stand genauso wie wir mit dem Herrn im Bunde und sollte als Auserwählte die unseren mehren, sollte es größer machen das Volk, das der Herr ihrem Ahnen am Zelte versprach. Das war der gottgegebene Auftrag des Weibes, den auch ihre Mutter gehorsam erfüllt hatte. Nun sollte dieser geheiligte Schoß die Samen des Frevlers im Bund einer Ehe empfangen? Nun sollte Israels Tochter die Brut dieser gottlosen Gauner gebären? Gab es denn außer mir niemand im Lager des Herrn, der sah, was das hieß? Wenn wir die Schwester verkauften, als wäre sie bloß eine Ziege, würden wir selber nicht mehr sein als Rinder und Ochsen. Waren wir wirklich bereit uns selbst für ein paar Säcke Korn zu missachten, uns selbst zu gewöhnlichen, unberufenen Hirten zu machen? Nein, wir schuldeten Gott, der uns als die Seinen erkannte, Treue zum Weg, den er uns gewiesen. Gottes Gebot war es damals wie heute unsere Reinheit zu wahren.

Also erlaubte mir Gott zu erkennen, was wirklich nottat um Israels Ehre zu schützen. Denn er erinnerte mich an das Zeichen, das einzigartige Zeichen des Bundes, das uns seit Abrahams Tagen von jedem Geschlecht in der Welt unterscheidet. Sämtliche männliche Nachkommen Abrahams opfern dem Herrn ihre Vorhaut, entfernen vom Fleische ein wenig, um damit den Vater des Lichtes zu ehren. Nur wer beschnitten ist, steht als Erwählter mit ihm auch im Bunde. Nur wer beschnitten ist, zählt als Gerechter zur Heerschar des Herrn. Als ich mich dessen entsann, war mir klar, was gesagt und verlangt werden musste. Ebenso deutlich erkannte ich auch, dass mir das zu sagen oblag. Wer sollte sonst die Würdigung Gottes vom Gottlosen einfordern? Wer außer mir sollte daran erinnern, was Gott, unser Herr, von den Seinen verlangt hat? Ich wusste, dass jeder von uns sich sogleich der Forderung Gottes anschließen würde. Auch mein Gebieter, der Engelsbezwinger, stand unter dem Eid seiner Ahnen. Ich wusste, dass Vater mir zuzustimmen gezwungen war, mahnte ich ihn doch an das, was wir dem Allmächtigen schuldeten.

Deshalb erhob ich mich, bat um das Wort und ersuchte den Vater mich anzuhören. Ehe dem Sohn der Hiwiter, begann ich, erlaubt werden kann, die Ehe mit Israels Tochter zu schließen, müssen wir Geltung verschaffen dem, was Gott uns gebietet. Haben nicht unsere Väter uns angehalten zu jeder Zeit Gott, dem Herrn, zu gehorchen? Dieser jedoch gab uns auf es reinzuhalten, das Haus seiner Söhne. Jeder, ob Mann oder Knabe, erinnerte ich, der das Haus mit uns teilen will, muss ein Beschnittener sein. Ist er es nicht, verbietet uns Gott sich mit ihm zu verbinden, ihn aufzunehmen ins Haus, das der Herr uns erbaut hat. Wenn sich die Einwohner Schechems mit unseren Leuten einigen wollen, wenn sie die Absicht verfolgen sich ehrlich mit uns zu verschwägern, müssen sie Gott zu gehorchen bereit sein. Dulden als Schwager kann Israel nur, wer bereit ist für Gott sich beschneiden zu lassen. Doch es genügt nicht, erklärte ich schnell, dass einzig dem künftigen Gatten die Vorhaut entfernt wird. Auch seine Brüder, sein Vater, die Brüder des Vaters und sämtliche Männer und Knaben im Haus seiner Väter sollten Beschnittene werden.

Wie ich vorausgesehen hatte, stimmten mir all meine Brüder unumschränkt zu. Sie waren begeistert, denn ihnen erschien es gerecht, was Israels Gott von den Fremden verlangte. Schweigend jedoch ließ mein Vater und Herr seinen unergründlichen Blick auf mir ruhen. Kurze Zeit fürchtete ich den Unmut des feinbesaiteten Mannes auf mich gezogen zu haben. Gewiss, ich hatte voll Eifer im Beisein der Gäste gesprochen und dabei auch hingewiesen auf das, was Gott uns vor alters geheißen. Das wusste Israel selbstredend besser als all seine Söhne. Er hätte eigentlich Gottes Gebot dem gewandten Hiwiten aufzeigen müssen. Er hätte lautstark und fest das Opfer der Vorhaut von all diesen Frevlern einfordern müssen. Anmahnen müssen hätte er Reinheit und Recht, um Gott, diesem Vater der Väter, Genüge zu leisten. Er aber hatte geschwiegen und mir war es vorgekommen, als wollte er alle Missachtung der gottlosen Gäste erdulden, wollte nur Frieden und Ruhe und Einvernehmen mit denen, die bloß darauf warteten uns zu verprellen. Unsicher neigte ich also das Haupt und harrte der Antwort des Vaters.

Endlich ergriff er das Wort und verkündete uns und den Fremden seine Entscheidung. Sich selbst bezeichnete er als gehorsamer Diener des Einen, der treu und ergeben jederzeit dessen Befehle befolgte. Recht hat der Sohn, so erklärte sich Israel vor dem Hiwiten einverstanden mit mir und der unerbittlichen Forderung Gottes. Recht hat der Sohn, wiederholte er diesmal zum Fürsten gewandt, denn es wäre für uns ein schweres Vergehen fürwahr, mit denen zu leben, die unbeschnitten geblieben sind. Gott, den er fürchte seit frühester Kindheit, würde das Haus seines Dieners vernichten, sollten nicht alle, die Teil dieses Hauses sind, seine Gebote beachten. Vater bemühte sich sehr den staunenden Fürsten darzulegen, wie wichtig, ja heilig sogar dieser Eingriff am Glied für die Nachkommen Abrahams ist.

Hamor, der alte Hiwite, hörte sich höflich und aufmerksam an, was unser Gebieter, ihm sagte. Aber es war offensichtlich, dass ihn das Gehörte verwirrte. Argwöhnisch schaute er drein, die Stirnhaut von Runzeln gezeichnet. Kurz ging sein Blick zum Sohne hinüber, doch dieser verfolgte die Worte des Hausherrn – das konnte ich deutlich erkennen – ähnlich verstört. Schließlich bekannte der Fürst, er hätte von solch einem Einschnitt noch nie was gehört. Er wüsste nicht recht, wo genau wir dabei das Steinmesser ansetzen würden. Mich schauderte, als ich das hörte und mir wieder klar wurde, wie sittenlos doch diese Leute ihr Leben verbrachten. Israel nickte, als hatte er dieses Geständnis erwartet, wandte sich um einen Diener zu rufen. Umstandslos hieß er den Sklaven ihm seinen Jungen zu holen, herzubringen den Knaben geboren in Knechtschaft. Eilig verschwand der Entbotene, kehrte schon bald mit dem Jungen zurück zu den Herren.

Unsicher trat er ins Zelt, der Sklavenspross, schweigend geführt von der kräftigen Hand seines Vaters. Israel winkte den Scheuen herbei und hieß ihn sodann sich vor den Besuchern des Herrn zu entblößen. Da wurden sie weit die Augen des kindlichen Knechtes und suchten fragend um Zustimmung jene des Vaters. Dieser vermied es zu sprechen, nickte nur kurz und gebieterisch. Daraufhin legte der Junge es ab, das schlichte Gewand seiner Knechtschaft und eingehend nahmen die Fremden seine beschnittene Blöße in Augenschein. Hamor, dem das nicht genügte, winkte den Knaben herbei und befühlte die Narbe am schmächtigen Glied. Er schob dessen Haut, der Verderbte, zurück und schien wohl zu prüfen, ob auch ein befreites Geschlecht ein Weib zu beglücken vermochte. Sein ungezügelter Nachkomme, Israels Schänder, blickte indessen gebannt auf die seltsam gehäutete Spitze der kindlichen Gerte.

Nach einer Weile wich aus den Zügen des Fürsten die

Sorge. Ihm war das fleischliche Opfer zu sühnen die Schuld seines elenden Sohnes offenbar recht und vertretbar erschienen. Ein Blick ins Gesicht seines Ältesten zeigte dem Burgherrn und mir, dass auch der Entflammte entschlossen war einzuwilligen. Oh, dieses schamlose Schwein war natürlich bereit, sich so für die Hand meiner Schwester beschneiden zu lassen. Dass aber Hamor, sein stolzer Erzeuger, ebenfalls zustimmen wollte, wunderte mich und die anderen sehr. Ich sah ihn mir an, diesen nunmehr so schwachen, seltsam gefügigen Fürsten. Hatte der Alte denn gar keine Würde, dass er bereit war sich bloß seinem Söhnchen zuliebe gleich einem Säugling beschneiden zu lassen. Damals erst ward mir allmählich bewusst, dass der Fürst dieser Stadt seinem Ältesten nie eine einzige Bitte abzuschlagen vermochte. Der Knabe verhüllte sich rasch mit dem schlichten Gewand seinesgleichen, hinaus aus dem Zelte führte der ältere Knecht seinen Sprössling. Hamor verfolgte den Jungen durchaus verzückt, wie ich fand, mit begierigen Augen. Als sich die beiden entfernt hatten, wandte der Fürst sich erneut an unseren Vater und nickte. Ja, sein Sohn werde Israels Anspruch erfüllen, sich abschneiden lassen die Vorhaut des Gliedes, würdig erweisen der Tochter des Hauses. Auch er, so verkündete Hamor, wäre gewillt sich beschneiden zu lassen. Heute noch werde er ferner sämtliche Alten der Sippe am Stadttor versammeln, ihnen zu raten der Bitte der Zugewanderten ebenfalls rasch zu entsprechen.

Vater geleitete schließlich die beiden Hiwiter selbst bis zur Grenze des Lagers, ehrte zu viel, wie ich fand, diese abgefeimten Betrüger. Als er die Frevler freundlich verabschiedet hatte, sah ich ihn lächeln. Unser Gebieter und Herr war tatsächlich zufrieden mit dem, was der Fürst ihm so feierlich zugesagt hatte. Ich aber traute den Gottlosen nicht und konnte ihn richtiggehend riechen, den faulen Gestank ihrer

Lügen. Ich glaubte nicht dran, dass auch nur ein einziger Landmann aus Hamors Gefolge sich Gott zuliebe würde entsündigen lassen. Doch selbst, wenn sie alle die Vorhaut ans Steinmesser lieferten, wäre das Opfer für sie nicht mehr als der Preis eines Handels, bloß der Beweis ihrer Gier und Gewinnsucht. Was wäre schon damit gewonnen, unreines Fleisch vom Geschlecht zu entfernen, solange das Herz voller Schande und Schmutz bliebe? Glaubten sie denn, diese Heuchler, sie könnten den Herrn mit dem Zeichen der Frommen am Leibe tatsächlich blenden? Glaubten sie Gott der Allmächtige würde nicht sehen, wie lüstern und falsch ihre Seelen weiterhin wären? Es fehlte den Einwohnern Schechems, das sah ich sehr deutlich, schlichtweg die rechte Gesinnung. Nie könnte dieses Gesindel vom Stamme des Kanaans werden wie wir, ganz gleich was sie taten. Nie würde einer der Ihren reiten mit uns im Heer der Gerechten. Wie konnten sie meinen, bereits die Beschneidung würde genügen um Gottes besondere Gunst zu erlangen?

Schimon war wütend und meinte entrüstet, durchschneiden müsste man all diesen Kriechern mehr als die Vorhaut alleine. Vater gebot dem Erregten zwar rasch seine Zunge zu hüten. Der aber schrie und beklagte mit Recht, dass immer noch ungesühnt war die Schändung der Schwester. Er fürchtete nun, dass die Leute der Stadt ihre Schuld mit Beschneidung allein zu begleichen gedachten. Ruben versuchte zu schlichten und zeigte sich fest überzeugt, dass Hamors Gefolge die Forderung Israels sowieso ablehnen würde. Die Brüder bedrängten dann mich und verlangten zu wissen, weshalb ich den Fremden die Forderung Gottes entgegengehalten. Ich musste gestehen, ich hatte gehofft, dass der Fürst das Gebot unseres Herrn aufgebracht abweisen würde. Und immer noch war ich mir sicher, ähnlich wie Ruben, dass viele der Einwohner Schechems die Anordnung Gottes zurückweisen würden. Nie würde Hamor es schaffen sämtliche Männer für Gottes Gebot zu gewinnen. Mir schien es im Grunde gar vollkommen ausgeschlossen, dass Schechems eingebildete Herren sich alle bereit zeigen würden abzuschneiden die Vorhaut vom Gliede. Ja, ich hatte gehofft, uns nach Schechems Weigerung endgültig lösen zu können vom Übel der Falschheit und Götzenverehrung. Dann wäre klar zu erkennen gewesen für alle, wo die Gerechten und wo die Gottlosen lagern. Doch schon nach wenigen Tagen sollte sich zeigen, wie sehr ich mich irrte.

Erneut kam der Fürst der Hiwiter hinaus in das Lager des Vaters, kam in das Zelt des Gerechten um uns den Entschluss seiner Leute selbst zu verkünden. Diesmal begleiteten Hamor mehrere alte und ältere Männer, vornehme Herren und Händler, die selbstgefällig auf markigen Maultieren ritten. Bekräftigen wollten sie alle zusammen, dass sie noch am selbigen Tag bei den Männern und Burschen, den Knaben und Knäblein der Ihren abschneiden würden die Haut, die der Herr gefordert hat. Keiner, egal ob Greis oder Säugling, sollte vom Messer unberührt bleiben. Anschließend würde ein jeder von ihnen sich selbst vom unreinen Kleid ihrer Glieder befreien. Dann, so versicherte Hamor uns prahlerisch, könnten sie eins werden, Schechem und Israel, prächtige Äste des gleichen urigen Stammes. Üppig gedeihen, so zeigte der Fürst sich gewiss, und den Wohlstand im Lande vermehren, würde der Baum ihrer nunmehr gewonnenen Eintracht. Dann würde heimführen Sichem, sein Erbe, Israels Tochter und Israels Söhne bekämen die Töchter der vornehmsten, wohlhabendsten Häuser der Stadt. Und der Reihe nach hob er die Tugend der mitgerittenen Männer hervor und pries ihre Töchter als ausgezeichnete Bräute, nannte sie hold und gehorsam, still und betörend zugleich, verglich sie mit edelsten Rosen im Garten der Götter.

Solcher Art waren die Worte des Alten, des listigen Fuchses, und widerwillig gestand ich mir ein, dass dieser Hiwite geschliffen zu reden vermochte. Barmherzig ist Gott, denn er gab mir die Klarheit und Kraft den Lügen des Fürsten nicht zu erliegen. Doch meine jüngeren Brüder durchschauten sie nicht, die Finten des Frevlers, erkannten die Absicht des Anführers nicht, Gottes Getreue, die Enkel des Bundes, unter die Herrschaft von *Ba'al* und *Aschera* zu zwingen. Ach, meine jüngeren Brüder begehrten so sehr das warme geschmeidige Fleisch dieser angebotenen Töchter. Doch gingen sie erst einmal ein in Schechems verlockende Schöße, lägen sie bald schon der Göttin *Aschera* zu Füßen. Darbringen würden sie nächstens das Blut ihrer eigenen Nachkommen, opfern das Fleisch ihrer Kinder am grausigen Kultpfahl der bösen Dämonin. Dort, in den Armen von *Ba'als* ergebener Dirnen, vergäßen sie rasch, was die Väter sie lehrten: Ihm, dem Gebieter der Flut, dem Erretter des Noah, dem Künder des ewigen Lebens alleine zu dienen, nicht untreu zu werden den Weisungen Gottes. Sollten dereinst, so befürchtete ich, meine Brüder die Töchter von gottlosen Heuchlern heimführen, wäre uns nicht mehr zu helfen. Abwenden könnte dann nicht einmal er, unser Vater und Engelsbezwinger, Gottes gerechte Vergeltung.

Aber mein Vater schien gar nicht zu ahnen, welch bitteres Ende uns drohte. Unentwegt redete Israel freundlich mit Hamor und Hamors Gefolge. Anfangs noch war ich mir sicher, dass Isaaks Sohn nur bestrebt war ungebetene Gäste zu täuschen. Aber je länger ich lauschte und zusah, wie Vater die Gäste umgarnte, umso verzweifelter wurde ich. Er war doch damals geführt worden, südwärts hinab in ein Land, das Gott seinem Großvater Abraham einst schon versprochen. Er war gerufen im Bündnis mit Gott entschlossen das ihm gewiesene Land zu gewinnen, zügig die Herrschaft des Herrn über

Kanaans Hügel und Täler zu sichern. Hier in den Auen, Feldern und Wäldern im Westen des Jordans befahl ihm der Herr sich niederzulassen, sich auszudehnen zum Volk der Gerechten. Nun aber sah ich mit Schrecken, dass Vater dabei war sich unter das Joch der Hiwiter zu stellen.

Während ich dasaß und hörte, wie Vater die Vorschläge Hamors begrüßte, ward mir zum ersten Mal klar, dass nunmehr die Stunde der Söhne gekommen war. Wir, die wir nicht in den Süden gereist waren, Herde und Heimat mit Wilden zu teilen, mussten zur Not mit dem Schwert die Ehre des Einen beschützen. Ich schaute hinüber zu Schimon und sah, dass mein Bruder dieselben Gedanken bewegte, sah seine Augen verschattet, verhärtet die Züge. Wortlos beschlossen wir beide zu warten, abzuwarten bis Schechems Gesindel sich aufgemacht hatte, heimwärts zu reiten.

Waren noch weitere Brüder bereit, die Bürde endlich vom Vater zu nehmen und selbst für den Schutz und das Wohl ihrer Sippe zu sorgen? Prüfend erforschte ich ihre Gesichter. Schnell sah ich ein, mit den jüngeren Brüdern war gar nicht zu rechnen. Weder Sebulon noch Issachar waren mannhaft genug ihre heilige Pflicht vor dem Herrn zur Gänze bereits zu erfüllen. Doch was war mit Juda, der mir schon vom Alter her nahestand? Kräftig war er und gescheit, geboren, wie's schien, die Seinen zu führen. Selbst Vater bewunderte Judas Geschick mit Werkzeug und Waffe. Möglich, dass Israel ihn als den künftigen Führer der Sippe betrachtete. Juda war treu und gehorchte dem Vater aufs Wort und ich wusste, er würde wohl kaum seinem Herrn widersprechen. Deshalb war fraglich, ob er überhaupt etwas gegen den Willen des Vaters tun würde. Ruben, von all meinen Brüdern der Älteste, dachte und wägte zu viel. Er hielt sich wohl selbst für besonnen, doch mir war er einfach zu zaghaft und, ja, auch zu feige. Ruben lag mehr an der Wärme des Weibs als am Wort und

Gebot seines Gottes. Ich wusste zu jener Zeit schon, dass es ihn nach der Bilha verlangte, der Dienerin Rachels, der Kebse des Vaters. Obwohl er der Ältere war, würde Ruben die Ehre der Seinen sicher nicht herzhaft verteidigen. Auch jene Söhne, die einfache Mägde wie Bilha und Silpa dem Vater geboren, schienen mir kaum in der Lage den Willen des Einen zum Sieg zu verhelfen. Naftali, Dan oder Asser und Gad waren Söhne von Fremden, von Gott nicht auserkorenen Müttern. Ich konnte nicht sicher sein, wem ihre Treue letztendlich galt. Mehr als für uns noch war Vater für sie der Herr und Gebieter, hatte doch Israel einst ihre Mütter nicht anders als Schafe erworben. Ach, und Josef, das Bübchen, der Liebling des Herrn, die späte Geburt meiner seligen Tante? Er war zu jung noch, ein Träumer zudem, zu nichts zu gebrauchen.

Nein, es war kaum zu erwarten, dass einer der anderen Söhne sich gegen den Vater erhöbe. Schimon und ich, wir alleine erkannten was nottat, nun da das Lager bedroht war und Israel selbst von Lügen geblendet tatenlos zusah. Als endlich die Gauner gegangen und wir unter uns waren, winkte mich Schimon zur Seite. Er meinte, wir müssten was tun, wir könnten nicht zusehen, wie dieses Gesindel unsere Ehre aufs Gröbste missachtete. Teufel, es gelte, so sprach sich mein Bruder in Rage, Israels Feinde das Fürchten zu lehren. Nur wenn wir zeigten, dass niemand ein einziges Schaf aus der Herde des Vaters ungestraft raubte, würde man Israel wieder mit Anstand begegnen. Schechem, das war in den Augen des Bruders entschieden, sollte für das, was der unseren angetan wurde, qualvoll und einschneidend büßen. Rächten wir nicht die geschundene Ehre der Schwester, verlören wir jegliches Ansehen bei sämtlichen Sippen des Landes. Jeder dahergelaufene Ackermann würde uns zukünftig nur noch wie Schweine und Schisser behandeln. Vater, so Schimon, verstünde das wohl, und zählte im Stillen auf ihn, seinen treuesten Kämpfer. Nun sei die Stunde des Schwertes gekommen, zischte der Bruder begierig.

Schimons Erregung erfasste auch mich und ich spürte, dass wahr war, was Israels Kämpfer mir darlegte, spürte, dass Gott es gar selbst war, der ihm, diesem ehrlich Entrüsteten, eingab die Worte des Zornes. Ja, unser Haus durfte Dinahs gemeine Entehrung nicht ungesühnt lassen. Ja, unter keiner Bedingung durfte es sein, dass sich Israels Blut mit dem Blut der Hiwiter unwiderruflich vermischte. Himmel, der Auftrag, den Gott uns gegeben, drohte zu scheitern! Alles war Recht und berechtigt, abzuwehren ein solches Verhängnis von Abrahams Nachfahren. Ja, es war Schimon und mir in die Hände gegeben, Israels Bündnis vor Schande und Tod zu bewahren.

Gleichzeitig aber, das kann ich nicht leugnen, fürchtete ich mich vor dem, was es hieß den hitzigen Worten entsprechend zu handeln. Schechem, gewiss, war nicht sonderlich groß und auch nicht von schwer bewaffneten Kriegern umstanden. Aber die Anzahl der wehrbaren Männer daselbst war immer noch hoch verglichen mit Gottes bescheidener Schar. Es gab eine stattliche Burg, die sicher nicht unüberwindbar gebaut war, dennoch ständig bewacht wurde. Wie sollten Schimon und ich alleine mit unseren Knechten Schechems Bewohner bedrängen, ihnen gar heimzahlen Lüge und Laster mit Fackel und Schwert? Ich gestehe, schwach war ich damals und zweifelte an, ob der Herr uns Dienern bereit war zu helfen. Unbegründet indes waren meine Bedenken, das sollte sich bald darauf zeigen.

Wir wussten, wie sämtliche Enkel des Bündnisses tun, dass die Wunde des Mannes überaus schmerzhaft sein konnte. Etwa am dritten Tag nach der Entfernung der Vorhaut würde die Fieberglut jeden Betroffenen zwingen sein Lager zu hüten. Pochende Schmerzen am Glied, an der eh schon so schmerzempfindlichen Männlichkeit, würden sich rasch im Leib des Beschnittenen ausbreiten, ihm in die Schenkel hinabfahren, bis er sich kaum noch zu rühren getraute und jede Bewegung ihm Qualen bereitete. Selbst wenn das Tuch, das die Lenden verhüllte, ein wenig nur reib an der nässenden, aufgeschwollenen Wunde, zwängen die Leiden den kräftigsten Mann in die Knie. Ich kannte bemerkenswert kräftige Sklaven, von uns als erwachsene Männer gekauft, die sich wimmernd vor Schmerzen nicht auf den Beinen zu halten vermocht hatten.

Also ich hatte, genau wie mein Bruder, gesehen und gelernt, wie sehr diese Wunde am Riemen die frisch Beschnittenen tagelang schwächte. Doch es war Schimon allein, der aus dem, was er wusste, sogleich eine Kriegslist zu schmieden verstand. Schneller als ich hatte Israels Kämpfer erkannt, dass Gott uns die tückischen Frevler anbot als wehrlose Beute der ewig Gerechten. Warten, so meinte mein Bruder, wenige Tage nur sollten wir warten und dann wären sämtliche Männer und Knaben der Stadt vollends außerstande der Rache des Herrn zu entgehen. Er pries meine Klugheit von Hamor zu fordern, dass alle, ob Greis oder Jüngling, sich allesamt heute noch abschneiden ließen, das Schandmal der Unreinen. Da erst verstand ich die Weisheit des Herrn, als er mich vom durchtriebenen Gast hatte einfordern lassen das Zeichen der Treue zu setzen.

Wir zweifelten nicht, mein Bruder und ich, an der Schwächung des Feindes. Zwar war es möglich die Schmerzen des Schnittes erheblich zu lindern. Doch wir erwarteten nicht, dass die arglosen Leugner des Einen, dass Schechems Bewohner rechtzeitig vorsorgen würden. Schon als der Vater noch Kind war, kannten die Weiber im Haus meines Großvaters Mittel und Wege den Brand zu verhindern. Gott war es selbst, der sie seinerzeit anwies herzunehmen das Harz eines Myrrhenbaums. Einst hat der Herr uns gelehrt, dass Myrrhe die Heilung der Wunde zu fördern und abzuwehren vermag die Qualen des Fiebers. Deswegen wurde das heilige Opfer der Haut auch niemals gefährlich für Israels Söhne. Woher jedoch sollten Ammen vom Stamm der Hiwiter erfahren, was notwendig war um Eiter und Schmerzen abzuwenden? Und selbst wenn der Herr ihrer Sippe, wenn *Ba'al* ihnen Rat gab – Myrrhe war teuer und schwer zu bekommen.

Zwei Tage später sandten wir Sebulon los in die Stadt um die dortige Lage heimlich für uns zu erkunden. Nur auf die Zusage Hamors, das Wort eines findigen Fürsten allein, wollte keiner von uns sich verlassen. Was wenn er Ausnahmen zuließ und nicht wie vereinbart von sämtlichen Männern verlangte Gottes Gebot zu befolgen? Was wenn die Wachen der Burg vom Einschnitt des Messers verschont bleiben sollten? Was wenn man Knechten und Sklaven aus anderen Ländern verbot, sich beschneiden zu lassen, weil man nicht wollte, dass diese dereinst genau wie sie selbst zu den Reinen gehörten? Zwar hatte Vater vom Fürsten gefordert, dass jeder männliche Einwohner Schechems ohne Verzug von der Vorhaut getrennt werden sollte. Doch unser Herr war inzwischen ein argloser, gutgläubiger Alter geworden, dachte nicht daran zu prüfen, ob der Hiwiter zuletzt sein Versprechen auch hielt.

Abends berichtete uns der beflissene Kundschafter Gottes genau, was er in der Siedlung beobachtet hatte. Das Haupt und die Beine mit Tüchern verhüllt war Sebulon unerkannt geblieben und lang durch die Straßen und Gassen gegangen. Nirgendwo war ihm ein einziger Mann oder Knabe begegnet. Weder an einem der Stadttore, noch auf den Feldern, noch in den Stuben der Handwerker sah er, so Sebulon, irgendein männliches Wesen. Selbst die Bewacher der Stadt auf den Mauern der Festung waren verschwunden. Dafür jedoch sah er zahlreiche Mägde am Brunnen, die blutbesudelte Tücher in Bottichen wuschen. Ruhelos kamen und gingen die ausgelaugt wirkenden Weiber um durchaus öfter als sonst ihre Eimer zu füllen. Weiber, berichtete uns unser Späher, waren es auch, die das Tagwerk der Männer im Felde verrichteten. Manche von ihnen sah Sebulon gar noch hinter den Ochsen am Pfluge. Gleichzeitig waren die Kinder, die immerzu all diese Weiber umgaben, ausnahmslos Mädchen.

Unbewacht blieben dabei allerdings die Tore und Türme der Stadt. Die Söhne der Siedlung, so mutmaßte Sebulon, hatten wohl alle die Schmerzen am Glied unterschätzt. Er grinste dabei und ahnte doch nicht, dass viel größere Schmerzen noch Schechems Bewohner nunmehr bevorstanden. Was unser Brüderchen uns von den Zuständen dort so lebhaft erzählte, war mehr, als Schimon und ich uns zu hoffen getraut hatten. Wir schickten ihn fort, den Kundschafter, hießen ihn kein Wort den andern zu sagen. Anschließend eilten wir leise hinüber zum Zelt der treuesten unserer Knechte. Ein paar dieser Sklaven, das wussten wir beide bereits, hatten früher einmal im Dienste der Herrscher Ägyptens gekämpft. Andere waren vor Jahren Krieger im Reich der Hethiter gewesen. Wir stellten je einem der Kampferprobten zwei einfache Hirten zur Seite. Als wir die Knechte einander zugeteilt hatten, zählten wir sechs solcher Trüppchen. Drei würden Schimons Befehle befolgen, die restlichen mussten sich mir unterordnen.

Wir und die früheren Kriegsknechte wetzten die erzenen Schwerter leise am Steine, während die Schäfer Äxte und Knüppel bereitlegten. Eindringlich sprach ich zu allen von Gott, von der heiligen Pflicht, die uns nun oblag. Ich nannte die Tapferen Knechte des Einen, Speerspitze Israels, führte ein letztes Mal ihnen vor Augen, die Frevel des Feindes, die

Gräuel der Gottlosen. Mitleid verdienten sie nicht, die Hiwiter, hob ich hervor, sie hatten die Würde des Vaters mit Füßen getreten. Nun war sie da, die Stunde des Richters, die Stunde, da Gott diesen Bösen heimzahlte ihre Vergehen. Er würde jedem Getreuen den Einsatz für Recht und Vergeltung großzügig lohnen. Denkt an die Dirnen der Stadt, so suchte ich sie zu begeistern, denkt an die Weiber, die Gott euch aufs Lager hinlegen wird. Himmel, mir selbst war der Ruhm vor dem Herrn von ungleich viel größerem Wert als der Schoß einer Schlampe! Aber ich kannte die Knechte, kannte die Not ihrer Lenden.

Noch in der Nacht, einer auffrischenden Neumondnacht, zogen wir los. Die Wachen des Lagers erschraken, als unsere Schar sich der Einfassung näherte. Schimon, das Schwert in der Hand, befahl ihnen leise zu sein und vom Auszug der Rächer keinem zu melden. Trotz der fast lähmenden Finsternis kamen wir zügig voran. So häufig bereits waren welche von uns hinab in die Siedlung gewandert, dass zahllose Füße längst einen Pfad durch die Weiden und Wälder hervorgebracht hatten. Wir folgten dem Weg in aufgewühlter Verfassung, ein jeder zu angespannt um sprechen zu können. Vereinzelt nur fluchte ein Knecht, wenn er ausglitt auf grobem Geröll oder ihm ein zurückschwingender Zweig ins Gesicht traf. Friedlich, fast feierlich funkelten Gottes Gestirne über den Weg seiner Diener.

Dann lag sie vor uns die Stadt, die Verderbte, und lag uns zu Füßen. Der Himmel im Morgen hellte sich allmählich auf und ließ uns erkennen, dass sämtliche Mauern und Türme menschenleer waren. Das Haupttor schien ebenfalls unbewacht. Mehr noch, es stand, wie wir staunend bemerkten, einladend offen. Ich weiß noch genau, dass mein Bruder beim Anblick des tiefschwarzen Durchgangs zunächst eine Falle befürchtete. Schimon besah sich das Ganze genau und erwog schon, uns einen anderen Zugang zu suchen. Manche der Schafshirten meinten, dass Gott die Hiwiter mit Einfalt gestraft haben musste. Legten sich schlafen, die Narren, legten sich hin in der schutzlosen, unverschlossenen Siedlung. Bauten sich wuchtige Wälle aus Stein, vergaßen jedoch ihre Pforte zu schließen.

Ich aber sah, was es wirklich bedeutete, sah, dieses aufgelassene Tor der Hiwiter als grobe Geringschätzung Israels. Wahrlich, die Einwohner Schechems blickten herab auf die Söhne der Wüste und sahen in uns nichts weiter als derbe doch letztlich harmlose Hirten und Streuner. Sie hielten sich selbst für so überlegen, dass ihnen nicht nötig schien nachts ihre Tore zu schließen. Ja, diese eingebildeten Frevler verhöhnten uns, lachten uns aus mit dem Maul einer aufgerissenen Pforte. Seht nur, so hörte ich Schechems Gespött, wir trauen euch nicht einmal zu im Dunkeln ein offenes Tor zu durchschreiten. Seht nur, mit euch werden unsere Weiber im Schlafe noch fertig. Himmel, der Hohn dieser Leute erzürnte mich über die Maßen! Aufwallend schoss mir das Blut in die Glieder und fester umklammerte ich den Griff meines Schwertes. Das war keine Falle, belehrte ich aufgeregt flüsternd meine Kumpanen, und auch kein Beweis hiwitischer Einfalt. Und da, als ich ihnen das Zeichen des aufgelassenen Tores erklärte, fühlten auch sie den Zorn der Gerechten. Ich sah, wie der Hohn, die Herablassung unserer Feinde Israels Feuer auflodern ließ. Ich fühlte mit ihnen die ungezügelte Wut auf Schechems Gesindel, das uns so offen missachtete. Wäre die Pforte der Siedlung verriegelt gewesen, geschlossen zum Schutz der Beschnittenen, hätten wir möglicherweise Mitleid empfunden, hätten gezögert vielleicht und auf Rache verzichtet. So aber blieb uns zu tun keine Wahl.

Rachgierig rannten wir los und erreichten im Schutze der Dunkelheit rasch die offene Pforte. Schimon gab knappe Befehle und teilte den Dreiertrupps je eine Straße zu. Schnell sollten wir ihn erfüllen, den Auftrag des Herrn, und hinrichten sämtliche Männer und Knaben in sämtlichen Häusern. Bald, so ermahnte der Bruder uns, würden die Schreie und Klagen der Weiber die ganze Siedlung in Aufruhr versetzen. Dann wären Kanaans Enkel gewarnt und manche der Fiebergeschüttelten würden versuchen sich aufzuraffen, dem Recht sich entgegenzustellen. Wir sollten nicht zögern und ebenso wenig Zeit mit den Weibern verschwenden. Lasst euch von Huren und Dirnen nicht aufhalten, schärfte mein Bruder den Kriegsknechten ein. Später, versprach er, wird Zeit sein die schamlosen Weiber zu schänden. Sie, so der Plan, sollten Israels Söhne die Qual der Missachtung entgelten.

Also erstürmten wir zügig die Häuser und Hütten der Frevler, zertrümmerten Türen, rissen die Tücher beiseite, warfen die kreischenden Weiber zu Boden. Kaum noch erwacht, lagen viele der Männer erschlagen bereits im Blut ihrer Schande. Gott gab uns Kühnheit und Kraft sein Werk zu verrichten. Uns, den Getreuen des Einen, lenkte der Himmel die Hand. Wir, die der Herr dazu auserwählt hatte, zerschmetterten Schädel, durchbohrten die sündigen Leiber der Feinde, gingen von Hütte zu Hütte, rotteten aus dieses Übel für immer, ließen nicht einen am Leben. Überall roch es schon bald nach blankem Entsetzen, Notdurft und Blut. Fiebergeschwächt war keiner von Hamors Gefolgsleuten kräftig genug sich zu wehren. Die meisten vermochten sich nicht zu erheben, wälzten sich glänzend vor Schweiß auf dem feuchtwarmen Lager.

Schließlich erreichten wir Hamors Behausung, den schweren, steinernen Wohnsitz des Fürsten. Ehe ich auch nur die Hand heben konnte, sprang einer der Knechte hervor und schlug dem Betrüger die Axt ins Genick. Ich spürte die

Wärme des aufschießenden Blutes auf Wangen und Stirn. Doch dann, als wir weiter ins Haus drangen, passierte, was keiner vorhergesehen hatte. Denn dort, im Hause des obersten Heuchlers, im Zentrum des zuchtlosen Ortes, trat mir die Schwester entgegen, Israels Tochter, und starrte mich an aus weit geöffneten Augen. Im Lichte des nunmehr beginnenden Tages erschien sie mir blass, so blass wie ein Geist aus den finsteren Tiefen der Erde. Nah war ich dran sie sofort zu erschlagen, reinzustoßen mein Schwert in den Leib der verdorbenen Magd, so groß war der Groll, den ich gegen sie hegte. Aber ich wusste, es stand mir nicht zu eine Enkelin Isaaks zu richten. Gott würde Dinah zur rechten Zeit strafen, Israel selbst sollte über das Los seiner tollen Tochter entscheiden.

Dinah blieb stehen, rührte sich nicht von der Stelle und plötzlich verstand ich weswegen. Hinter ihr lag, vor mir noch verborgen, der Schuft, dieser Sichem, der unsere Würde mit Füßen getreten, der Lump, der sie selbst auf das Gröbste entehrt hatte. Ausgerechnet im Haus ihres Schänders hielt sie sich auf, meine Schwester! Wie konnte sie's wagen uns, ihre eigenen Leute, so zu beschämen? Jetzt stand sie da und trachtete gar ihn zu schützen, den Mistkerl. Oh, wie vermessen und ungehörig sie war, zu meinen sich gegen des Himmels Vollstrecker stemmen zu können! Zornerfüllt zerrte ich sie an den Haaren zur Seite, schleuderte Israels Dirne zu Boden, stürmte nach vorne, das Schwert schon erhoben. Aber die Hure umklammerte flugs meinen Schenkel, riss mich zurück und biss mir ins Bein. Ich brüllte vor Schmerz und Empörung, schüttelte sie von mir ab und trat ihr mit Macht an den Kopf. Ich wandte mich wieder dem Ehrlosen zu, dem von Wundbrand geschwächten Verbrecher, und stach ihm endlich mein Schwert in den Leib. Tiefrotes Blut quoll hervor und durchtränkte das Tuch seines Kleides. Ich hörte den Sterbenden röcheln, zog wie besessen mein Schwert aus dem zuckenden Körper und stieß es wieder und wieder in Scham und Gedärme.

Noch stand die Sonne nicht oben am Himmel, als wir in das heimische Lager zurückkehrten. Blutbesudelt, erschöpft aber froh waren wir, die Ehre der Sippe erfolgreich verteidigt zu haben. Das Werk war vollbracht, die Schandtat der Frevler angemessen gesühnt, die ungehörige Tochter gerettet. Schweigen empfing uns, man wusste bereits vom Los der Hiwiter. Man hatte das Wehklagen Schechems noch oben im Lager gehört. Als nun die Brüder erfuhren, dass kein Mann dort unten von Gott geschont worden war, gerieten sie alle in Aufruhr. Einige riefen die Knechte herbei und eilten mit ihnen sogleich hinab in die schutzlos gewordene Siedlung. Israels Söhne erregte die Aussicht auf üppige Beute. Tatsächlich wurden wir reichlich belohnt für unsere unverbrüchliche Treue zum Vater. Er legte uns am Tag der Vergeltung, am Morgen des Sieges, jeglichen Reichtum der Stadt in die Hände. Also erbeutete unsere Sippe zahlreiche Weiber und Kinder und all ihre Habe, sofern sie von Wert und nicht unhandlich groß oder schwer war. Schafe und Rinder, auch Esel und Maultiere trieben die Knechte unermüdlich hinauf auf die Weide des Vaters. Sämtliche Vorräte nahmen sie mit, meine Brüder, beluden die Karren der hingerichteten Landmänner schwer mit Säcken voll Gerste und Emmer.

Jubelnd und ausgelassen beäugten wir oben im Lager die reichen Gaben des Tages. Wieder und wieder priesen die Heimkehrer lauthals die Güte des Herrn. Nur einer jedoch betrachtete stumm und besorgt unser Treiben. Jakob, mein Vater, der, den der Engel am Ufer des Jabbok Israel hieß, gefiel unser Sieg nicht. Flehend die Hände zum Himmel erhoben, rang er um Fassung. Laut in die plötzliche Stille hinein beklagte der Alte die Tat seiner Söhne. Zwar fand auch er, dass die Sippe des Hamors Strafe verdient hatte. Aber er fürchtete Hass und Vertreibung infolge unseres nächtlichen Feldzugs. Er sagte, er sähe sich schon von zahlreichen Feinden umzingelt. Würden sich alle im Umland, so meinte mein Vater, gegen die Seinen erheben, wäre er nicht in der Lage sein Haus zu beschützen. Dunkel und drohend erinnerte Israel uns, dass sämtliche Fürsten der Gegend Brüder und Neffen von Hamor, des nunmehr gemeuchelten Anführers, waren. Vorsichtig, ängstlich geworden schon fast, schien mein Vater den Glauben an Gottes Allmacht verloren zu haben. Aber es gab, wie gesagt, keinen Grund die Folgen der gottgefälligen Ahndung zu fürchten. Gott hielt schützend die Hand über uns, denn die Nachbarn behelligten Israel nicht, nicht damals, nicht später.

Es ist eine Fügung des Herrn, dass wir heute Abrahams hingeschiedener Sohn im Grab seines Vaters bestatten. Gott hat gewollt, dass wir Isaak ausgerechnet am heutigen Tag seiner Erde anheimgeben. Denn damit ist ein für alle Mal besiegelt, dass dies unser Land ist, das Land, das Gott uns versprach. Den fremden Verbrechern und Frevlern darf sich kein Nachfahre Israels beugen. Wir kamen hierher, geführt vom allmächtigen Vater, wir kamen hierher um zu bleiben.

## 2. Blickwinkel

Der ermordete Vergewaltiger blickt zurück.
Zeitlebens war er redselig und nachgiebig,
ein leidenschaftlicher und gutgläubiger Jüngling

## Sichem. Der Wollende

> Finde ich euer Wohlwollen, dann will ich geben, was ihr auch von mir verlangt.
> GENESIS 34, 11

Immer noch harrt meine wunde Seele vergebens auf Frieden. Immer noch findet mein Herz keine Ruhe, denn tückisch verraten ward ich, mit Lüge und List aus dem Leben gerissen. Zu überraschend, zu früh auch ereilte der Tod mich, zu groß war das Unrecht der Todesvollstrecker. So lässt mich nicht los, das Geschick jenes Mannes, der ich einst gewesen. Hier im verschatteten Land der Verstorbenen warte ich weiter, bis meine Stricke durchtrennt sind. Dort, wo das Unrecht mich weiterhin festhält, ist ein Jahr seit damals vergangen. Noch ist die Schuld meiner Mörder weder gesühnt noch auch nur gestanden. Noch sind die Täter von einst nicht bereit die Last ihrer Blutschuld zu tragen.

Ich sehe viel klarer hier, hellsichtig fast ohne Fleisch oder Sinne. Licht, wie es scheint, kommt von innen in diesem zarten Gefilde. Aufleuchtend sehe ich aufgezeichnet das Leben, das einmal das meinige war. Doch nicht einem einzelnen Faden gleich zeigt es sich mir, vielmehr wird ein ganzes Gewebe, ein feines Gespinst offenbar. Anders und mehr als man eingeschlossen im Körper erahnt, ist man Teil eines großen Geflechts und nichts, wie es scheint, wird alleine getan, sowie keiner vermag ohne Hilfe des Ganzen Gedanken zu fassen. Dennoch muss jeder den ihm gegebenen Auftrag im Reich der Geschöpfe erfüllen. Auch gibt es Schuld und Verfehlung und sehe ich's recht, sind es diese sogar, die jeden mit jedem immerzu dichter verweben. Die, die verblendet und herzlos den Menschen erstachen, der ich einmal war, bin ich seit dieser Bluttat näher verbunden. Noch ist für sie jener Tag nicht gekommen, da ihnen die eine Wahrheit vor Augen geführt wird. Doch einst kehrt er wieder zu ihnen, der Schmerz, den sie selbst mit dem Schwerte anderen zufügten. Diesem Gesetz unterworfen sind ausnahmslos alle, die hier sind. Unausweichlich wird all jene heimsuchen bitteres Leid, die Elend und Not über andere brachten. So wird auch jenen die Wahrheit der Wir-heit gewiss mit der Schärfe des Schwertes ins Herz fahren, jenen Hebräern, die den, der ich war, und die, die ich liebte, heimtückisch töteten.

Fern allerdings ist der Tag des Gerichts, das ward mir inzwischen gezeigt. Denn eher nicht richten kann Gott einen fehlenden Mann, als dass dieser bereit ist hinein in die Stille des eigenen Herzens zu lauschen. Erst wenn er anfängt den Taten vergangener Tage innezuwerden, lernt er sich selbst zu durchleiden. Wo aber groß und gewaltig die Angst und diese ihn gänzlich beherrscht, vernimmt er mitnichten die Stimme des Herzens. Und tief verborgene Angst war es wohl, die das Schwert der Verräter geführt hat, Angst vor dem Leben in Leibern, die sterblich geboren sind. Hier, wo es jedem zu handeln verwehrt ist, schaut man die Dinge viel klarer als dort, wo Leben gleich tun ist. Deswegen sehe ich deutlich, wie blind macht die Angst vor der Wahrheit, dass einzig man selbst am Ende zum Fürchten ist. Derart geblendet, versinkt man in Hass und sieht sich im Recht, die andern zu schlagen, zu richten, zu töten. Gut schläft wer Unrecht getan, und darin kein Unrecht erkennt. Immer noch schlafen sie gut, die Hebräer, die mordeten ohne Erbarmen. Doch wenn die Erinnerung anfängt sie heimzusuchen, wird brennende Schuld ihnen unerträgliche Qualen bereiten. Dann und nicht eher beginnt unser aller Herr ihre Herzen zu läutern.

Bis dieser Tag des Gerichts, jener Stunde der Umkehr gekommen, bleibe ich angekettet am Leben und Sterben von damals. Abschließen kann ich sie nicht die Geschichte in Kanaans Bergen. Und so muss ich warten, ausharren hier, bis der Herr mir den Frieden zuteilwerden lässt. Schauend aus vielen verschiedenen Winkeln indes bemühe ich mich den nachgezeichneten Lauf meines früheren Lebens zu hüten, aufzubewahren die Wahrheit des Weges, den ich einst gegangen.

Sichem war einmal mein Name, Schechem die Heimat der Meinen. Gott hat gewollt, dass ich dort als Sohn eines Fürsten zur Welt kam. Hamor hieß dieser, ein sittsamer Mann, dessen Vorfahren zwischen den felsigen Bergen des Landes einst eine Burg sich erbaut hatten. Hoch auf der Passhöhe, nördlich des Garizin, ragten die Mauern und Türme der Feste empor. Im Gemach meiner Mutter, im Herzen des Bollwerks, schenkte mir diese das Leben. Geboren als erster und Erbe des Hauses, ward ich vom Vater sogleich über alles geliebt. Ich wurde von gütigen Ammen genährt und kannte Verlust nicht noch Mangel. Von Anfang an durfte ich tun, was ich wollte. Selten geschah es, dass mir ein eigener Schritt oder Weg untersagt wurde.

Fünf oder sechs war ich, kaum aus der steten Obhut der Weiber entlassen, da holte mich Vater bereits zu sich in die Halle der Herren. Oft saß ich neben dem Fürsten, wenn dieser verbündete Herrscher, Freunde und Händler empfing. Waren die Gäste gegangen, fragte mein Vater mich dieses und jenes und hieß mich erzählen. Geduldig und schweigend hörte er zu, wenn ich ihm meine Eindrücke schilderte. Meistens verstand ich nicht viel von dem, was die Männer besprachen. Doch es gelang mir des Öfteren Vater zum Lachen zu bringen. Manche Besucher verglich ich mit Tieren wie Frösche am Fluss oder geifernde Gänse, ahmte sie nach, wie sie quakten und schnatterten. Hamor, der Fürst, fand Gefallen am Spiel seines Sohnes und oft ließ er selber brüllende Bären und grunzende Schweine erklingen. Später erst wurde mir klar, dass damals für ihn diese Scherze mehr als ein Spiel waren. Während er hörte und sah, was das wache, kindliche Herz seines Jungen erfasst hatte, lernte er klarer zu sehen, was nächstens zu tun war. Keineswegs alle indes, die Vater besuchten, schienen mir freundlich und lustig zu sein. Ich weiß noch genau, dass mir manche von ihnen unheimlich vorkamen, irgendwie furchterregend und dunkel. Auch wenn ich davon erzählte, hörte mein Vater mir jedes Mal aufmerksam zu.

Ich war noch ein Kind, da erlaubte mein Herr mir bereits zusammen mit kundigen Männern zu jagen. Leise versuchte ich ihnen zu folgen, den flinken, wortkargen Schützen des Fürsten. Tief beeindruckt beäugte ich heimlich das glänzende Holz ihrer schön geschwungenen Bögen. Jeden davon sah ich anders gebildet, geringfügig abweichend bloß vom Bogen des Nachbarn. Ich ahnte als Knabe bereits, was mir später gewiss werden sollte, dass Bögen dem Leib nach geschnitzt werden, bis sie am Ende mit gleichem Klang tönen: Busen und Bogen des Mannes. Voller Bewunderung sah ich, wie kühn und geschickt es die Jäger vermochten Beute um Beute zu treffen. Innerlich aufgeregt hatte ich Mühe geräuschlos zu atmen. Zielsicher schossen die Waidmänner Feldhasen, Schliefer, Kaninchen und Füchse, manchmal auch Wildschweine, Wölfe, Gazellen. Jung wie ich war, erlaubte mir damals natürlich noch keiner die tödliche Waffe auch nur zu halten. Aber man brachte mir bei, die verschiedensten Spuren zu lesen, richtig zu deuten die kleinen und zarten Zeichen des Waldes.

Erst auf dem Rückweg, hinaus aus dem Walde, wurden die Jäger gesprächiger, scherzten und lachten. Ich liebte es

Teil ihres Lebens zu sein und begierig saugte ich auf, was ein jeder von ihnen mich lehrte. Ich glaube, ich fühlte mich deshalb bei ihnen so wohl, weil sie alle Verschiedenes sagten. Obwohl sie die Wege des Waldes oft genug teilten, die Spannung der Jagd, war doch jeder von ihnen dem andern kaum ähnlich. Heute versteh ich natürlich, weshalb es mir gut tat die widersprüchlichen Worte und Lehren der Jäger zu hören. Nirgendwo besser gelang es mir schließlich, mich selbst zu ergründen, zu finden den eigenen Weg als inmitten verschiedener Reden und Ratschläge.

Zwölf wurde ich, da bekam ich vom Vater ein Tier überreicht, das mein Leben zur Gänze veränderte. Wie ich erfuhr, war es Dienern des Fürsten geglückt einen Kaufmann zu finden, der Vögel aus anderen Ländern nach Kanaan brachte. Diesen ägyptischen Händler ließ er für mich einen jungen, nicht vollständig ausgewachsenen Falken besorgen. Gleich als der Kaufmann hereinkam, das Tier auf dem Arm, war ich Feuer und Flamme. Nie war mir je zuvor so etwas Schönes begegnet. Sprachlos zunächst stand ich da, nicht fähig die Augen abzuwenden vom Kopf und Gefieder des Weibchens. Kein Wort noch kannte ich damals für das, was ich fühlte. Aber in meinem unerfahrenen Herzen entbrannte mit Blick auf den Falken zum ersten Mal Liebe. Seitdem erregte so manch eine Schönheit mein Herz, in dieser Begegnung jedoch war schon alles enthalten. Wie wachsam und stolz bewegte das Tier seinen Kopf, wie scharfsichtig schauten die Augen, wie herrlich vollkommen geformt war sein Schnabel! Man wickelte mir ein Stück Fell um den Arm und gab mir den Vogel zum Tragen. Staunend erfuhr ich, wie wenig er wog, wie zwingend dagegen sein Griff war. Lange noch sollte mich fesseln, dass so etwas Leichtes zugleich so viel Kraft haben konnte. Der Kaufmann erzählte, man hätte am Nil damit angefangen den Vogel im Dienste des Königs Kleintiere schlagen zu lassen. Ausführlich schilderte uns dieser Mann, wie ein Jäger den Jagdvogel abrichten musste, damit er bereit war dem Herrn seine Beute zu lassen.

Seit diesem Tag war ich ständig bemüht meinen Falken an mich zu gewöhnen. Unentwegt ließ ich ihn Federn und Fellkugeln jagen, brachte ihm bei seine Beute verlässlich zu bringen. Mit einfachen, selbst gebastelten Fallen gelang es mir Mäuse und kleinere Vögel zu fangen, Futter als Lohn für den Fleiß meines Freundes. Wenige Monate später befolgte der Vogel schon jeden meiner Winke und Pfiffe. Aber auch wenn mein Gefährte im Fluge sich angewöhnte mir Folge zu leisten, war ich es, der mehr dabei lernte. Schnell ward mir klar, dass mein Freund mich erspähte ganz gleich, wie weit er sich jagend entfernt hatte. Augen wie diese, die alles zu sehen vermochten, hatten mich bald überzeugt, dass ein Gott meinen Falken beseelte. Selbst wenn ich hinter ihm war, erfasste sein Blick mich so sicher und schnell, dass ich mehrmals vermeinte, das Tier könnte zaubern. Und wenn es mich ansah, so war mir, als würde sein Blick auf den Grund meiner Seele hinabgehen. Ja, er verstand mich, mein Falke, wie mich keiner der Meinen zu kennen vermochte. So wurden wir Brüder, der Vogel und ich, denn auch ich lernte sehen, was er mir am Himmel von sich offenbarte.

Älter geworden, ein Jüngling bereits, erkundete ich wiederholt das weitere Umland von Schechem. Vater entschied eines Tages, ich sollte die großen Züge der Händler begleiten, um Stämme und Städte des Landes eingehend kennen zu lernen: Hurriter im Zedernland, Amurriter im Süden, Moabiter östlich des Bitteren Sees, Amoniter am anderen Ufer des Jordans. Hamor, dem Fürsten, war sehr dran gelegen gut mit den nahen und fernen Nachbarn zu stehen. Mir trug er auf die Freundschaft mit ihnen behutsam zu pflegen. Manchmal gab Vater mir Lämmer und Kälber mit, Schmuck oder Schwerter für Vettern und Onkel. Heute indes ist mir klar, dass Vater zur Wahrung der guten Beziehungen mehr als auf Gaben und Güter auf mich, seinen Ältesten, setzte. Gut war ich früher schon immer mit anderen ausgekommen und seitdem gelang es mir spielend Menschen für mich zu gewinnen. Auch hatte Gott mir die Gnade erwiesen bei anderen stets als erfreulicher Gast im Gedächtnis zu bleiben. Weise und klug war mein Herr und somit erkannte er früh meine Stärken und Schwächen. Er wusste, ich würde als Sohn und Gesandter des Fürsten von Schechem überall freudig begrüßt werden.

Also zog ich in den folgenden Jahren oft an der Seite von Händlern durch Kanaans Berge und Täler. Stolz und von Neugier erfüllt ritt ich weit in die mir damals fremden Gebiete. Ungewohnt war es für mich den ganzen Tag Maultier zu reiten und anfangs bekam ich oft Schmerzen. Erst mit der Zeit ward mein Tier mir vertrauter, fand ich hinein in den Takt seiner Schritte. Aber die Leiden des Leibes vermochten mir damals den Sinn für das Neue eh nicht zu trüben. Über die Maßen erfüllt war mein Wesen, während wir Wüsten und Weiden durchquerten, von Farben, Geräuschen und Düften. Tief sog ich ein die Gerüche der leinenen Säcke mit ausgesuchten Gewürzen, der schwitzenden Tiere in sengender Sonne, der blühenden Sträucher an winzigen Bächen, des schwelenden Dungs der Kamele. Wahrlich, mir schien, dass ich einatmend wuchs, mich über die Reihe der Reiter erhob und hineinwuchs in unvermutete Fernen. Selbst meine Augen, so kam es mir vor, wurden weiter, je weiter das Land sich erstreckte. Und als ich in gierigen Zügen trank von der Welt, die ich staunend bereiste, wurde mein Durst nicht geringer. Ich konnte davon nicht genug kriegen, fast so, als hätte ich damals geahnt, wie kurz mir nur Zeit bleiben würde.

Mehr als der Reichtum der Düfte, mehr als die Fülle an Farben jedoch begeisterte mich die gesamte Vielfalt der Leute. Alleine die Art, wie sie sprachen und schauten, ließ mich des Öfteren staunend verharren. Ich sah die verschiedensten Züge, hörte die ungewöhnlichsten Zungen unten am Großen Gewässer, wo Menschen von überall her und in Scharen angereist kamen. Zeitweilig lebten wir dort inmitten von bartlosen, farbig gewandeten Männern, stolzen Bezwingern des Meeres. Stundenlang sah ich den Schiffsbauern zu, bewunderte sehr ihr Geschick und die Tauglichkeit ihrer erstaunlich geformten Geräte. Ununterbrochen ward Holz aus dem Innern des Landes, aus riesigen Wäldern gebracht. Nie sah ich größere Bäume, gerade gewachsen und massig. Aufmerksam ging ich durch lebhafte Städte, hörte wie Marktweiber riefen, betrunkene stritten und Herren Befehle erteilten. Andere Speisen gab's dort und andere Lieder sangen die Sklaven.

Tempel und Bilder belehrten mich bald, dass jede der Volksstämme andere Götter verehrte. Das überraschte mich nicht, denn mir leuchtete ein, dass man anderswo anders sie anrief und anrufen musste, die Mächte des Himmels. So wie die Zunge des Dieners, so auch seine Rufe, Gebete, Gesänge. Zwar waren mir zu Beginn ihre Göttergestalten seltsam und durchaus befremdlich erschienen. Aber nach wenigen Tagen begann ich zu sehen, wie sehr sie den unseren letztendlich glichen. *Ba'al*, den Beschützer von Schechem, kannten die Menschen auch dort, obzwar sich Gestalt und Gewänder von dem unterschieden, was mir und den Meinen vertraut war. Neben dem mächtigen *El* aber brachten sie weiteren Göttern und Göttinnen Rauch- oder Tieropfer dar: *Mot*, *Tsedeq* und *Nahar* oder *Aschtoret*, *Aschera*, *Anat*. Freude ergriff mein Gemüt, als ich sah, wie groß und vollkommen es war, das Geschlecht der Gebieter, Beschirmer und Heiler. Keiner der

Götter für sich war gewaltig und weise genug, die riesige Schar seiner Diener zu hüten und lenken. Zusammen erst konnten sie jedem Getreuen immer und überall Weisung und Nothilfe geben.

Zu jener Zeit wusste ich nicht, dass es drüben im Land der Akkader Viehtreiber gab, die die Allmacht der Götter bestritten und auch nicht, dass diese zu uns in die Heimat herziehen würden, Männer, die glaubten, ihr Gott sei der Einzige bloß, der Eine und Wahre. Damals, berauscht von der Vielfalt des Lebens, ahnte ich nicht, dass diese so fehlgeleiteten, unbelehrbaren Hirten zu uns kommen würden um auszulöschen das Leben der Meinen. *Ba'al* war mir Jüngling gnädig, verbarg meinem Herzen das dunkle Verhängnis, das dieses nach Schechem gewanderte Volk dereinst für uns sein sollte. Doch selbst als die Hirten des Nordens schon unter uns waren, konnte ich lange das Ausmaß ihrer Verblendung nicht fassen. Wie konnte ein Mann, der bei Sinnen war, leugnen, was überall lebte und wirkte? Denn überall treten uns Menschen doch zahlreiche Götter entgegen, in Sonne und Schatten, in Wollust und Weh, in Flussläufen, Quellen und Seen, ja, in den tiefsten Gefühlen des Herzens. Nein, auch heute und hier bin ich nicht in der Lage, das anders zu sehen.

Arglos also genoss ich die vielen Gesichter, Gestalten und Namen, mit denen sich mir die so anders geartete Welt offenbarte. Meine Begleiter, die Händler der Heimat, kannten die Waren und Werke der Küstenbewohner bereits. Sie nahmen mich mit in die reichen Häuser bedeutender Kaufmänner, zeigten mir Wege und wichtige Orte. Wo ich auch hinkam, ich nahm wie von selbst in mir auf die Sprache, die Bräuche, das ganze Gebaren der Menschen am Meere. Unsere Gastgeber zeigten uns allerhand Mitbringsel, Waren von Jenseits des Wassers: kunstvoll getöpferte Krüge so glatt, dass sie glänzten, prächtig geschmiedeten Schmuck, dessen

Erz ich nicht kannte, tiefgolden glänzende Steine, die durchsichtig waren und merkwürdig leicht in der Hand lagen. Sprachlos berührte ich all diese Schätze und während ich's tat, erahnte ich erstmals, wie ungeheuer gewaltig die Welt war.

Ich spürte genau, dass Menschen, die andere Werkzeuge nutzten, anders auch dachten, fühlte im Herzen, dass Männer, die andere Wege beschritten und Meere befuhren, zwangsläufig anders auch sich und das Leben betrachteten. Schon, ob man tagtäglich salzige Meeresluft roch oder würzige Kräuter in grünenden Tälern, machte, dass andere Götter im Herzen regierten. Weit war die Welt in der Tat, aber auch in der Ferne sehnten, mühten und freuten sich Menschen wie ich und die Meinen zu Hause. Das hat *Ba'al* mich gelehrt, als ich unten im Zedernland weilte.

Oft war ich wochen- und manchmal auch monatelang unterwegs, doch sobald ich daheim war, trieb es mich hin zu den Brüdern und Freunden. Meist allerdings wollte erst einmal Vater erfahren, was sein Gesandter erlebt hatte. Leuchtenden Auges erzählte ich ihm von Höfen und Häfen, Gütern und Göttern. Aufmerksam hörte er zu, geduldig ertrug er die glühenden Reden seines von allem noch hingerissenen Sohnes. Heute verstehe ich erst, wie viel ich dem immer bedachtsamen Fürsten verdanke. Zweifellos sah er schon damals genau, wessen mein aufgeschlossenes Wesen bedurfte. Für ihn ging es immer darum, mich als den künftigen Fürsten zu fördern. Anders als er, das hatte mein Vater erkannt, war ich gern unter Leuten. Deswegen glaubte er auch, dass ich mich dereinst als sein Thronfolger leichter als er mit allen verständigen würde.

Und wirklich, es stimmte! Ich liebte es sehr, meine Tage mit Freunden vereint zu verbringen. Wenn ich zu Hause war, traf ich mich täglich mit ihnen. Söhne vermögender Väter, waren sie alle befreit von der Fron der Geknechteten. Jeder von ihnen stammte von Guts- oder Grundherren ab, die zahlreiche Sklaven besaßen. Häufig durchstreiften wir früh schon am Tage die Wälder, bestiegen beherzt die Hügel, die Schechem umringten. Hungrig nach Taten und Leben, liebten wir alle die Weite der Wildnis. Stolz auf die selbst gefertigten Bögen, jagten wir Klippschliefer, Hasen und Rehe und brieten sie abends am offenen Feuer. Wir fühlten uns stark und führten uns auf wie die Herren des Waldes. Da ich der Erbe des Fürsten war, hörten die andern auf mich und folgten mir nach. Ich redete eifrig und viel von der fernen Welt, die ich reisend erlebt hatte. Unerfahren und dumm wie ich war, erkannte ich nicht, wie schnell auch der Kühnste besiegt werden kann.

Einmal, es dämmerte schon, da erschreckten wir ungewollt mehrere ausgewachsene Wildschweine. Wutschnaubend rasten die Keiler schnell wie der Blitz auf uns zu. Sie hätten uns durchaus gefährliche Wunden zufügen, ja sogar totstoßen können. Und doch war der Angriff der zornig grunzenden Tiere für uns ein einziges tolles Vergnügen. Lachend und fluchend rannten wir los und versuchten dabei noch die Schweine zu narren. Übermut machte uns kühn und blind für die Stärke des Gegners. Sicher, wir waren noch jung und schwangen uns schließlich behände hoch in die Bäume. Durch unser siegesgewisses Lachen hindurch aber ahnte ich damals noch nicht, dass die bitterste Lehre uns noch bevorstand, dass Tücke und Lüge weitaus gefährlicher sind als die zornigsten Bestien.

Spannender noch als der Wald erschien uns das Treiben der Mägde am Brunnen. Wenn wir nicht jagten, lagen wir gerne dort auf der Lauer. Immer erst später am Tag, wenn die Sonne zur Kimmung geneigt war, eilten wir aufgeregt los zu der Quelle im Innern der Stadt, wo die Wasserweiber schon warteten. Anmutig manche, andere hölzern und reizlos, füllten die Mägde die mitgebrachten Krüge und Schläuche. Obwohl wir uns kühn in der Nähe herumtrieben, schienen die meisten Mädchen uns nicht zu beachten. Kunststücke führten wir vor, um die Augen der Schönsten zu zwingen, uns zu gewahren. Wir liefen auf Händen herum oder standen aufrecht und hoch auf den Schultern des Freundes. Wer es sich zutraute, sprang über zwei oder drei Schafe gleichzeitig. Fiel uns nichts anderes ein, so sangen wir Lieder und rühmten lautstark die Tugenden tapferer Krieger. Mitunter gelang es uns manche der jüngeren Mägde lächeln zu lassen. Wir sahen sie tuscheln und hörten sie kichern und wussten nicht recht, was zu tun war.

Dann eines Tages erblickte ich dort eine Neue, gewiss, wie ich dachte, ein Kind der Hebräer. Auffallend schön war sie nicht und keineswegs groß oder zierlich. Fast schon ein wenig gedrungen kam sie mir vor, diese Dienerin Gottes. Zu borstig erschien mir ihr rotbraunes Haar, zu bäurisch die Form ihrer Brauen. Die ganze Gestalt war gewöhnlich und dennoch hielt sich das fremde Kind so, dass mein Auge von ihrer Erscheinung gänzlich gebannt war. Mir schien es, als würde sie leuchten, golden erhellen den staubigen Boden dort drüben am Brunnen. Während sie scheu und bescheiden die Augen gesenkt hielt, lächelten sanft und still ihre Lippen. Sie blickte kein einziges Mal zu mir auf, und doch war ich sicher, sie wusste genau, dass ich sie beäugte. Umgeben von lärmenden Freunden stand ich auf einmal verzaubert und starr und sah nur noch sie. Ich hoffte, die Magd mit der Kraft meines Blickes wenigstens einmal dazu zu bewegen, die Augen zu heben. Als meine Freunde bemerkten, wie sehr ich betört war, lachten sie laut und verspotteten mich. Doch ich ließ meine Augen nicht ab von der Fremden und suchte sie weiter beherzt zu beschwören.

Und plötzlich geschah es, so rasch, dass der Atem mir stockte. Just als ich meinte vergeblich zu hoffen, hob sie auf einmal entschlossen das Haupt. Im Schwung der Bewegung noch hatte ihr Auge bereits das meine gefunden. Sie musste nicht suchen, wusste genau, wo ich stand, ja, hatte im Herzen erkannt, dass ich da war, endlich erschienen, um ihr eine neue Heimat zu geben. Aufgehoben in diesem Moment lag tatsächlich ein Los, das von nun an uns beide verband. Sicher, ich sah ihn nicht vor mir, den kurzen gemeinsamen Weg, und kannte erst recht nicht sein Ende. Aber ich ahnte, dass dieser Moment, als ihr Auge das meinige traf, etwas für immer besiegelte.

Unbekannt waren die Zugewanderten mir bis dahin geblieben, jene Hebräer, die unweit der Stadt an den Nordhängen hausten. Dort, auf dem Land, das mein Vater ihnen verkauft hatte, lebten sie weitgehend für sich. Ich wusste, es war schon ein halbes Jahr her, dass sie plötzlich jenseits der Stadtmauer aufgekreuzt waren. Damals betrachteten viele von uns die Ankunft der zahlreichen Fremden mit Sorge und Argwohn. Einige fühlten sich richtig bedroht, als sie sahen, wie mehr und mehr ungesittetes Volk von den Hügeln hinab strömte. Schier überwältigend erst war die Zahl ihrer Schafe und Rinder gewesen. Keiner von uns hatte je eine so gewaltige Herde gesehen. Gleichzeitig wussten wir alle natürlich sehr wohl, dass die Völker der Wüste selten mit friedlichen Absichten kamen. Hatten die Alten uns Enkel nicht wieder und wieder erzählt, wie einst gewaltsame Reiter die Stadt überrannten? Gab es denn *ein* Ort im Land, der solcherlei Angriffe nicht zu ertragen gehabt hatte? Durchaus verständlich deshalb, dass viele in Schechem den weitgereisten Nomaden nicht trauten. Seinerzeit meinte so mancher, man sollte die

Fremden schleunigst vertreiben, sie nötigen weiterzuziehen. Heiße Gemüter holten bereits ihre Äxte und Schwerter, rüsteten auf für den unausweichlich erscheinenden Kampf.

Doch Gott hatte andere Pläne und stimmte den Fürsten der Stadt, meinen Vater, milde dem zugewanderten Volk gegenüber. Hamor versicherte all seinen Leuten, dass keiner von ihnen bedroht wäre. Ablegen sollten sie Schwerter und Schilder, ohne Bedenken die Fremden mit offenen Händen begrüßen. Weil ihm die vornehmen Herren die Treue geschworen, folgten sie ihm und verhielten sich ruhig. Schließlich entschied sich mein Vater den Anführer jener Hebräer nahe dem Haupttor zu treffen. Freundlich begrüßte er dort einen vorsichtigen Herrn, der Israel hieß und Land für die Seinen zu kaufen begehrte. Großzügig wurden Geschenke gemacht als Zeichen beginnender Freundschaft. Vater verhandelte lange mit ihm. Am Ende bezahlte der Herdenbesitzer uns einen angemessenen Preis für die Weide. Seitdem besiedelte Israels Sippe die Hänge im Norden, wo in der kalten Zeit Bäche vom Berg hinabfließen und Gräser und Kräuter üppig vorhanden sind. Das war ein Land, das wir eh nicht bewirteten, da wir schon ausreichend ebene Felder im Osten besaßen. Hinlänglich Wasser und Grund war tatsächlich für alle da. Weswegen also, erklärte mein Vater, sollten die wohlhabenden Hirten nicht gleichfalls hier leben? Ähnlich den meisten der Herren, hatte auch mir der Sinn seiner Ausführung eingeleuchtet. Sicherlich hoffte so Mancher darauf, selbst einen Vorteil aus Israels Reichtum zu ziehen. Jedem war klar, wenn die Fremdlinge blieben, müssten sie irgendwann Waren und Güter erwerben: Korn oder Öl oder Schmuck für die Weiber. Unstet und roh wie sie waren, fehlte es ihnen tatsächlich an Vielem. Gleichzeitig sprach sich herum, dass sie Rinder und Schafe geschickt im Handel zu Silber und Gold gemacht hatten. Davon erhofften die mächtigen Herren der

Stadt ein wenig für sich zu bekommen. So konnte die Gier nach Gewinn die Angst vor den Fremden besiegen.

Mir war das Gold dieser Hirten egal, denn ich litt keine Not und deshalb genügte es mir, mich ganz meiner Jugend und Freiheit zu freuen. Ich meinte, so arglos und jung wie ich war, dass diese Hebräer doch einfach am unbeschwerten Glück meiner Tage teilhaben konnten. Hieß es nicht immer, wir hätten gemeinsame Vorfahren, Väter vom Anfang der Zeit nach der Flut? Ich war überzeugt, dass wir gut daran taten uns mit den Brüdern zusammenzutun. Ich hatte im Zedernland oftmals gesehen, wie wertvoll Verbündete waren, wie wichtig es war, sich dem Fremden zu öffnen. Bedrohungen gab es genug in der Welt, das verstand ich sehr wohl, am meisten indes aus dem Süden. So waren wir früher bereits durch den mächtigen Herrscher Ägyptens bedrängt und heimgesucht worden von Streitwagentruppen, die Städte und Felder grausam verheerten. Sie galten als herrisch und selbstgefällig, die Söhne des Nils, und schwer hatte Kanaans Volk unter ihnen gelitten. Nein, die hebräischen Brüder waren mir tausendmal lieber als jene bartlosen Söldner Ägyptens.

Unerfahren und jung war ich, wie ich schon sagte, und allzeit bereit mich selbst über alles und jeden zu täuschen. Ich stellte mir Israels Leute als uneigennütziges, unverdorbenes Brudervolk vor. Ich malte mir aus, wie sie duldsam das grobe Unrecht der andern ertrugen. Aber obwohl ich die Nähe der mutmaßlich fernen Verwandten begrüßte, kannte ich keinen von ihnen persönlich. Erst als ich Dinah erblickte, erst als mein Auge dort unten am Rande des Brunnens eine der ihren liebend gewahrte, begann ich zu ahnen, wie anders sie waren.

Abwenden musste ich schließlich mein Auge, plötzlich im Herzen verwirrt und von starken, mir unbekannten Gefühlen ergriffen. Groß war sogleich mein Verlangen ihr nahe zu sein und diese bezaubernde Magd beherzt in die Arme zu schließen. Gleichzeitig aber befiel mein Gemüt eine seltsame Furcht, so als spürte ich damals bereits, welch großen Verlust diese Liebe mir künftig noch beibringen würde. Wenige Herzschläge nur war mir möglich gewesen den klaren Blick dieser Magd zu erwidern. Dann, als ich wieder den Kopf zu ihr hinwandte, sah ich sie lebhaft mit anderen reden. Offenbar kannte sie einige unserer Mägde, auch eine Nichte von mir war darunter. Sie lachte und scherzte mit ihnen, als hätte sich ihr nicht soeben noch aufgetan, jene abgründige Tiefe des Herzens. Vielleicht war sie doch nicht so schüchtern und scheu, wie ich anfangs gedacht hatte. Während sie weiter dort wartete, anstand um Wasser zu schöpfen, sah sie kein einziges Mal mehr herüber. Da aber auch ihre Freundinnen nicht zu mir her blickten, wusste ich unser Geheimnis gehütet, sorgsam verwahrt wie ein glühender Gott im heiligen Innern des Tempels.

Kurze Zeit später erfuhr ich, wie man sie nannte, und fand ihren Namen süßer als Honig. Tagtäglich harrte ich ihrer von da an und suchte, nahe des Brunnens, beherzt ihren Blick zu erhaschen. Das, was ich sah, war genug meine Sinne unwiderruflich zu fesseln. Wie leicht und gelassen die Magd sich bewegte, wie sanft und bestimmt ihre Hände den Tonkrug umfassten! Wie aufrecht und doch voller Demut ihr Gang! Nie sah ich je eine solche Gestalt, so zierlich und kraftvoll zugleich. Wie einfühlsam leise geneigt sie ihr Haupt trug! Ah – und die Augen, wie sehr ich mich sehnte von ihnen berührt und angesehen zu werden! Nun war dahin meine Ruhe, das ausgeglichene Herz meiner Jugend. Immerzu sah ich ihr liebreizendes Lächeln vor Augen, egal wo ich war. Immerzu formte mein Mund ihren Namen, schmeckte ihn süß auf der Zunge. Was ich auch tat, der Gedanke an sie beherrschte mein Wesen.

Anfangs gewährte sie mir einen flüchtigen Blick bloß, einzig genug mir zu sagen: Ich hab dich gesehen. Manchmal erhielt ich ein Lächeln so fein, dass mein Herz einer tiefen Trommel gleich pochte. Das, was mich früher erfreute, die Jagd, das Wildbret, der Wein, erschien mir nun fad und belanglos. Auch die mir sonst so willkommenen Scherze der Freunde vermochten mich nicht zu erquicken. Mir war sehr seltsam zumute; ich fühlte mich schwach und gleichsam belebt wie noch nie, als würde ein Brand meinen Körper verzehren. Wochenlang ging das so weiter, bis ich mich endlich getraute ihr näher zu treten. Eifrig erbot ich mich sie zu entlasten, ihr Wasser zu tragen. Sie sah mich nicht an, gestattete mir aber doch den schweren Krug aus dem Griff ihrer Hände zu lösen. Da ich die Glut meines hitzigen Blutes, den Drang meiner Fleischeslust fürchtete, wagte ich damals nicht neben ihr herzugehen. Gleich einem Sklaven blieb ich ein paar Schritte hinter der neu erkorenen Herrin zurück.

Auch an den folgenden Tagen erlaubte mir Dinah schweigend die Last ihres Wassergefäßes zu tragen. Draußen jedoch, vor dem Nordtor der Stadt, wo die Passstraße anfing, nahm sie stets ihren Krug wieder an sich, lächelte kurz und verschwand hinauf ins heimische Lager. Klaglos ertrug ich ihr Schweigen, und traute mich nicht es zu brechen, obwohl es mich drängte zu fragen, was sie im Herzen bewegte. Zeitweilig war ich mir sicher, sie würde das Gleiche fühlen und denken wie ich. Im nächsten Moment aber zweifelte ich und fürchtete, sie zu verdrießen. Wenigstens hatte die Magd mir gestattet, ihr bei der Arbeit zu helfen. Wenigstens hatte sie zugelassen, dass ich sie begleitete, täglich den Weg mit ihr teilte. So wuchs zwischen uns im Zauber der Stille, im Gleichklang der Schritte langsam ein Band, das mir klarer zu schauen erlaubte. Bald schon erkannte ich: Auch meine heimliche Herrin genoss die gemeinsamen Wege. Auch meine glanzvolle Hirtin sehnte die Treffen am Brunnen herbei. Im Herzen erregt, wie mir schien, hielt sie ebenso Ausschau nach mir, wie ich es nach ihr tat.

Schließlich, ermutigt von all diesen Zeichen, von Dinahs gefälligem Lächeln, rückte ich rasch zu ihr auf. Nahe der Stadtgrenze, kurz vor der Stelle, wo unsere Wege sich bisher getrennt hatten, trat ich zu ihr an die Seite. Nunmehr nicht länger ein Diener, der staubigen Spur der Gebieterin folgend, vielmehr ihr Weggefährte geworden, nannte ich ihr meinen Namen. Den aber kannte das Mädchen bereits und hatte auch sonst schon viel über mich und die Meinen erfahren. Das war vielleicht nicht verwunderlich, war doch mein Vater der Fürst dieser Stadt, ich fühlte mich dennoch geschmeichelt. Sie musste die anderen Mägde eigens befragt und, so sagte ich mir, meine Base vor allem ausgehorcht haben. Scheu war sie wirklich nicht, keineswegs stumm oder ängstlich. Dinah erwiderte vielmehr offen und stolz meinen Blick und sprach ohne Umschweife. Andere Wörter benutzte sie manchmal und anders klangen sie mir in den Ohren. Abgesehen davon jedoch unterschied sich die Zunge der kleinen Hebräerin kaum von der unseren. Ab und zu lächelte sie über meine, ihr ungeläufige Weise zu reden.

Unbefangen, die Sinne belebt, unterhielten wir uns und erreichten schon bald die Grenze zum Lager der Ihren. Dort hielt sie inne und schickte mich ohne Erklärung unversehens fort. Mir war schon klar, dass es galt den Anschein der Unehre, übles Gerede und Spott zu vermeiden. Gleichwohl war ich ja nicht irgendein lausiger Knecht oder Landmann. Ich war des Fürsten ältester Sohn, gewohnt zu bekommen, was immer ich wollte. Kühn meinen Wert überschätzend glaubte ich damals denn auch, dass jedermann froh wäre, mir seine Tochter geben zu dürfen. Einer wie Israel würde doch wissen, wie nützlich es wäre mit Hamor verbunden zu sein. Ich ging davon aus, dass Dinahs Verwandte den Erben des Stadtfürsten jederzeit gern zu empfangen bereit wären. Aber ich wollte mein Herzblatt nicht drängen, schließlich war vieles noch unausgesprochen geblieben. Also verstand ich sie falsch und meinte, sie zögere bloß wegen mir, wüsste noch nicht, ob mein Herz ihr tatsächlich gehörte. Da wuchs in mir das Verlangen mich aufopfernd hinzugeben und ihr meine Liebe, mein Herz, meinen schmachtenden Leib zu Füßen zu legen. Sollte sie ein für alle Mal sehen, wie weit ich zu handeln bereit war, um sie zu gewinnen. Ich schwor mir noch dort der Magd zu beweisen, wie sehr sich mein Herz nach ihr sehnte. Ach, wie ich irrte! Ich dachte, wie Knaben und Burschen es immer schon taten, nur an mich selbst und mein eigenes Glück. Ich sah nicht die Sorge, die ich diesem Mädchen bereitete. Wohl hatte ich ihr die Last ihres Kruges genommen, aufgebürdet jedoch das Gewicht meiner Liebe. Denn diese, das muss sie geahnt haben, sollte auf heftigen Widerstand stoßen. Eingebildet und stolz wie ich war, bezog ich das Zögern der Magd auf das, was ich, der Begehrende, tat oder sagte. Später erst sollten wir alle leidvoll erfahren, wie unnachgiebig sie waren, die Brüder der Dinah.

Dann kam der Tag, an dem Dinah das Haus meiner Nichte besuchte, der Tag der Erfüllung. Schechem war immer ein Ort, an dem neue Gerüchte schneller herumgingen noch als Vögel die Lüfte durchquerten. Deswegen wusste ich zeitig davon, dass mein Herzblatt dort eingeladen war. Kaum war die Sonne erschienen, trieb ich mich schon in der Nähe des Hauses herum. Ich hatte mein Falke dabei und hoffte, die Magd überreden zu können mich bei der Jagd zu begleiten. Längst stand geschrieben, was und was nicht dieser Tag mir bereithalten würde. Damals jedoch, als ich sah, wie sie ohne

Begleitung das Haus meiner Nichte verließ, da glaubte ich Glück bloß zu haben. Wenig erahnte, noch weniger wusste ich, wurde nur immer wie trockenes Gras in der Wüste vom heißen Wind der Begierde mal hierhin, mal dorthin getragen.

Stolz wie ein Sieger, den Falken sicher verhaubt auf dem Armleder, trat ich dem Mädchen entgegen. Wie ich gehofft hatte, war sie vom Vogel auf Anhieb beeindruckt. Vorsichtig näherte sie sich, die Augen fest auf das schöne Gefieder des Tieres gerichtet. Ganz langsam hob sie die Hand, die glänzenden Schwingen zu streicheln. Dann hielt sie inne, die Finger schon ausgestreckt, und blickte mich unsicher an. Ich lächelte aufmunternd, nahm ihre Hand und führte sie hin ans pochende Herz meines Vogels. Wenige Herzschläge lang und doch endlos, so wollte mir scheinen, lag meine Hand auf der ihren. Staunend das Leben des Falken nachspürend, hielt sie die Augen gesenkt. Aber ich wusste, dass *ein* Spüren, *ein* Tasten uns beide verband. Ich meinte noch durch ihre Finger hindurch das Herz meines Vogels zu fühlen. So brachte mein Falke uns näher, wurde zum Priester des Himmels, gekommen um Dinah und mich zu vermählen. Denn als wir so dastanden, Hand über Hand über Herz, da war mir, als würden wir schwören, heimlich und heilig geloben, uns immerzu nahe zu bleiben. Herb wie die Kräuter der Berge umfing mich der Duft ihrer Haare. Ich blickte hinab auf das Weib mir zur Seite, sah ihrer Wange verhaltene Wölbung, das gleichzeitig zarte und kraftvolle Rund ihres Kinns, den bronzenen Glanz ihrer Haut.

Aufsteigen sagte sie, aufsteigen sollte er nun, der schöne Gesandte der Sonne, hoch in die Luft sich erheben und dort eine Weite erfassen, die unseren Augen entzogen ist. Nimm deinem Vogel, so drängte die Magd mir, nimm ihm die Haube herunter, damit er zum Licht hin die Flügel entfalte. Sehnsüchtig blickte sie dabei zum Himmel hinauf und entblößte, den Mund leicht geöffnet, für mich ihren Hals. Ich riss mich vom Anblick der Schwärmenden los und schaute wie sie hinauf zu vereinzelten Wolken. Ja, ich verstand, was die Schöne bewegte, kannte den Drang sich von Lasten zu lösen und schwerelos über das Land zu erheben. Das, was soeben noch unsere Hände und Herzen vereinte, das pochende Leben des gottgleichen Vogels, sollte nun sichtbar für alle und frei sich ausbreiten dürfen.

Heftiger noch als die Nähe des Weibes, erregte mich nun ihre Sehnsucht, mit Sonne und Licht zu verschmelzen. Nahezu schmerzhaft durchfuhr mich das gleiche Begehren, abzustreifen wie Ketten und Kleider die Last eines öde gewordenen Lebens. Niemals zuvor hatte ich dieses Ziehen der Lenden, im Herzen noch nie eine Enge wie diese erfahren. So einem Menschen verbunden zu sein, das kannte ich gar nicht. Hätte ich Flügel gehabt, ich wäre mit ihr in den Himmel geflogen. So dachte ich damals und wünschte mir inbrünstig schwindelerregende Höhen mit ihr zu ersteigen. Doch eigentlich war ich beflügelt bereits, zu ihr hin gehoben, getragen vom heißen Wind meiner Wollust.

Endlich ergriff ich das Wort, durchbrach den Zauber der stillen Gewissheit. Drüben, so sagte ich ihr, auf der Abendseite der Siedlung, gibt's eine Lichtung im Walde. Dort bin ich oft mit dem Falken, lasse ihn aufsteigen, übe die Beize mit ihm. Reichlich vorhanden im lichteren Baumbestand dort sind allerlei Vögel wie Sperlinge, Tauben und Schwalben. Auch gibt es überall kleinere Tiere, viele auf freiem Gelände. Nirgendwo sonst kann mein Freund seine Beute so spielerisch schlagen. Komm, überzeuge dich selbst, wie schnell und beweglich ein Falke zu jagen vermag. Gewiss hast du niemals zuvor etwas derart Schönes und Formvollendetes fliegen gesehen. Solche und ähnliche Dinge beteuerte ich und suchte das Mädchen erregt für den abgelegenen Ort zu begeistern.

Aber ein eifriges Drängen war gar nicht erforderlich, folgte die Magd mir doch gerne, ohne zu zögern.

Während wir unseren Weg durch üppiger werdendes Unterholz fortsetzten, fragte mich meine Begleiterin dieses und jenes: Wo ich am liebsten mich aufhalten würde, was meine Leibspeise wäre, ob es mich freudig errege, in Zukunft ein Fürst zu sein, wie ich mich denn mit meinen Geschwistern vertrüge, was ich als Knabe am liebsten gespielt hatte. Je dichter er wurde, der westliche Wald, umso munterer plauderte Dinah. Ich hatte mich selbst nie gefragt, ob ich Städte dem Wald oder Wälder dem Weideland vorziehen würde. Auch war ich nicht in der Lage zu sagen, wie meine Brüder mich sahen und wie ich vorzeiten als Kind war. Deswegen konnte ich einige Fragen des heiteren Kindes gar nicht beantworten. Erst als ich anfing der Magd zu erzählen, wo ich zusammen mit Händlern gewesen, löste sich mir meine Zunge. Aufgeweckt bat sie mich ihr von den fernen Ländern am Meer zu berichten.

Endlich gelangten wir lachend und scherzend zur angestrebten Lichtung. Gleichzeitig hielten wir inne, verstummten daselbst und ließen die Augen kurze Zeit über die Ebene schweifen. Heut' bin ich sicher, dass Dinah am Rande dieser von Bäumen umstandenen Wiese ahnte, dass dort ein gemeinsames Los unser harrte, dass ihr eine eingreifende Wandlung bevorstand. Oft ist das Ahnen uns unten, wo unsere Seele im Dunkel des Leibes gebannt ist, durchaus die klarste Erkenntnis, sicher von höherem Wert als das, was wir meinen zu wissen. Ahnend erkennen wir erst, wie wenig wir wirklich vermögen, wie irrig der Glaube, man könne was Eigenes wollen. Ahnend erlauben die Götter uns Zeuge zu sein und das zu gewahren, was göttlicher Absicht entspricht. Dinah, ich sehe sie vor mir, ward solch eine Einsicht damals gegeben. Deshalb lag Unfriede, Sorge noch Furcht im Gemüt der Hebräerin.

Plötzlich von innerer Unrast erfasst, besann ich mich meines Gefährten. Ich legte den Kopf in den Nacken, kniff meine Augen zusammen, suchte am Himmel nach kleineren Vögeln. Dinah, das konnte ich wohl noch erfassen, tat es mir nach. Wir sprachen kein Wort und als ich mein Blick zu ihr hinwandte, schaute ich ihr in die fragenden Augen. Statt einer Antwort hob ich die Haube vom Kopf meines Falken. Schlagartig änderte das, wie erwartet, die Stimmung dort auf der Lichtung. Jedes Mal war ich von neuem erstaunt, wie alleine der Blick dieses Tieres die Luft und das Licht zu beleben vermochte. Es war in der Tat, als erschiene auf einmal ein mächtiger Dämon, ein Gott, der mit äußerster Wachsamkeit alles und jeden erfasste. Ruckartig drehte der Vogel das Köpfchen und schaute sich um aus tiefschwarzen Augen, die glänzten wie sorgsam geschliffenes Glas. Dinah, gebannt von der Vorstellung, stieß einen Laut der Verwunderung aus, als sie sah, wie weit die gefiederte Gottheit das Haupt herzumzudrehen vermochte. Ja, es war unschwer zu glauben, dass irgendein höheres Wesen uns in Gestalt dieses Falken besuchte. Wir fühlten uns beide auf Anhieb erschaut, so als würde ein unerbittliches Auge noch die geheimsten Gedanken und Wünsche erkennen. Doch nicht nur uns, die wir nahe dem Spähenden standen, erfasste er rasch, sondern selbst das geringste Geschöpf auf dem lehmigen Boden, sogar die entfernteste Drossel am Himmel. Still aber angespannt hockte der Vogel mir auf dem Arm. Es war diese Mischung aus Ruhe und Regheit, die mich faszinierte. Ich wusste, das Tier war ein Herrscher der Höhen, schnell wie ein Pfeil aus der Sehne, wendig wie Schwalben und fliehende Hasen, stürzte mit tödlicher Wucht vom Himmel herab auf seine zu spät ihn bemerkende Beute. Doch noch saß es still und hielt seine kraftvollen Klauen ins feste, undurchdringliche Leder gekrallt. Scharfsichtig, wachsam und schnell, getragen vom Wind, gesegnet vom goldenen Leuchten der Sonne – das war nun wahrlich ein Bote der Götter!

Lauter als nötig befahl ich dem Vogel zu jagen, stieß ihn vom Arm ab und fühlte am Kopf den Luftzug der schlagenden Schwingen. Stolz und zufrieden blickte ich auf und erkannte sodann, wie Dinah die Flugbahn des Falken bewundernd verfolgte. Mir aber wollten die Augen nicht länger gehorchen, wollten nicht aufsehen, droben den Jäger zu sichten. Während das Mädchen gebannt in die Luft spähte, rang ich nach Atem, verschlang mit den Augen den wohlgeformten Busen der Jungfrau. Fieberglut stieg in mir auf, als ich sah, wie die Brüste sich unter dem Kleide himmelwärts reckten. Anmutig ruhte ihr Haupt in der tragenden Kraft ihres Nackens. Sie hob eine Hand um die großen Augen mit Schatten zu schützen. Einmal mehr öffnete sie ihre Lippen, hielt ihren Atem an, ließ ihn leicht stöhnend entweichen und stieß wiederholt ihr Entzücken mit kindlichen Lauten hervor.

Schließlich geschah, was Aschera, die waltende Göttin und mehrende Mutter des Lebens, von Anfang an wollte. Heimlich und machtvoll zugleich von der Hand dieser Herrin geführt, umfing ich den Leib der Begehrten, drückte ihn fest mir an Brust, Bauch und Lenden und presste den Kopf in das duftende Fleisch zwischen Schulter und Hals. Hemmungslos fuhr ich ihr unters Gewand, befühlte mit fiebrigen Fingern ihr blühendes Fleisch. Dann drückte ich Dinah zu Boden und raffte die Wolle des Kleides, zerrte so lange daran, bis entblößt waren Schenkel und Schoß. Rasch drang ich in sie und stieß meine Hitze hinein in die Tiefen des Weibes. Gleichzeitig klammerte ich mich an ihre erstarrenden Schultern, als könnte mich anders die Erde verschlucken. Keuchend und stoßweise atmend brachte ich wieder und wieder den Laut ihres Namens hervor, wollte beschwören das Wunder der

Hochzeit.

Habe ich Notzucht begangen, habe ich damals das unerfahrene Mädchen genötigt und ihm seine Unschuld gewaltsam geraubt? Lange gequält hat mich seit jenem Tag diese Frage, denn dunkel blieb mir das Wesen des Weibes. Sicher, sie hat sich gewehrt und mich angefleht ihre Würde zu achten. Nein hat sie mehrmals und unüberhörbar gesagt, das kann ich nicht leugnen. Doch war ihre Gegenwehr kraftlos gewesen, der Druck ihrer Hände bloß zaghaft. Außerdem hatte sie mich, den Entrückten, fast zärtlich beim Namen genannt. Und dann, als mein Blut immer schneller zu fließen begonnen, hatte sie da nicht zusammen mit mir genüsslich gestöhnt, sich begehrlich gewunden? Aber vielleicht war ich dermaßen lüstern, von schierer Begierde betäubt, dass mein Auge mich täuschte und ich nur noch sah, was zu sehen ich wünschte.

Schnell war mein Samen vergossen und bald waren aufgezogen die Nebel der Wollust. Als ich aus Rausch und Erregung erwachte, fühlte ich durchaus verwirrt, wie sie unter mir zitterte, leise und schutzlos, die nunmehr Geschändete. Plötzlich betrübt und betroffen stellte ich fest, dass sie weinte. Ich hatte sie eben noch flehend beim Namen gerufen, sie an mich gedrückt, ihre Reize beschworen, nicht eher jedoch als in diesem Moment sie tatsächlich gesehen. Tief war der Sturz aus dem Himmel der Freude hinab in die Schluchten der Reue. Jäh war der Wandel des Herzens und blendend das Licht der Erkenntnis. Denn nun sah ich wohl, was gerade noch hinter dem Schleier Ascheras verborgen gewesen. Ich hatte von Herzen geliebt, doch letztlich nur Leiden gewonnen.

Rücksichtslos war ich dem Drang meiner Lenden gefolgt und hatte dem Mädchen die Würde unwiederbringlich genommen. Grausam die Göttin, die plötzlich mir zeigte, wie schamlos ich Dinah beraubt hatte, elend und arg wie ein herzloser Dieb. Doch wer einen Dieb überführt, bekommt das Gestohlene – oftmals zumindest – zurück, egal ob entwendeten Schmuck oder angeeignetes Vieh. Doch so sehr ich es damals auch wollte, es war mir nicht möglich der Magd das Geraubte reumütig wiederzugeben. Einmal gehorcht hatte ich dem Gebot der Aschera, dem Willen der Mutter das Leben zu mehren, schon war mein Schicksal besiegelt – und das dieser Hirtin vom Volk der Hebräer. Ich sah sie verzweifelt und fühlte mich schuldig, wusste ich doch um die unmögliche Lage, in die ich das Mädchen gestoßen. Blind vor Begehren hatte ich Dinah herabgewürdigt zur Hure. Wertlos geworden war nun alles Silber und Gold, das ihr Vater als Mitgift bereithielt, ohne Bedeutung die Reize des blühenden Alters. Immerfort würde auf ihr das Schandmal der Lüsternheit liegen. Immerzu würde es heißen, sie hätte die Ihren übel beschämt und verraten. Ach, warum war das Wohl meiner Liebe mir in der Hitze der Notzucht so fern und belanglos gewesen? Ich wollte sie trösten gewiss, doch war ich zunächst von Selbsthass gelähmt und geblendet.

Erst als ich sah, wie sich Dinah erhob und mir abgewandt stand, um schamvoll den Sitz ihres Kleides zu richten, erst als mein Auge und Herz ihre schutzlosen Schultern gewahrten, da erst begriff ich, was Gott von mir wollte. Nie sollte Dinah ihr künftiges Leben und Los alleine bewältigen müssen, niemals die Unbill der Schande ertragen. Ich würde mein Herzblatt, das Kind dieses zugewanderten Volks aus dem Norden, heim in die Obhut der Meinen, heim in Schutz und Geborgenheit führen. Nie sollte einer sie schmähen, anzweifeln bloß ihre Reinheit und Würde. Fernhalten wollte ich jeglichen Kummer von ihr, sie schützen vor Bosheit und Unrecht. Von nun an für immer, so schwor ich mir, würde mein Platz an der Seite dieses von Gott mir gegebenen Weibes sein.

Heilig und heftig versprach ich dann auch der Geliebten treu ihr zu sein bis zum Tode. Unsicher streckte ich Dinah die Hände hin, wollte die ihre umwerbend umfassen. Sie aber hielt ihre Augen gesenkt, noch immer erschüttert, stand wie erstarrt auf dem lehmigen Boden. Bittere Tränen vergießend bat ich die Magd um Verzeihung für Glut und Gewalt. Ich flehte sie an, mich ob meiner Leidenschaft nicht zu verdammen, bat sie ihr Auge nicht endgültig abzuwenden von mir, einem aufrichtig Liebenden, sondern mir Glauben zu schenken, ihren Gefühlen zu trauen. Werde mein Weib, so beschwor ich sie, erweise die Gunst mir für immer der Deine zu sein. Eindringlich sprach ich zu ihr, denn ich spürte, ihr Herz war dabei sich für mich zu verschließen. Dann, als ich glaubte sie unwiderruflich verloren zu haben, schwor ich erneut, dass einzig der Tod mich von ihr würde wegreißen können. Ahnte ich damals bereits, wie bald sich mein Weg zum äußersten Markstein des Lebens hinabwinden würde, dass wenige Tage mir blieben, ihr ein verlässlicher Gatte zu sein? Spürte ich dort auf der Lichtung unserer Liebe den Hauch meines nahenden Todes? Sicher verlieh eine Ahnung vom Ende dem, was ich Dinah gelobte, Ernst und Gewicht. Prüfend und hoffend zugleich betrachtete sie mein Gesicht und sah, dass es wohlgemeint war, das Treuegelöbnis des heißspornigen Jünglings.

Still stand sie da und versuchte ein erstes zaghaftes Lächeln. Dann blickte sie an mir vorbei und starrte erstaunt in die Ferne. Sie deutete schweigend hinüber zum Wald mit dem Kinn, einer Geste so wortlos und knapp, dass nahe sich sein müssen die, die sich damit verständigen. Es war diese kleine Bewegung, die kurze Anhebung des Kinnes, woran ich erkannte, dass Dinah bereit war mir zu verzeihen. Dort auf dem unteren Ast einer Eiche saß mein gefiederter Freund und schien auf ein Zeichen zu warten. Da hob ich den Arm hoch, den immer noch lederbestückten, und pfiff den Gefährten herbei. Er nahm seine Beute und querte die baumlose Ebene ohne den leisesten Laut. Wir hörten ihn erst, als er landete, Fänge voraus und die prächtigen Fittiche schlagend. Folgsam erlaubte er mir eine leblose Taube ihm aus dem Schnabel zu nehmen.

Später, am Abend des selbigen Tages, besuchte ich Vater in seinem Gemach. Ich sagte, ich hätte ihm Wichtiges mitzuteilen und bat ihn mich anzuhören. Er schickte die wenigen Diener hinaus und hieß seinen Ältesten sitzen. Schweigend und nachdenklich hörte er zu, als ich ihm erzählte vom Weib der Hebräer und schließlich gestand, überwältigt vom Drang der Aschera, selbst überwältigt zu haben. Lebhaft beschrieb ich sogleich die außergewöhnlichen Reize des Mädchens. Hamor, mein Herr und Gebieter, schien davon wenig begeistert und heute erkenne ich wohl, dass ihm meine Worte die traurige Einfalt und törichte Jugend des Sohnes bewiesen. Aber anstatt sich darüber zu ärgern und mich einen Dummkopf zu schimpfen, saß er nur da und durchdachte der Freveltat Folgen.

Heute und hier ist mir klar, dass der Fürst dazu neigte, das einmal Geschehene hinzunehmen, als hätte der Himmel es eigens gefügt. Doch während sich andere gern auf das Wirken der Götter berufen um eigene Schwächen zu tarnen, sonst aber durchaus mit Großtaten prahlen, folgerte Hamor, dass Schuld und Verantwortung grundsätzlich schwer zu bestimmen sind. Tief in der Seele empfand er, dass ihm nur oblag, die Wege und Mittel der Götter von ruhiger Ehrfurcht erfüllt zu bestaunen. Sicher, so manches betrübte ihn sehr, doch er glaubte, gerecht sei, was immer die Götter uns auferlegten. Es galt zu verstehen die Weisheit des Loses, und sei es auch widrig. Der Burgherr verstand, dass die unbedachte

Tat seines Sohnes für ihn eine Prüfung bedeutete. Er würde mit Sicherheit all sein Geschick dafür brauchen, dem Unmut der Zugewanderten klug zu begegnen. Möglich, dass Hamor schon damals erahnte, dass hoch in der Tat der Preis für den Fehltritt des Nachkommen sein würde.

Ich aber hatte nicht wirklich verstanden, wie schwierig die Lage geworden war. Mir schien die Kraft meiner Liebe so stark, dass sie sämtliche Mauern der Ablehnung einreißen konnte. Ich war zutiefst überzeugt, die Glut meiner Leidenschaft würde die Kälte möglicher Missgunst zur Gänze vertreiben. Rasch war sie angeschwollen zum machtvollen Strom, die Liebe, die Dinahs Geschick mit dem meinen verband. Wer und mit welcher Berechtigung könnte sich gegen die Macht eines derart gewaltigen Flusslaufes stellen? Mehr noch, ich glaubte, dass jeder angesichts unserer innigen Zuneigung Freude empfinden und unserer Ehe bereitwillig zustimmen würde.

Also von heiterem Glauben erfüllt ersuchte ich Vater mir die Geliebte zu lösen. Schon in der Frühe des folgenden Tages sollte der Burgherr hinauf in das Lager der Eingewanderten reiten. Eile, das fühlte ich lebhaft, war durchaus geboten, galt es doch Dinah vor Schande und Schmach zu bewahren. Auch war es sicherlich klug, den Unmut der Fremden im Keim zu ersticken. Hamor alleine, das sah ich sehr deutlich, hatte die Macht meine Untat zum Wohle der ganzen Gemeinschaft zu wenden. Feierlich möget ihr dort, so bat ich, mit großem Gefolge und teuren Geschenken erscheinen, Israels Leuten zu Ehren, sie milde zu stimmen. Dann, wenn der Hirtenfürst angenommen die Gaben und Grüße, sollte mein Vater ihn bitten, mir, seinem Sohne, die Tochter zu geben. Sicher, ich würde den Mann, diesen Israel voller Bedauern beschwören, mir mein Vergehen zu verzeihen. Darlegen würde ich ihm, wie sehr mich die Liebe zu Dinah erfasst hat. Könnte der

Mann sich für sie, seine einzige Tochter, anderes wünschen als so über alles vergöttert zu werden. Ja, wenn es sein müsste, würde ich hinknien gar vor dem Herrn der Geliebten, Israel anflehen mir seine Tochter anzubefehlen.

So sprach ich damals zum Vater und fasste den Wunsch meines Herzens wieder und wieder in dringlichen, drängenden Worten. Schließlich jedoch erhob sich der Fürst und begann, rastlos auf einmal, den Raum zu durchqueren, ließ noch die ferneren Öllichter zucken und züngeln. Rasch stand ich ebenfalls auf um Anstand und Sitte genüge zu leisten. So sehr verstört und von Sorgen erfüllt war mir Hamor zuvor nie begegnet. Stets war der Fürst mir ein Felsen gewesen mit unerschütterlich festem Gemüt, gelassen in jeglicher Lage, immer beherrscht und geduldig, ein Herrscher, der kaum je die Stimme erhob. Doch nun war er sichtlich von Kummer und bangen Gedanken erfasst. Und da, als ich sah, wie sehr ihn der Sinn meiner Worte aus Gleichmut und Ruhe gerissen, da erst entsann ich mich meiner Verfehlung. Erst durch das Unbehagen des Vaters verstand ich, wie sehr ich mich tatsächlich schuldig gemacht hatte. Während ich Hamors Entsetzen erkannte, ward mir der weitreichende Ernst meiner Lage bewusst. Nicht nur ich selbst, auch die Eltern, Geschwister und Onkel mussten die Schmach meiner Schandtat ertragen. Nie sollte ich die Beschämung der Meinen zur Gänze aufheben können. Sicher, die Wunde der ehrverletzenden Kränkung würde verheilen, Narben jedoch würden bleiben. Ach, ich war jung noch und hatte wie alle, die jung sind, geglaubt, man könne die einmal begangenen Fehler einfach wie Spuren im Sande verwischen. Damals jedoch, als mein Schicksal sich mir offenbarte, ahnte ich erstmals, dass das, was wir tun oder sagen, uns immer und nachhaltig zeichnet.

Lange vermied es mein Vater mich anzusehen, doch dann blieb er stehen und betrachtete mich eindringlich. Täuschte ich mich oder zeigte sein Angesicht mir in der Tat einen Anflug von Mitleid? Heute und hier, wo Gedanken, Gefühle und Taten ständig gestalthaft erscheinen, sehe ich klar, was der Sippenfürst damals empfand. Ihm war bewusst, dass die Jahre der Jugend für mich nun vorbei waren. Schmerzhaft erkannte er auch, dass er als Gebieter entmachtet war, nun da der Sohn sich dem Los, einem ungleich viel stärkeren Herrn in die Hände gegeben. Traurig vielleicht und enttäuscht sah mein Vater mich an, doch Zorn wallte nicht in ihm auf. Er rügte mich nicht und machte mir keinerlei Vorwürfe. Mir allerdings wären wütende Worte des Tadels damals gerechter erschienen und leichter gewiss zu ertragen gewesen.

Hamor erklärte mir, nunmehr ein wenig beruhigt, er könne den Lauf des Geschicks nicht bestimmen. *Ba'al* alleine, der Herrscher im Himmel, obläge es jetzt zu entscheiden, ob dieses Weib mir zu Seite gestellt werden sollte. Da ich die Herren des Schicksals gerufen, bliebe mir anderes nichts mehr zu tun, als in Demut ihr Urteil entgegenzunehmen. Da ich das hörte, befürchtete ich, dass der Fürst nicht bereit war mir mit der Macht seines Hauses zu helfen. Aber mein Vater war bloß vom Gedanken durchdrungen, dass er nur vermochte, was Gott ihm erlaubte. Ernst mich in Augenschein nehmend versprach er, bereits in der Frühe des folgenden Tages hinauf in das Lager der Fremden zu reiten.

Abends noch hatte sich Hamor entschieden, dem Vater des Mädchens als Zeichen der Freundschaft ein edles, prunkvolles Zierschwert zu geben. Ihm war es einst vom befreundeten Fürsten Bet-Els überreicht worden, sinnigerweise zum Fest eines mühsam errungenen Bundes. Absichtlich hatte der neue Verbündete damals den Waffenschmied angewiesen dem Schwerte die Spitze zu brechen, sie abzuschlagen und stumpf es zu machen, das Werkzeug des Krieges. So war die Gabe ein Zeichen des Friedens geworden und sollte auch diesmal die Kunde des nachbarschaftlichen Wohlwollens glaubhaft verbreiten. Sorgsam ließ Hamor das erzene Prunkstück vom Diener polieren, der es am Morgen in Rindsleder eingeschlagen dem Fürsten bereitlegte.

Außer dem glänzenden Sinnbild des Friedens erwählte mein Vater weitere Gaben um Israels Leute einzunehmen für sich und die Seinen. Mehrere kunstvoll gewobene Decken hieß er zu bringen und aufgerollt aufzubinden den wartenden Eseln. Bald lag die Arbeit von zahlreichen Monden bereit auf den Rücken der Tiere. Eines der Decken, das sah ich sogleich, kam aus unserem Haus, aus der Hand meiner Mutter. Über die Siedlung hinaus war die Webkunst der Fürstin bekannt. Man schätzte und pries die Dichte und Feinheit des bunten Gewebes, das unübertroffene Gleichmaß des Schusses, die herrlichen Muster. Ich wusste, was Mutter am Webstuhl erschuf, wurde niemals verkauft. Nur wenn ein Freund oder naher Verwandter besonders geehrt werden sollte, zeigte die Fürstin sich gerne bereit, Tuch zu verschenken. Damit war klar, dass Hamors Geschenke für Israel tatsächlich fürstlich sein würden.

Dankbar erkannte ich Vaters Bemühen, Dinah für mich zu gewinnen. Dankbarkeit rührte mein Herz, als ich sah, worauf meine Mutter für mich zu verzichten bereit war. Gleichzeitig aber empfand ich erneut den bohrenden Stachel der Schuld. Denn nie wäre Vater mit derart erlesenen Gaben hinaus zu den eingewanderten Hirten geritten, *wenn* nicht sein eigener Sohn die Würde der Fremden so schändlich verletzt hätte, *wenn* es nicht gälte, Frevel zu sühnen und Frieden zu wahren. Damals empfand ich mein Schuldgefühl groß und ich wähnte in ernsthafter Not mein Gewissen. Doch das, was mir schwer auf der Brust lag, war leicht wie die Feder des Falken verglichen mit dem, was später mein ganzes Gemüt in den tiefsten, dunkelsten Brunnen hinab zog. Als wir beladen mit kostbaren Gaben aufbrachen, Israels Tochter zu lösen, ahnte ich nicht, dass von Vater und Mutter schon bald ein ungleich viel größeres Opfer verlangt werden würde. Später jedoch, als die Meinen durch Israels heimtückische Rache alle ihr Leben verloren, da wurde die Schuld mir zur unerträglichen Bürde, die nicht mal der Tod mir abzunehmen vermochte.

Dinah bekam ich an jenem Tag dort im hebräischen Lager kein einziges Mal zu Gesicht. Stattdessen begegnete ich ihren Brüdern – finstere Männer die einen, großspurige Knaben die anderen. Ehe ein Wort der Begrüßung gesprochen, spürte ich leiblich wie ablehnend, feindselig gar diese Viehzüchter uns gegenüber eingestellt waren. Herzlich dagegen verhielt sich der Hirtenfürst Israel, Dinahs Gebieter, als er meinen Vater mit offenen Händen willkommen hieß. Der Mann lud uns ein, sein Gezelt zu betreten und wies Untergebene an, den Gästen die Füße zu waschen.

Ausführlich tauschten die Alten sich aus und fragten einander nach Wohlbefinden und Heil, nach Herden und Früchten. Glück und Erfolg bei der Zucht wünschte Vater dem Hirten des Nordens, üppige Ernte im Felde dieser dem Fürst der Hiwiter. Doch als der Herr der Hebräer höflich erklärte, Gott möge stets seine segnende Hand über Hamors Familie halten, legte sich über die Züge des Vaters ein düsterer Schatten. Gestern, begann er, die Stimme gebrochen von Gram, hätte einer der Seinen, ausgerechnet sein Ältester, Unrecht getan und Unheil verbreitet. Unendlich leid täte ihm, so beteuerte Hamor, die große Dummheit des Sohnes. Ernst und bekümmerten Blickes betrachtete Vater den aufmerksam Lauschenden ihm gegenüber. Gewiss hatte Hamor inzwischen erkannt, dass jeder im Zelte schon wusste, was draußen im Walde geschehen war.

Dinah, so musste es sein, hatte gleich nach der Rückkehr im Lager vom Vorfall berichtet. Was, so fragte ich mich, hatte sie ihren Eltern erzählt, als sie mich nach der Notzucht verlassen? Wie hatte sie über mich, der ich ihr gewaltsam die Unschuld genommen, gesprochen? Mit angehaltenem Atem erforschte ich Israels Züge. Während sein Gast das Bedauern in Worte zu fassen versuchte, nickte und seufzte der alte Hebräer und zeigte sich gleichfalls bekümmert. Plötzlich verlor ich den Mut, den die Liebe mir gestern noch reich einzuflößen vermochte. Dort in der stickigen Hütte aus düsteren Fellen, inmitten von grimmigen Männern, war ich mir nicht mehr so sicher, bald die Geliebte ins Haus meiner Leute führen zu dürfen. Unruhig hörte ich zu, wie Vater die ehrliche, ehrbare Absicht der Seinen beteuerte.

Dann blickten alle mich an, mit Argwohn die Einen, die andern mit unverhohlenem Abscheu. Auffordernd reckte mir Vater das bärtige Kinn zu und da erst verstand ich, dass mich zu erklären ich nun gehalten war. Also ergriff ich das Wort und berichtete Dinahs Gebieter, wie heftig mein Herz schon beim ersten Gewahren der Tochter entflammte. Ahnungslos war ich und meinte, es gälte den Männern aus Dinahs Familie unmissverständlich zu sagen, welche Gefühle ich hegte, wie sehr mich die Schönheit des Mädchens betört hatte. Später erst wurde mir klar, der Stolz dieser Männer verlangte Genugtuung bloß und wollte von Liebe und Sehnsucht nichts wissen. Was ich auch sagte, wie sehr auch schwor ihre Schwester zu lieben, sie immer umsorgen zu wollen, stets hatten Israels Söhne den Eindruck, ich würde das Haus der Hebräer verspotten.

Dabei vermied ich es sorgsam der Magd eine Mitschuld an ihrer Entehrung zu geben. Das war nicht einfach, da ich mich im Grunde tatsächlich von Dinahs betörenden Reizen hingerissen erlebt hatte. Deswegen pries ich zwar Anmut und Reinheit der Tochter, schimpfte mich selbst aber schwach und gedankenlos. Vollmundig nahm ich alleine die Schuld an der Missetat auf mich. *Aschera*, dessen entsann ich mich rechtzeitig, durfte ich dort bei den herzlosen Hirten nicht mal erwähnen. Hätte ich sie zur Herrin der Liebe erklärt, behauptet, dass Wollust ihr heiligster Wunsch wäre – wahrlich, die Viehzüchter hätten mir sicher sofort mit blitzenden Klingen die Kehle durchtrennt. Nein, ich vermied es mich selbst als williger Diener *Ascheras*, als schuldloser Knecht einer gottgegebenen Lust zu bezeichnen. Ungerecht schien es mir damals jedoch, dass irgendein Gott uns zu Taten bewegt, für die wir am Ende alleine gerade stehen müssen. So fühlte ich, denn mein Geist war verschleiert und unbekannt war mir daher das Wirken der Seele.

Wieder und wieder beteuerte ich, der Tochter für immer ein sorgender Ehemann werden zu wollen. Demütig bat ich den alten Hebräer mir zu erlauben die Schuld, die ich auf mich geladen, mit unverbrüchlicher Treue zu sühnen. Lange und viel und sicher zu ausschweifend redete ich, die Zunge vom Rausch meiner Liebe gelockert. Als ich geendet, da nickte der oberste Viehzüchter anerkennend und zürnte mir nicht. Israel, schien es, war wirklich bereit die Notzucht der Tochter als Schwäche der Jugend mir zu verzeihen.

Doch dann ergriff einer der Söhne das Wort und ich spürte sehr wohl, dass ihm meine Rede nicht zugesagt hatte. Levi hieß dieser bemerkenswert blasse und hohläugige Mann, der mir etwas hochmütig vorkam. Als er begann seine Leute und uns über Gottes Gebote aufzuklären, da war ich mir sicher, dass er bloß den Preis für die Schwester hochtreiben wollte. Denn vieles von dem, was das Leben in Schechem angenehm machte, fehlte den zugewanderten Steppenbewohnern: Emmer und Gerste natürlich, Getränke wie Wein oder Bier, aber ebenso tönerne Krüge, erzene Schalen und silberne Becher und nicht zuletzt Holz, um sich Truhen und Schemel zu bauen. Deshalb erstaunte es mich zu erfahren, *was* Dinahs Bruder von mir und den Meinen verlangte. Ich glaubte zunächst, er wollte uns beide verhöhnen, sichtlich empört wie er war. Aber schnell sah ich ein, dass der Mann sich fürs Scherzen zu fein dünkte. Ihm war es ernst, wie man ernster kaum sein kann, während er uns vom geheiligten Zeichen des Bundes mit jenem Gott ihrer Väter, erzählte.

Was er von mir und den Meinen verlangte, schien mir zunächst ein geringfügiges Opfer zu sein. War es denn wirklich so wichtig beschnitten zu sein? Sollte es diesen zu uns her gewanderten Fremden genügen, wenn wir uns die Vorhaut entfernten? Das sollte alles sein, ausreichen schon um würdig dem Gott dieser Hirten zu werden? Mir war Beschneidung bereits von ägyptischen Sklaven bekannt, ich wusste, sie schwächte die Manneskraft nicht im Geringsten. Nichts, wie mir schien, sprach dagegen, den Wunsch der Hebräer uneingeschränkt zu erfüllen.

Äußerlich unbewegt sah ich hinüber zum Vater. Der aber tat, als würde er Israels Forderung gar nicht verstehen. Anscheinend ahnungslos ließ sich der Fürst von den Knechten des fremden Gottes erklären, was denn genau beim Beschneiden beschnitten wird. Erst als ich sah, wie er schweigend und anscheinend wissbegierig verfolgte, was ihm längst bekannt war, verstand ich, dass Vater bloß Zeit zu gewinnen versuchte. Durch diese Vorsicht des Fürsten begriff ich, dass Israels Forderung doch nicht so unbedenklich war, wie ich anfangs gemeint hatte.

Abends, noch ehe die Sterne am östlichen Himmel erschienen, traf sich mein Vater, der Fürst, mit sämtlichen Ältesten Schechems am südlichen Stadttor. Unweit des mächtigen Mauerwerks saßen sie alle beisammen, die Reichen und Vornehmen, Händler und Handwerker, ausnahmslos vielfache Väter und Großväter. Ich war mit Abstand der Jüngste von ihnen, nicht zur Beratung geladen, doch der, dessen Liebe von allen nun Opfer verlangte. Mir war nicht wohl in der Runde, da es mir arg widerstrebte, all diese ehrwürdigen Männer zu bitten für mich ihr Geschlecht zu verstümmeln. Ja, so empfand ich das damals und vielleicht hatte Vater mich deshalb nur mitzukommen geheißen, um mir den Preis meiner Dummheit, die Auswirkung meiner Verfehlung vor Augen zu führen.

Doch wenn mein Vater mir böse war, ließ er mich davon nichts spüren. Heute erkenne ich klar und verstehe es auch, dass Hamor am Abend des Rates einzig das Wohl seiner Leute im Sinn haben konnte. Nun, da im Grunde die Zukunft der Stadt auf dem Spiel stand, vermochte mein Vater auf mich keine Rücksicht zu nehmen. Was er den Ältesten sagte, weiß ich nicht mehr, denn eigentlich war ich die ganze Zeit von Sorgen und Ängsten wie bösen Schakalen umstellt. Er sprach wohl vom Reichtum der zugewanderten Viehzüchter, wies daraufhin, dass ein Pakt mit den Fremden für alle Gewinn bringen würde. Nachdrücklich redete er und all die Zeit blickten die Männer der Stadt mit harten, versteinerten Mienen auf ihn, ihren Fürsten. Feindselig schienen mir damals die Augen der Ältesten, mürrisch und abweisend. Keiner jedoch widersprach meinem Vater und keiner getraute sich mir, seinem unbesonnenen Sohn einen Vorwurf zu machen. Groß war der Einfluss des Fürsten, so groß, dass ihm alle Versammelten blindlings vertrauten. Jeder der Alten erklärte sich letztendlich einverstanden Hamors Empfehlung zu folgen.

Dann hieß der Fürst seine Diener Lammbraten, Brot und den Wein seiner eigenen Reben zu bringen. Ausgiebig wurde nun Schechems Entscheidung gefeiert, Israels Leuten entgegenzukommen. Zügig wie großzügig füllten die Sklaven die Becher und munter tranken die Männer des Rats vom berauschenden Saft. Irgendwie ahnte ich damals bereits, dass ausgiebig trinkend ein jeder vor allem bezweckte sich gegen den kommenden Schmerz zu betäuben.

Noch aber wurde das Messer nicht angesetzt an der hüllenden Haut des Geschlechts. Anderntags zogen die Alten zusammen mit Hamor zunächst hinaus in das Lager der gottesfürchtigen Fremden. Vorsichtig suchten die Männer Gewissheit, dass wirklich auch alle aus Israels Volk bereit zur Verbrüderung waren. Aber zu Hause, hinter den Hütten der Knechte schlugen die Diener schon emsig die Splitter vom Zündstein. Schärfer als Schmiede je erzene Messer zu schleifen vermochten, sprangen die hauchdünnen Blättchen vom harten Gestein. Nur *da*mit, so hieß es vom Gott der Hebräer, sollten die Männer einander beschneiden. Keiner bezweifelte noch, dass die Sippen sich endgültig einigen würden.

Tatsächlich kamen die Ältesten bald in die Siedlung zurück und jeder verschwand zu den Seinen. Männliche Kinder, Knaben und Jünglinge, kräftige Kerle wie siechende Alte, Freie und Sklaven – alle gehorchten dem Herrn ihres Hauses, entblößten sich ängstlich zuweilen und bissen die Zähne zusammen. Überall hörte man weinende, wimmernde Kinder und fluchende Alte. Auf sämtlichen Höfen und Tennen, in Gärten und Ställen tropfte das Blut der Verletzten aus bebenden Wunden auf Schechems hartgetrocknete Erde.

Hamor, der wusste, was ihm zu vollstrecken oblag, führte in unserem Hause die Steinklinge sicher und zügig. Ich als sein ältester Sohn war zuerst an der Reihe. Stärker jedoch als erwartet traf mich der Schmerz, meine Knie wurden weich. Ohne sein Blick zu mir hochzuheben, warf Vater die blutige Haut in das Rund einer tönernen Schale. Bald würde diese sich füllen und dann, wenn der letzte beschnitten, sollten die abgeernteten Häute als Brandopfer unserem Herrn und Gebieter dargebracht werden. Schließlich goss Vater mir Wasser über die Wunde, kühlte den Schmerz und murmelte segnende Worte. Kopfnickend deutete er auf die leinenen Lumpen, die sorgsame Mütter bereitgelegt hatten. Schmerzgekrümmt nahm ich mir eines der Tücher und suchte mir selbst das geschundene Glied zu verbinden.

Bald war sie gänzlich erfüllt, die blutige Pflicht meines Vaters. Als alle die Seinen beschnitten, entblößte auch er sich und trennte sich rasch von der nunmehr sündig geheißenen Vorhaut. So hielt der Fürst sein Versprechen, denn als der Abend hereinbrach, gab es in Schechem nicht einen Mann ohne das anverwandelte Mal der Hebräer, jenes so unglückselige Zeichen.

Ein Tag verging, der Blutfluss versiegte, die Kinder verstummten, die Schmerzen wurden allmählich geringer. Abends, am Tag nach dem Schlachtopfer, trat etwas ein, das damals für mich wie ein Wunder war. Während der Röte des Himmels meldete einer der Wachen Besuch an. Jeder von uns war erstaunt zu erfahren, wer unverhofft Einlass begehrte. Wortlos bedeutete Hamor den Gast herein zu geleiten. Dann war sie da und ich sah, wie sie scheu und zurückhaltend eintrat in unser Zuhause, das bald auch das ihre sein sollte. Rana begleitete sie, meine eigenwillige Nichte, die ihr mittlerweile zur Freundin geworden. Kühn wie sie immer gewesen, führte die Nichte den fremden Besuch beherzt vor den Sitz ihres Fürsten.

Kleiner erschien die Geliebte mir damals, ich spürte sofort das Bedürfnis das liebliche Kind zu beschützen. Dinah vermied es mich anzusehen und erwies meinem Vater die Ehre, begrüßte ihn höflich und bat ihn als einfache Magd ihm dienen zu dürfen. Das war nun wirklich ein ungewöhnliches Ansinnen. Zwar war die Ehe entschieden, doch noch waren Dinah und ich nicht vermählt. Mein Vater betrachtete sie eine Weile lang schweigend. Ihm war natürlich bewusst, dass es grob gegen Sitte und Anstand verstieß, den Wunsch dieses Weibs zu erfüllen. Noch war sie Israels Tochter, noch war kein Brautpreis entrichtet. Warum die Eile mein Kind, so hätte er nachfragen können, warum nicht wenige Tage noch warten? Bald, so Gott will, wirst du eh zu den Meinen gehören. Was treibt dich an deine Leute jetzt und auf eigene Faust zu verlassen? Solches zu fragen lag nahe und wäre verständlich gewesen. Aber der Fürst sah das Mädchen nur eindringlich an, so als suchte er Auskunft allein in Gesicht und Gestalt.

Hier, wo das einmal Gewesene immer in anderem Lichte erscheinen wird, leuchtet mir ein, dass der Fürst sich entschloss, seine Fragen für sich zu behalten. Ohne es näher erklären zu können, sah der Gebieter, dass Dinah uns allen zum Schicksal geworden war. Feinfühlig spürte der Fürst eine große Bedeutung verbunden mit dieser Hebräerin, spürte den Wert dieses Mädchens für ihn und die Seinen, sah sie als künftige Mutter verbrüderter Sippen. *Sie* war gekommen, das nahm er als Zeichen der Götter. Meine Begier hatte Dinah genötigt, war töricht gewesen, doch nun war sie selbst in das Haus der Hiwiter getreten. Ja, es war herzlich empfundene Demut, die Hamor zurückhielt: Was die Götter bestimmt hatten, sollte der Mensch nicht mit Fragen und Zweifel zerstören.

Auch für mich selbst war es damals von großer Bedeutung, dass Dinah zu uns kam. Ich weiß noch, als wäre es gestern gewesen, wie sehr ich mich freute, wie heftig das Herz mir bis hoch in den Hals schlug. Dass sie von sich aus zu mir und den Meinen gekommen war, gab mir vollends die Gewissheit, dass Dinah mich liebte. Obzwar ihre Augen die meinen nicht suchten, wusste ich doch, dass die Magd mir mein ungestümes Vergehen verzieh. So stand ich erstaunt und berückt an der Seite des Vaters und strahlte noch mehr als der Mond, der eben den Bergen entstiegen war.

Endlich, das Schweigen war langsam bedrückend geworden, winkte der Fürst einen Diener herbei und hieß ihn das Mädchen seiner, des Fürsten, Gemahlin zu bringen. Damit ward Dinah zunächst in die Obhut der Frauen befohlen. Einen Tag später schon sollte sich zeigen, wie sehr wir auch ihrer Hilfe bedurften.

Dai, der jüngste und kleinste von all meinen Brüdern wurde als erster vom Fieber befallen. Ich hörte ihn stöhnen und sah ihn gebadet im Schweiß auf dem Schilf seiner Matte. Innerhalb kürzester Zeit hatte Dais kleiner Körper zu glühen begonnen. Ab und zu drohte der Junge bereits in Ohnmacht zu fallen. Mutter bemühte sich ruhelos Haupt und Glieder des Söhnchens zu kühlen. Sorgen bereiteten ihr, dass Wundbrand den frisch Beschnittenen quälte. Eitrig geworden bescherte sein kleines Geschlecht ihm furchtbare Schmerzen. Nackt lag er da, noch das feinste Gewand hatte unerträglich am brennenden Gliede gescheuert. Gleichzeitig fror er, der Arme, wälzte sich zitternd herum und klapperte laut mit den Zähnen.

Bald aber wurden auch ältere Jungen und Männer vom Brand überwältigt und immer mehr lagen fiebergeschüttelt danieder. Pausenlos gingen nun Weiber zum Brunnen hinüber, tauchten zerrissenes Leinen ins Wasser, suchten den fiebrigen Leibern die Hitze zu nehmen. Mehrere vornehme Weiber kamen zum Fürsten und jammerten laut vom Leid ihrer Männer und Söhne, die taten- und wehrlos am Boden sich krümmten, klagten vom Kummer der Schwestern und Töchter, ganz von der Pflege der Kranken in Anspruch genommen.

Aber auch Hamor war krank und das Fieber trübte sein Auge, zerbarst seine Lippen, verschloss seine Ohren. Krampfhaft versuchte mein Vater sich sitzend aufrecht zu halten. Schweiß rann ihm schließlich in Bächen an Schläfen und Wangen hinunter. Das war das Letzte, was ich von ihm sah, das Bild eines Mannes, der auch noch im Schmerz an das Gute geglaubt hat. Schwächer und längst nicht so tapfer wie Vater gelang es mir nicht, dem Wundbrand zu trotzen. Bebend und schweißüberströmt verließ ich den Fürsten und sank erschöpft auf mein Lager.

Später erfuhr ich, dass Eri, der Hauptmann der Wache, gestützt auf sein Weib, zum Fürsten gekommen war. Ernstzunehmendes hatte der stämmige Krieger zu melden. Sämtliche Wachleute waren inzwischen vom Fieber niedergestreckt worden. Ungeschützt standen nun Türme und Tor, die Stadt war nicht länger gesichert. Treu wie er immer gewesen, hatte sich Eri verbeten des Fürsten Entscheidung zu tadeln, sämtliche Männer auf einmal beschneiden zu lassen. Doch wie ich hörte, beklagte sein Weib ohne Scheu die fehlende Weitsicht des Burgherrn. Ich weiß nicht, was Vater dem Weibe erwiderte, weiß nicht, ob er sich zu jener Zeit selbst gar Vorwürfe machte. So wie er damals vom Wundbrand geschwächt war, dürfte er kaum in der Lage gewesen sein, sich zu verteidigen. Was er dem Hauptmann gesagt hat, es ward mir von Mutter berichtet, sollte den Zorn und die Sorgen der Seinen verringern. Schechem, beruhigte Hamor, sei sicher, denn keiner bedrohe Stadt oder Leute. Draußen im Feld, vor den Toren der Siedlung, lagerten Israels Leute, verbündete Nachbarn mithin und fast schon Verwandte. Wenn morgen zu Mittag die Lage der Männer nicht besser geworden, ließ sich der Herrscher vernehmen, sollte sein Weib mit den Mägden hinauf in das Lager der Viehzüchter gehen, um Hilfe zu holen. Gewiss würde Israel gern seinen

Bruder tatkräftig stützen. Herbitten sollte man bloß die zugewanderten Freunde, so gab sich der Fürst überzeugt, und die Weiber der Stadt wären länger nicht schutzlos.

Auf meiner schwülwarmen Lagerstatt fand ich derweil keine Ruhe. Schemen durchquerten den Raum, umstanden mich fragend und flüsternd. Wie aus der Ferne vernahm ich den Klagelaut weinender Kinder vermischt mit dem Plätschern von Wasser. Ab und zu meinte ich näher bei mir meinen Namen zu hören. Dann wieder sah ich auf einmal ganz klar meinen Falken, würdevoll kreisend am helllichten Himmel, sah und begleitete ihn wie ein luftgeborenes Wesen. Aufstrebend wurde ich selber zum Falken, erhob meine lichtgewordenen Glieder über das Dunkel der Täler und Wälder, fühlte mich schwerelos, leicht und zugleich voller Kraft. Aber auch das blieb nicht lange und unverhofft stürzte ich hilflos hinab in die Tiefe, taumelte wild, überschlug mich und schien nunmehr endlos zu fallen. Ich schrie, doch die Schwärze, die mein Schreien umhüllte, sog jeden Laut in sich auf und stieß mich in stummes Entsetzen. Heißer und heißer ward mir, so als fiel ich hinab in die brodelnden Feuer der unteren Erde. Dann, als ich glaubte mich endlos hinunter kreisen zu müssen und mir eine finstere Glut die Besinnung und Luft nahm, holte der Druck einer kühlenden Hand mich zurück auf mein Lager.

Aufstöhnend öffnete ich meine Augen, blinzelte Wasser- und Schweißtropfen weg und gewahrte durch einen Dunstschleier die, die mein Leben und Los war. Tiefdunkel glänzten im Schein einer Lampe die Augen der Magd, als sie meinen Aufblick erwiderte. Ringsum war alles verschattet und dunkel, einzig die Haut ihres Antlitzes schimmerte bronzen. Mir war als würde allein dieser leuchtende Anblick bereits mir Kraft und Hoffnung verleihen, als wäre das Licht ihrer Augen allein in der Lage meinen ermatteten Leib wieder aufzurichten. Während die Schreckensdämonen der Nacht sich rasch in die Schatten zurückzogen, atmete ich wieder leiser. Allmählich lösten sich auch meine Züge, wichen aus ihnen fürs Erste die Spuren des krampfhaften Ringens. Als ich versuchte zu lächeln, fiel es mir schwer meinen Mund zu entspannen. Trocken wie Sand waren Zunge und Lippen, vergebens versuchte ich sie zu begrüßen, den Namen der Liebe erklingen zu lassen.

Wortlos benetzte die Magd meinen Mund und strich mir mit nasskühlen Fingern über die Lippen. Vorsichtig hob sie mein Haupt und gab mir ein wenig zu trinken. Schon diese einfache Handlung machte mich müde und seufzend sank ich zurück auf die Matte. Schwach war der Ton meiner Stimme, flüsternd gelang es mir nur die Geliebte zu rufen. Bald war's nicht mehr als Gemurmel – und Dinaha, Dinaha lallend glitt ich zurück in den Dunst eines rastlosen Schlafes. Sie legte mir wieder die Hand auf die Stirn, vielleicht aber hielt mich der Brand auch zum Narren. Leise und wehmütig klang aus der Ferne ein Singen. Ich glaubte es wäre Aschera, die mich in das Land meiner Vorfahren heimzuführen gekommen war. Heiter nun plötzlich und hingebungsvoll gelobte ich ihr meine ewige Treue. Frohmütig sah ich das Antlitz der Göttin über mir aufleuchten, erstrahlend wie Erz in der untergehenden Sonne. Klein war ihr sittsamer Mund, gefasst und geschlossen, barmherzig dagegen und groß ihre Augen. Ich weiß noch, wie sehr mich das zweigeteilte Bild dieses Angesichts rührte: Unten die nüchterne Kühle, ja, Strenge der Herrin und oben die offene, mitfühlende Weite der Mutter. Sanft wie die Nacht sich auf ausgetrocknete Felder im Sommer herabsenkt, so legte die Göttin ihr leichtes Gewand auf den hitzigen Leib ihres Dieners. Nun war gewiss, dass sie wirklich erschienen war, mich in das Reich meiner Väter zu führen, mich achtsam ins Tuch ihres Kleides zu wickeln und sacht in die himmlische Burg meines Volks hinauf zu geleiten. Ich sehnte mich schmerzlich danach endlich vereint mit den Fürsten und Helden vergangener Zeiten zu sein. Riefen sie mich nicht bereits und hießen mich eilen? Aufgeregt hallten herüber zu mir ihre starken, markigen Stimmen. Fester umfing mich derweil die Obhut der sorgenden Göttin. Schwingengleich breitete sie ihren Sternenglanz aus über meinen ermüdeten Körper. Dann aber flog sie auf einmal davon, erhob sich und ließ mich den fahrigen Abglanz wütender Fackeln erkennen. Eindringlich waren sie nun, die kraftvollen Rufe und jählings zerstob meine Hoffnung.

Alles ging schnell, so schnell wie der Sturzflug des Falken. Nahezu gleichzeitig hörte und sah ich des Todes gemeiner Vollstreckung. Lautes Geschrei riss mich hoch aus fiebergeborenen Bildern. Angstgeweiteten Auges erkannte ich unweit von mir bewaffnete Männer mit blitzenden Klingen. Jemand versuchte sie aufzuhalten und warf sich beherzt in die Arme des Vorderen. Erst als sie anfing zu kreischen, wurde mir klar, dass es Mutter war, wild geworden vor Angst und Entsetzen. Grob stieß der Eindringling Hamors treue Gemahlin zu Boden. Unfähig aufzuspringen vom Lager, zu schwach nach dem Schwerte zu greifen, wurde ich Zeuge des heimtückischen Verrates. Wenige Schritte entfernt versuchte mein Vater sich gerade noch hochzustemmen vom Lager, als ihn ein Schwerthieb im Nacken traf. Rasch folgten weitere Schläge und fauchend durchbohrte die Klinge die Brust des wehrlosen Fürsten.

Ehe noch Hamor zur Gänze verstummt war und ausgehaucht hatte, wandten die Mörder sich mir zu. Klar wie ich nur durch die innige Nähe des Todes zu sehen vermochte, schaute ich plötzlich das Ganze, Anfang und Ende, Versuchung, Versöhnung, Verrat, die verschlungenen Pfade des

Schicksals. Während mein Leib sich noch wehrte und aufschreiend hochhob die Arme, wurde ich innerlich still und gelassen. Fast wie ein unparteiischer Zeuge schaute ich zu, als das Los sich erfüllte – schaute und sah, dass die Schwester der wütenden Mörder, dass Dinah sie aufzuhalten versuchte. Da stand sie nun, zwischen mir und den Ihren, und stand wie gebannt, von den Göttern verlassen, für immer allein in der Ödnis der Zwietracht. Ich spürte die Kraft, die sie trug, die ihr auftrug, dort stehen zu bleiben. Stärker war sie als das sterbliche, sterbende Fleisch der Erregten, stärker als Schwerter und Keulen.

Aber die nächtlichen Rächer erkannten sie nicht, diese Kraft, und warfen das Mädchen zu Boden. Noch als das Erz ihres Zorns mich durchbohrte, verstand ich warum das so war, denn blind müssen die sein, die allzu willig dem Hass dienen, blind für die heilige, heilende Absicht der Götter. Die, die noch nicht zur versöhnenden Liebe erwacht sind, zürnen dem Leben und sehen sich unablässig von Feinden umgeben. Grollend wie böse Schakale beißen sie jeden, der ihnen zu nahe kommt. Furcht und Verblendung treibt sie wie Hunde hinein in das einsame Land ihrer selbstgerechten und Stein gewordenen Herzen. Doch Gott ist barmherzig und führt sie hinaus aus der Wüste, gibt ihnen auf am Gehassten zu wachsen. Also erging es den Männern, die mich und die Meinen so heimtückisch meuchelten. Während sie schändeten, brandschatzten, stachen und schlugen, ketteten Israels Söhne sich fester ans Heil der von ihnen vertriebenen Seelen. Denn nun waren wir ihnen aufgegeben, aufgebürdet als Schuld, die sie so lange mittragen müssen, bis sie sich ihrer erinnernd erkennen.

## 3. Blickwinkel

Der große Bruder Dinahs kommt zu Wort, ein Kriegertyp, tapfer, gewaltbereit und mit einem ausgeprägten Ehrgefühl. Er ist ein Mann der Tat, ungeduldig, stur und herrisch.

# Schimon. Der Wütende

> Verflucht ihr Zorn, da er so heftig, verflucht ihr Grimm, da er so roh.
> GENESIS 49, 7

Wahrheit ist überall, tritt uns entgegen mit jedem Gebüsch und Getier dieser weiten, grausamen Erde. Wahr sind die brennenden Strahlen der Sonne, die gierig und unaufhörlich das Wasser vom Weideland lecken. Wahr ist das Dornengestrüpp, das die liebliche Gerste im Feld überwuchert. Wahr sind die rauschenden Bäche, die rüde herunterstürzen vom Berg und blühende Bäumchen entwurzeln. Jeder kann sehen, wie es ist, denn nichts ist verborgen. Jedermann kennt doch die Wahrheit des Sturmes, der ohne zu fragen die sandigen Böden davonträgt und aufbrausend ganze Gehöfte verschüttet! Offen und klar liegt zu Tage die Wahrheit des Löwen, der Schafe und Dammhirsche reißt, sobald ihn zu fressen gelüstet.

Überall zeigt sich dem unbefangenen Auge die Herrschaft des Starken, denn Leben heißt kämpfen und siegen kann nur, wer mutig und stark seine Vormacht beansprucht. Wie soll die glühende Bronze geformt werden – außer durch fest entschlossene Schläge des Hammers? Einzig die unnachgiebige Härte des hämmernden Steines nötigt dem störrischen Erz die gebrauchte Gestalt auf. Hörte man je, dass sich Bronze zu Nägeln und Speerspitzen formte, bloß weil ein Schmied sie zuvorkommend darum gebeten? Haut er nicht vielmehr mit Wucht auf das mächtig erhitzte Metall um dem Erz seinen Willen aufzuerlegen? Wo man auch hinschaut, das Stärkere herrscht und das Schwache ist da ihm zu dienen. Hoch können Bäume nur werden, indem sie die anderen ruchlos vom Wasser verdrängen. Rasch wird der Wurm von der Drossel gefressen, rasch wird die Drossel vom Falken geschlagen. Nie war es anders, nie hat ein Räuber vom Fleisch seiner Beute gelassen, niemals das Schwache verschont. Denn das ist die einzige Wahrheit, die zählt: Wer nicht frisst, wird gefressen.

Alle sind Teil dieser Wahrheit, Berge und Bäche genauso wie Brennholz und Feuersglut, Amboss und Hammer, alles Geröll, Gehölz und Getier. Nur wir, die gerade zum Herrschen Geborene, meinen uns über die Wahrheit erheben zu können, meinen nicht schlagen zu müssen, wenn Gott uns die Schwachen zur Beute gereicht hat. Löwen sind wir, doch die Zaghaften meinen, es stünde uns zu, bloß zu blöken und grasen wie Schafe. Tun sollten wir, als wären wir Lämmer auf friedlicher Weide, künftig von Gräsern und Kräutern allein uns ernähren. Aber verlogen sind die, die ihr wahres Wesen verstellen. Wie die Geschicke der Väter uns oft genug lehrten, bricht noch jede Lüge auf Dauer unter dem Andrang der Wahrheit zusammen.

Eineinhalb Jahre mag's her sein bereits, dass mein Vater und wir die Hänge um Schechem betraten. Ich weiß noch genau, was ich damals mit Blick auf die Siedlung empfunden und heimlich gedacht habe: Weichet ihr Schwächlinge, weichet, denn wir sind gekommen einzunehmen, was Gott uns gewiesen hat. Dunkel und abweisend standen die wuchtigen Mauern der Stadt und darum herum lagen klein und zusammengedrängt zahllose Hütten und Häuser. Schon dieser Anblick verriet die feige Gesinnung der Einwohner Schechems. Furchtsam wie Schliefer verkrochen die Leute sich dort hinter steinernen Wällen, hausten in rissigem Lehm wie in Höhlen. Misstrauisch horteten sie ihre Schätze in Säcken und Schläuchen tief in der Dunkelheit ihrer Verstecke. Unweit der

Siedlung auf umliegenden Feldern sah man sie wühlen und Scharren wie Schweine. Aufreißen sah ich die Landmänner magere Böden mit schweren, erzenen Pflügen, achtlos zerstören die Wälder und Hügel.

Mehr noch als Bauern jedoch waren Schechems Bewohner Banditen, die dort an der Passstraße lagerten. Jeder, der südwärts hinauf in die großen Gebirgsstädte wollte, musste durch Schechem hindurch. Und jeder der nordwärts hinab in das weite, ebene Land unterwegs war, musste die Passhöhe, nördlich des Garizin, ebenfalls queren. Schechems Gesindel, das sollten wir bald schon erfahren, belegte die Waren und Güter der Händler schamlos mit stattlichen Zöllen. Wer nicht zu zahlen bereit war, der durfte nicht weiter und musste dorthin zurück, wo er herkam. Wächter mit Lanzen und Schwertern bewachten die viel bewanderte Straße und hoch auf den Mauern der Burg belauerten Schützen mit glänzenden Bögen den so bedeutenden Durchgang. Hamor, dem Herrn dieser Bande, so hieß es, gehöre die Straße. Ihm und den Seinen würde seit alters obliegen, sie offen und sicher zu halten, Geröll zu entfernen und zuzuschütten die Gräben im Frühjahr. Aber sie taten nicht viel und ich sollte die Klagen der Reisenden später noch oft genug hören.

Auflauernd wie eine ältere Hündin am Wegesrand lag die Hiwiterburg träge und überaus tückisch. Grinsend verstand ich sofort, wie reich diese Leute inzwischen geworden sein mussten. Ja, es würde sich lohnen sie anzugreifen, die Stadt dieser hinterhältigen Zöllner und Wühler. Seinerzeit ahnte ich schon, dass wir gut daran täten, unsere Schwerter zu zücken und diesem Gesindel beherzt mit Gewalt zu begegnen. Während ich oben am Hang stand und rasch in mich aufnahm das Bild dieser Stadt mit all diesem ehrlosen Kramen im Dreck, dem Horten in Hütten und Höhlen, dem Gieren nach Silber, von wehrlosen Händlern erpresst, da wurde mir klar, dass man ihren Bewohnern nicht trauen kann. Das war die Wahrheit, ich sah sie schon damals so klar wie die rötlichen Zinnen der Burg in der langsam sich neigenden Sonne.

Aber mein Vater, vermögend und müde nach Jahren des Schuftens, wollte die Wahrheit nicht sehen. Israel wollte verhandeln, sich friedlich mit Schechems Bevölkerung einigen. Damit jedoch waren Ärger und Schande unabwendbar geworden. Wäre es damals nach mir oder Levi gegangen, so hätte der Fürst der Hiwiter kein Gold oder Silber bekommen. Ich war dafür, diese ruchlosen Gauner sofort zu vertreiben. Zahlreiche Knechte und Sklaven begleiteten uns und viele von ihnen vermochten durchaus mit Schwert oder Keule zu kämpfen. Zweifellos hätten wir innerhalb weniger Stunden all diese trägen, gierigen Gauner geschlagen. Wir waren Löwen und auch wenn die Einwohner Schechems nicht zu den Lämmern gehörten – sie waren uns doch unterlegen. Sicher, sie mochten wie Hunde im Rudel vereint über arglose Reisende herfallen, knurren und höhnisch die Eckzähne fletschen. Aufjaulend würden sie fliehen jedoch, sobald sie die nahe Gewalt eines einzigen Löwen erspürten.

Ich hatte mich schon mit dem Schwerte gegürtet und schaute zum Vater hinüber. Der aber schüttelte schweigend den Kopf und gebot mir innezuhalten. Damals verstand ich das nicht und auch heute bin ich mir sicher, dass Vater die falsche Entscheidung traf, dort auf den Hügeln um Schechem. Waren wir so weit gereist um am Ende zwischen den Disteln zu lagern? Hatten wir dafür die fruchtbaren Felder im Norden verlassen, aufgegeben die saftigen Weiden Harrans? Für mich war der Kampf um die Heimat von Anfang an unausweichlich gewesen. Wer eine so große Herde zu führen hat, wer über zahlreiche Sklaven gebietet, wer seine Sippe von Gott so gesegnet sieht, der darf an Grenzen und Toren nicht zaghaft um Einlass ersuchen. Soll sich der Wolf vor den

Schafen verbeugen, sie kriecherisch bitten ihm auf der Weide ein Plätzchen zu lassen? Soll sich ein Herr von der Dienerschaft vorschreiben lassen, wo er sein Vieh tränkt? Das wäre Irrsinn und doch war es das, was mein Vater geschehen lassen wollte. Immer schon haben die Stämme und Sippen einander bekämpft, aus grünenden Tälern vertrieben, verdrängt von den saftigsten Auen. Wer nicht bereit ist zu kämpfen, erlangt weder Würde noch Wohlstand. Wer nicht bereit ist mit roher Gewalt seinen Platz zu behaupten, endet in felsigen Schluchten und wüstem Gelände. Stärke, Entschlossenheit, das ist was zählt, wer zögert, der hat schon verloren. Deswegen drängte es mich die Gunst dieser Stunde zu nutzen und Siedlung wie Burg zu erstürmen.

Israel aber, mein Herr und Gebieter, war zaghaft geworden und fürchtete das, was er mühsam erworben, im Kampf zu verlieren. Weit von den Weiden und Sippen der Heimat entfernt, sah sich Vater zur übermäßigen Vorsicht genötigt. Ja, in der Tat, dieses Land seiner Jugend war Israel nun nach der Wiederkehr fremd und bedrohlich erschienen. Ihm war schon lange zuvor das nördliche Mesopotamien, insbesondere aber die Senke Harrans zur Heimat geworden. Dort hatten Leah und Rachel, die Töchter des Oheims, ihm Söhne geboren. Dort war ihm alles vertraut und verlässlich gewesen. Zu jener Zeit hieß er noch Jakob und liebte es sehr die Schafe und Ziegen des Onkels im Frühling über die regengesättigten Weiden zu führen. Jahrelang wanderte er durch die weitläufige Senke im Ursprungsgebiet des gewaltigen Euphrats. Sicher mein Vater war damals ein fleißiger Hirte und immerzu wuchsen die Herden. Aber er war auch ein argloser, ängstlicher Mann, dem sein Onkel Laban auf der Nase herumzutanzen vermochte. Der war ein listiger, selbstsüchtiger Mensch und benutzte den Neffen für seine Belange. So hat es mir meine Mutter viel später erzählt, als wir fluchtartig Heimat und Landgut verließen.

Sie hatte Vater gedrängt sich nicht länger vom Gutsherrn betrügen zu lassen. Leah zusammen mit Rachel, den Schwestern wie selten vereint, war es schließlich gelungen Jakob zum Bruch mit Laban zu bewegen. Aber mein Vater war, Gott sei's geklagt, nicht Manns genug offen dem Onkel die Meinung zu sagen. Erst als sein Oheim für mehrere Tage verreist war, traute sich Jakob mit all seiner Habe die Flucht zu ergreifen. Wahrlich, er hätte den geizigen Alten herausfordern, hätte sein Recht mit dem Schwerte verteidigen müssen. Wohlstand und Fülle verdankte Laban allein seinem Neffen. Es wäre nur rechtens gewesen, wenn dieser umfassend entlohnt worden wäre.

Nein, mein Gebieter ist leider kein Kämpfer, kein Mann des Gefechts. Und doch gab es unter den Vorfahren Israels tapfere Krieger. Gelobt sei vor allem sein Großvater Abraham, wahrlich ein Kerl, der die Schlachten nicht scheute. Lediglich dreihundertachtzehn Mann hatte der Kühne gebraucht, um Elams Soldaten vernichtend zu schlagen. Ich weiß noch, wie sehr ich mich freute, als Vater mir davon erzählte. Ohne Bedenken war Abraham losgezogen, Lot, den Sohn seines Bruders beherzt zu befreien. Ununterbrochen war Israels Großvater damals den Truppen des Feindes gefolgt bis nach Dan an der Quelle des Jordans. Dort, im Schutze der mondlosen Nacht, waren Abrahams Knechte über die Lagernden hergefallen und siegreich gewesen. Gnadenlos töteten sie die Söldner des elamitischen Königs, jagten den Fliehenden nach bis nach Hoba. Ebendort, nördlich der Siedlung Damaskus, befreite mein Urgroßvater dann endlich den Sohn seines Bruders mitsamt seiner Weiber, Mägde und Knechte. Nicht eher geruht hatte er, als dass alle erlöst worden waren. Wahrlich ein solch verwegener Vorfahre hätte mit Blick auf die Stadt der Hiwiter sicher nicht lange gezögert und alle gewaltsam aus Schechem vertrieben. Hätte ein Recke wie er uns damals nach Süden geführt, so wäre die ganze Geschichte wohl anders verlaufen.

Abraham aber ist tot und auch Isaak, Israels Vater, ist von uns gegangen. Hier in der Höhle von Machpela, hier in der Erde der Ihren sind beide nun bald für immer vereinigt. Dann in der Stunde, da Knechte die Grabstätte unserer Ahnen verschließen, obliegt es allein meinem Vater, dem Engelsbezwinger, die Eintracht der Sippe zu wahren. Dann ist mein Vater der Älteste, dann ist die Stunde der Söhne gekommen, für uns einen angemessenen Platz in der Welt zu erkämpfen. Levi und ich haben das schon in Schechem geahnt, als wir uns getrauten dem Vater das Heft aus den Händen zu nehmen. Damals bereits war uns Israel fern und gedankenversunken erschienen. Sicherlich ahnte der Feinfühlige früh, dass der Schöpfer ihn bald an den Platz seines siechenden Herrn rufen sollte.

Kaum eine Wahrheit ist reiner als die, die der Tod uns vermittelt. Sieht man je klarer als dort, wo er sich uns nähert? Nichts bleibt am Rande des Abgrunds verborgen, Furcht nicht noch Feigheit. Selbst wenn der Tod einen anderen trifft, gewährt er uns Einsicht, Einsicht in das, was wir sonst hinter Lügen und eitlem Gerede verbergen. Weshalb die Sprüche von Gott und dem ewigen Land der Gerechten? Weshalb verkünden so viele, wie sehr sie sich wünschen und innig danach sehnen, endlich vereint mit den Vätern aus vorvergangenen Zeiten zu werden? Weshalb, so frag' ich mich, wenn doch die meisten zugleich mit furchtsamen Händen ihr Leben festzuhalten versuchen. Sagen die Frommen nicht alle, der Leib verdunkle die Seele? Ein Hieb oder Stich und sie wäre erlöst, befreit von der Bürde des Fleisches. Aber wir fürchten den Tod, anstatt ihn erfreut zu begrüßen. Wir achten das Leben zu sehr, anstatt es geringzuschätzen wie Krieger im Felde. Bloß die Bewahrung und Unversehrtheit des Leibes im Sinn, verlieren wir uns in der Lüge. Allzu bereitwillig opfern wir Würde und Stolz um nur ja unser schwächliches Leben zu sichern. Doch Ehre und Bravheit sind mehr wert als Wohlbefinden im Kerker des Körpers. Ja, wer es ernst meint mit Gott und dem Glauben, der – und nur der – stürzt sich freudig und ohne zu zögern in jedes Gemetzel, das unumgänglich geworden.

Trocken und schwer liegt die Hitze im Tale. Ununterbrochen schlägt uns die Glut von der Felswand entgegen. Langmütig harren die Trauernden aus auf dem baumlosen Land vor der Höhle. Unter den nahen, staubigen Büschen verkrochen dösen behäbig und matt ein paar räudige Hunde. Man hört keine Vögel, kein Eselsgeschrei, keine weinenden Kinder. Einzig den Fliegen, wie's scheint, macht die Hitze nicht weiter zu schaffen. Stets auf der Suche nach Nahrung umschwirren sie frech die starren Gesichter der Wartenden, trinken die Tränen der Weiber.

Schnell hatten wir den erst gestern Verstorbenen beisetzen müssen. Schneller als üblich war Isaaks lebloser Leib der Verwesung zum Opfer gefallen. Doch nun, da der Leichnam geölt und bekleidet bereitliegt, hineingetragen zu werden ins Dunkel der Gruft, scheint es, als würde die Sonne sogar ihren Lauf unterbrechen. Alles hält inne, kein Lüftchen bewegt die Gewänder der Kinder. Ja, noch der Staub uns zu Füßen bleibt träge und lustlos am Boden. Dick wie geronnene Milch ist die Stunde am Grabe geworden, nicht mehr imstande ins Erdreich hin abwärts zu sickern. So liegt sie mir wie ein unbeweglicher Klumpen auf Sinn und Gemüt und nichts geht voran. Schrecklich, wie lange es dauert das Haupt einer großen Familie standesgemäß zu bestatten. Singen, beten und stilles

Gedenken, dann reden und wiederum singen und beten. Auch wenn wir tagelang harren und lobpreisen würden, Isaak käme nicht wieder. Lasst doch dem Mann seinen Frieden, verschont ihn mit langem Geschwafel und salbungsvollem Getue! Gut war das Leben zu ihm, denn es schenkte ihm Nachkommen fast schon so reichlich wie Jahre. Doch – auch der Tod war dem Alten zuletzt gewogen gewesen. Friedlich war Isaak hingeschieden, umringt von den Erben und zahlreichen Enkeln. Nun aber meinen sie alle dem Toten mit Langmut und störrischem Stehen die Ehre erweisen zu müssen. Fraglich, ob große und ruhmreiche Männer solch einer langatmigen Feier bedürfen. Diese Gefühlsduselei ist doch nur für sie selbst, für die plötzlich vom Tode Erschreckten. Lachhaft, wie feierlich, ernst und erschüttert die Leute sich zeigen, kaum ist ein Alter verschieden. Als wäre das Sterben ein außergewöhnlich seltener Vorgang! Lauthals beklagen sie alle den Tod ihres Ältesten, aber im Grunde bedauert ein jeder von ihnen sich selbst, seine eigene Lage. Bittere Tränen verschüttend rühmen und preisen sie Isaak, das aber nur, weil sie fürchten, einst nach dem Tode selbst vergessen zu werden.

Levi, mein gottesfürchtiger Bruder, ist ebenfalls schrecklich ergriffen. Inbrünstig singt er die Lieder der Heimat und tatsächlich scheint er zu beben. Damals jedoch, als es hieß die geschändete Schwester zu rächen, zeigte der Hehre sich nicht im Geringsten gefühlig. Mitleidlos schlug er sie allesamt nieder, die fiebergeschüttelten Männer, die schreienden Weiber, die hilflosen Kinder. Wie kann er nun dastehen und hörbar gerührt die eigenen Toten beweinen? Ist man zum Töten berufen, darf man den Tod nicht beklagen. Sah man das Leben schon vielfach den aufgestochenen Leibern entweichen, weiß man, wie wenig es wert ist. Egal wen es trifft, man sieht es gelassen, denn Eines allein ist beständig: Der

Tod ist die größere Wahrheit. Das sollte Levi doch wissen, er, der so gerne und oft über Wahrheit, Gott und Gerechtigkeit redet. Dass sich mein Bruder jetzt hinstellt, bewegt von der eigenen Rührseligkeit, zeigt mir, wie sehr er noch Kind ist, grausam und weinerlich, eingebildet und eifrig.

Anders die Schwester, die, obzwar jünger als Levi, mir älter zu sein scheint. Dinah steht fast etwas unbeteiligt, verhalten und abseits der anderen Weiber. Aufrecht steht sie, ihr Bündel im Arm, und betrachtet das Ganze als wäre sie gar nicht betroffen, bloß eine Fremde. Trauer und Gram ist ihr jedenfalls nicht anzusehen. Das fällt schon auf, denn die meisten der hergekommenen Frauen zeigen ihr Herzeleid offen und deutlich. Sicher, sie kannte den Großvater nicht, ist Isaak niemals im Leben begegnet. Aber das gilt für die meisten der angereisten Verwandten. All meine Brüder und ich sind weit weg von hier geboren und aufgewachsen, für uns ist Laban, unser Großonkel, immer der Ahnherr gewesen. Nein, es gibt andere Gründe für Dinahs kühles Verhalten. Mir ist schon klar, wem *sie*, meine irregeleitete Schwester, am heutigen Tage gedenkt.

Mag es nun Gott so gefügt haben, mag es bloß Zufall sein: Heute am Tage der Beisetzung Isaaks jährt sich zugleich die Rache der tückisch Entehrten. Heute vor einem Jahr tötete Levi den elenden Kerl, der Israels Kleinod geraubt hatte, stach diesen Hurenbock ab ohne Gnade. Aber zu spät kamen wir in die Stadt, denn die Saat dieses Mannes hatte bereits das Gemüt meiner Schwester verdorben. Dinah, mein Gott, war der Täuschung des ehrlosen Heuchlers erlegen. Arglos und blind hatte sie dem Betrüger erlaubt ihr Herz zu besitzen. Nicht nur den Schoß, sondern auch das zarte Gemüt hatte sie diesem Gauner geöffnet. Seit jenem Tag ist die Schwester mir fern und als eine von uns verloren gegangen.

Lang ist es her und das Kind war noch klein, da trug meine

Mutter mir auf, mein Schwesterchen ja zu beschützen. Sicher hat Leah schon damals in mir den tapferen Krieger erkannt, geboren die ihren zu retten. Wie zu erwarten war, nahm ich die Aufgabe ernst und versah meine Pflicht als Schutzherr der Kleinen mit Eifer und Sorgfalt. Stets wenn es aussah, als würde sie Dummheiten machen, war ich zur Stelle und half die geringste Gefahr noch abzuwenden von unserem Goldstück. Sie konnte kaum gehen, da lief sie den Ziegen bereits hinterher. Bisweilen versuchte sie eines der Tiere zu reiten und zog es unsanft an der haarigen Flanke. Ich passte dann auf, dass kein Bock kam, sie zornig beiseite zu stoßen.

Einmal bemerkte ich wenig entfernt nur vom Lager der Schwester drohendes Unheil und sah, wie sich zwei Skorpione der Schlafenden nahten. Leise und schnell wie ein Fuchs war ich bei ihr und schlug einen massigen Stein auf die hinterhältigen Viecher. Knirschend, fast seufzend zerbrachen die vielbeinigen Leiber. Dinah erwachte, gewahrte die blutigen Reste gebannter Gefahr und fing an zu weinen. Unbeholfen versuchte ich zwar meine Schwester zu trösten. Aber ich schaffte es nicht ihr Gemüt zu befrieden. Schon kam die Mutter herbei und nahm das beunruhigte Kind in die Arme. Kopfnickend bat sie mich Stein und Kadaver rasch zu entfernen.

Vor Jahren bekam sie Probleme, als eine der Enkelinnen Labans begann sie zu ärgern. Böse und übelgelaunt war das Gör und sie neidete Dinah das Glück, dass nahezu alle Israels Tochter liebten und mochten. Traf das gehässige Miststück am Brunnen auf unsere Schwester, schimpfte sie sie ohne Grund oder Anlass. Mehrmalig schubste sie Dinah und stieß ihr das Wassergefäß aus der Hand. Einmal, da wäre die übel Bedrängte fast in den Brunnen gefallen, gestoßen von ihrer Rivalin. Freundlich und lieb war die Gute, wehrlos jedoch, als Bosheit und Hass sie bedrängten. Aufgewühlt sah ich mit an, wie Dinah gedemütigt wurde. Schließlich entsann ich mich meiner frühen Verpflichtung die Schwester auf immer beherzt zu beschützen. Ungeduldig, mein Herz voller Zorn, fing ich an die niederträchtige Magd zu beschatten. Ich brauchte nicht lange, die Wege der Ruchlosen auszukundschaften. Bald schon erkannte ich, wo ich die Garstige unbeobachtet abpassen konnte. Jeden Tag, früh noch am Abend, führte das Mädchen allein die Herde der Ihren hinab in ein großes Gehege. Dieses lag etwas entfernt vom Hof ihrer Eltern, umgeben von Büschen und kleinen Wacholdern.

Dort trat ich schließlich zu ihr hinaus auf die einsame Weide. Tagsüber hatte es lange geregnet, der Boden war weich, das Grün schien zu leuchten im Lichte des Abends. Folgsam, zufrieden und gutmütig blökend trotteten sämtliche Schafe durchs offene Gatter. Sie wichen nur wenig beiseite, als ich das umfriedete Grundstück betrat. Fast ganz am Ende der Weide stand sie, die Quälerin meiner geliebten Gazelle. Sichtlich erstaunt und ein wenig beunruhigt blickte sie auf, meinen Gruß zu erwidern. Noch in der Dämmerung sah ich das Zucken der nunmehr kindlichen Augen, als diese den Fremden erkannten. Innerlich ruhig und klar ging ich näher zu ihr hin, mein kräftiger Wanderstab schien meine Schritte zu zählen. Als sie nun sah, dass ich gar nicht gewillt war höflich auf Abstand zu bleiben, trat sie ein wenig nach hinten. Aber sie hatte die dornigen Äste des Zaunes im Rücken. Schlagartig wuchs ihre Angst, denn sie saß wie ein Fuchs in der Falle. Als ich mich nah vor der Furchtsamen hinstellte, fühlte ich plötzlich ganz stark die Genugtuung des Jägers, mir gegenüber das zitternde Beutetier eingekreist und verloren.

Einen Moment lang ergötzte ich mich an der Furcht der Bedrängten, spürte die Lust sie zu schlagen, sie leiden zu lassen. Ich sagte kein Wort und blickte nur streng auf die Hirtin hinunter. Keuchend, die Augen geweitet, fragte sie mich, was ich wollte. Ohne den Blick von ihr abzuwenden stieß ich ihr statt einer Antwort mit Kraft meinen Stock auf die nackten, schlamm-verschmierten Zehen. Aufstöhnend krümmte die Magd sich vor Schmerzen. Aber ich drückte den Wanderstab weiterhin fest auf den Fuß und ließ die Verruchte nicht ziehen. Angeschlagen war sie gezwungen mir zuzuhören und ernst zu nehmen das warnende Wort eines älteren Bruders. Wehe, so flüsterte ich ihr ins wimmernde Wesen, wehe, du tust meiner Schwester weiterhin Böses. Wehe, du traust dich noch einmal sie zu beschimpfen, ihr Ansehen mit Dreck zu bewerfen. Ich beugte mich vor und verlieh meiner Mahnung schmerzhaften Nachdruck. Derart genötigt versuchte das Luder erst gar nicht ihr übles Verhalten zu leugnen. O ja, sie wusste genau, was ich meinte, sah ihren Fehler. Furchtsam und flehentlich schaute sie auf, suchte mein Mitgefühl zu erregen. Doch als sie sah, wie entschlossen ich war, bereit sie, wenn nötig, zu töten, machte ein kaltes Entsetzen sie starr und verzweifelt. Seitdem hat sie meine wehrlose Schwester nie mehr behelligt. Aber noch lange Zeit humpelte sie mit schmerzverzerrtem Gesicht durch die Gegend.

Auch wenn es mir nicht wirklich gelang ihr das deutlich zu zeigen, ich liebte mein Schwesterchen mehr als ich sonst einem Sterblichen zugeneigt war. Sanftmütig war sie und friedlich, arglos und ohne Gemeinheit. Immer war Dinah bereit ihren Brüdern und Schwester zu helfen. Selbst als sie jung und noch klein war, kümmerte sie sich bereits um die Tiere im Stall. Aber ich konnte schon damals erkennen, sie würde auch künftig zur schweren Arbeit nicht taugen. Sicher, sie mühte sich, doch es war deutlich zu sehen, dass sie nicht zur Magd oder Sklavin geboren war. Oft sah ich Bauern beim Pflügen zu, sah dass sie kräftige Ochsen anschirrten, das Erz durch die Erde zu ziehen. Blöd sind die Landmänner nicht und keiner von ihnen würde zum Ackern Gazellen verwenden. Auch kann man nicht Antilopen aufbürden Lasten zu tragen. Dinah war wie die Gazelle keineswegs schwach oder träge, aber sie war, wie man sah, fürs Geschirr nicht geschaffen. Schüchtern und schön wuchs das Mädchen zur Zierde des Hauses heran.

Ich war ihr älterer Bruder, wenn irgendwas Dinah erschreckte, kam sie zu mir und ergriff meine Hand. Es freute mich immer zu sehen, wie sehr sie mich brauchte, wie groß ihr Vertrauen zu mir war. Wenn ich dann dastand, die Hand der Verstörten behutsam von meiner umschlossen, kam ich mir stark vor und wichtig. Dinah bewunderte ihren Beschützer ganz offen und schaute mit großen, dunklen Augen hinauf zum erhobenen Haupt ihres kühnen Begleiters. Manche beteuerten, häufiger noch als nach Ima rief die Gazelle nach mir, ihrem Bruder. „Schimon, Schimon!", ertönte es morgens wie abends vom Hof her, vom Stall und den nahegelegenen Weiden. Ruben und Juda, vor allem jedoch den empfindsamen Levi nervten die Rufe der Schwester gehörig. Mehrmals beklagten die Brüder sich lautstark, verlangten von mir, dieses quengelnde, jammernde Mädchen fort zu den Mägden zu schicken. Meistens indessen genügte ein Wink bloß, die Schwester verstummen zu lassen. Dann war ich stolz, dass die Kleine mir so gut gehorchte. Warum, so hab ich mich späterhin oftmals gefragt, warum konnte das nicht so bleiben.

Jahre vergingen und stetig wuchsen die Herden des Vaters. Dinah ward größer und älter und ging nun vermehrt ihre eigenen Wege. Seltener kam sie zu mir und seltener bat sie um Hilfe. Manchmal bekam ich das Mädchen tagelang kaum zu Gesicht. Doch das war es nicht, was mich unruhig machte. Es war nur natürlich, dass Dinah mich einstweilen weniger brauchte. Schließlich war sie, und das sah ich sehr wohl, kein hilfloses Kind mehr. Andere Wendungen aber ließen mich Schlimmes befürchten. Wir waren bereits in den Süden gewandert und lagerten nahe bei Schechem, als Dinah begann mich zu meiden. Anfangs bemerkte ich kaum, wie anders das Kind sich gehabte. Erst mit der Zeit fiel mir auf, dass sie immerzu ging, wenn ich kam, dass sie aufbrach und leise verschwand, wenn sie sah, dass ich nahte. Ich stellte sie schließlich zur Rede, wollte, dass sie sich erklärte. Dinah entgegnete, meine Begleitung nicht mehr zu brauchen, sagte, sie wäre nun älter, imstande sich selbst zu beschützen. Ich war erstaunt, mir schien meine Schwester war irregeworden. Wie konnte sie so etwas sagen, wie konnte sie so mit mir reden? Plötzlich war jeder Respekt aus Stimme und Haltung der Schwester verschwunden. Nichts war mehr da von der Achtung des Mädchens mir gegenüber.

Aufgebracht fasste ich Dinah am Arm, ermahnte sie stille zu sein. Doch das Entgegengesetzte geschah und sie tat, was mich völlig verblüffte. Wutentbrannt riss sie sich los und schimpfte mich lautstark. Nicht einer einzigen Stunde könnte sie meine Behütung noch länger ertragen. Nicht einen einzigen Schritt an der Seite ihres verstockten Bewachers wollte sie jemals noch gehen. Stets würde ich ihr lebenshungriges Wesen schwer wie ein Mühlstein bedrücken und ihr keine Luft lassen frei und unbeschwert zu atmen. Fassungslos wich ich zurück, verstört durch die Wucht ihrer Worte. Unfähig an mich zu halten, trat ich nach vorne und schlug ihr hart auf die Backe.

Gott ist mein Zeuge, ich wollte das Mädchen gewiss nicht bestrafen, ihm keineswegs wehtun. Nur dass es endlich den Mund hielt, war mir in dem Moment wichtig. *Was* Dinah sagte und *wie* sie es sagte, kam einem Angriff gleich. Ich musste mich wehren, musste die Hiebe der peitschenden Worte irgendwie abwehren, sie daran hindern mich weiter zu treffen. Härter als ich es beabsichtigt hatte, traf sie die Wucht meines Schlages und taumelnd sank sie zu Boden.

Noch als sie stürzte, bedauerte ich meine allzu heftige Tat. Ich neigte mich vor und hielt meiner Schwester die Hand hin, wollte ihr aufzustehen helfen. Aber es war schon zu spät, ich hatte den Schützling für immer verloren. Voller Verachtung wandte das Mädchen sich ab und tat so, als sähe sie nicht die hingehaltene Hand. Sie raffte sich auf mit der Kraft der Empörten und hielt sich die glühende Backe. Über die Schulter hin warf sie mir dann einen einzigen Blick zu, kalt wie das Wasser der Berge. Groß war der Hass, der mir dort von der Schwester entgegenschlug, tief war die Kluft, die sich zwischen uns auftat.

Lange verstand ich nicht, was mit dem Mädchen passiert war, was es von mir, ihrem treuen Beschützer, entfernt hatte. Dann aber wurde mir klar, dass die Sitten der fremden Hiwiter der Schwester nicht guttaten. Levi, mein gottesfürchtiger Bruder und strenger Beobachter, öffnete mir damals die Augen. Folglich erkannte auch ich: Meine Schwester war anders geworden, seit wir uns niedergelassen unweit der Landmänner Siedlung. Folgsamer war sie gewesen daheim in Harran. Dort hätte Dinah sich niemals getraut das Wort ihres Bruders so grob zu missachten. Nun aber, angelockt von den leuchtenden Farben und süßlichen Düften, mit denen die ehrlosen Gauner der Stadt ihre Lügen verdeckten, drohte die Schwester uns selbst eine Fremde zu werden. Je länger ich hinsah, je deutlicher wurde das Bild, das sich vor mir entrollte. Immerzu trieb sich das Mädchen allein in der Stadt rum. Neugierig mischte sich Israels Tochter unter die Einwohner Schechems. Einfältig, leichtgläubig ließ sie sich ein mit schamlosen Weibern, die fortlaufend quatschten auf offener Straße und bar jeder Würde die Haare unverhüllt trugen. Faul und verdorben wie's Volk der Hiwiter war, zog es die fehlgeleitete Schwester bald ins Verderben. Und in der Tat hatte Dinah begonnen sich aufzuführen wie eine von denen. Schon wie sie hoch erhobenen Hauptes die Straße hinabging, zeigte wie selbstgefällig und stolz sie geworden war. Ohne Respekt vor dem Manne, blickte sie Brüder wie Knechte offen und frech in die Augen.

Aber die Schwester verhielt sich nicht nur wie die Weiber der Stadt, sie sah ihnen schließlich auch ähnlich. Ich weiß noch genau, wie sie einmal zurückkam, die Haare auffällig leuchtend wie glühendes Feuer. Ich dachte zunächst, dass mein Auge mich trog, denn die Sonne stand hoch, doch das Haar meiner Schwester strahlte ganz rötlich im Lichte des Abends. Dann erst verstand ich, was mir meine Sinne zu zeigen versuchten. Angewidert und missmutig sah ich, dass Dinah sich drüben in Schechem das Haar hatte einfärben lassen. Widernatürlich und abgeschmackt wirkte der fuchsrote Haarschopf. Sichtlich gefiel sich die Schwester damit; sie schüttelte lachend das Haupt und genoss die erstaunten Blicke der Mägde. Sorglos und blöd wie sie war, schien es der Dinah nichts auszumachen wie eine Hure herumzulaufen. Beim Anblick der nunmehr besudelten, unreinen Schwester, schoss mir das Blut in die Glieder.

Mühsam gelang es mir mich zu beherrschen und sie nicht sogleich zu verprügeln. Aber ich fasste sie kräftig am Arm und schleppte sie rüber zum Zelt ihres Herrn. Er, unser Vater, so hoffte ich, würde der Tollheit der Tochter schleunigst ein Ende bereiten. Lange genug hatte unser Gebieter das Treiben des liebgewonnenen Mädchens gebilligt. Stets hatte er ihre tolldreisten Wege und Weisen genehmigt, geduldet, was immer das Töchterchen tat oder sagte. Nun musste Israel endlich verstehen, der Umgang mit Fremden schadete Dinah und mit ihr uns allen. Jedermann sah doch, wie sehr sie inzwischen an Ehre eingebüßt hatte. Uns, ihren älteren Brüdern, erfüllte das alles mit Sorge. Niedergang drohte Abrahams Enkeln, umgeben von Wilden. Wenn gar die Tochter des Hauses dem Ruf der Verderbten erlag, dürften mit Sicherheit andere Angehörige folgen. Vater war weise und würde dem Übel Einhalt gebieten.

Aber ich sah mich enttäuscht. Denn als der Herr aus dem Zelt auf den Platz trat, wo ich mit der Ungehorsamen wartete, grinste er breit, sobald er den rötlichen Haarschopf des Mädchens gewahrte. Mich schien er weder zu hören, noch überhaupt zu bemerken. Anders als Ruben, Levi und mir und auch anders als Juda und Naftali störte es Israel nicht, wie die Magd ihre Zierde verunstaltet hatte. Mehr noch, er lobte das Leuchten der Locken, rühmte den Glanz seines Kindes. Während ich zusah, wie Vater die Tochter bewundernd umrundete, schien es auch mir einen kurzen Moment, als hätte das Mädchen tatsächlich an Schönheit gewonnen.

Heute verstehe ich besser, was damals geschah, denn der Herr, unser Vater, trägt in der Brust das Herz eines Herrschers. Ruhig und ohne mich irgendwie aufzufordern hieß er mich bloß mit den Augen anders zu schauen, anders die Schwester zu sehen. Schon war sie wieder zugegen, die scheue Gazelle, die ich so lange behütet, umsorgt und verehrt hatte. Schön wie das horntragende Tier in den grasbewachsenen Weiten erschien mir die Schwester auf einmal von neuem. War das die Magd, wie mein Vater sie schaute, das liebreizende Mädchen vergangener Tage? War sie tatsächlich noch immer die reinste und schönste Blüte am Baum meiner Sippe? Selbst ihre offenen, farbigen Haare schienen auf einmal die Anmut des Weibes nicht schmälern zu können.

Doch etwas anderes sah ich zudem in der Haltung des Mädchens, fühlte in mir eine unerwartete Regung. Noch als mein Herr seine Augen auf Dinahs Erscheinungsbild ruhen ließ, spürte ich stärker denn je, wie begehrlich sie aussah, wie lockend ihr Lächeln mich reizte, wie lüstern die Lippen des Mädchens sich öffneten. Plötzlich ergriff eine Glut meine Lenden, als hätte das flammende Haar der Verbockten mich angezündet, erhitzt und in Wallung versetzt das Fleisch und Gemüt ihres Bruders. Aufgeregt hob sich und sank meine Brust, meine ausgetrocknete Zunge klebte mir sprachlos am Gaumen. Heftiger noch als es eben geschehen war, schoss mir erneut das Blut in die Glieder, drängte gewaltsam mich hin zu der unzüchtigen Dirne. Wahrlich, ich wollte sie schütteln, wollte das schamlose Grinsen des Mädchens ihm aus dem Angesicht schlagen. Wuterfüllt drängte es mich mit den Händen zu greifen, hineinzugreifen ins Haar der Verruchten und niederzuwerfen das Weib in den Staub mir zu Füßen. Ich, der ich wahrlich zu jeder Zeit Israels Tochter vor Unheil geschützt hatte, fühlte mich nunmehr gezwungen ihr wehzutun, ihren Leib, ihr missratenes Wesen zu züchtigen.

Aber noch ehe sich mir die Gelegenheit bot, meinen Drang zu befolgen, hielt eine mahnende Hand mich zurück. Von hinten war Leah, unsere Mutter unbemerkt näher getreten. Während ihr Herr noch die Tochter bestaunte, hatte die Gute erfasst, was das Herz ihres Sohnes bewegte. Ohne zu sprechen legte sie mir ihre Hand auf die Schulter, ließ sie dort ruhen, behutsam doch ebenso kraftvoll. Schon aus der Art, wie ich angefasst wurde, wusste ich, wer mich berührte. Deswegen war es nicht nötig mich umzudrehen und hinzuschauen. Still stand sie da und stand mir im Rücken um abzuwehren das Übel von beiden Geschwistern. Auch meinen Namen nannte sie nicht, so als sollte allein die Berührung mich rufen, mich anrufen. Und diese lautlose Geste sprach eine deutliche Sprache. Hüte dich Schimon, so hieß mich die Mutter im Stillen, hüte dich, Sohn, deine Hand auch nur einmal gegen die eigene Schwester zu heben! Wage es nicht meine Tochter zu schlagen, die Frucht jenes Schoßes, der einmal der deine genauso gewesen. Gleich, was sie tut oder sagt, sie bleibt deine Schwester und ich eure Mutter. Das rief mir Leahs Berührung dort vor dem Zelte des Vaters stumm in Erinnerung. Mir war sogleich, als sänke die Kraft meines Zornes unter dem Druck ihrer Hand hinab in die Erde. Während ich innehielt, konnte ich spüren, wie jegliche Hitze mir rasch aus dem Haupte entwich.

Nur dank der Hilfe der Mutter war es mir möglich die Worte des Vaters zu hören. Er hatte schließlich den Grund meiner Klage verstanden, hatte gespürt die Empörung des Sohnes. Nachdenklich sah er mich an und schien meinen eifrig bekundeten Tadel im Herzen zu prüfen. Auch währenddessen drängte es mich meiner Schwester ihr ehrvergessenes Tun weiter zum Vorwurf zu machen. Aber der Blick, den mein Vater mir zuwarf, ließ mich verstummen. Nach einer Weile senkte der Herr seine Augen, als könnten sie nicht mehr ertragen den Anblick des eigenen Sohnes. In sich versunken wendete Israel langsam das Haupt hin und her. Ohne den Blick von der Erde zu lösen, hob er zu sprechen an, hob aber dann auch das Haupt und richtete Wort und Weisung an mich, seinen Zweitältesten.

Nein, sagte Vater, ich kann nicht das Übel erkennen, wessen sich Dinah schuldig gemacht haben sollte. Hamors Hiwiter sind unsere Nachbarn, Dinah tut gut daran, sie zu besuchen. Wir sind als Fremde, bedenke das Sohn, ins Land dieser Leute gezogen. Gastfreundlich ließen uns Schechems Bewohner Grasland zum Weiden der Tiere, luden uns ein in der Nähe zu lagern, öffneten uns ihre Pforten. Dinah, als einzige Tochter im Haus ihrer Eltern, freute sich sehr mit den Weibern der Stadt verkehren zu können. Willst du ihr dieses Vergnügen verwehren? Meinst du, sie sollte die Jahre der Jugend hier mit den Brüdern alleine verbringen. Was ist dabei, wenn das Kind sich vergnügt, wenn es Freundinnen aufsucht und schaut, was die Einwohner Schechems so treiben? Glaub mir, mein Junge, es wäre nicht klug, unter uns nur zu bleiben. Klein ist gewiss die Anzahl der Männer in meinem Gefolge, klein im Vergleich zu den Völkern, die unser Lager umringen. Deswegen brauchen wir durchaus Verbündete, Partner, befreundete Sippen. Nun, da uns Hamor die Hand zur Begrüßung gereicht hat, wäre es töricht sie nicht zu ergreifen. Einfach für uns und alleine zu sein, können wir uns nicht leisten.

Vater bemerkte wahrscheinlich, wie sehr ich enttäuscht war, wie sehr ich gehofft hatte, er würde endlich einmal sein Töchterchen rügen. Wohlwollend legte er mir eine Hand auf die Schulter, zog mich vertraulich beiseite. Ja, es ist wahr, begann er versöhnlich im Ton, die Hiwiter sind anders als wir, haben andere Sitten. Hamors Gefolgsleute kennen nicht unseren Gott, den Einen und Wahren. Meinst du, das weiß ich nicht, meinst du, ich wurde mit Blindheit geschlagen? Sicher, die Leute dort unten beten *Ba'al* und *Aschera* an, fürchten die Macht der Dämonen. Irregeleitet jedoch sind auch andere hier in der Gegend. Tage- und wochenlang könntest wandern, ohne auf andere Sitten zu stoßen. Gehe nach Norden, erkunde den Süden, wende dich west- oder ostwärts: Überall fändest du Völker vom Schlage der hiesigen Leute.

Was, Junge, glaubst du, das passiert, wenn wir uns mit Hamor zerstreiten? Sämtliche Städte des Umlandes stehen im Bündnis mit Schechem. Wer wäre dann noch bereit mit mir und den Söhnen Handel zu treiben? Wer wäre da, mir zu helfen, wenn Räuber über uns herfallen würden? Lass deine Schwester sich anfreunden, Schimon, mit denen dort unten. Sie tut das Richtige, sichert dem Lager die Freundschaft der Nachbarn. Hätte der Herr es gewollt, dass ich gegen sämtliche Frevler des Landes ins Feld ziehe, glaub mir, er hätte uns dazu die Mittel gegeben. Wo aber sind sie, die tausenden Kämpfer mit Schwertern und Lanzen? Wo sind die Scharen der Reiter und Schützen, nötig um Kanaans Land zu erobern? Nirgendwo sind sie und weißt du weshalb? Weil die Zeit nicht gekommen ist, Feinde zu schlagen.

Damit entließ mich mein Herr und aufgewühlt ging ich von dannen, nicht nur enttäuscht, sondern zornig und voller Empörung. Vater verlangte von mir und den Brüdern, uns Hohn und Missachtung gefallen zu lassen. Bloß weil wir wenige zählten, hieß das doch nicht, dass unsere Würde mit Füßen zu treten erlaubt war. Nein, ich war nicht überzeugt, dass Vaters Entscheidung die richtige war. Vorsicht tat sicherlich not, das wollte ich gar nicht bezweifeln. Aber sie durfte uns nicht dazu bringen, feige zu werden, feige uns wegzuducken, sobald wir verhöhnt und verlacht wurden. Schaut man denn weg, wenn gemeines Gesindel die eigenen Leute schändlich behandelt? Abgedrängt hatte uns Hamor auf Ödland mit dornigen Disteln. Viel zu viel Gold verlangte der Schamlose dafür von Vater. Nun also nahmen die Städter uns Hirten auch noch die Mägde.

Recht aber gab mir der Lauf der Geschehnisse, später, als schließlich geschah, was ich immer befürchtet. Mich hat die Schändung der Schwester seinerzeit nicht überrascht. Ich hatte vom ersten Tag an den Hiwitern misstraut und diese verschlagene Brut zu allem imstande gesehen. So war es ausgerechnet die Schwester, die uns einen Vorwand gab, Schechems Gesindel doch noch zu schlagen. Sie, dich sich leichtsinnig hingegeben, gab uns nun selbst das ehrlose Pack in die Hand, ermöglichte uns die Stadt ihres Schänders zugrunde zu richten.

Wer in der Lage sein will sich zu wehren, Feinde zu richten und Unrecht zu rächen, der braucht die Schärfe des Schwertes. Nichts ist entschiedener noch als der Hieb einer scharf geschliffenen Klinge. Nichts ist gerechter als Schwertes Verdikt und Vollstreckung. So hab ich immer empfunden; als Knabe bereits waren mir von allen Geräten und Werkzeugen jene am liebsten, die schneiden und trennen. Stundenlang schnitzte ich Stöcke, kerbte sie aus mit dem Messer des Vaters. Sorgfältig schliff ich die Schneide am Schleifstein, wetzte sie so, dass sie scharf wie ein Schermesser wurde.

Dann, eines Tages, ich war noch ein Kind, begegnete mir die vollendet geschmiedete Pracht eines Schwertes. Abraham muss es gewesen sein, selbst ein gewaltiger Kämpe, der mich, seinen Urenkel, hellsichtig leitete hin zu meiner Bestimmung. Also geführt von der Hand meines Ahnen fand ich zu dem, was mir Richtung und Kraft gab. Aufgetragen ward mir an jenem Tag eilig als Bote des Herrn zur Werkstatt des Schmiedes Aratu zu laufen. Zwar war ich ab und zu schon in der Nähe des Hauses gewesen. Niemals zuvor allerdings hatte ich seine Werkstatt betreten. Deswegen wusste ich nicht, dass der Schmied außer Fibeln, Geräten und Schalen auch Waffen erzeugte. Später erfuhr ich, dass sämtliche Schwerter und Äxte der Männer Harrans angefertigt wurden im Hof dieses Schmiedes.

Auf meinem damals schon kräftigen Rücken trug ich ein Bündel. Felle von frisch geschlachteten Ziegen hatte mich Vater dorthin zu bringen geheißen. Da ich den Auftrag erhalten, die Felle dem Schmiede persönlich zu geben, ließ man mich rein in die Werkstatt. Hinten im Hof vor der Glut eines wuchtigen Ofens sah ich den Mann bei der Arbeit. Glänzend vor Schweiß waren Nacken, Schultern und Arme des Schmiedes. Nur war es weder Gefäß noch Gerät, was er hämmernd in Form brachte. Neugierig trat ich herbei, doch erst als der Meister das Werkstück emporhob, konnte ich sehen, womit er sich abmühte. Gegen den wolkenverhangenen Himmel hielt er am ausgestreckten Arm eine klobige Zange. Diese Umschloss eine riesige Klinge mit rotglühender Spitze.

Sprachlos besah ich die lange, schlanke Gestalt des geschmiedeten Erzes. Niemals zuvor hatte irgendein Anblick derart mein ganzes Gemüt überwältigt. Während ich hoch vor mir aufragen sah die erhabene Kühnheit des Schwertes, fühlte ich, wie sich in mir die Klinge nun ebenfalls aufrichtete, wie sie mich innerlich anhob und straffte. Deutlich empfand ich ein Wiedererkennen in mir und aufgeregt wuchs ich dem schneidigen Erze entgegen. Zwar war ich unerfahren und jung, doch ich spürte sehr wohl, dass ich aufgerufen ward dort vor dem Amboss des Schmiedes zur Wahrheit des Schwertes zu stehen. Es war mir, als würde die Klinge mich auffordern, ihr meine Treue zu schwören. Ehe ich nachdenken konnte, ehe ein Wort meine Zunge bewegte, hatte mein Herz seinen Eid schon geleistet.

Als mich der Meister der Bronze bemerkte, sah er mich eindringlich an, als wollte sein Auge mich ebenso prüfen wie vorhin die Klinge. Ohne erkennbare Regung nickte er langsam, bevor er die Spitze erneut in die Ofenglut steckte. Wider Erwarten begrüßte er mich, seinen jungen Besucher, aufgeschlossen und freundlich. Langmütig zeigte er mir die schweren Geräte der Schmiede, ließ mich den mächtigen Hammer probieren, nickte erneut, als er sah, wie viel Kraft ich schon hatte. Anschließend führte der Mann mich zur Ecke des Hofes, wo eine winzige Hütte gebaut war. Dort hingen mehrere Schwerter, vier oder fünf, an geschmiedeten Haken. Vorsichtig hob er das kleinste herunter, hielt mir das Heft hin. Da hob ich fragend die Augen zum wohlwollenden Schmied, denn ich konnte die glückliche Fügung kaum fassen, die das Los mir zuteilwerden ließ. Zögerlich nahm ich die Waffe entgegen, legte fast scheu meine Hand um die Wölbung des Griffes. Mich überraschte sogleich, wie leicht dieses Kampfgerät wog. Mühelos schwang ich das Schwert durch die Luft, was Aratu veranlasste, warnend die Hände zu heben. Draußen im Hof seiner Schmiede zeigte er mir, was es galt zu beachten, machte mir vor, wie die Waffe geführt werden sollte. So sehr gefiel mir der Umgang damit, dass mich Trauer umfing, als es Zeit war zu gehen.

Schließlich, nachdem er die Ware des Vaters entgegengenommen, fragte der Meister mich, wie denn die Meinen mich hießen. Schimon, erwiderte er, du kannst, wenn du möchtest, mich öfter besuchen. Aber bevor er die Worte gesprochen, wusste ich schon, dass Aratu mich einladen würde, spürte, dass ich nicht nur ihn, sondern er mich genauso entdeckt hatte. Wertschätzend sprach er zum Abschied vom Vater und bat mich dem zuverlässigen Freund seinen Segen und Gruß zu bestellen.

Wieder daheim erzählte ich hingerissen vom Schmied und der Schmiede. Von da an erlaubte mir Vater die Werkstatt Aratus öfter einmal zu besuchen. Möglicherweise haben sich beide, mein Herr und der Meister, damals geeinigt, dass ich als Gehilfe des Schmiedes mitmachen sollte. Jedenfalls durfte ich bald immer häufiger fort zu der Schmiede am Rande der Siedlung. Wenige Wochen danach schon begab ich mich nahezu täglich hinüber. So bin ich schließlich zum Helfer des kundigen Mannes geworden. Mindestens einmal pro Woche schickte Aratu mich los zu den Hütten am Waldrand. Dort, wo die Waldmänner hausten, musste ich Holzkohle holen. Sackweise schafften die wortkargen Männer den Brennstoff heran und luden ihn ab auf den Rücken des Esels, den mir der Waffenschmied anvertraut hatte. Auch trug der Meister mir auf, die Asche des Ofens hinaus zu den Äckern zu bringen, wo sie von lachenden Burschen über die Felder verteilt wurde, ehe die Väter die staubige Lehmerde pflügten. Aber die meiste Zeit saß ich im Hof und schaute dem Schmied dabei zu, wie er hämmernd die Bronze besiegte. Da der Mann sah, wie sehr mich die Schmiedekunst fesselte, rief er mich manchmal herbei um mir dieses und jenes näher zu zeigen.

Jahr für Jahr wuchsen die Herden Labans, meines listigen Großvaters, machten den alten Gebieter vermögend. Durchaus bewusst war dem schlauen Besitzer natürlich, wem er zuletzt seinen Wohlstand verdankte. Jakob, sein Neffe, mein Vater, gelang es mit glücklicher Hand den Reichtum des Onkels zu mehren. Saftige Weiden und großflächige Felder konnte der gutbegüterte Herr in der Folge erwerben und ebenso wuchs die Zahl seiner Knechte und Sklaven. Auch unser Vater konnte sich bald schon verschiedene Helfer und Viehjungen leisten. So mussten wir, als wir Jünglinge waren, weniger Zeit bei den Herden verbringen. Vater ermutigte mich, ernst zu machen und Schmiedes Handwerk nun richtig zu lernen. Sicher, er wusste, es wäre von Vorteil für ihn einen Schmied in den eigenen Reihen zu haben. Andauernd nahm der Bedarf an Geschmiedetem zu und Geräte aus Bronze kostete mehr noch als manch eine Ziege. Mir allerdings waren solche Erwägungen fern, denn für mich zählte nur meine Liebe zum Schwerte.

Auch wenn ich oft in den folgenden Jahren Töpfe und Pflugscharen schmiedete, tat, wie mein Herr mir geheißen, galt doch mein ganzes Bestreben am Ende der Herstellung feuergehärteter Klingen unbezwingbarer Waffen. Stets wenn die Arbeit getan war, nahm ich ein Schwert meines Meisters zur Hand und träumte davon eines Tages selber ein solches zu schmieden. Frühzeitig hatte der Herr mich gelehrt, dass nur ein erfahrener, durch und durch kundiger Schmied eine ausgerichtete, ausgewogene Klinge zu schmieden vermochte. Damals erahnte ich schon, dass ein Schwertmacher selbst im Innersten aufrecht und ausgewogen zu sein hatte, spürte, dass er einer Tugend des Schwertes bedurfte. Also erfasste ich früh die altüberkommene Würde und Weisheit der Waffe. Doch als der Meister mir sagte, ein Schwert müsse passen zum Mann, der es trägt, müsse klingen wie dieser, schwingen wie er, war mir klar, dass für mich nur ein selbstgefertigtes Schwert das Rechte sein könnte. Dieses allein war der wahre Grund meiner steten Bemühung.

Gleichzeitig fand ich genauso Gefallen am Heizen, Hämmern und Schlagen, liebte es sehr, im Glanze der Glut die Wucht meiner Arme zu spüren. Wieder und wieder fesselten mich die alles zerstörenden, alles erneuernden Kräfte des Feuers. Wertloses, Schwaches und Schlechtes verzehrte es ohne Erbarmen, ließ nur das Edle übrig im Ofen, dort, wo es sonnengleich glühte. Dann, als das Erz durch die Flammen gereinigt war, weich wie ein fettiger Flusston, gab ich ihm kraft meiner Schläge die Form seiner würdig. Mir hat von Anfang an eingeleuchtet, so licht wie die Wahrheit nur sein kann, dass hart wird, was Härte erfährt. Erst durch die Schläge des Hammers erlangte das Erz seine einzigartige Stärke, so wie ein Mann durch die Härte des Lebens wahrlich erst Mann wird. Auch half der Schreck einer jähen Abkühlung fester die Bronze zu machen. Eingetaucht in die Kälte des Wassers fand das geduldig Erhitzte schlagartig das, was es sonst nie erlangt hätte. Schläge und Schrecken im Wechsel setzten ihm zu, dem feuergewonnenen Mark aus dem Innern der Steine, machten es schier unzerbrechlich.

Täglich versuchte ich eifrig den Schwung meines Hammers besser, den Klang meiner Schläge heller zu machen. Manchmal betrachtete Meister Aratu mich heimlich und wenn ich dann aufblickte, sah ich ihn beifällig nicken. Sicher, das freute mich, aber ich wusste, der Handwerker prüfte mich mehr mit den Ohren. Auch wenn er ganz genau schaute, wusste ich doch, dass er hauptsächlich hörte. Ihm war der Klang eines gut geschmiedeten Erzes mehr als gefällig und fein wie Musik. Immerzu sprach er vom Laut, vom geschliffenen Ton, den nur ein geduldiger Schmied dem Erz zu entlocken verstünde.

Irgendwann wäre ich weit genug fortgeschritten gewesen, endlich die eigene Klinge mit Hammer und Hitze zu formen. Aber ich kam nie dazu mir selbst eine Waffe zu schmieden. Unvorhergesehenes zwang mich die Lehre beim Meister vorzeitig abzubrechen. Als sich mein Vater vom Onkel betrogen sah, brachen wir fluchtartig auf und verließen das Land meiner Kindheit. Sicher zu Recht, das meinten wir alle, fühlte sich Vater ausgebeutet vom geizigen Gutsherrn. Jahrelang hatte Laban seinen Neffen für treueste Dienste jämmerlich wenig entschädigt. Wäre es damals nach mir und den Brüdern gegangen, hätte der alte Besitzer sich kämpfend verantworten müssen. Ich jedenfalls war zu jener Zeit durchaus bereit für die Ehre der Meinen zu kämpfen. Vater jedoch zog es vor über Nacht seine Sachen zu packen. Erst als der Onkel für einige Tage verreist war, traute sich Jakob endlich mit all seiner Habe Harran zu verlassen. Klug oder nicht, für mich war die heimliche Flucht eine Schande.

Meister Aratu gab mir zum Abschied die Wahl und hieß mich mir auszusuchen eins seiner Schwerter. Schweigend verharrte ich kurz vor der maßvollen Sammlung und tat dann den Griff meines Lebens. Anders als früher, am Anfang der Lehrzeit, ließ ich nicht länger das Auge entscheiden. Glänzende Erze und kunstvoll gestaltete Griffe konnten mich kaum noch bestechen. Einklang war mir nun das wertvollste Merkmal, Einklang von Kämpfer und Klinge. Erst als ich hochhielt das Schwert meiner Wahl und dabei den lachenden Augen des Meisters begegnete, wurde mir klar, dass diese Entscheidung für mich eine weitere, abschließende Prüfung gewesen war. Mühelos war's mir gelungen, das mir Gemäße zu wählen. Während der Erzmeister sorgsam die Klinge einölte, riet er mir niemals das Schwert in Zorn und Erregung zu ziehen, es nicht mal zu tragen, sollte mir Hass meine Sinne verdüstern. Vorsicht empfahl er mir, ruhiges Blut, ein duldsames Wesen. Dort, wo es Streit und Verletzung vermeide, entspreche das Schwert seiner vornehmsten Absicht. Ja, er behauptete gar, das Schwert wäre letztlich ein Hüter des Friedens. Wo es mit Großmut getragen, würde es Eintracht vermehren.

Da, in der Stunde der Trennung verstand ich mit unerwarteter Klarheit: Anders als ich war Aratu kein Krieger. Er, der die furchterregendsten Waffen zu schmieden vermochte, säuselte plötzlich von Sanftmut und Nachsicht. Hätte er wirklich das Herz eines Kämpfers gehabt, er hätte nicht Worte wie diese gesprochen. Schwerter verlangten genauso nach Blut wie die Zähne des Löwen. Scharf war die Klinge allein um sie tief in die Leiber der Feinde stoßen zu können. Sicher, ein Feigling ließ sich vom Schwert seines Gegners erschrecken, vermied einen ehrlichen Kampf und zog das Genick ein. Einzig der Anblick des Schwertes konnte die Schwachen und Ehrvergessenen anhalten friedlich zu bleiben. Angst einzuflößen vermochte das Schwert wie kaum eine andere Waffe.

Nur war es falsch und verrückt, mit Frieden die Furcht zu verwechseln. Solch einen Frieden verstand ich als das, was er war: eine jämmerlich schäbige Lüge. Erst wer bereit war das Schwert in der Tat zu benutzen, schwingen zu lassen die kerbende Klinge, wurde von allen geachtet. Das war für mich eine unumstößliche Tatsache. Deswegen war ich enttäuscht, dass Aratu genau wie die anderen auch Wahrheit nicht wahrhaben wollte. Eindringlich sah er mich an, als wollte er horchend den Nachhall seiner Empfehlung erfassen. Dann überreichte er mir das in Leder gewickelte Schwert und wandte sich ab.

Endlich vorbei ist die Beisetzung Isaaks, endlich geschlossen

Machpelas Höhle. Gott, dieses ständige Klagen der Weiber hätte mich fast in den Wahnsinn getrieben! Solch ein erbärmliches Weinen und Jammern nagt am Gemüte. Unter dem riesigen Schirm einer alten Akazie hocken wir Männer inzwischen beisammen, all jene Nachkommen Jakobs und Esaus. Vater sitzt nahe beim Bruder und redet mit diesem vertraulich und leise. Nun, da der Alte gestorben, gilt es die Güter des Großvaters aufzuteilen, wie er es gewollt hat.

Wenn man die beiden so sitzen sieht, kann man kaum glauben, dass ausgerechnet das Erbrecht die Brüder vor Jahren entzweite. Mutter erzählte mir einst von den Listen des Vaters, Jakobs Betrug an dem derberen Bruder. Leah, das weiß ich noch, wollte mir damals erklären, warum sich ihr Gatte fürchtete, Esau erneut zu begegnen. Wir hatten gerade den Jabbok durchwatet, wieder betreten das Land seiner Herkunft. Da schien uns auf einmal der sonst so gelassene Herr von Besorgnis befallen. Wir, seine Söhne, verstanden nicht, was ihn so unruhig machte. Als ich sie dann aber hörte, der Mutter Erklärung, sah ich erst recht keinen Grund für Vaters Beklemmnis. Eigentlich fand ich die Finte des Vaters durchaus gelungen. Ja, wenn der Bruder so blöd war, sein Ältestenrecht für ein paar Löffel Linsen herzugeben, verdiente er doch, dass sein jüngerer Bruder ihm gab, was er wollte. Himmel, was hat nicht mein Vater getan, um den Bruder milde zu stimmen! Bot ihm fast sämtliche Herden an, zahllose Sklaven zum Zeichen der Sühne. Aber am Ende war alles umsonst, denn Esau, mein Oheim, war ihm gar nicht böse. So ist er eben, mein Herr, ein über die Maßen behutsamer Führer.

Gar nicht so schlecht, dieser schwere Wein aus den Krügen des Alten! Bier allerdings wär' mir lieber gewesen. Doch Bier, sagte Vater, ist heute allein für die Knechte und Mägde. Großvater hätte gewollt, dass wir seine lange gelagerten

Krüge am Tag seiner Beisetzung öffnen, trinken den dunkelvergorenen Saft seiner Reben. Nun, meinetwegen, das Zeug schmeckt nicht schlecht, auch den anderen scheint es zu munden. Seht nur, wie schnell es den Grababgewandten wieder nach Weinrausch und Leben gelüstet! Eben noch gingen sie aschebestäubt und zerrissen sich grambeugt die Gewänder. Doch kaum einen Becher getrunken und schon sind sie alle versöhnt, versöhnt mit sich selbst und versöhnt mit dem Schicksal des alten, inzwischen zum Ahnen gewordenen Isaak.

Gut, dass die Weiber das Feuer gemacht haben, endlich die Lämmchen zu braten begonnen. Seit unser Großvater gestern gestorben, haben wir allesamt nichts mehr gegessen. Lange am Rande der Gruft zu verharren, so nahe dem Tode, macht hungrig. Dauert's noch lange, verschlinge ich bald einen ganzen Braten alleine. Sollen die andern doch reden, sich angeregt unterhalten. Ich würde lieber mich stärken, schweigend mein Essen genießen. Mir ist so gar nicht nach Plaudern und freundlichen Floskeln für wildfremde Vettern. Alles nur vorgetäuschte Beachtung, bloß eine scheinbare Güte. Jedermann weiß, die Lüge bedient sich der höflichen Worte. Schmeichelnd verbirgt man einander Absicht und wahre Gesinnung. Ja, selbst mein ältester Bruder, selbst Ruben versteckt sich mitunter kühn und gekonnt hinter lieblicher, erzverlogener Rede. Öfter schon sah ich, wie leicht er damit die Weiber betörte. Aber ein wahrer Meister geheuchelter Worte ist Vater. Schaut ihn euch an, meine Freunde, wie schlau und geschickt er es schafft den Bruder zu täuschen, ihn zu umgarnen mit trügerisch fein gesponnener Sprache. Esau, der weniger redefreudige Onkel scheint nicht zu merken, dass Jakob ihm stets nach dem Mund redet, lässt sich bestricken vom süßen Gesäusel des Bruders. Nein, ich verzichte darauf, mich einzuklinken im schönen, falschen Gerede.

Nur meine Mutter, die erste der Mütter, ist ganz ohne Arglist und Lüge. Still ist sie meistens, besieht sich die Leute und Dinge genau, bevor sie sich äußert. Dann wählt sie, anders als Jakob ihr Herr, die einfachsten Worte, redet dem Menschen, gleich wen sie vor sich hat, nicht nach dem Munde. Nie sucht sie andern mit liebreizendem Wortgeklingel und wohlfeilem Lob zu gefallen. Auch wenn bloß andere Weiber dabei sind, spricht sie nur wenig. Das fiel mir auf, als ich selbst noch ein Kind war, umgeben von Frauen. Lauter war immer die Tante, die kürzlich verstorbene Rachel. Die war geradezu schwatzhaft, strich mir oft feindselig lächelnd fest durch die Haare und brachte gewollt ihre zahlreichen Kettchen zum Klimpern. Irgendwie spürte ich damals bereits, dass dieses Getue nicht echt war.

Später erfuhr ich, wie leicht sie den Männern die Köpfe verdrehte. Mühelos wusste sie einzunehmen für sich sämtliche Hirten Harrans mit trügerisch lächelnden Augen. Hat sie nicht ebenso Vater verzaubert, damals als dieser, selbst noch ein Jüngling, fernab der Heimat den Onkel besuchte? Vom ersten Tag an gab mein Vater der Rachel vor meiner Mutter den Vorzug, lag ihr zu Füßen, verkannte der Mutter wahrhaftiges Wesen. Das zeigt doch, dass Vater zu tief in die Augen der Rachel geschaut hat, schließlich war Mutter, die ältere Schwester der beiden, ihm als erste zum Weib aufs nächtliche Lager gelegt worden. Schließlich hat sie und nicht meine Tante dem glücklichen Gatten sechs seiner Söhne geboren, kräftige Burschen sie alle. Ja, meine Tante verstand sich aufs Lügen, nutzte die Schwächen all jener Dummen und Blinden, die gern ihrer Täuschung erlagen. Endlich einmal war das Schicksal gerecht und raubte der Rachel, schon bei der zweiten Sohnesgeburt ihr verdorbenes Leben. Seitdem ist Mutter unangefochtene Herrin des Lagers. Nun muss auch Vater erkennen, dass Leah die bessere Wahl war.

Mutter versteht mich und weiß, was es braucht, die Ihren zu schützen. Anders als Vater hat sie meinen Bruder und mich nicht getadelt drüben in Schechem, als wir nach der Rache für Schändung und Schande heim zu den unseren kehrten. Während der Herr uns verfluchte, war meine Mutter gekommen, unsere Hände vom dunklen Blut der Verdammten zu säubern. Ohne ein Wort nur zu sagen machte sie vor allen deutlich: Dies sind noch immer die Söhne des Herrn und Hüter der Ehre. Wohl sind befleckt ihre Hände und blutbesudelt die Arme. Rein aber sind ihre Herzen geblieben, ehrlich und tapfer. Wohlriechend, kühlend und klar ist mir diese Waschung erschienen. Offenbar hatte die Mutter Myrrhe ins Wasser gegeben. Rot wie das Rot eines ganz jungen Weines tropfte es lebhaft Levi und mir von den müden Gliedern zur Pfütze am Boden.

Heute verstehe ich besser, was meine Mutter bezweckte. Aufzeigen wollte sie Vater, dass unter dem Blut der Bestraften wir, seine Söhne, unverletzt waren und ohne ein Schandmal. Seht nur, mein Herr, so schien sie zu sagen, wie leicht und vollkommen ihnen der Schmutz ihrer bitteren Schlacht entfernt werden kann. Sorgt euch nicht, Herr, die Söhne sind schuldlos; was war, ist gewesen. Nichts bleibt zurück von der Rache der beiden, sie taten das Rechte. Alles fließt ab, diese ganze Bürde und Not des Gemetzels, fließt mit der Zeit und versickert restlos in heimischer Erde.

Ruhend im Schatten des Baumes, legt sich mein Blick auf den Becher, tönern und kühl in der Hand, und sinkt in das Dunkel des Weines. Da, als die Stimmen der Brüder ringsherum murmelnd verklingen, seh' ich mich wieder dort stehen, triefnass und starr vor dem Vater. Umweht vom Geruch des Entsetzens, hart wie das Erz eines Hammers, war ich den Meinen ein fremder Bote des Schreckens geworden. Eine nur schaffte es uns aus der Kriegerstarre zu lösen. Mutter alleine gelang es mit fester, stiller Berührung mich und den Bruder zurück ins Leben des Lagers zu holen. Sie war es auch, die den Vater schließlich besänftigen konnte. Irgendwann hörte er auf, seinen eigenmächtigen Söhnen, lautstark die Wahnwitzigkeit ihrer Tat vor Augen zu führen. Vielleicht war es wirklich der Anblick unserer reingewaschenen nackten Glieder, der ihn dazu nötigte wieder zur Ruhe zu kommen. Komisch, wir standen wie neugeboren, vom Blute gereinigt, glänzend und nass unser Haar vor dem harschen Urteil des Vaters. Leah, sein Weib, meine Mutter stellte uns hin wie die stolzen, siegreichen Urenkel Abrahams, wiedergewonnenen Söhne.

Sie hat es niemals in Worten geäußert, weder am üblen Abend der Schändung noch später, als uns die Hiwiter besuchten. Aber ich wusste auch so, was meine Mutter erwartete, insgeheim wollte von mir, von Dinahs gescheitertem Hüter. Heimholen sollte ich unsere Schwester, lösen die feigen Fesseln der Frevler, befreien die arme Magd meiner Herrin. Während mein Vater verschreckt und erstarrt die Folgen der Schändung fürchtete, abends nachdem unser aller Unheil passiert war, sah ich zur Mutter hinüber, fühlte sie unsäglich leiden. Ihr waren Gold oder Silber egal, Geschäfte und Güter. Ihr war die einzige Tochter hinterlistig entehrt worden, übel verletzt und geraubt von diesem dreckigen Abschaum.

Ich hatte Dinahs Verhängnis nicht zu verhindern vermocht, hatte sich unsere Schwester doch meiner Bewachung entzogen. Arglos gefolgt war sie Sichem, dem scharfen Söhnchen des Fürsten. Innerlich glühend vor Zorn und Entrüstung schwor ich den Hundsfott, ihm diese ekelerregende Untat büßen zu lassen. Wie um den raschen Entschluss zu bekräftigen biss ich die Zähne fest aufeinander so sehr, dass die Kiefermuskeln mir schmerzten. Hörte die Mutter mich mahlen, hörte sie meine Erregung? Plötzlich bemerkte ich, wie sie mich ansah, prüfte und nickte.

Auch in den Tagen danach, als Hamor, der Fürst, beherzt um die Hand meiner Schwester anhielt, da fanden die Augen der Mutter öfter die Meinen. Wissend, sich selbst im andern geschaut, verharrten wir einvernehmlich. Gleich, was uns Hamor vom Sohne erzählte, uns war der Knabe ein Scheusal. Immerzu suchte und fand ich die stummen Zeichen der Mutter. Hartnäckig schwieg sie, war weder gefragt noch gefasst genug um vor diesen ungewollten Besuchern mit Anstand zu sprechen. Levi und mir aber teilte sich mit die Wut dieses Weibes. Vater dagegen erkannte sie nicht, die stille Empörung, sah und beachtete nicht, wie Gram seine Gattin verzehrte. Freundlich und sanft unterhielt sich der Herr mit ehrlosen Gaunern, zeigte sich schließlich sogar bereit, diesem hurenden Mistkerl, Hamors verzogenem Sohn die schändliche Tat zu verzeihen. Wir aber, Levi und ich, bemerkten sehr wohl, was sein Weib dazu dachte.

Als dann mein Bruder Gottes Gebot der Beschneidung erwähnte, war ich mir sicher, dass unsere Mutter den Vorstoß begrüßte. Eigentlich hielt sie schon damals nicht viel vom Gott ihres Gatten. Aufgewachsen war Mutter als Tochter Harrans in den Bergen. Oben am Ursprung des Euphrats galten ganz andere Götter. Aber sie dachte wie ich, erkannte, als Levi gesprochen, unmittelbar, wie diese Hiwiter verjagt werden konnten, meinte mit Gottes Gesetzen noch rein zu halten die Ihren. Nur eine einzige Geste genügte Vater für Levis mahnenden Anspruch auf Treue zu Recht und Gesetz zu gewinnen. Ohne dass einer der Fremden es sah, erhob sie ganz kurz nur leise die Hand und hielt sie ihrem Gebieter im Rücken. Außer mir sah es kein anderer, ich allein wurde Zeuge dieser verhaltenen, gleichzeitig wirkungsvollen Berührung. Kurz hielt er inne, der Herr, so, dass es reichte die Worte Levis, des gottesfürchtigen Sohnes gebührend zu wägen. Nachdenklich ließ er die Augen über uns Nachkommen gleiten. Schließlich entschied er, sich Levis Bedingung zu eigen zu machen. Fast schon bedauernd erläuterte er, was Gottes Gesetze zwingend vom jedem künftigen Gatten der Tochter verlangte. Ja, auch der anderen Forderung Levis schloss sich mein Vater nachdrücklich an und erklärte es unabdingbar, dass alle Männer und Knaben der Stadt sich gleichfalls dem Schnitt unterzogen.

Anfangs bewunderte ich den gewitzten Vorschlag meines Bruders. Während er sprach noch erkannte ich seinen Hintergedanken. Solch eine Volksbeschneidung verstand ich als Schwächung des Gegners. Floss einmal Blut aus dem Fleische des Feindes, wäre sein Bollwerk, ohne den Einsatz zahlreicher Kämpfer ganz leicht zu besiegen. Levi jedoch hatte gar keine kluge Kriegslist im Sinne. Bald schon erfuhr ich, dass er damit rechnete, Hamors Gefolge würde nie dem Gebot der Beschneidung aller befolgen. Weigern, so meinte mein Bruder, würden sich Schechems Bewohner, weigern dem Gott vom Fleisch ihrer Söhne und Väter zu opfern. Mir aber war das letztendlich egal, denn so oder so, ich wollte nur eins: den schnöden Schänder der Schwester bestrafen. Gleich ob beschnitten sein Glied oder unbeschnitten, er würde Dinah kein zweites Mal rauben, nie mehr die Dirne begatten. Ehe der Neumond vorbei war, wollte ich Sichem ermorden. Nur mit dem Leben konnte der Schuft seine Missetat büßen.

Dinah war seit der brutalen Entehrung stiller geworden. Selten bekam ich die Magd zu Gesicht, denn meist blieb sie drinnen, hockte betrübt im Zelt bei der Mutter, verbarg ihre Schande. Wenn ich sie sah, vermied sie es mir in die Augen zu schauen. Auch ihre anderen Brüder, sah sie nicht an, die

Befleckte. Mir war schon klar, dass Scham sie erdrückte und Furcht sie beherrschte, Furcht vor dem Zorn der Geschwister, denen sie Schande gemacht hatte. Immer noch war die Verärgerung groß, die Levi und Juda umtrieb, sobald auch nur irgendwer Dinahs Namen erwähnte. Heftig erregte auch mich der Gedanke an ihre Verfehlung. Solch ein Verrat gehörte bestraft, das fanden wir alle.

Keiner von uns aber traute sich damals die Hand gegen Dinah, gegen die ach so geliebte Tochter des Vaters zu heben. Ihn hatte ihre Misshandlung sichtlich betrübt und erschrocken. Aber er sah nicht und wollte nicht sehen, wie sehr seine Tochter selber schuld war am bitteren Los, das sie schließlich ereilte. Was er als Unglück beklagte, wäre vermeidbar gewesen. Hätte er Dinah sogleich untersagt, die Stadt zu besuchen, hätte er ihr gar verboten, Schechems Gesindel zu treffen, wäre die Schändung der törichten Tochter niemals geschehen. Vater verhielt sich jedoch, als würde sein Gott ihn versuchen. Tagelang plagte er sich und suchte den Sinn dieses Unheils, suchte ein Zeichen darin, die Absicht des Herrn zu erkennen. Aber das Naheliegende, das, was der Herr uns zu tun hieß – Rache für Schmach und Entehrung – wollte mein Vater nicht sehen.

Wenn ich die Schwester erblickte, fühlte ich nicht nur Entrüstung. Immer erfasste mich auch ein herbes Gefühl der Enttäuschung. Als ihr die Ehre geraubt worden war, da hätte ich Dinah gerne geholfen. Wäre sie damals gekommen um Bruderhilfe zu holen, reumütig ob ihres Fehlers, ich wäre zur Stelle gewesen. Sicher, sie hatte die Weisung all ihrer Brüder missachtet. Doch die Gewalt dieses Lüstlings sollte ihr Strafe genug sein. Wäre sie zornig gewesen, wütend auf diesen Betrüger, sinnend auf Rache, ich hätte den Ärger mehr als verstanden. Wenn meine Schwester mich damals ehrlich verzweifelt gedrängt hätte, ohne Verzug ihren niederträchtigen

Schänder zu richten, wäre mein blutdürstiges Schwert ihr zu Diensten gewesen.

Aber ich wurde enttäuscht, denn mein Schwesterchen war gar nicht wütend. Mehr noch, sie zeigte Verständnis, Verständnis für den, der gerade ohne zu zögern drüben im Wald ihre Unschuld so grob missbraucht hatte. Trotz allem glaubte sie ihm, als er ihr die Treue gelobte, schenkte ihm gar ihr Vertrauen, wollte für immer sein Weib sein. Das war ein Schlag ins Gesicht für alle, die anständig lebten. Bitter genug, dass sie diesem Hiwiter arglos gefolgt war, schmerzhaft, dass sie ihm die Chance geboten, sie rasch zu entehren. Nun aber wollte sie diesen feigen Verführer zum Manne. Ihm, für den sie doch bloß eine Hure war, gab sie sich hin. Und damit entschied sich die Schwester selbst eine Hure zu werden. Ihr war es einfach egal, was das für die Ihren bedeutete.

Ebenso war es dem Vater egal, denn statt dass er Dinah ohne zu zögern verstieß, versprach er sie diesem Verruchten. Anfangs vermutete ich, dass es meinem schlauen Gebieter nur darum ging, den Preis für die Tat in die Höhe zu treiben. Abwartend ließ er den Fürsten der Stadt bereitwillig reden, ließ dessen Söhnchen beteuern, was ihm das Mädchen bedeute. Lange Zeit hörte mein Herr ihnen zu, geduldig und schweigend. Schließlich ergriff er, die Hand leicht gehoben, das Wort und hätte besser schon dort im Zelte beherzt nach dem Schwerte gegriffen. Er aber zeigte Bereitschaft mit Hamor einig zu werden. Als ich verstand, dass Vater es ernst meinte, war ich entschlossen ihm die Sohnesgefolgschaft zum ersten Mal je zu verweigern. Diese Entscheidung, auf eigene Faust die Heuchler zu richten, sollte dem Vater am Ende noch Ruhm und Reichtum bescheren.

Bald darauf traf ich mich heimlich mit Levi, abseits der Zelte, wo wir im Schutze verwitterter Felsen Pläne besprachen. Klar war, uns blieben um zuzuschlagen nur wenige Tage. Düstere Nächte standen bevor, denn der Mond war geschwunden. Neumond, erklärte mir Levi, wäre ein Zeichen des Höchsten. Gott hätte alles gefügt und hieße uns nun zu gehorchen. Aber das kannte ich ja, denn Levi sprach dauernd vom Herrn. Überall sah er den großen Gott seiner Väter am Werke. Mir war es gleich, was die Götter droben für Absichten hatten. Gleich war mir ebenfalls, welcher der ihren uns unterstützte. Stark war der Unsere, er mir alleine schon deshalb willkommen.

Wichtiger aber für mich war der große Gott meiner Kindheit. Sin war der Hüter Harrans und ich war ein Kind seines Volkes. Er immerhin war der Mondgott, *sein* Werk gewiss war der Neumond. Lange Zeit trug ich ein Sin-Amulett, auch damals in Schechem. Großmutter gab mir dereinst das geweihte Bildnis des Gottes, sagte, der Herrscher des Mondes würde mich immer beschützen. Sie war es auch, die mich lehrte unserem Gotte zu opfern. Niemals vergaß sie dem Mondgott rufend und betend zu danken. Regen nach endloser Dürrezeit, reiche Ernte vom Felde, immerzu trächtige Schafe: Sin war der gütige Geber. Seit es Harran gab, war Sin der mächtigste Gott meiner Leute. Er war der Gott meiner Mutter, sämtlicher Mütter der Heimat. Demgegenüber war mir der Gott meines Vaters unheimlich, unvorstellbar, unnahbar und ist es mir immer geblieben. Sin jedenfalls war bereit am Tag der gerechten Vergeltung vor dem Hiwitergesindel Antlitz und Haupt zu verhüllen. Er verwehrte der Stadt des Verbrechens sein tröstliches Leuchten.

Levi und ich überlegten, wer von den Brüdern und Knechten unsere Ehre mit Knüppel und Schwert zu retten vermochte. Keiner der anderen Brüder schien uns zum Kämpfen geeignet. Ruben und Juda standen am Ende dem Vater zu nahe. Sie würden sicherlich nie ihren alten Herrn hintergehen. Unseren jüngsten Geschwistern fehlten noch Reife und Stärke. Brüdern von anderen Müttern wollten wir damals nicht trauen. Ihnen war Dinahs Verfehlung kein Grund, Hiwiter zu schlagen. Aber wir wussten von einigen Knechten, die kampferprobt waren, Sklaven mit Mut und Geschick, die uns beiden blindlings gehorchten. Levi schlug vor, dass jeder von uns einen Teil dieser Knechte anwies die Waffen zu wetzen, heimlich sich vorzubereiten. Wenig nur sollten die Diener vor der Erstürmung erfahren. Sicher, wir mussten Verrat durch zaghafte Kämpfer vermeiden, waren nicht recht überzeugt, dass jeder verschwiegen sein würde. Aber sie alle schauten herab auf die Einwohner Schechems. Selbst wenn sie ahnten, wen ihre Herren anzugreifen gedachten, wären sie dennoch kaum in die Stadt der Hiwiter gelaufen. Dennoch, uns schien es ratsam die kleine Schar streitbarer Helfer vorerst in Ungewissheit zu halten, den Zeitpunkt des Angriffs zunächst zu verschweigen. Unsere Brüder entschieden wir auch nicht einzuweihen. Levi, der Schlaumeier, schärfte mir ein, vor allem der Mutter kein Wort zu sagen, wusste er doch, wie nah wir uns standen. Aber am wichtigsten war, dass unsere Schwester nichts ahnte. Witterte Dinah Gefahr, die überaus scheue Gazelle, würde sie sicher sofort ihren feinen Liebhaber warnen. Dann, das war sicher, müsste der heimliche Überfall scheitern.

Als wir uns trennten, mein Bruder und ich, da schien mir, wir hätten alles bedacht, was für so eine Tat bedacht werden musste. Abends jedoch nahm mich Ruben beiseite, Israels Erbe, hielt mich am Arm und meinte, wir führten doch etwas im Schilde. Er hätte mich vorhin gesehen, zusammen mit Levi, ausgerechnet mit dem, wie er sagte, Eiferer Gottes. Ruben behauptete, er würde spüren nahendes Unheil ausgehend von uns, als Ältester wolle er Elend verhindern. Ja, der gefühlige Bruder versuchte die Not noch zu wenden. Aber das Übel war längst schon geschehen, zwingend die Rache. Ähnliches sagte ich ihm, doch Ruben ward bleich wie ein Käse. Leise beschwor mich der häufig so ernste, grübelnde Bruder, leise und eindringlich, endlich für immer vom Schwerte zu lassen. Ach, der empfindsame Erbe redete gerne wie Vater, tat so, als wäre nur er erwachsen, gewissenhaft, weise. Kaum ein Jahr älter als ich, war der eingebildete Jungherr. Aber er führte sich auf wie ein wohlwollender Onkel. Lange schon hatte sein fürchterlich selbstgerechtes Gehabe, all sein Getue als Erster mich Zweiter maßlos geärgert.

Da fiel mir ein, was ich neulich am Abend festgestellt hatte. So sehr versuchte sich Ruben gleich seinem Herrn zu verhalten, dass er am Ende sogar die Kebse des Vaters begehrte. Erst dachte ich noch: Was macht denn der Ruben da bei der Bilha? Mir war dann auch nicht entgangen, wie das Kebsweib ihn ansah. Ruben bemühte sich zwar die sündige Lust zu verbergen, aber Levi und ich, wahrscheinlich auch Juda wussten davon. Das war die Wahrheit, die unangenehme, schmerzhafte Wahrheit: Israels Ältester ehrte den Bund nicht, lag bei der schönen Mutter von Dan und Naftali, jüngeren Söhnen des Vaters. Wie sollte er was von Würde, von Blut und Ehre verstehen? Einer wie er brauchte mich nicht zu heißen, Anstand zu wahren. Einer wie er war nicht wirklich anders als diese Verruchten, dort in der Stadt der Hiwiter. Das sah ich klar, als der Bruder mich aufzuhalten versuchte. Ruben und Sichem, der Älteste Hamors, glichen einander. Schamlos besudelten beide den Ruf der eigenen Leute. Deswegen wurde ich zornig, riss meinen Arm los und schimpfte. Er solle ja nicht versuchen, der Heuchler, mich zu belehren. Wer macht denn, fragte ich hitzig, unserem Vater am meisten Kummer und Schande, hält ihn sogar vor den Knechten zum Narren? Reicht es denn nicht, dass ihm seine

Tochter gewaltsam entehrt wurde? Musst auch noch du, großer Bruder, ihn mit der Kebse betrügen? Zornerfüllt stieß ich ihn von mir, hätte ihn fast noch erschlagen.

Ruben erschrak, doch er fing sich schnell und bewahrte die Ruhe. Schimon, begann er, wenn ich die Kebse des Vaters besuche, geht dich das nichts an, halte dich raus, denn du hast keine Ahnung. Wütend wie selten deutete er mit dem Finger auf mich. Du willst doch nicht etwa behaupten, spuckte er mir vor die Füße, selbst nur das unbekannte Weib zu begehren, keins der Verwandten. Anfangs verstand ich kein Wort von dem, was mein Bruder da sagte. Meinte er denn, ich würde wie er eine Kebse begehren? Meinte er gar, ich würde genauso den Vater betrügen? Suchte mein Bruder bloß abzulenken vom eigenen Fehltritt? Wie konnte der Mistkerl es wagen, mich so zu verleumden?

Meine Verwirrung schien ihn zu freuen, er lächelte höhnisch. Hast du dich schon mal gefragt, warum dir das Los deiner Schwester, grinste er siegesgewiss, so über die Maßen erregt hat. Bist du nicht deshalb so wütend, weil Dinah dich abgelehnt hat? Ausgelacht hat sie dich, Schimon, du großer Schwesternverehrer. Meinst du, sie hat nicht gemerkt, dass du ihre Nähe gesucht hast? Aber sie wollte dich nicht, oder, keinen steten Beschützer? Lieber ging sie in die Stadt und traf sich mit Sichem, dem Schönling. Auffordernd streckte mein Bruder das Kinn vor, kam mir noch näher. Das hat dich, zischte er böse, letztlich am meisten getroffen, dass sie so hart deine Liebe verschmähte, leugne es bloß nicht! Aber er war noch nicht fertig, mein Bruder, warf mir noch mehr vor, sagte, es ginge mir gar nicht um Vaters Namen und Ehre. Bloß für die Schmach meiner Kränkung würde ich Rache verlangen. Mir wäre Vater egal, behauptete Ruben, Israels Würde – wäre nur vorgeschoben um wettern und wüten zu können. Dieses verzogene Söhnchen, das Dinah gewaltsam entehrte, nannte er gar einen Nebenbuhler, den ich nicht ertrüge.

All diese Vorwürfe zeigten mir bloß, dass Ruben, mein großer Bruder den Schoß eines Weibes über die Ehrlichkeit stellte. Er und nicht ich war den Reizen der Mägde häufig erlegen. Er konnte nicht widerstehen, Weibes verlockender Süße. Ihm und nicht mir war egal, ob die Magd einem andern gehörte. Einfühlsam zeigte er sich, dieser Schleimer, immerzu freundlich. Nur ein von Wollust derart Getriebener war in der Lage selbst die eigene Schwester als lockenden Schoß zu betrachten. So etwas auch nur zu denken war einem Manne nicht würdig. Davon jedoch wollte Ruben nichts wissen, lachte bloß irre. Statt sich bei mir zu entschuldigen, ließ mein Bruder nicht locker. Schließlich beklagte er gar, mir ginge es nur um das Erbe. Ihm, der das Erbrecht besitze, wollte ich deswegen schaden.

Nichts hatte Ruben verstanden, nichts hat sich seitdem geändert. Er denkt die ganze Zeit nur an Weiber, Vieh und Vermögen. Damals, so kurz vor unserem Angriff auf Schechems Betrüger, fiel meinem Bruder nichts Besseres ein, als mich zu verleumden, mich, der ich schließlich bereit war für Blut und Ehre zu sterben. Er war der Älteste, hätte uns Brüder anführen sollen. Nun stand er da und tat so, als wäre ich gar kein Gerechter, tat so, als hätte nicht Sichem die junge Magd vergewaltigt. Seine abscheulichen Lügen brachten mein Blut fast zum Sieden. Schnell wie ein Pfeil aus der Sehne griff meine Hand nach dem Schwerte. Ehe sichs Ruben versah, da spürte er schon meine Klinge kalt und bedrohlich scharf auf der schweißnassen Haut seines Halses. Blass und die Augen geweitet hielt er erschrocken die Luft an. Nur einen einzigen Schnitt und mein Bruder wäre verblutet. Aber ich schaffte es mich zu beherrschen, schonte den Erben. Ruben war feige, letztlich nicht wert, einen Aufruhr zu machen.

Noch war der Tag nicht gekommen, gnadenlos Blut zu vergießen. Und nicht das Blut meiner Brüder sollte das Vaterland tränken. Voller Verachtung durchbohrte mein Blick die Augen des Schwächlings. Er solle, wenn er denn müsse, weiter die Kebse besuchen, zischte ich ihm ins Gesicht, die Rache mir seinerseits lassen.

Er hat tatsächlich geschwiegen, unseren Plan nicht gefährdet. Doch als wir heimkamen, Hamors Brut für geschlagen erklärten, zog er sehr wohl mit den anderen hin, die Stätte zu plündern. Sämtliche Weiber und Mägde, Waisen und Witwen nun alle, schleppten die Brüder schon bald gefesselt ins heimische Lager. Diesen erbeuteten Weibern folgten verschiedene Herden, Schafe und Rinder der abgeschlachteten Herren aus Schechem, hergetrieben zu uns von lachenden Knechten und Knaben. Ruben befehligte gar die Knechte und Sklaven des Vaters, trug ihnen auf die Schätze der Städter nach Hause zu tragen. Nun sprach er nicht mehr von Ehre und Anstand, machte bloß Beute. Riesige Vorräte zurrten sie fest auf den Rücken der Esel, zahlreiche Krüge und Töpfe, gut gefüllte Säcke und Schläuche. Jubelnd schleppten die Sieger alles, was irgendein Wert hatte, fort aus den schwelenden Trümmern der Siedlung, wieder und wieder. Aufgereiht und -geschichtet, überall zwischen den Zeltpflöcken standen am Ende des Tages Mägde, Geräte und Güter. Bis in die Nacht hinein saßen die Söhne des Herrn beisammen, lautstark verhandelnd, um jeden Gewinn gerecht zu verteilen. Vater alleine bekam schon über die Hälfte der Beute, auch wenn ihm weiter missfiel, die tapfere Tat seiner Söhne. Ruben, der ach so gewissenhafte, friedliche Erbe durfte als Ältester vor seinen Brüdern wählen und nehmen. Levi und ich, die wir Feind und Beute alleine geschlagen, wurden vom Vater gescholten und werden heut noch missachtet. Wahrheit gilt wenig, es zeigt sich erneut, wo Lüge gleich

Macht ist.

Unbehelligt geblieben sind Israels Söhne und Herden seit diesem Tag der gerechten Vergeltung drüben in Schechem. Vater befürchtete während der Reise ständig von Hamors rachebedürftigen Brüdern angegriffen zu werden. Keiner von Hamors Verwandten kam uns jedoch in die Quere. Nirgendwo feindliche Truppen, die unser im Hinterhalt harrten. Offenbar traute sich kein Fürst der Gegend uns aufzulauern. Unser entschiedenes Durchgreifen hatte jeden von ihnen eingeschüchtert und unmissverständlich gezeigt, wer wir waren. Klar hatten Kanaans Enkel gesehen: Wir konnten kämpfen. Israel ließ es nicht zu, dass jemand die Seinen verhöhnte. So war es immer: Geehrt wird allein, wer zu töten bereit ist.

Schließlich kamen wir hierher mit turmhoch beladenen Tieren. Selbst die schon alten Kamele trugen gewaltige Lasten. Einiges hatten wir früh bei fahrenden Händlern versilbert. Auch für den Großteil der schweren Geräte fanden wir Käufer, dunkelhäutige Männer Ägyptens in fremden Gewändern. Vater verbot uns jedoch ein einziges Weib zu verkaufen. Ehrlich gesagt hab ich niemals wirklich verstanden, weswegen. Gut, es gab junge und schöne, aber auch alte und kranke. Glücklicherweise hatten wir einige Wagen erbeutet. Als wir hier ankamen, waren wir immer noch reichlich beladen. Teile des Raubguts gab Vater an Esau, dankte dem Bruder abermals ihm seine Tücken von einst verziehen zu haben. Großzügig teilte er auch mit den Neffen, Söhnen des Bruders. Jeder von ihnen erhielt eine Waffe, Sandalen und Gürtel. Außerdem gab es für jeden Knaben und Jüngling ein Maultier.

So sieht es aus: Die Gewalt bescherte uns satte Gewinne. Unangefochten beherrschen wir mittlerweile den Landstrich. All meine Brüder sind jetzt vermögende Knaben und Männer, reichlich behangen mit Schmuck und ständig umgeben von

Mägden. Zahlreich geworden sind wir und ebenso zahlreich die Münder. Heute muss Vater täglich ein großes Gefolge versorgen. Deswegen will er in Mamre weiteren Boden erwerben. Ihm wird sich sicherlich kein Nachbar weigern Grund zu verkaufen. So muss es sein, denn so ist das Recht, das die Starken verdienen. Wir sind gekommen um einzufordern das Land, das uns zusteht. Wir sind die Löwen, die Furchterregenden; wo wir erscheinen, suchen die Hunde und Hirsche aufgeschreckt schleunigst das Weite.

## 4. Blickwinkel

Der ermordete Stadtfürst, der Vater des Vergewaltigers, schaut auf die Ereignisse zurück. Er war ein gelehriger Mann, ein guter Beobachter, der im Grunde alles, was auf ihn zukam, gelassen und nachdenklich bejahte.

## Hamor. Der Wissende

> Jene Leute sind uns friedlich gesinnt. Sie könnten sich im Land ansiedeln und ihren Geschäften nachgehen. Das Land hat ja nach allen Seiten Platz genug für sie. Wir könnten ihre Töchter zu Frauen nehmen und unsere Töchter ihnen geben.
> GENESIS 34, 21

Feuergleich brennen die Schulden aus nicht begangener Taten, brennen um auszumerzen die Schwäche des trägen Gemütes. Nun, da die Helfer des Lichts mir Rückschau und Einsicht gestatten, sehe ich klarer als jemals im Leben Sinn und Verwirrung. Sicher, der Fürst, der ich war, hat seinerzeit vieles betrachtet, angeschaut, an- und auch hingenommen, gelassen und duldsam. Eigentlich war dessen Leben dem schauenden Lernen gewidmet. Vieles beobachtet habe ich damals, vieles verstanden. Aber gehandelt und tatkräftig eingegriffen, habe ich dabei zu wenig, viel zu wenig um abzuwenden Verrat und Vernichtung. Handeln tat not, doch ich war wie gelähmt und machte mich schuldig, rettete nicht vor dem Tode Männer, die mir unterstanden, schützte die Weiber und Mägde nicht vor dem Leid der Versklavung. All diese Folgen vor Augen, so unerreichbar wie nahe, spüre ich sengend das bittere Brennen meiner Versäumnis.

Noch bin ich nicht in der Lage, all das als sinnvoll zu sehen. Helfer aus höherer Warte, wesentlich ältere Brüder, legen mir vorsichtig mahnend solch eine Sichtweise nahe. Was ich als Fürst dort unten in Schechem getan und versäumt hab', wäre gemäß dieser Sicht im Sinn eines höheren Auftrags. Selbst was die grausamen Mörder der Meinen heimtückisch taten, sollte ich sehen als Teil einer übergeordneten Absicht. Schwer sind die Wege der Götter für Seelen wie meine zu fassen. Aber ich spüre, dass das, was passiert ist, größer gedacht war, größer als *ein* Mensch – und sei er ein Fürst – alleine je sein kann. So wird mir statt der Gewissheit kühlende Ahnung gegeben. Aufgegeben war mir durch Versäumnisse schuldig zu werden, so hab ich sehen gelernt, was drüben in Schechem passierte. Nun bleibt mir einzig aus damals fälligen Fehlern zu lernen.

Hier in der Welt der Verstorbenen weilen unerhört viele jüngere Brüder und irren ängstlich verwirrt durch den Dämmer. Diese die Einheit von Schicksal, Schuld und Entfaltung zu lehren wurde mir fürsorglich aufgetragen im Anbeginn aller. Ausführlich werde ich ihnen deshalb von Hamor berichten, sagen, was dieser dort unten erfuhr, um daraus zu lernen.

Dereinst geboren ward ich in der alten Burg meines Vaters, nördlich des Garizin, nahe der hohen Straße der Händler. Andur hieß er, mein Erzeuger, Nachkommen tapferer Männer. Lange vor seiner Geburt hatte Beldom, sein Urgroßvater, dort in der Enge des Passes, wie ihm die Götter geboten, eine gewaltige Burg, ein Lebenswerk wahrlich, errichtet. Ich kam zur Welt als ältester Ururenkel des Gründers. Die, die mir damals das Leben geschenkt hat, nannte man Elana. Sie war die erste Gemahlin des Vaters, schön und bescheiden, älteste Tochter sie selbst eines reichen Kaufmanns Ugarits.

Seitdem ich hier bin, im Reich der Erlösten, sehe ich klarer Sinn und Bedeutung der Burg als Heimat des schweigsamen Knaben. Denn mich als Kind umfasst zu wissen von wuchtigen Wällen, weckte in mir ein Gefühl geborgen und sicher zu sein. Nie fühlte ich mich dort eingesperrt, eingeengt oder traurig. Mir war die Feste ein Ort, wo ich stets alleine sein konnte. Sie war der Schutz, den ich Zeit meines Lebens meinte zu brauchen. Aber ich fürchtete weder Gewalt noch Kampf und Entbehrung. Später als Jüngling ritt ich gar oft an der Seite des Vaters gegen befeindete Städte, kämpfte in blutigen Schlachten. Doch wenn es Siege zu feiern gab, mied ich die Menge am liebsten. Oft blieb ich lieber im Zelt und leerte den Bierkrug alleine. Oder ich meldete an, zur Nachtstunde Wache zu schieben. Dann stand ich stundenlang reglos, hörte das ferne Gejohle, blickte hinauf in den Himmel und fühlte mich aufgehoben. Also verkroch ich mich damals keineswegs feige und furchtsam – auch nicht daheim in der kühlen Stille der inneren Feste. Aber mich störten und ärgerten Lärm und Dummheit der Leute. Und das Bedürfnis, Gesellschaft zu meiden, wuchs mit dem Alter. Sicher, ich hörte mir an, was die Menschen wollten und litten, feierte, wie ich es sollte, jährlich die Feste mit ihnen, traf mich wenn nötig mit Siedlern, Soldaten, Priestern und Händlern. Doch wenn ich konnte, zog ich mich lieber zurück in den Garten. Reichlich umgeben von herrlich blühenden Bäumen und Sträuchern war ich nur dort vor dem groben Geschwätz der Lärmenden sicher. Hoch aufragende Steinmauern hinter dem Grün der Wachholder, hielten das rührige Treiben der Unempfindlichen draußen. Dort endlich fand ich den Hort des einsamen, inneren Friedens. Nichts weiter wollte ich damals als still und sinnend zu schauen.

Hier, wo mich einzig die Brüder des Herzens liebend umringen, hier weiß ich wohl das Ruhebedürfnis des Fürsten verstanden. Sie, die Geschwister im Lichte der Götter seit Anfang der Zeiten, sie sind die einzigen Wesen, die da sind ohne zu stören. So sehr im Einklang mit ihnen scheint mir, ich wäre alleine. Nun also finde ich Ruhe auch in der Gegenwart vieler. Doch meine Seelenbrüder verstehen, dass der, der ich drüben in Schechem gewesen, oft sich zurückziehen musste, um nicht am Lärm zu verzweifeln. Drüben im bergigen Land der Hiwiter rang ich im stillen Reich meines Gartens mit mir um Verständnis, suchte Erlebtes fernab der Wirren des Lebens denkend allein zu durchdringen.

Als ich ein Knabe war, zwang mich hinauszureiten mein Vater. Er konnte gar nicht verstehen, warum ich alleine sein wollte. Sah er mich drinnen im Hofgarten sitzen, wurde er wütend, schimpfte mich Träumer und jagte mich fort, hinaus in die Siedlung. Mühelos sehe ich jetzt, was ich dort nicht zu sehen vermochte, sehe, dass Vater befürchtete mich als Sohn zu verlieren. Er war ein Kämpfer, ein Mann, der immerzu tätig sein musste. Mich, der ich dasaß und bloß versunken ins Blätterwerk schaute, konnte der Fürst nicht anders als krank oder irre verstehen. Angst also, Angst um den Sohn, war der wahre Grund seines Zornes.

Besser verstand mich die Mutter, sah, dass die Stille mir guttat. Als ich noch klein war, lehrte das Weib mich genau zu erkennen Wesen und Wirkung von zahlreichen Kräutern und Früchten. Ab und zu trug meine Mutter mir auf im Garten zu helfen, bat mich die Beete zu gießen, allerhand Früchte zu ernten. Später begriff ich jedoch, dass sie meiner nicht wirklich bedurfte. Mit diesen Aufträgen wollte sie mir die Möglichkeit geben, fernab der lärmenden Kinder der Siedlung Ruhe zu finden.

Vater war sicher, ich würde ihm niemals nachfolgen können. Ihm war ich viel zu bedächtig und still, kein Mann der Entscheidung. Früh schon beschloss er den zweitältesten Sohn zum Erben zu machen. Ich konnte diesen Entschluss zu Gunsten des Bruders verstehen. Dieser war ganz wie der Vater: tatkräftig, kühn und gesellig. Zwar galt mein Bruder als unbesonnen und manchmal gar hitzig, doch nahm man an, dass sein Herz mit der Zeit noch kühl werden würde. Aber es kam nie so weit, denn mein Bruder starb wenig später. Während der Schweinejagd stieß ihn ein wütender Eber vom Maultier. Ehe mein Bruder sich aufrichten konnte schlug ihm der Keiler rasend vor Zorn seine Hauer tief in den Hals, in die Schulter. Keiner der eilig herbeigerittenen Freunde vermochte, letztlich den Blutfluss aus klaffenden Wunden wirksam zu dämmen. Qualvoll erstickte die Hoffnung des Vaters im eigenen Blut. Da sich die Jäger nicht trauten ihrem Gebieter und Fürsten Nachricht vom plötzlichen Tode des neuen Erben zu bringen, kamen sie jammernd zu mir und wollten, dass ich sie ihm brachte. Immer noch blass vor Entsetzen fürchteten sie um ihr Leben. So hat das Los mich zum Boten des Todes erkoren.

Vaters Gesicht wurde hart wie die nackte Felswand der Berge. Schweigend und regungslos nahm er sie auf, die bittere Kunde. Dann stand er auf und ich meinte ihn müde seufzen zu hören. Ohne mich anzusehen, fragte er, wo man ihn hingebracht hätte. Aufrecht, erhobenen Hauptes, schritt er hinaus zu den Ställen. Dort lag der Leichnam des Sohnes im blutbesudelten Kleide. Vater verharrte nur wenige Schritte vor dem Verblassten. Fast sah es aus, als würde mein Bruder bloß schlafen und Vater stünde betrachtend davor und wollte den Jüngling nicht wecken. Nach einer Weile erst drehte der Fürst sich langsam zu mir hin, bat mich die Mutter des hingeschiedenen Bruders zu holen.

Vater verstand den Tod meines Bruders als Strafe der Götter. Er war sich sicher, er hatte den Zorn der himmlischen Mächte auf sich gezogen, als er den Zweiten zum Ersten erklärte. Das war für sie wie ein unverzeihlicher Frevel gewesen. Gnadenlos wurde der unrechtmäßige Erbe getötet, wütend vom Dämon des Waldes hinab in die Tiefe gestoßen. Tagelang trauerte Vater, opferte Lämmer und Böcklein, streute sich hadernd Asche aufs Haupt und zerriss seine Kleider.

Dann, am Tag der Bestattung, bat er mich ihm zu verzeihen. Ihm sei sehr deutlich gezeigt worden, sagte mein Herr mir mit Nachdruck, wen die gebietenden Götter als seinen Nachfolger wollten. Aufregend klang das für mich, gewollt von den Göttern zu werden. Anders als früher spürte ich nun aber auch eine Bürde, lastende Schwere der mir allein übertragenen Pflichten. Erst nach dem Tod meines Bruders, erst als mein Vater mich schließlich wieder zum Erben des Fürstentums machte, wurde mir deutlich, dass eine solche Aufgabe mehr galt als Wünschen und Mögen.

Nun, da das alles vorbei und Schechem mit mir an der Spitze schmach- und jammervoll untergegangen ist, frag ich mich öfter, was wohl passiert wäre, wäre mein Bruder Herrscher geworden. Hätte mein Bruder mit diesen Hebräern jemals verhandelt? Hätte er eingewilligt, die Männer beschneiden zu lassen? Er war ein Hitzkopf und immer geneigt, sich Feinde zu machen. Denkbar, dass er den vielen Nomaden gar nicht erlaubt hätte nahe der Seinen zu lagern und unser Land zu bevölkern. Wären die Fremden dann weitergezogen – ohne Verheerung? Würden die Felder der Heimat heute noch blühen wie vordem? Stünden die Türme der Burg noch stolz wie zur Zeit ihres Gründers? Läge noch immer Würde und Glanz auf der Stadt meiner Ahnen? Hier im Tal der Verstorbenen suchte ich bisher vergeblich Aufschluss und Trost beim beklagenswert früh verunglückten Bruder. Aber er lässt es noch immer nicht zu, dass ich ihm begegne. Wenn ich ihn rufe, dreht er sich weg und entzieht sich den Fragen. So bleibt der Sinn meines bösen Schicksals mir weiter verborgen.

Um mich zum bestmöglichen künftigen Fürsten zu machen, hieß mich mein Vater nunmehr ihn überall hin zu begleiten. Wie es allein dem ältesten Sohne des Herrschers gebührte, war ich dabei, wenn er Nachbarn und alte Freunde besuchte. Auch bei Beratungen saß ich dem Vater häufig zur

Seite, lauschte den Worten verschiedener Herren, Händlern und Priestern. Damals begann mein Gebieter und Herr mich doch noch zu schätzen. Schnell ward ihm klar, dass sein „Träumer" viel zu erkennen vermochte. Oftmals durchschaute ich rascher als Vater Lügen und Listen, mahnte mitunter leise zur Vorsicht, wo er ohne Arg war. Waren wir schließlich alleine, hieß mich mein Herrscher das, was ich eben geschaut und gehört hatte, ihm zu erzählen. Viele der Männer, die Vater berieten, kannte ich gar nicht, aber dem stolzen Fürsten gefiel, was ich über sie sagte. Später forderte Vater mich auf, in der Runde der Herren unerschrocken zu sagen, was immer ich dachte und meinte. Auch wenn die Männer sich heftig stritten und aufgeregt sprachen, blieb ich gelassen und ruhig, suchte nach Eintracht und Ausgleich. Andur, mein Vater und Burgherr, hörte mich wohlwollend reden. Er war fast immer gewillt auf den Rat seines Sohnes zu hören. Heute erkenne ich, dass meine Ruhe ihn überzeugte. Ihn, der er selbst eher wild und ungestüm war, beeindruckte tief mein so unumstößlicher Gleichmut, die Umsicht des Erben. Freilich, er sagte das nie, aber hier vermag ich's zu sehen. Während ihm weiter missfiel mein – wie er sagte – Zögern und Zaudern, sah er doch auch, dass besonnen zu sein mir dienlich sein würde.

Jahre danach erst, da hatte ich selbst erwachsene Söhne, prüften die Götter meine besonnene Art auf das Schärfste. Weitgehend friedlich war meine Herrschaft bis dahin gewesen. Ernsthaften Streit mit den Sippen des uns umgebenden Landes, Missernten, Krieg oder Seuchen hatten wir niemals erfahren. Dann aber kamen von Norden zahlreiche fremde Nomaden. Sicher, es waren auch früher schon Hirten und Herden erschienen, kleinere Gruppen mit klapprigem Vieh und dürftigen Zelten. Aber die Leute, die nun zu uns kamen, waren ganz anders. Ansehnlich war da zunächst ihre durchaus stattliche Anzahl, Männer und Frauen genug um ein ganzes Dorf zu bevölkern. Weitaus gewaltiger aber waren die Herden der Fremden. Sehr viele Schafe und Ziegen führten sie über die Hügel. Außerdem gab es Kamele, Maultiere, Rinder und Esel. Arm und gering waren diese neuen Nomaden mitnichten. Mehr noch, zu ihnen gehörte ein Heer von Sklaven und Mägden, Söhnen und Töchtern von fremder Herkunft mit dunkleren Zügen. Kräftig, gesund und genügend genährt erschienen sie alle. Fast überladen mit Silber sah man die Weiber der Herren, stolze und stattliche Frauen fürwahr auf prächtigen Eseln.

Schon als ich diese Hebräer zum ersten Mal sah, da ahnte, spürte ich gleich, wie groß und bedeutsam ihr Kommen für uns war. Was aus der Ferne mit diesem wandernden Volk auf uns zukam, das war, wie ich es damals betrachtete, unsere Zukunft, etwas, das uns im Herzen sehr stark würde anregen können. Neues, das fühlte ich, stand uns bevor, war nötig geworden. Unsere Stadt glich zu jener Zeit einer staubigen Hütte. Not tat uns wahrlich ein kräftiger Windstoß, kühl und belebend, aufzurütteln das träge Gemüt meines satten Gefolges.

Grobschlächtig, ungebärdig gar war dieser Schlag ohne Zweifel. Schon die herablassende, herrische Art ihrer Männer, schon jenes grob gewobene Tuch ihrer derben Gewänder, schon der fast tierische Klang ihrer laut gesprochenen Sprache, zeigte wie ungehobelt sie trotz ihres Wohlstandes waren. Ferner behandelten sie ihre Weiber schlechter als Tiere. Schaf und Kamel galten ihnen wohl mehr als Mägde und Ammen. Schließlich gestatteten sie ihrem Vieh den größeren Freiraum, während die Weiber wie angepflockt vor den Zelthütten saßen.

Einige unserer Leute rümpften voll Abscheu die Nase,

drängten darauf diese Schar zurück in die Wüste zu schicken. Niemals, so sagten sie, wäre von dort etwas Gutes gekommen. Jeder der Alten kannte Geschichten von Räubern der Ödnis, Banden, die ganze Städte und Dörfer mit furchtloser Wucht überfielen. Wer treibt sich, fragten sie, sonst in den Weiten der Wüste so lang herum außer denen, die ehrlichen Broterwerb scheuen? Immerzu wandern die Wilden umher und lauern auf Beute. Wer sich nicht dauerhaft niederlässt, lebt gewiss vom Verbrechen. So oder ähnlich besorglich redeten nicht nur die Weiber.

Ich aber sah in den Augen dieser beherzten Nomaden so viel Begeisterung, so viel Vertrauen, Mut und Gewissheit. Vorwärtszutreiben schien sie ein inneres, göttliches Feuer. Aufleuchten sah ich mit ihrem Erscheinen Licht aus dem Norden, Licht und Verheißung auch für die Meinen, für Kanaans Enkel. So etwas war mir zuvor nie begegnet, dort nicht und nirgends. Erst als ich diesen unbeirrbaren Glauben gewahrte, erst im Moment, da ich diese innere Führung erkannte, da erst erkannte ich auch, was uns schon so lange ermangelte. Trüb waren unsere Augen geworden, trüb und verhärtet, eng unser Blickfeld vom ständigen Blick auf Acker und Erde. Kaum ein Hiwite schaute noch weit in die Tiefe des Landes, über die Kimmung hinaus und aufwärts zur Heimstatt der Götter. Satt und vollends zufrieden mit dem, was die Felder uns boten, war uns der Hunger nach Wahrheit und Licht abhandengekommen. Doch bei den Zugewanderten meinte ich diesen zu sehen. Unbekümmert und voller Verachtung für Felder und Früchte zogen sie über die Hügel daher als wären sie Götter, nicht an die Erde gefesselt, unter dem Himmel zuhause. Sie umwehte das Neue, die kühle Klarheit des Morgens.

Diese so anders gearteten Leute, diese verheißungsvollen Besucher hieß ich willkommen und bat sie zu bleiben. Mir schien ihr Anführer, Israel, redlich, klug und besonnen. Also gebot ich den Siedlern ihnen die Tore zu öffnen. Gleichzeitig, hoffte ich, würden sie diesen furchtlosen Fremden gastlich, großmütig aufmachen auch ihre Häuser und Herzen. Fest überzeugt, dass der Zustrom von solch vermögenden Männern eine Gelegenheit war ohnegleichen, wollte ich diese keinesfalls ungenutzt an der Siedlung vorbeiziehen lassen. Sicher, ich sah den Gewinn, den der rege Handel mit ihnen mir und den Meinen, der Siedlung als Ganzem, einbringen würde. Doch ich sah auch auf uns zukommen heil- und ruhmvolle Zeiten.

Hätte ich damals zu sehen vermocht, was Schechem bedrohte, wäre das Los meiner Leute wohl nicht so bitter geworden. Aber wie konnte ich ahnen, dass ausgerechnet mein Liebster, Sichem, mein eigener Sohn zur größten Gefahr werden würde?

Sichem war anders als ich, das zeigte sich immer schon deutlich. Denn schon als Kind war er gern inmitten von Trubel und Scharen, redete ständig mit diesem und jenem, suchte Verbindung. Ich war erstaunt, beeindruckt, bewunderte sehr sein Vermögen spielerisch leicht sich mit Freunden gleich einem Schwarm zu umgeben. Doch während ich meine Worte immerzu sorgfältig wägte, plauderte Sichem ganz unbekümmert und ohne Bedenken. Ihm war es gar nicht so wichtig, etwas Bestimmtes zu sagen, etwas genau und unmissverständlich in Worte zu fassen. Manchmal erkannte ich auch, dass er einfach nur wiederholte, aufgriff und wenig verändert nachsprach, was andere sagten. Aber er wob alle ein in ein frohes, feines Gewebe, führte die Leute wie irrende Fäden lachend zusammen. Er wurde folglich von vielen gemocht und gerne gesehen. Vielleicht nahm ihn nicht jeder ernst, wenn er schwatzte und schwärmte. Sicher hat mancher den Sinn seiner Worte manchmal bezweifelt. Aber man nahm ihm sein loses Gerede nicht weiter übel.

O ja, mein Sohn konnte schwärmen und vieles glühend verehren. Als er noch klein war, begeisterte er sich andauernd für neue Plätze und Pläne, für Werkzeuge, Werke und Menschen. Wenn ihm zu jener Zeit etwa ein Wunsch nicht umgehend erfüllt ward, fing er geschickt an zu drängen, bis er bekam, was er wollte. Dann war er Feuer und Flamme und wärmte, glühend und glücklich, auch das Gemüt und das arg geforderte Herz seines Vaters. Ähnlich beharrlich bewegte er mich nach Tagen des Drängens ihm einen jungen und fein gezeichneten Vogel zu schenken. Wochenlang hatte der Knabe Falken am Himmel bewundert, überschwänglich berichtet vom Flug und Gefieder der Tiere. Fast schien es so, als wollte er selber hinauf in den Himmel. Ununterbrochen baute er schlichte, meist nutzlose Fallen, suchte zwar zäh, doch ohne Erfolg einen Falken zu fangen. Als dieses Vorhaben endgültig fehlgeschlagen war, gab er keineswegs auf und bemühte sich Falkeneier zu finden. Sämtliche Freunde mussten ihm helfen sein Ziel zu erreichen. So war er immer gewesen, lebhaft, beherzt und bezwingend. Was sich der glutvolle Junge mal in den Kopf gesetzt hatte, das war er schließlich gewohnt irgendwie auch zu bekommen.

Zweifellos manch eine Dummheit hatte mein Liebster gemacht, gerade als Jüngling manch einen Blödsinn geredet. Als er begann nach den Mägden zu schauen, blieb ich gelassen. Einer wie er musste knospige Blüten hitzig begehren. Also besorgte ich ihm eine schöne, willige Sklavin, so wie das unter den meisten Fürsten und Vornehmen Brauch war. Mir war natürlich bewusst, dass Sinn und Gemüt meines Sohnes bald von der allzu hörigen Magd genug haben würde. Dennoch erschrak ich gewaltig und tief, als er mir erzählte, wozu er sich draußen im Wald hatte hinreißen lassen. Zahlreiche

Mägde des Hauses hätte ich Sichem gegeben, blühend sie alle und viele durchaus geschickt in der Liebe. Ausgerechnet ein Kind dieser Fremdlinge musste er nehmen, eines vom eigenen Fleisch ihres Führers, Israels Tochter. Gleich als ich davon erfuhr, verspürte ich Angst und Entsetzen, sah meinem Reich eine unerklärliche Düsternis nahen. Doch ich verdrängte die Furcht, die lebhaften Bilder des Unheils. Vielleicht war der Fehltritt des Sohnes Teil einer glücklichen Fügung. Konnte doch sein, dass die unbedachtsame Tat des Entflammten nottat, weil unsere Völker letztendlich eins werden sollten.

Doch als der Junge mich bat zum Hebräerfürsten zu gehen, dort diese Dinah für ihn zu erwerben, war ich in Sorge. Schon eine Weile lagerten Israels Leute im Lande. Aber sie waren mir immer noch Unbekannte geblieben. Wie würden diese Nomaden mich und den Jungen empfangen? Würden sie unverzüglich Sichems Bestrafung verlangen, ehe ich förmlich ein Wort des Bedauerns aussprechen konnte, schon ihre Schwerter gegen den mutmaßlich Schuldigen heben? Mir kam erneut in den Sinn, was Söhne der Stadt sich erzählten, dass nämlich grausam und herzlos ein jedes Wüstenvolk wäre. Aber auch wenn die Verwandten des unglückseligen Mädchens mir, dem Erzeuger des hitzigen Frevlers, zuhören würden, wäre noch offen, was sie als Sühne zu fordern gedachten. Sicher war nur, die Missetat würde uns ganz schon viel kosten.

Gröbliches Unrecht war das, was der Junge Israels Tochter zugefügt hatte, ungezügelt und ohne zu denken. Übel und töricht zugleich, aber unverzeihlich mitnichten. Mehr noch, mir wollte es scheinen, dass auch sie selbst, die Hebräer, Schuld an der misslichen Lage des schönen Töchterchens trugen. Immerhin wachten sie sonst doch streng über Weiber und Mägde. Warum denn ließen sie ausgerechnet die vornehme Dinah ohne Begleitung die Straßen unserer Siedlung erkunden? Hätten die Ihren nicht deutlich mehr auf sie aufpassen müssen? War sie gar losgeschickt worden, unsere Männer zu reizen? Jung und begeistert war Sichem wie alle anderen Burschen blind für die uralten, angeborenen Listen des Weibes. Leicht ist die Beute der Magd, wo Männer sich selbst bloß bewundern. Ja, ich konnte mir mühelos vorstellen, wie das passiert war, wie mein vertrauensseliger Junge vom Weibe betört ward.

Aber egal, wie's geschah, es galt einen Streit abzuwenden. Das würde sicher am besten durch eine Ehe gelingen. Denkbar gewiss, dass *Ba'al* schon immer die Absicht verfolgte dieser Vermählung in Kürze andere folgen zu lassen, ja, dass er letztlich plante aus zwei Häusern eines zu bilden. Ich war auf jeden Fall willens und fest entschlossen, das Beste aus dieser dummen Geschichte Schechem zuliebe zu machen.

Gleich in der Frühe des folgenden Tages ritt ich mit Sichem hoch in das Lager der Hirten um Abbitte zu leisten. Klar war der nächtliche Himmel gewesen, kalt nun der Morgen. Fest um die Schultern gezogen hielt ich das Tuch meines Kleides. Lautlos entstieg die Sonne der Nacht und die Tautropfen glänzten. Stiller als sonst war mein Sohn, gebeugt saß er auf seinem Esel. Sicher nicht nur ob der Kälte trug er sein Haupt wie verborgen, gänzlich verhüllt von der schützenden Wolle seines Gewandes. Auch wenn der Junge mich selbst gedrängt hatte hierher zu reiten, aufzusuchen die Hirten im Lager am nördlichen Hange, war der Besuch im Heim der Geliebten für Sichem nicht einfach. Während wir uns gemächlich und stumm dem Gebiet der Hebräer unabänderlich näherten, sank er noch tiefer zusammen. Aber die Hirten beggneten uns, zumindest am Anfang, anders als wir es befürchteten ohne Zorn oder Schärfe.

Jakob, ihr Anführer, einer, den alle Israel nannten, gab mir die Ehre, trat mir entgegen, empfing mich recht freundlich. Ja, er verneigte sich gar, als ich ihm die Gaben des Hofes, wertvolles Tuch und ein auserlesenes Schwert, überreichte. Schon als wir damals über den Verkauf des Weidelands sprachen, war mir der Alte besonnen erschienen, wachsam und milde. Heimlich gerechnet mit seiner bedachtsamen Art und Weise hatte ich diesmal gewiss und sah mich zum Glück auch bestätigt. Ihm war, so kam es mir vor, die beklagenswerte Geschichte eher betrüblich und unangenehm als Anstoß erregend. Er ließ nicht zu, dass ich beschämt, wie ich war, vor ihm auf die Knie ging. Kopfschüttelnd fasste mich Jakob am Arm und grüßte mich leise. Da war kein zorniges Wüten, ob meines ehrlosen Sohnes. Eindrucksvoll würdig, bedrückt doch gefasst behielt er die Ruhe. Schweigend geleitete er mich zum Zelt und hielt es mir offen.

Drinnen im Dämmer gewahrte ich mehrere junge Männer, Israels Söhne mit dunklen, grimmig verschlossenen Blicken. Dann, als wir saßen, war es an mir, das Wort zu ergreifen. Ich sei gekommen, so sagte ich, Sichems Schandtat zu sühnen. Unendlich leid täte mir das bittere Los des geschätzten Israels, Nachfahren weiser und durchweg tapferer Männer. Er müsse nun ertragen die bittere Kunde vom Unglück der Tochter. Aber mein Sohn sei kein Unhold, sondern bereit und entschlossen, schnellstens die angegriffene Ehre des Mädchens zu retten. Eindringlich musterte Israel dann den eben Erwähnten, ließ seine Augen lang auf dem Haupt meines Ältesten ruhen. Plötzlich erschien er mir müde, nickte nur kurz und ich glaubte damals zu sehen stilles Verständnis von Vater zu Vater. Nun, ich sollte tatsächlich schon bald und schmerzlich erfahren, wie sehr der alte Mann mit den eigenen Söhnen gestraft war. Anderes wollten und taten die rüden Kerle als das, was er sich erhoffte.

Einer von ihnen, ein eifernder Bursche mit funkelnden Augen, fiel seinem Vater ins Wort und redete viel vom gerechten Gott seiner Väter, von dem, was dieser den Seinen gebietet. Einhalten sollten sie ehern dessen Gebot der Beschneidung. Mir war das neu, doch ich kannte den Brauch von ägyptischen Sklaven. Drüben im Lande am Nil beschnitt man wohl häufig die Vorhaut. Während der Sohn uns erklärte Reinheit und Würde des Mannes, hielt ich den Vater im Blick, das Spiel seiner ernsthaften Miene. Ahnte er damals bereits das üble Verbrechen des Sohnes? Ahnte der Vater die Schande, die dieser ihm bald machen würde? Sicherlich merkte er wohl, der Bursche gehorchte ihm nicht mehr. Auch wenn er Wort und Warnung des Sohnes, der Levi genannt ward, nahezu unbewegt in sich aufnahm, betrübten sie Jakob. Mir blieb das Leid des vielfachen Vaters gewiss nicht verborgen. Und, da ich diese Hebräer genauer beobachten wollte, tat ich zunächst, als wüsste ich nicht, was der Eiferer meinte, ließ mir erklären und dann auch zeigen, was zu beschneiden war. All die Zeit aber besah ich mir heimlich Israels Söhne, spürte nun stärker, wie stolz und kriegerisch drängend sie waren. Sicher die jüngeren waren erst Knaben, bartlos und schmächtig, aber die älteren Söhne strotzten vor Kraft und Erregung. Selbstgefällig begegneten diese mir, abschätzig, finster.

Israel stimmte der Forderung zu, er konnte nicht anders. Gottes Gebot der Beschneidung galt es umfassend zu ehren. Aber verstimmt war der Mann, erinnert zu werden vom Sohne, der sich erdreistete ihn über Gottes Wort zu belehren. Israel war so nahe dem Himmel wie keiner der Söhne. Lachhaft, dass einer von diesen Burschen sich über ihn stellte. Dennoch, der Sippenfürst schwieg, ich nahm es verwundert zur Kenntnis. Sicher, der Sohn war respektvoll, neigte das Haupt vor dem Vater, aber die Stimme des Flegels war kalt, berechnend die Ehrfurcht. Erst war mir einfach nur unwohl, doch dann verstand ich, was fehlte, was diesem stolzen Gehabe des Sohnes gänzlich entbehrte. Er war nur fähig den Vater zu fürchten, nicht ihn zu lieben. Heute versteh ich natürlich, warum es anders nicht sein konnte. Israel war wie ein uralter Baum, geformt durch die Jahre. Hoch in den Himmel empor reckte er Äste und Zweige, tief in die Erde hinunter sank er mit mächtigen Wurzeln. Levi, sein Sohn, war dagegen bloß ein begieriges Bäumchen. Glatt noch die Rinde, der Stamm noch gerade, ohne Belastung, fehlte dem Sohn der innere Halt und die Haltung des Vaters. Ihm war das Wesen des Alten einfach zu weit und zu weise, unfassbar fremd und deshalb zu fern für wahrhaftige Liebe. Nur was man kennt, versteht und erfühlt, kann man wirklich auch lieben. Doch dieser Levi war dafür zu selbstgerecht und verblendet. Das hatte Jakob, der Vater, erkannt; er wusste, wie wenig Levi vom inneren Wert der Worte zu hören vermochte, wusste, wie sehr er im Wortlaut verharrte, taub für die Weisheit, taub für die Wahrheit des Herzens am lichten Grund der Gesetze. Deswegen schwieg er und litt am Sohne, wie Liebende leiden.

Ja, ich erkenne es hier mit unwiderlegbarer Klarheit: Jakob, der Herr der Hebräer wollte den Meinen nicht schaden. Aufrichtig hoffte er wirklich einmal mein Bruder zu werden. Aber er sah ein anderes Los aus der Reihe der Söhne rasch auf sich zukommen, sah eine tiefe Dunkelheit nahen. Er wusste nichts von der heimtückischen List seiner Söhne. Aber er spürte den glühenden Hass und war nicht in der Lage, aufzuhalten das unsägliche Leid, das nun seinen Lauf nahm. Seltsam, wie machtlos dieser Berufene war, als die Seinen damals dem Bösen anheimfielen, machtlos und fast schon ergeben. Glaubte er wirklich, dass durch diesen Sohn sein Gott zu ihm sprach, dass unabänderlich war, was immer das

Los ihm bescherte? Er war wie ich, denn auch mir war ein Sohn zum Verhängnis geworden. Wir waren beide als Ältere ausgeliefert dem Schicksal, welches die Jungen mit blinder Leidenschaft über uns brachten.

Als wir die ungewöhnliche Forderung Israels kannten, brachen wir auf und kehrten zurück in die heimische Siedlung. Hoch stand die Sonne inzwischen über dem schroffen Gebirge. Unsere Schatten zogen es vor uns nahe zu bleiben, eilten nicht übermütig davon über Sträucher und Büsche. Abgelegt hatten wir nunmehr die schweren wollenen Tücher; noch war die Wärme der Sonne erträglich, einladend, lieblich. Schweigend betrachtete ich das weitläufige Tal meiner Heimat, all diese mühselig angelegten Felder und Gärten, schaute hinunter auf Höfe und Hallen, Tennen und Tempel, sah auf die ausdauernde Arbeit von vielen Geschlechtern. Plötzlich verstand ich, wir würden uns alle grundlegend ändern, würden nicht länger *Ba'al* und *Aschera* alleine verehren, wenn wir der Hirten Ehebedingung getreulich erfüllten. Durch diesen einfachen Schnitt schon wären wir rein vor dem fremden Gott der Hebräer und dieser wäre auch unser Gebieter.

Sichem, mein Sohn, schien erleichtert, sah seine Braut schon erworben. Ihm war der Vorhaut Beschneidung bloß von geringer Bedeutung. Ach, wie sorglos und unbekümmert die Jugend doch sein kann. Das, was gewöhnlich und abgegriffen ist, schätzt sie am meisten. Aber das wirklich Wichtige bleibt ihren Augen verborgen. Sichem, ich spürte es, brannte darauf den Schnitt zu vollziehen. Ihm war es letztlich egal, ob mit oder ohne Verstümmlung. Schließlich begehrte der ungezügelte Junge doch einzig einzugehen in den lockenden Schoß des hebräischen Mädchens. Blind vor Verlangen erkannte er nicht das Ausmaß des Opfers. Denn er bezweifelte kaum, dass all seine Brüder und Vettern, Onkel und Väter ebenso leichtfertig willens sein würden diese verfluchte Darangabe ihm zuliebe zu leisten.

Mir aber wäre es lieber gewesen, hätten die Hirten Gold oder Silber zum Ausgleich für Sichems Fehler gefordert. Anders als ihm war mir durchaus bewusst, was ich im Begriff stand kraft meiner Würde abzuverlangen von meinen Getreuen. Noch auf dem steinigen Weg zurück in die Stadt meiner Väter, nahm ich mir vor schon am selbigen Abend Männer mit Weitsicht um mich zu scharen, die Ältesten Schechems. Als ich zurück in der Burg war, schickte ich gleich meine Diener los zu den Häusern der alterfahrenen, kundigen Männer, einzuberufen die große Ratsversammlung der Freien. Einfinden sollten sich alle, sobald die Sonne versunken, nahe dem südlichen Tor um Wichtiges dort zu entscheiden. Nicht nur die Vornehmen, Wohlbegüterten sollten erscheinen, auch die Soldaten, Handwerker, Priester, besitzlose Bauern. Schließlich umfasste Israels Forderung jeden von ihnen. Jeder, egal ob reich oder mittellos, sollte bereit sein Fleisch vom eigenen Leibe zum Wohle der Sippe zu opfern. Nur wenn sich sämtliche Einwohner einverstanden erklärten, wäre Versöhnung mit Israels Leuten überhaupt denkbar.

Ja, es ging um viel mehr als alleine um Sichems Vermählung. Dass mein verwegener Sohn die Magd der Hebräer bekäme, war mir als Fürst und Anführer Schechems im Grunde nicht wichtig. Weiber gab's viele und Strohfeuer bloß war Sichems Erregung. Sollte der Schwärmer die fremdländische Magd nicht bekommen, würde er sicherlich bald eine neue Dirne begehren. Aber ich wusste, dass Sichem aus Liebe, Inbrunst und Leichtsinn uns in Gefahr gebracht hatte, mich, meine Stadt, meine Leute. Sollte es uns nicht gelingen Israel milde zu stimmen, würden die friedlichen Nachbarn sich rasch in Feinde verwandeln. Sicher, wir wären nicht wirklich gefährdet, denn unsere Truppen könnten, so dachte ich damals, Israel jederzeit schlagen. Selbst wenn er samt seiner Sklaven und Knechte angreifen würde, selbst wenn ein jeder von ihnen Schwert oder Doppelaxt trüge, wäre die Burgwache Schechems damit doch fertig geworden. Nein, unser aller ruhmloses Ende sah ich nicht kommen.

Aber ich fürchtete, Hass und Zerwürfnis würden die Eintracht und Einheit unserer Siedlung zersetzen. Längst traten diese Hebräer nahezu täglich in Scharen ein durch die Tore der Stadt, besuchten die Schänke und Schmieden, kamen um Waren zu tauschen, trieben ihr Vieh durch die Straßen. Viele der Jüngeren lockte Begierde hinein in die dunklen Gassen der Armenviertel, die wohlfeile Weiber umsäumten. Brunftig wie Farren erschienen sie uns, diese jungen Hirten. Offenbar ausgehungert nach einsamen Jahren der Wüste, waren sie unseren reizvollen Dirnen hilflos verfallen. Diese verdienten an ihnen nicht schlecht, denn die meisten der Burschen zeigten sich gebefreudig und öffneten weit ihre Beutel. Anderswo kamen die Wandermänner uns ebenfalls näher. Manche von ihnen wollten in Schechem ein Handwerk erlernen, suchten die Tischler, Töpfer und Weber auf, lernten mit Eifer. Da ihre Sprache der unseren ähnelte, konnten wir alle ohne Probleme viel voneinander erfahren und lernen. Kurzum: Die Zugewanderten lebten inmitten der Meinen.

Wenn also plötzlich der kleinen, zarten Hebräerin Schändung jeden Hebräer im tiefsten eigenen Ehrgefühl träfe, wären wir alle in unserer eigenen Stadt auf einmal laufend umgeben von wütenden, rachedurstigen Männern. Schreckliche Wirrnisse drohten den Meinen, Aufruhr und Klage, Plünderung, Diebstahl, Betrug, am Ende noch tückische Morde. Ich sah voraus nicht bloß einen Kampf zwischen uns hier und denen, sondern ich sah und befürchtete Streit von allen mit allen: rechtende Hirten mit störrischen Bauern, zornig erregte Väter mit ungehorsamen Söhnen und ehrbare Weiber, stolze, vielfache Mütter, mit Huren und schamlosen Dirnen.

Mein war der Auftrag die Schrecken abzuwenden von Schechem, abzuwehren den drohenden, furchtbaren Sturm der Empörung. Deswegen war es entscheidend, dass ich die Meinen erreichte, ihnen den Ernst und den schweren Sinn der Versammlung zu zeigen. Alles Gelingen hing ab von der Wahl und vom Ton meiner Worte. Das, was die Ahnen mir damals am Tor zu sagen geboten, habe ich hier im Land der Verstorben wieder vernommen. Aufgezeichnet im himmlischen Buch, das die Götter verwahren, steht es geschrieben wie alles, was jemals getan und gesprochen. Anhören sollten es all meine Brüder, alle Hiwiter, wenn sie dereinst dieses weite Dämmerland gleichfalls betreten. Jeder soll wissen, dass Hamor Absprache immerzu einhielt. Er hat getan, was er konnte, er war es nicht, der sein Wort brach. Dies ist die Rede des Fürsten kurz vor dem Fall seines Reiches.

*Einwohner Schechems, ehrbare Männer und tüchtige Söhne! Brüder, ich grüße und danke euch, zahlreich gekommen zu sein. Denn nicht ohne Grund sind wir heute am Tore versammelt. Ich ließ euch rufen, um Volkes künftiges Los zu beraten. Wichtig für euch und die Euren ist das, was wir heute entscheiden. Stolze Hiwiter, die Götter wollen, dass wir uns bewegen, schicken uns Aufgaben her, um unsere Weisheit zu prüfen, fordern uns auf, den Ruf und den Auftrag der Zeit zu erkennen. Noch leben alle in Eintracht zusammen, froh und gelassen. Noch sind der Wohlstand und Friede unserer Siedlung gesichert. Wenn das so bleiben soll, muss unser Volk sich heute bewähren. Das ist der Grund, weshalb ich euch aufrief, eilig zu kommen. Hört, was ich sage, gebt Acht und prüft meine Worte! Änderung steht uns bevor, eine tiefgreifende*

*Wandlung. Mir ist schon klar, dass wir gerne alles beim Alten beließen. Dann aber wären wir irgendwann gänzlich ohne Bedeutung. Nur wenn sich Schechem nach außen hin ändert, lässt es sich halten. Brüder, das Neue ist da, wir können's nicht leugnen.*

*Immer schon lebten die Einwohner Schechems vom steten Zustrom reisender Händler aus den entlegenen Städten am Meere. Auf ihrem Weg in den Süden oder hinabwärts zum Jordan, machten sie Rast vor den Toren der Stadt, bezahlten die Zölle, stockten bei uns ihre Vorräte auf und lieferten Waren. Kostbare Krüge, Geräte, Bitumen, Salz oder Seile tauschten die Kaufleute ein gegen Schafe, Zwiebeln und Emmer. Dergestalt machten bereits eure Ahnen gute Geschäfte. Schaut euch die Stadt heute an, dieses Tor, die Türme, die Tempel – überall seht ihr die steingewordenen Zeichen des Wohlstands. Und diesen Reichtum – gewiss – verdanken wir unserem Eifer. Aber durch Fleiß allein wäre Schechem nicht glanzvoll geworden. Ohne das Silber der Händler, ohne die Waren der Fremden sähet ihr heute statt Stein und Gebälk nur ärmliche Hütten. Immer schon öffnete Schechem den Fremden gern seine Tore. Denn, die von fern zu uns kamen, brachten uns weiter nach vorne, ließen am Ende gar unsere Siedlung weiter erstarken.*

*Nun sind erneut – und zwar weit mehr als früher – Fremde gekommen. Mehrere Monate lang schon lagern sie oben am Hügel, zugewanderte Hirten, Hebräer vom Land der zwei Ströme. Wie bei den Händlern vom Westen mehren auch diese Nomaden, schon da die vielen auch vieles bedürfen, unseren Wohlstand. Ihr habt ja alle gesehen: Riesig sind Israels Herden, groß ist die Zahl seiner Sklaven, groß auch der Hunger der Seinen. Viele von euch machten mehrmals gute Geschäfte mit ihnen. Sie haben Schafe und Rinder, wir haben Weizen und Weiber. Männer, ihr lacht, aber Tatsache ist, dass Israels Burschen viel zu lange allein mit den Ihren die Wüste durchstreiften. Nun sind sie hier und erwerben mit Freude, was sie begehren.*

*Anders jedoch als die Händler, die stets auf der Durchreise waren, will dieses Volk aus dem Norden dauerhaft hier bei uns bleiben. Anführer Israel kaufte sogleich, wie ihr wisst, die Weiden nördlich der Siedlung und zahlte uns dafür Hände voll Silber. Seit ihrer Ankunft leben die Hirten dort draußen als völlig ehrbare Nachbarn. Nun ist gekommen die Zeit mit ihnen zusammenzuwachsen, einszuwerden mit unseren Brüdern, die neben uns lagern. Immer für sich sind die Hirten geblieben, seit sie hier wohnen. Sicher, sie sitzen Seite an Seite mit uns in der Schänke, kaufen am Tage bei unseren Bauern Früchte der Felder. Aber am Abend kehren sie allesamt heim zu den Ihren, heim in den Schutz ihres großen und gut gesicherten Lagers. Das ist für unsere Stadt auf Dauer nicht wirklich gedeihlich. Drüben im Lager am Hang unter sich die tüchtigen Hirten, hier hinter Steinmauern wir, die geschickten Siedler von Schechem.*

*So bleiben fremd uns die Söhne der Wüste, fremd und bedrohlich. Umgekehrt gelten wir ihnen als unverständlich und seltsam. Sie rufen ihren Gott an und wir, einen Steinwurf entfernt bloß, beten zu unseren Göttern, bitten genauso um Gnade. Sie kochen ihre und wir, wie immer schon, unsere Speisen. Zwar ist nicht klar, was bei ihnen reingetan wird in die Töpfe. Aber wer von euch glaubt denn im Ernst, was die Dummen behaupten, dass nämlich Israels Leute Dung von Kamelen verspeisen? Sicher, sie riechen nach Tier, sie hausen ja schließlich mit ihnen. Aber das macht sie noch lange nicht selbst zu Vieh oder Bestien. Ebenso vorsichtig sollten wir ihren Glauben bewerten, ihre für uns vielleicht dunklen und undurchschaubaren Riten. Sicher, ihr Gott hat scheinbar verrückte Gesetze erlassen. Aber wir dürfen das Fremde nicht richten, bloß weil es fremd ist. Seht ihr, wir wissen zu wenig und kennen nur die Gerüchte. Meint ihr denn wirklich sie opfern, wie manche schaudernd erzählen, all ihre Erstgeborenen einfach dem Gott ihrer Väter?*

*Solches Gerede verbreitet sich rasch und schürt nur die Ängste. Dann wird das Misstrauen größer, so dass ein Abgrund sich auftut. Angst wird zu Abscheu und wenig nur braucht es Streit zu entfachen. Deshalb, so meine ich, sollten wir uns jetzt mutig entscheiden, engere Bande zu knüpfen mit diesen Fremden dort draußen. Immer schon haben wir unsere Pforten Fremden geöffnet. Nun aber will ich euch bitten einen Schritt weiter zu gehen. Öffnet den Zugewanderten vorbehaltlos eure Herzen. Männer, wir stehen am Scheideweg, hier und heute, wir alle: Entweder Schechem wird stärker denn je, eine Stätte der Eintracht, oder wir werden geschwächt, gespalten von Hass und Zerwürfnis. Israels Lager ist reich, er selbst ein vermögender Mann. Bliebe er bei uns, könnten wir alle Gewinn daraus ziehen. Deswegen schlage ich vor, dass wir uns mit ihnen verschwägern.*

*Sichem, mein Ältester, will zum Weib nehmen Israels Tochter. Ich war nun dort und sprach voller Hoffnung den Vater des Mädchens. Dieser ist gerne bereit die Seinen mit uns zu verbinden. Freundlich und aufgeschlossen erwies er sich demgegenüber. Er machte klar, dass er hier in Schechem zu bleiben gewillt ist. Außerdem gab er der Hoffnung Ausdruck, dass bald seine Söhne heimführen würden ehrbare Weiber aus unserer Siedlung. Diese sind stattliche Männer und vielversprechende Knaben. Und auch die jüngeren Söhne werden in wenigen Jahren ebenfalls hocherfreut Töchter aus unseren Häusern heiraten wollen. Glaubt mir, der Preis wär' nicht hoch, denn Schechems Mägde sind reizvoll. Dafür erhieltet ihr neue und einflussreiche Verwandte. Schließlich gehören die weitaus mächtigsten Herden des Landes künftig alleine den starken Söhnen des alten Hebräers.*

*Brüder, ich sehe euch nicken, sehe mit Stolz, wie verständig ihr den Zeichen der Zeit zu begegnen vermöget. Und weil ihr schlau seid, lebenserfahrene Männer mit Weitblick, werdet ihr wissen, dass wir auf Israel zugehen müssen. Diese Hebräer kamen von weither in unsere Heimat. Jetzt müssen wir einen Schritt tun, uns den Zugewanderten nähern. Brüder, wir sollten versuchen, das was uns trennt zu bezwingen. Letztlich, das solltet ihr wissen, letztlich sind Israels Leute gar nicht so fremd in unserer Siedlung, im Land der Hiwiter. Hierher kam einst, wie der alte Hebräer mir glaubhaft erzählte, einer der Abraham hieß, ein Mann, obzwar alt, ohne Söhne. Hier war er angesehen und lebte als Freund unter Freunden. Dann zog der Mann mit den Seinen weiter hinab in den Süden. Irgendwo dort ward dem Alten doch noch ein Erbe geboren. Der wiederum ist schließlich zu Israels Vater geworden. Brüder bedenket, ein naher Vorfahre dieser Nomaden lebte dereinst wie einer von uns eine Zeit lang in Schechem. Mehr noch, die Männer stammen von hier und sind Kanaans Söhne. Gar nicht so unähnlich also ist uns das Volk der Hebräer. Deshalb betrachtet Israels Leute als alte Verwandte, öffnet die Augen mutig für das, was uns allen gemein ist! Achtet geringer die Unterschiede, die immer bestehen! Lasst gar nicht zu, dass Neigung und Brauchtum uns dauerhaft trennen!*

*Sitte ist dort in Israels Haus die Beschneidung der Jungen. Ähnlich wie's drüben im Land der Ägypter häufig getan wird, schneiden auch sie bei den Knäblein bereits die Vorhaut vom Glied ab. Das ist im Grunde ein winziger Schnitt, für sie aber wichtig. Denn da ihr höchster Herr die Beschneidung den Ahnen schon auftrug, dürfen sie nur mit Beschnittenen Mahl und Lagerstatt teilen. Wollen wir uns nun mit ihnen verschwägern, müssen wir also alle beschnitten sein, alle egal, ob Herr oder Sklave, Mann oder Knabe, Kind oder Greis – und das ganze Gesinde. Dann erst, so glauben sie, tun sie Gottes Gesetzen genüge. Nun, was für diese Hebräer gut ist, kann schlecht nicht für uns sein. Unsere Götter verbieten uns nicht, uns so zu beschneiden. Ich bitte euch deswegen mir und den Meinen zu folgen. Denn wenn ich mich und all meine Söhne noch heute beschneide, reicht das nicht aus den Hebräern tatsächlich nahe zu kommen. Nur wenn wir alle, ihr, die ihr hier seid, zu Hause die euren diesen erlösenden Einschnitt vollziehen, werden wir rein sein.*

*Jeder von euch hier ist aufgefordert genau zu erwägen, wie er sich selbst zum Wohle des Ganzen am besten entscheidet. Jeder muss prüfen, was er für die Stadt zu opfern bereit ist. Da wir am Scheideweg stehen, hilft es nicht weiter zu zaudern. Männer, zeigt Mut, ergreift die Gelegenheit größer zu werden. Dann werden unsere Enkel dereinst die Kühnheit und Weitsicht ihrer entschlossenen Ahnen lange noch preisen und rühmen.*

Immer noch schmerzt es mich sehr, die Rede von damals zu hören, vor mir zu sehen die Hoffnung, die mich, den Fürsten bewegte. Denn sie war eitel, die Hoffnung, und täuschte ausnahmslos alle. Keiner dort unten am Tor verweigerte mir die Gefolgschaft. Manche baten mich mehr über Messer und Schnitt zu erzählen, fragten ob Israels Priester nicht auch zugegen sein sollten. Aber sie alle vertrauten auf das, was ich ihnen sagte. Ach, Schechem, hätten sie bloß den Sinn meiner Worte bezweifelt. Wären doch bloß die Getreuen weniger folgsam gewesen. Selbst wenn nur zwei oder drei die Beschneidung abgelehnt hätten, wären die Meinen verschont geblieben vom Schrecken des Schicksals. Aber sie waren bereit zu geben, was Israel wollte. Das war erstaunlich, wussten doch wenigstens manche von ihnen, wessen mein Junge sich drüben im Wald schuldig gemacht hatte. Ich war mir sicher, es wurde von Sichems Fehltritt gesprochen. Dennoch hat keiner der Alten deswegen Klage erhoben. Sicher, die Ältesten wollten sich selbst vor Ort überzeugen, wollten am folgenden Tag schon mit diesem Israel reden. Das allerdings hatte ich auch gar nicht anders erwartet.

Als die Entscheidung gefällt war, ließ ich die herrlichsten Speisen auftragen, bat die Getreuen mit mir den Beschluss zu begehen. Anlass zum Feiern gab es, wie ich fand, an diesem Tag wirklich. Ich sah nun angebrochen ein glanzvolles neues und reiches Zeitalter Schechems, größer als jenes der ruhmreichen Ahnen. Und als dann auch noch am Ende der Nacht ein goldener Morgen prachtvoll emporhob die rosigen Flügel über die Siedlung, fühlte ich wirklich mit uns die Stärke und Weisheit der Götter.

Später am Tag, nachdem wir geruht hatten, scharten sich Schechems Älteste schweigend um mich vor dem alten Stadttor im Norden. Viele, das konnte ich sehen, hatten als ehrbare Gäste aufgebürdet den stämmigen Eseln wertvolle Mitbringsel. Daran erkannte ich wieder ihre Bereitschaft zu geben, herzugeben ein kostbares Gut um die Nachbarn zu ehren, aufzugeben für Schechems Erstarkung ein Stück ihres Fleisches. Schließlich, als alle gekommen, ritten wir nordwärts den Hang hoch. Würdevoll näherten wir uns langsam dem Lager der Hirten. Wieder empfing der Hebräer uns, seine Gäste, sehr freundlich, hieß uns willkommen und dankte uns, ihm die Ehre zu geben. Ehe wir absitzen konnten, kamen schon Diener gelaufen, wuschen uns Füße und Hände, führten die Tiere zur Tränke.

Abermals traten wir ein in Israels stattliches Obdach. Erst als wir saßen, nahm auch der Sippenfürst selbst seinen Platz ein. Wieder gesellten sich zu uns mehrere Söhne des Alten. Knechte betraten das Zelt und brachten Gefäße und Körbe, reichten uns Becher mit Wein und boten uns Dörrobst und Brot an. Israel bat uns mit ihm auf unsere Freundschaft zu trinken. Sicherlich konnte der Alte sich denken, welche Entscheidung Schechem gefällt hatte, unten am Tore. Hätten die Männer der Stadt sich gegen Beschneidung entschieden, wären wir hier nicht am folgenden Tag so zahlreich erschienen. Als ich ihm sagte, wir alle wären bereit die Bedingung seines gestrengen Gebieters uneingeschränkt zu erfüllen, wurde die Stimmung im Zelte feierlich, fast schon ergreifend. Lächelnd erhob sich der Alte und kam, die Arme gebreitet, rüber zu mir und umarmte mich fest, als wär' ich sein Bruder.

Meine Begleiter, die Ältesten Schechems, reichten Geschenke, gaben dem Sippenfürst Schläuche mit Wein und Säcke voll Gerste. Dieser bedankte sich höflich und stellte uns seine Söhne stolz doch zurückhaltend vor und pries ihre Vorzüge leise. Ich konnte sehen, wie sehr meinen Leuten das imponierte. Israels große Ruhe und Würde beeindruckte jeden. Keiner, auch ich nicht, vermochte sich dieser Macht zu entziehen. Während er sprach betrachtete ich seine Söhne genauer. Einer, der Ruben genannt wurde, kam, wie's schien, nach dem Vater. Friedlich, bescheiden, bedächtig ruhte sein Blick auf den Gästen. Er war der Älteste, aber noch kaum in Erscheinung getreten. Mir schien er zuverlässig und treu seinem Vater ergeben. Auch der jüngere Juda, ein kräftiger Bursche, gefiel mir. Selbstsicher wirkte der Jüngling, scheinbar zum Herrschen geboren.

Anders der strenge, kalte und immer verkniffene Levi. Er war mir gleich schon zuwider, anmaßend, abweisend, eifernd. Innerlich spürte ich wohl den maßlosen Hass dieses Mannes. Er war's gewesen, der Gottes strenge Gebot seinem Vater herzlos kühl und von oben herab in Erinnerung brachte. Aber ich konnte schon damals fühlen, dass ihm die Beschneidung wichtig war bloß als ein Merkmal seines besonderen Wertes. Stolz war der Mann sich als Auserkorener Gottes zu fühlen. Wir, die Hiwiter, waren für ihn dieser Ehre nicht würdig. Sicher, er würde es dulden, dass wir uns gleichfalls beschnitten. Doch in den Augen des hochmütigen Levis stünden wir dadurch keineswegs näher zum einzigartigen Gott seiner Väter. Ihm wär' es lieber gewesen, wir hätten sie abgewiesen, diese verfluchte Forderung Israels, uns zu beschneiden. Ja, ich erkannte nun deutlich: Er war dagegen dass Sichem, einer von uns, sich mit Dinah, einer der Ihren, vermählte. Hochmut allein war es nicht, weshalb er uns feindlich gesinnt war. Wegen der Schändung der Schwester hasste er Schechem als Ganzes. Dinah bedeutete ihm, ihrem Bruder, mehr als er zeigte. Irgendwie ließ seine Eifersucht Levi menschlicher werden.

Aber es gab einen weiteren Sohn, gefährlicher, dunkler. Richtig zum Fürchten erschien mir dieser, den Israel uns bloß wortkarg und ohne übliches Lob als Schimon bekannt machte. Aufbrausend war dieser Kerl, das zeigten mir klar seine Züge. Schon seine Augen verrieten, Kampf war das Ziel dieses Mannes. Rot war sein Antlitz, die Augenbrauen zusammengezogen über der kräftigen Nase, die Lippen hart und geschlossen. Und außer ihm gab es niemand im ganzen Zelt, der ein Schwert trug. Wir waren Israels Gäste und unbewaffnet gekommen. Dass dieser Rüpel ein Schwert trug, verstieß gegen Sitte und Anstand. Israel schwieg, doch ich glaube, er sah es sehr wohl, das blanke Erz, das der Sohn den Gästen respektlos und unverschämt zeigte. Uns stand nicht zu, diesen Schimon einfach zur Rede zu stellen. Aber ich glaubte daran, dass der Sohn dem Vater gehorchte, hielt es für ausgeschlossen, dass er seinem Vater nicht folgte. Also vermutete ich, das Schwert war sein steter Begleiter. Möglich, dass er es auch nachts trägt, dachte ich damals belustigt. Noch lag die ganze Macht der Hebräer in Israels Händen. Dieser indessen war wohlgesinnt den Einwohnern Schechems. Auch wenn uns ein oder zwei seiner Söhne lieber bekämpft hätten, würde der mächtige Vater bürgen für Frieden und Eintracht.

Als uns die jungen Hebräer allesamt vorgestellt waren, lobten die Ältesten Schechems Israels Söhne entschieden. Anschließend priesen sie ebenso laut die Töchter der Ihren, lobten die Tugend der Mägde, den hellen Glanz ihrer Anmut. Manch eine Enkelin wurde wie eine Göttin geschildert. Aber fürwahr, die Herren der Stadt übertrieben nur wenig. Zierlich und flink wie Gazellen bewegen sich unsere Mädchen. Sanft ist der Blick ihrer großen Kuhaugen, sanft und ergeben. Glänzend ihr wallendes Haar, fast dunkel wie Rabengefieder. Und ihre Lippen sind voll und süß wie die Früchte der Feige. Aufflammen sah ich schon bald der jungen Nomaden Begehren. Mancher von ihnen wäre am liebsten wohl gleich auf der Stelle runter nach Schechem gelaufen, dort sich ein Weib zu erwählen. Doch sie verhielten sich ruhig, harrten dem Wort ihres Vaters. Dieser saß schweigend inmitten der Seinen, lauschte den Reden, hörte uns anpreisen reizvolle Mägde, besah sich die Söhne. Schließlich entspannten sich Israels Züge, zeigten sich weicher. Lächelnd beglückwünschte er Schechems versammelte Alten, nannte die Häuser gesegnet, die auszubilden vermochten derart entzückende Nachkommen, Zierden ihrer Geschlechter.

So ward entschieden, dass diese Hebräer und wir, die Hiwiter, künftig durch zahlreiche Ehen sicher verschwägert sein würden. Ich lud den Herrn mit den Nachkommen ein, am Tag vor der nächsten Vollmondnacht nahe der Burg mit unseren Leuten zu feiern. Israels Söhne erwarteten dann die vornehmsten Töchter. Zweifellos würde die Göttin der Liebe Schicksale schmieden, sämtliche Söhne zuführen Töchter aus trefflichen Häusern. Ausnahmslos jeder Hebräer in heiratsfähigem Alter würde beim Vollmondfest sicher schnell die Geeignete finden. Anschließend, möglicherweise gar noch am Abend des Festes, könnten die Väter über die rechte Mitgift beraten.

Meine Getreuen versprachen, ehe der heutige Tag noch leise der Nacht wich, entschlossen all ihre Söhne und Enkel selbst mit der Klinge aus Stein von sündiger Haut zu befreien. Auch ihre Knechte gelobten sie rasch beschneiden zu lassen. All das erfüllte mich damals mit Wohlbehagen und Freude. Nun stand sie nahe bevor, die kluge Verbrüderung zweier glücklich sich gegenseitig ergänzender, mächtiger Sippen. Stolz und zufrieden glaubte ich Schechem nach vorne zu bringen. Mir war's gelungen, so dachte ich wenigstens, einzuläuten goldene Zeiten für meine Geburtsstadt, Wohlstand und Würde. Ach, wenn ich bloß nicht so schnell bejaht hätte, was auf mich zukam! Sah ich mich selber nicht gern – und zurecht – als guten Betrachter? Weshalb verließ ich mich damals nicht ganz auf das, was ich schaute? Nicht nur die Missgunst zorniger Söhne gewahrte mein Auge, auch ihre Abkehr vom Alten hatte ich deutlich gesehen. Levi und Schimon sagten sich los vom Gebot ihres Vaters. Tief im Gemüte fühlte ich durchaus ein drohendes Unheil, hörte ich kaum, doch vernehmbar die tiefe Stimme der Warnung. Aber ich wandte mich ab von dem, was die Götter mir rieten, wollte als ewig duldsamer Fürst unser Los akzeptieren.

Sehen gelernt hatte ich im heimischen Garten der Rosen. Dort war ich Stunde um Stunde gesessen, andächtig schauend, lernend vom Wuchs der verschiedenen Stöcke, Stängel und Blüten. Unnachahmlich war jedes Gewächs und ein jedes ein Wunder. Ich, dem die Nähe der Leute eher verstörend und fremd war, lernte mit Hilfe der Rosen die Menschen besser verstehen. Wichtiges lehrten die Pflanzen mich, tiefgründiges Wissen, führten mich ein in die stumme Sprache der Formen und Gesten. Jede der Rosen war anders und doch erkannte ich bald schon, dass in der Weise des Wachsens einzelne Pflanzen sich glichen.

Stramm wie der stolze Schaft einer Lanze sind manche der Stiele. Zielstrebig schießen sie aufwärts, wollen nicht lange verweilen. Dann aber bilden sie kaum eine Blüte, müde vom Aufstieg. Andere haben es eilig hervorzubringen mit Wonne zahllose, füllige Knospen an viel zu schwächlichen Stängeln. Kaum sind sie aufgegangen, da neigt sich die Pflanze zur Erde. Auch gibt es solche, die nicht nur am Boden früh schon verholzen: steinhart die Stiele, die Dornen scharf wie die Zähne der Viper. Stürme noch Dürren können den Stock solcher Rosen erschüttern. Schwach allerdings ist das Grün, das sie auszutreiben vermögen. So sind sie unten robust und zum Licht hin auffallend ärmlich. Wiederum andere winden sich wild mal hierhin, mal dorthin, nutzen die festen Stängel benachbarter Pflanzen als Stützen, häufig verstrickt im Dornengeflecht der umspielten Gewächse.

Ja, was die Rosen mir zeigten, schienen mir uralte Wege aufwärts vom tief verschatteten Boden zu lichteren Höhen. Da gab es ausgeprägte und eigentümliche Wesen: Einsame Recken, die nur den eigenen Kräften vertrauen, zaghafte Zweiglein, die ewig hilflos im Buschwerk verharren, prahlende Pflanzen mit üppigen, träge wogenden Blüten, ungeduldige Triebe mit rasch zerfallenden Kronen, strenge Gestalten mit spärlich entfalteten Blüten. Alles war da und sichtbar dem Auge des stillen Betrachters, ausgebreitet entlang der sich windenden Pfade des Gartens, das, was ich oft genug unter den Menschen wiedererkannte. Mehr noch, ich sah welche Mühen sich lohnten und was umsonst war, sah welche Wege und Wurzeln letztlich im Sande verliefen. Was war ein kräftiger Stock, wenn der Flor keine Düfte verströmte? Was war ein grünender Zweig, wenn der Stängel gänzlich verholzt war? Was war die herrlichste Blume tief unter Blättern verborgen?

Schon als ich jung war, ergriff mich die reine Schönheit der Rose. Dann eines Abends lauschte ich Händlern am Hof meines Vaters, hörte berichten vom fernen, fruchtbaren Flussland im Osten. Einer der Kaufmänner rühmte bewegt die dortigen Gärten, sagte er hätte solch eine Vielfalt zuvor nie gesehen. Fast wie ein Wunder war ihm diese Pracht der Erde erschienen. Eigens zur Pflege der Blumen hätten die Fürsten dort Knechte, alles wahrhaftige Künstler, Meister der Gartengestaltung. Sie wären gar in der Lage den feinen fürstlichen Rosen neue, schillernde Farben mit Zauber und List zu entlocken. Als ich das hörte, wich meine Müdigkeit jählings der Neugier. Rasch saß ich aufrecht und drängte den Händler mehr zu berichten. Aber der Mann wusste kaum mehr zu sagen, schwärmte bloß weiter. Schließlich erzählte ein anderer mir von magischen Schriften, meinte er hätte sie selber gesehen, tönerne Plättchen dicht an dicht überzogen mit zahllosen winzigen Zeichen. Auf diesen Täfelchen wären sie aufgezeichnet gewesen, alle Geheimnisse rund um die Rosenzucht und -verwandlung. Nun nahm ein Dritter das Wort, bestätigte bisher Gesagtes, konnte doch auch den Einsatz ägyptischer Bücher bezeugen, heiliger Schriften, gepinselt auf Bahnen hauchdünner Blätter. Mehrere Rosenzeichnungen konnte er damals betrachten. Ihm hätte einer der Gärtner aus Sumer offen gestanden, ohne das Wissen Ägyptens wäre sein Handwerk undenkbar.

Seit diesem Tag versuchte ich darüber mehr zu erfahren. Jung wie ich war, bemühte ich mich den geheimnisvollen fremdländischen Schriften selbst irgendwie habhaft zu werden. Lang blieb mein Trachten vergeblich, nirgendwo traf ich auf Fremde, nur noch ganz selten besuchten uns weitgerittene Händler. Deswegen drängte ich Vater auch seine Brüder zu fragen, weise, mächtige Fürsten benachbarter Städte und Länder. Davon am Ende zermürbt, versprach mir mein Herr und Gebieter künftig an anderen Höfen sich umhören zu wollen. Wenn er dann wiederkehrte nach langer, beschwerlicher Reise, stand ich am Tor und versuchte des Fürsten Blick zu erhaschen. Sah er mich an, dann wusste ich meistens sogleich, dass er wieder keine der innig ersehnten Schriftrollen aufgespürt hatte. Damals verstand ich nicht viel vom wirklichen Wert solcher Schriften, wusste auch gar nicht, wie selten Abschriften hergestellt wurden. Wahrscheinlich gab es zu jener Zeit hierzulande nicht eine einzige Aufzeichnung über die Zucht und Wandlung von Rosen. Hätte der Jüngling das damals gewusst, er hätte wohl bald schon jegliche Hoffnung begraben die Gartenkunst zu erlernen.

Umso erstaunlicher scheint es mir heute, dass Vater es schaffte, mir diese seltenen Blätter am Ende doch zu besorgen. Jahre schon waren vergangen, seit ich zuerst davon hörte. Einige Monate lang war ich selbst unterwegs gewesen, Seite an Seite mit Freunden, geführt von Vaters Soldaten. Tief in die Ebene westlich der Berge war man geritten, wo wir zu kühnen, kundigen Kämpfern gemacht werden sollten. Tagsüber übten wir damals mit Schwertern, Schilden und Lanzen, nächtens erduldeten wir die Kälte, die Nässe, den Hunger. Glücklich die harten Prüfungen heil überstanden zu haben, freuten wir uns in die Obhut der Heimat wiederzukehren. Müde und stolz war ich schließlich durch Schechems Westtor geritten. Da war mein Vater gestanden, stattlich im Glanz dieses Abends, eigens gekommen um mich, den gereiften Erben, zu ehren. Ungelenk stieg ich vom Maultier, sank vor dem Herrn auf den Boden, neigte die pochende Stirn zu den Füßen meines Gebieters. Der aber fasste mich gleich an den Schultern zog mich zu sich hin, drückte den Nachfahren fest, nun seinerseits stolz und zufrieden. Als er mich losließ, trat er zurück und besah mich genauer. Dann, überraschend, reichte er mir eine Rolle aus Linnen. Mir war zunächst gar nicht klar, was er mir zu schenken geruhte. Sicher ein schlankes, in schützendem Tuch gewickeltes Messer, dachte ich flüchtig, ehe ich dankend die Handflächen auftat. Doch als ich fühlte, wie wenig sie wog, die Gabe des Vaters, war ich verwirrt, hielt inne und schaute aus fragenden Augen. Aufmunternd lächelnd nickte der sonst so strenge Gebieter, reckte das Kinn zum Geschenk, das ich immer noch sanft umfasst hielt, hieß mich es auszuwickeln, der Herr, mit wortloser Geste. Da, aus dem Lächeln des Vaters, wuchs meine erste Vermutung. Ahnungsreich schlug ich nun sorgsam zurück das feine Gewebe.

Das, was zum Vorschein kam, ließ mein Gemüt vor Aufregung beben. Bis zu der Stunde hatte ich niemals Papyrus gesehen. Fein und seltsam geschmeidig zugleich lag es mir in den Händen. Vorsichtig schob ich die schlichte Schnur von der Rolle hinunter, öffnete sie und betrachtete sprachlos seltsame Zeichen. Erst durch die Bilder verstand ich, wovon der Papyrus erzählte. Wenige, kräftige Striche genügten um darzustellen Blätter und Blüten, Stöcke und Stängel verschiedener Rosen. Kleine, hinzugezeichnete Hände mit Messern erklärten, wie man am besten beschnitt die Stiele der jüngeren Pflanzen. Völlig gebannt vom nunmehr entrollten Geheimnis der reinen Rosenzucht hielt ich den Blick auf das schöne Schriftwerk geheftet. Da wurde Andur, der Burgherr von Schechem vor seinem Sohne langsam schon ungeduldig, erwartete Dank und Verneigung. Nun? – drang herüber zu mir das fordernde Wort meines Vaters. Ich blickte auf, bedachte den Fürsten mit glücklichem Lächeln, sagte erfreut, er hätte mir gar keine größere Gabe zueignen können als diesen wissensbeseelten Papyrus. Heute versteh ich, er hatte die

Schrift schon früher erworben, aber sie erst dem zum Manne Gereiften hergeben wollen. Nur wenn ich Manneswürde erlangt hatte, wollte der Vater mir die Erlaubnis erteilen unter den Rosen zu weilen. Härte und Kühnheit sollte der Erbe bezeugen, ehe die allzu mächtige Schönheit ihn zart machen konnte.

Aber der Herr hatte weiter gedacht, gewünscht, dass die Gabe mir, seinem Sohne, am Ende außer beglückte auch nutzte. Ferne Verwandte des Fürsten unten am Meer von Kinneret, waren hinab nach Hazor in die Ebene Chulas geritten. Aufgespürt hatten sie einen schlauen ägyptischen Händler. Der hatte sich die Schrift der Beamten selber erschlossen um, wie es hieß, Betrug durch die Diener des Reichs zu erkennen. Oftmals, so hörte ich später, lieferten Pharaos Knechte nicht, was doch peinlich genau in den Gutslisten aufgeführt war. Schnöde Beamte ließen des Öfteren Güter verschwinden. Wenn nun der Kaufmann im fernen Hazor den Mangel bemerkte, bat er die Landsleute ihm ihre Lieferlisten zu zeigen. Dann wurde klar, dass das Fehlende sehr wohl verschickt worden war. Damit jedoch, dass ein schlichter Kaufmann zu lesen vermochte, was die geschulten Beamten des Königs niedergeschrieben, hatten die gierigen Gauner natürlich gar nicht gerechnet. Bald war der Kaufmann Hazors von vielen im Lande geachtet. Andere Händler der Stadt ersuchten ihn ihnen zu helfen. So war der Schriftgewaltige vielen zur Stütze geworden. Dass er den Schwindel eigener Landsleute offen benannte, trug ihm den Ruf ein, das Recht und die Wahrheit ehrlich zu lieben. Dieser Ägypter war nun auf dem Weg in unsere Heimat. Ihn hatte Vater gerufen, mir meine Schrift zu entziffern. Ich habe niemals die Summe erfahren, aber mein Vater hatte dem Händler gewiss eine Menge Silber geboten.

Wenige Tage danach war der kluge Kaufmann erschienen.

Wie sich bald zeigte, vermochte er wirklich alles zu lesen, vorzulesen, was einst über Rosengestaltung verfasst ward. Wort für Wort ließ ich mir sagen und zeigen, wollte ich hören. Viel übers Schneiden erfuhr ich, viel über Wasser und Erde. Außerdem fand ich heraus, wie man Rosen glücklich vermehrte, machte geduldig Versuche und lernte Stecklinge setzen. Denn ich begann das Wissen der Züchter sofort zu verwenden. Oftmals verbrachte ich Stunden im Garten, bat den Ägypter langsam mir dieses und jenes wieder und wieder zu lesen. Der tat es ohne zu murren, treu meinem Fürsten ergeben. Doch es war klar, dass die Rosen und Rosenwesen im Herzen dieses Ägypters keinerlei Regung zu wecken vermochten. Ab und zu fragte ich ihn, was er zum Geschriebenen meinte. Dann aber zuckte er nur mit den Schultern, lächelte schweigend.

Schließlich als ich der Dienste des Mannes nicht länger bedurfte, reiste er ab und kehrte zurück nach Hazor zu den Seinen. Jahrelang hörte ich nichts mehr von ihm, doch später erwarb er weitere wichtige Schriften für mich und ließ sie mir bringen. Da hatte ich mittlerweile gelernt die Zeichen zu lesen. So viel zumindest verstand ich, dass mir die Buchrollen nutzten. Wie eine sandige Erde den Regen sog ich das Wissen auf, das die weisen Gärtner vom Nil aus der Ferne mich lehrten. Viel war bei ihnen vom lichten Wesen der Pflanzen die Rede. Dieser besonderen Lichtgestalt galt es schauend zu dienen. Gegen den Willen des Wesens durfte der Gärtner nicht schneiden. Leider gelang es mir nie, die Hüter der Form zu erblicken, wurde auch später nie ansichtig ihrer leuchtenden Leiber. Aber ich ahnte, welche Gestalt eine Rose erstrebte, lernte im Schauen der regelmäßigen Folge von Blättern, Blüten und Früchten, wohin eine Pflanze austreiben wollte. Doch ich versuchte vergeblich die Blütenfarben zu ändern. Gleich, was ich tat, die zarte, vielschichtige Krone der

Pflanze gab ihr Geheimnis nicht preis, behielt ihre eigene Farbe. Selbst als ich anfing, besonders farbige Steine zu schlagen, blaue und tief violette, um ihren Staub in die Rosenerde zu geben, war das umsonst, denn immer erzielte ich keinerlei Wirkung. Ebenso wenig gelang es mir Blütendüfte zu ändern, ihre betörende Wirkung beständiger werden zu lassen.

Eine nur schwer verständliche Schrift, die ich oftmals zur Hand nahm, wimmelte nur so von Zahlen und eigenartigen Bildern, sorgsam gezeichneten Sternen, sauber gemessenen Blüten. Aber die fünf war die maßgebliche Zahl dieses Schriftwerks, jene besondere Zahl, die Rosen zugrunde gelegt ward. Sie war, so lernte ich dort, der heilige Urgrund, aus dem sich alle entfalteten: Rosen und Äpfel, Mandeln und Menschen. Ja, die Gelehrten Ägyptens sahen die formenden Kräfte, welche die Rosen gestalteten, gleichfalls wirksam im Menschen. Diese Beobachtung war es, die mich zuletzt dazu brachte Rosen in Menschen und ahnend Menschen in Rosen zu schauen. Ich war beglückt zu erfahren, dass die Gewächse des Gartens mir mein Verständnis für Brüder und Söhne so sehr vertiefte. Und als mein Vater gestorben und ich zum Fürsten ernannt war, schaffte ich mir einen schattigen Hort gelehrsamer Ruhe, wo ich, so oft es mir möglich war, stille Stunden verbrachte.

Aber ich täuschte mich sehr, zu glauben, dass schon diese stille, klare Betrachtung des aufwärts wachsenden Lebens genügte mir die abgründige Bosheit des Herzens aufzuzeigen. Hinter den Mauern des Hofgartens, fern dem Treiben der Leute, glaubte ich diese tatsächlich besser durchschauen zu lernen. Teilweise war dem auch so, denn mir half der Abstand zu ihnen klarer des Menschen Gestalt, Gehalt und Gewalt zu erkennen. Das aber, was mich schon immer nötigte ihnen zu fliehen, ungebärdiges, lärmendes Leben, besah ich zu wenig. Mehr noch: Es störte und ärgerte mich, wenn einer vermeinte mich aus der Ruhe der reinen Betrachtung reißen zu dürfen. Deswegen sah ich zu wenig auf das, was antreibt und hinzieht, rechnete nicht mit dem unverständlichen Wollen der Leute.

Wenige Stunden bereits, nachdem wir von Israels Lager heimgekehrt waren, sammelte ich wie vereinbart um mich die Männer des Hauses, hieß sie erscheinen, die Brüder und Söhne, Knaben und Knechte. Ebenso riefen sämtliche Alte die Ihren zu kommen. Dann ward geschnitten Vorhaut um Vorhaut, bis hin zu den Jüngsten. Mir war das Schneiden nun wahrlich vertraut – nach Jahren im Garten. Und da ich wusste, der Schnitt würde uns zu höherer Blüte hinführen, fiel es mir leicht, die Rinde der Zweige zu ritzen. Während ich's tat, sah ich vor mir die Urgestalt meines Stammes, sah ich in leuchtendem Rot die wahre Bestimmung der Meinen. Ich war mir sicher, dass Schechems Wesen aus dieser Beschneidung reicher, gesünder, bunter und kräftiger auferstehen würde. Oft hatte ich schon erlebt, dass ein Schnitt an richtiger Stelle späterhin heilsame Vielfalt hervorzubringen vermochte.

Das ging natürlich, wie ich's erwartet, nicht ohne Schmerzen. Aber die meisten ertrugen sie tapfer, ohne zu jammern. Und um die Jüngsten sorgten sich tröstend und nährend die Weiber. Alles lief gut und bald schien das Schlimmste für uns überstanden. Innerlich sprach ich nun öfter zum großen Gott der Hebräer, suchte ihm näher zu sein und bat ihn die Meinen zu schützen. Da wir am Leibe nun selbst das Mal des Gewaltigen trugen, waren wir Widder in seiner wachsenden Herde geworden. Neben den alten Göttern des Lebens, *Ba'al* und *Aschera*, würde der Herr der Hebräer uns von der Willkür erlösen. Er war gerecht und ein mächtiger Feind der Frevler und Lügner.

Dann, als am dritten Tag jeden von uns der Wundbrand erfasste, schickte der mächtige Herrscher der Himmel mir eine Botschaft, sandte zu mir in die Burg die Tochter aus Israels Herde. Wenigstens hab ich das damals auf diese Weise verstanden. Just als wir alle ernsthaft geschwächt waren, glühend vor Fieber, bat diese Magd und künftige Mutter der Eintracht um Zutritt. Sie kam zu uns, eine zarte Botin des Heils und der Heilung. Als sie zu mir in die große Halle des Fürsten geführt ward, wusste ich gleich um den ungeheuren Belang dieser Ankunft. Während wir litten am Schmerz der Beschneidung, trat diese Dinah wie eine Blüte hervor aus dem Nebel. Sie war ein Bild der Verheißung, Gottes Versprechen an Schechem. Er hatte unsere Opfergabe barmherzig gewürdigt, unsere Qual am Verlust des unreinen Alten verwandelt, ließ uns in dieser bescheidenen Magd das Neue erblicken.

Kurz aber fürchtete ich, dass das Mädchen Böses bezweckte, argwöhnte dunkel in ihm eine hinterlistige Schlange. Eben noch sah ich die Magd als Kunde des neuen Gebieters, nun ward ich plötzlich geplagt von Zweifeln und düsteren Ängsten. Was, wenn sie hergekommen um unseren Leumund zu schaden? Was, wenn sie hergeschickt ward um Schechem ins Unrecht zu setzen? Misstrauisch sah ich sie an, bemüht ihre Absicht zu sehen. Schweigend verharrte sie vor meinem Sitz und schaute zu Boden. Ab und zu hob sie das Haupt und bot meinen Augen den Anblick kindlicher Unschuld gepaart mit reizvoller weiblicher Süße. Himmel, ich konnte mir lebhaft vorstellen, wie sich mein Junge fast auf der Stelle verlor in diesen betörenden Augen. Schön war sie nicht, zumindest nicht so wie die hiesigen Mädchen. Doch es umgab die Gestalt dieser Magd ein lockendes Leuchten. Dadurch fast unwiderstehlich waren die Reize der kleinen, herben Hebräerin, die sich demütig vor mir verneigte. Aber so sehr ich auch suchte Falschheit und Trug zu erkennen, sah ich doch immer nur reine Hingabe, Liebe und Würde. Nein, ich sah, dass mein Misstrauen unbegründet und falsch war. Mehr noch, der Gott, dem wir alle uns nunmehr anvertraut hatten, bürgte mit ihrem Erscheinen glaubhaft für unsere Zukunft. Jetzt, da uns Gott seine Magd zur Seite gestellt hatte, waren alle Hiwiter der Stadt vor Israels Eiferern sicher. Das war mein erster Irrtum an jenem verheerenden Abend.

Aber, und das war entscheidend, für mich war Gottes Entscheidung letztendlich unabwendbar, egal wie vernichtend sie ausfiel. Sollte der Mächtige uns mit der Magd unser Ende verkünden, könnte kein Fürst dieser Welt die Not dieses Schicksals noch wenden. Nicht nur das Los meines Sohnes war diese Dinah geworden. Als er sich einließ mit ihr, ward unser Los gleichfalls besiegelt. Während ich weiter schweigend betrachtete Israels Tochter, reifte in mir die Bereitschaft, mich Gottes Urteil zu beugen. Sah uns der Herr der Hebräer nicht würdig, *sein* Volk zu werden, – wer war dann ich, seine weite Weisheit in Frage zu stellen?

Schließlich befahl ich die fremde Magd zur Gemahlin zu bringen, bat sie mit unseren Weibern wundkranke Männer zu pflegen. Denn eine Vielzahl Beschnittener lag in Schmerzen darnieder. Immer mehr Brüder erfasste ein furchtbar wütendes Fieber. Kurze Zeit später sah ich das Mädchen am Lager des Sohnes, sah sie versuchen die glänzend glühende Stirn des Erkrankten wieder und wieder mit wassergetränktem Leinen zu kühlen.

Später trat Eri vor mich, der treueste Hauptmann der Wache. Sichtlich geschwächt und vom Weibe gestützt, durchschritt er die Halle, machte mir Meldung, dass nunmehr die Feste ungeschützt lag. Keiner der Wachleute war in der Lage weiter zu stehen. Alle Soldaten hatten dem Wundfieber nachgeben müssen, waren am Ende erschöpft und zitternd aufs Lager gesunken. Unbewacht standen die Stadttore seitdem, manche gar offen. Auch auf den höchsten Türmen und Mauern hielt niemand mehr Ausschau. Ganz und gar ohne Bewachung war Schechem niemals gewesen. Deswegen war meinem Hauptmann auch mehr als unwohl zumute. Einer wie er würde nie seinen Posten grundlos verlassen. Nun aber war er gekommen, mich vor dem Notstand zu warnen.

Just als ich sachte anfangen wollte ihn zu beruhigen, zeigte sein Weib mit dem Finger auf mich und hob ihre Stimme. Wut und Verzweiflung verlieh ihren Worten Schärfe und Stärke, ließ sie vergessen, mir, ihrem Burgfürsten, Ehrfurcht zu zollen. Warum, so klagte sie lauthals, musstet Ihr unbedingt alle Männer der Wache auf einmal die Haut des Gliedes beschneiden? Nunmehr sind alle gleichzeitig fiebergeschwächt und benommen. Überall müssen wir Weiber zweifaches Tagwerk verrichten, und dann noch dauernd unsere leidenden Männer versorgen. Wenigstens hättet Ihr erst einmal alle Knaben und Burschen ohne die Qual dieser groben Verletzung sein lassen können. Jetzt sind wir ständig von herzzerreißendem Weinen umgeben. Schaut es Euch an, mein Gebieter: Wehrlos ist euer Gefolge. Warum die Eile, was soll die Massenbeschneidung bewirken? So lange schon haben Schechems tapfere Männer und Söhne ohne das Mal dieses fremden Herrn und Gebieters gebetet. Nun soll es plötzlich nicht möglich sein, wenige Wochen zu warten? Selbst wenn der Gott dieser Hirten Euch ungeduldig vorantrieb, musstet Ihr doch das Wohl Eurer Leute im Auge behalten.

Das, was das Weib des Getreuen also gegen mich vorbrachte, wurde dem Gatten bald schon zu viel und er hieß es zu schweigen. Mehr noch, er schlug nach dem keifenden Weib und stieß es zu Boden. Schwach wie er war, geriet er ins Schwanken und stolperte hilflos. Dieses betrübliche Schauspiel im großen Saal meiner Herrschaft hätte mir kurz vor dem Angriff ausreichend Warnung sein sollen. Mir ward vor Augen geführt, wie sehr uns das Opfer entzweite, welch einen tiefen Unfrieden diese Beschneidung hervorrief. Aber ich schaute nicht hin und wollte das Böse nicht sehen, glaubte noch immer, der neue Gott würde alles schon richten. So überzeugt von der Macht des gerechten Herrn der Hebräer, nahm ich die Menschen nicht ernst und ließ sie zu lange gewähren.

Gleich was uns damals geschah, es brachte mich nicht aus der Ruhe. Zweimal bereits am Abend des Leids waren Weiber gekommen, vor mich getreten wie mahnende Mägde, Unheil zu künden. Schon als das erste, wortkarge Weib kam, die Liebe des Sohnes, fragte ich nicht nach dem Grund ihres unerwarteten Kommens. Hätte ich darauf bestanden, ihn von der Braut zu erfahren, wäre die Furcht dieses Mädchens offen zur Sprache gekommen. Dann hätten alle von Dinahs Angst vor den Brüdern erfahren, dann wäre klargeworden, wie hasserfüllt deren Wut war. Diesen Erbitterten traute sie zu, Gewalt anzuwenden. Sie hatte dort bei den Ihren zuletzt um ihr Leben gefürchtet. Das war die Wahrheit: Geflohen war sie zu uns in die Feste. Da ich versäumte zu fragen, blieb die Gefahr mir verborgen. Lieber betrachtete ich ihren Schritt als göttliches Zeichen, wollte weiterhin glauben, dass gut war, was immer passierte.

Nun als mich Eris Gattin auf bittere Tatsachen hinwies, hielt ich bloß gleichmütig fest an Gottes vollkommene Weisheit. Alles war gut, wie es war, das würde sich sicher noch zeigen. Bald werden abklingen, sprach ich zum Weibe, Fieber und Schmerzen. Morgen bereits wird ein neues Licht über Schechem erstrahlen. Sorge dich nicht, Weib, denn draußen im Felde lagern nur Freunde. Auch wenn die Wachen erkrankten, sind wir doch keineswegs schutzlos. Israel würde uns helfen, sollten wir seiner bedürfen. Aber vielleicht ist's nun an der Zeit und wir sollten ihn rufen. Gleich in der Frühe des morgigen Tages werde ich meine ältesten Töchter hinauf ins Lager der Viehzüchter schicken. Sie sollen Israel bitten seinen Verwandten zu helfen, uns seine tüchtigsten Knechte rasch in die Burg zu entsenden. Groß ist die Schar der hebräischen Sklaven, stark sind sie alle. Glaub mir, schon morgen sind unsere Nöte spürbar gelindert. Damit entließ ich die beiden, sah sie sich mühsam entfernen.

Aber ich schickte keine der Töchter hinauf zu den Hirten, Hilfe zu holen im Lager der zugewanderten Fremden. Mehr noch, ich sah und sprach meine Töchter und Söhne nie wieder. Denn schon am folgenden Tag war ich tot und mit mir auch alle anderen wehrlosen Männer, Greise und Knaben der Sippe, abgeschlachtet von denen, die ich einst willkommen geheißen. Ich hatte ihnen die Tore geöffnet, ihnen geholfen. Weit war ich diesen Fremden der Wüste entgegen gegangen. Doch, was war der Lohn meiner freundlichen, guten Gesinnung? Wie haben sie sie vergolten unsere gastfreie Geste? Was taten sie um sich dafür bei uns erkenntlich zu zeigen? Israels Söhne missbrauchten zielstrebig unser Vertrauen, wetzten in feiger Gemeinheit hinterrücks Äxte und Klingen. Als wir uns rückhaltlos hingegeben dem Gott dieser Hirten, litten und brannten am Schmerz dieses unerlässlichen Opfers, fielen sie ein in die Stadt wie ganz und gar gottlose Räuber.

So wurde mir die Stunde des Todes gewaltsam und elend. Während ich schweißgebadet versuchte mich aufzurichten, ward ich vom Sklaven des Bösen mit glänzender Barte erschlagen. Da endlich sah ich, was mir das Auge im Leben nicht zeigte, sah mich schon sterbend von Gott und den Menschen gleichsam verraten. Wir hatten unser Versprechen ohne zu zögern gehalten, unreine Haut, wie der Herr es befahl, vom Gliede geschnitten. Wie also konnte ein Gott, der gerecht war, uns nicht erhören? Wie war es möglich, dass wir nicht opfernd die Seinen geworden waren und durch unser Mal nicht Teil seines heiligen Bundes? Mehr noch, unsere Mörder gehörten zu seinem Gefolge. Er also hatte geduldet, dass Schechem ausgelöscht wurde. Hoffnungsfroh hatte ich ihm unser los in Hände gegeben. Nun ist sie unerträglich, die Schuld meines blinden Vertrauens. Ich, der ich immer alles genau zu betrachten vermochte, fiel meinem eigenen allzu arglosen Glauben zum Opfer. Aufgesessen war ich dem verlogenen Wort des Hebräers, hatte geglaubt mich auf sein Versprechen verlassen zu können. Aber genau wie sein Gott ließ es Israel zu, dass Schechems schutzlose Männer allesamt heimtückisch umgebracht wurden.

Schrecklich der Tod, der die unverrückbaren Fehler entschleiert! Hellsichtig zwar, doch gleichzeitig ohnmächtig sieht man auf einmal klarer als jemals zuvor die lange vergessene Wahrheit. Und wie am Anfang des Lebens spürt man die Wärme der Mutter. Sie war das pochende Herz, das einen durchs Leben begleitet. Sie war die große Mehrerin, Mutter von allem, was atmet. Das hatte ich mit der Zeit fast ganz aus den Augen verloren. Unser war nicht der angeblich gerechte Herr der Hebräer. Wir waren vielmehr Kinder *Ascheras* und würden es bleiben. Das wurde mir auf der Schwelle des Todes deutlich eröffnet. Sie war seit ewig die gütig nährende Mutter der Meinen. Sie war die ganze Zeit dagewesen, bemüht uns zu helfen. Losgeschickt hatte sie ihre Mägde, versucht mich zu warnen. Aber ich hörte ihn nicht, den Ruf meiner heilenden Herrin, wollte von Dinahs Bangen nicht wissen, vom Zorn ihrer Brüder, nahm sie nicht ernst die Klage vom Weib des zerrütteten Hauptmanns. Erst als die dritte Botin

*Ascheras* mich schließlich erreichte, da erst verstand ich mit Schrecken, Ausmaß und Preis meines Irrtums. Denn in der Frühe entsandte die Göttin meine Gemahlin, mir zu verkünden, das Ende sei unumgänglich geworden. Schon als die Fürstin hereingestürzt kam, war nichts mehr zu retten. Blass und mit angstgeweiteten Augen versuchte mein Weib mich hoch zu zerren vom schweißnassen Lager, dem Tod zu entreißen. Dafür jedoch war's zu spät, zu rasch kam der plötzliche Angriff. Rüde zu Boden geworfen wurde mein Weib im Getümmel, konnte zuletzt nur den blutbesudelten Gatten beklagen.

Sie hat die grausige Nacht überlebt, verschleppt von den Räubern, fortgeschafft wie gefesseltes Vieh ins Lager der Hirten. Sämtliche Weiber, Mägde und Ammen erbeuteten damals Israels Söhne, entehrten, schlugen und schimpften sie Huren. Scheußlicher noch als Blut, Schmerz und Tod ist das Los dieser Frauen. Fern ihrer feuerverwüsteten Heimat dienen sie seitdem gramvoll erbittert den Mördern ihrer geliebten Verwandten. Seltsam, dass Israels Gott und Gebieter uns, die wir alle sorgsam beschnitten ihn priesen, dennoch sein Bündnis verwehrte, während er unsere Mägde zu seinem Volke dazuschlug. Seltsam, dass er sie erwählte Mütter der Seinen zu werden. Mehren gewiss werden Schechems grausam verwitwete Weiber Israels Schar mit dem unversiegbaren Blute *Ascheras*. Weitergereicht wird von ihnen, den niederträchtig Geraubten, unseres Volkes uralter Glaube an Israels Enkel. Schon mit den Liedern der Ammen werden die künftigen Kinder dieser verfluchten Nomaden *Ascheras* Stimme vernehmen. Seufzend senkt sich die Klage der Göttin, der Witwen und Waisen, tief in die Herzen der Nachkommen dieses furchtbaren Gottes.

## 5. Blickwinkel

Dinahs Mutter erzählt, eine tüchtige, pragmatische Frau,
deren zahlreiche Kinder ihrem Leben Sinn und Bedeutung
verleihen. Als Mensch aber schätzt sie
sich selbst gering.

## Leah. Die Wägende

> Als der Herr sah, dass Leah zurückgesetzt wurde, öffnete er ihren Mutterschoß, Rachel aber blieb unfruchtbar.
> GENESIS 29, 31

Süß und vertraut ist mir der Geruch von gebratenem Lammfleisch. Kaum etwas anderes weckt in mir stärker Heimatgefühle. Wie eine warmwohlige Decke umgibt mich der schwere würzige Duft der vom Tiere ins Feuer tropfenden Fette. Ach, wie mich dieser Geruch an bessere Tage erinnert, wachruft im Herzen die Wonne der Jahre als glückliche Gattin! Damals war ich noch vielfach gesegnet vom Herrn und Gebieter. Immer wenn ich meinem Herrn einen weiteren Sohn geboren, wurde geopfert ein Lamm zum Dank für den munteren Nachwuchs. Üblicherweise geschah das acht Tage nach der Entbindung. Das war der Tag, an dem ihm sein geheiligter Name erteilt ward, Grund für ein großes und heiteres Fest mit allen Verwandten. Jedes Mal kamen auch Vater und Mutter, hielten das Bündel, priesen die Götter für ihre Gnade und Gabe des Lebens, brachten Geschenke und glückverheißende Götterfiguren.

Aber mein Gatte, der damals noch einfach Jakob genannt ward, drängte darauf für den Gott seiner Väter alleine zu opfern. Also erwählte und schlachtete er ein Lamm aus der Herde, eins, das gesund und gut gewachsen war, rein ohne Makel. Feierlich legte er dann das Beste, die Lende des Tieres, auf den Altar und bat seinen Gott die Seinen zu segnen. Ich stand dann meistens nur unweit des Feuers, sog die Gerüche brennenden Fleisches tief in mir auf, bis ein Rausch mich erfasste. Nach dem Gebet wurde köstlich bereitetes

Lammfleisch gegessen, Schenkel und Rippen zumeist, geölt und geduldig gebraten. Dann saß ich da mit dem Bündel im Schoß und aß ganz begierig, ausgehungert als hätte ich weiterhin zwei zu ernähren.

Als ich noch jung war, gab es fast jährlich ein solches Gelage. Damals bekam ich in rascher Abfolge mehrere Söhne, schenkte gesegnet Sommer für Sommer dem Herrn einen Knaben. Ruben kam erst und sodann kamen Schimon, Levi und Juda. Issachar brachte ich später zur Welt, gefolgt von dem Jüngsten, Sebulon, kräftig auch er wie all seine älteren Brüder. Seitdem sind mittlerweile schon zahlreiche Jahre vergangen. Ausgetrocknet ist nunmehr mein Schoß, meine Haare ergrauen. Längst sind die Knaben von einst zu stattlichen Männern geworden, manche zu milden Beschützern, manche zu rohen Rabauken.

Da mir erlaubt ward dem Gatten so viele Söhne zu schenken, pries ich voll Freude die Mächte des Himmels für Gunst und Erbarmen. Ob nun der Mondgott der Heimat mir diese Fruchtbarkeit schenkte, oder der Gott meines Mannes, wagte ich nicht zu bestimmen. Aber ich wusste, der Herrscher Harrans war *uns* immer nahe. Sin ist gewaltig, ein großer Beschützer werdender Mütter. Deshalb hat Vater nach jeder Geburt dem Mondgott geopfert. Ihm war der Gott seines Schwiegersohnes ein Fremder geblieben, namenlos, ohne Gestalt oder Tempel, Stern oder Zeichen. Er war sich sicher, dass Sin, der Hüter des nächtlichen Lichtes, mir mit dem Leuchten des Vollmonds gnädig den Segen erteilte. Jakob dagegen war fest überzeugt, dem Gott seiner Väter sei es zu danken, dass uns diese Söhne anvertraut wurden. Mir war's egal, ich freute mich bloß meinem Herrn zu gefallen, dankte im Stillen dem einen sowohl wie dem anderen Gotte. War das ein Fehler, hätte ich seinerzeit treuer sein müssen? Hätte ich dann die Schande der Unseren abwenden können?

Wieder wird Lammfleisch gebraten, wieder sind viele versammelt. Heute jedoch ist keiner gekommen, das Leben zu feiern. Heute begrüßen wir nicht einen neuen Nachkommen Jakobs. Vielmehr beklagen wir Isaaks Tod und speisen in Trauer. Ihn, den ich eher nicht sah als hier auf dem Lager in Mamre, haben wir feierlich beigesetzt in der Gruft seines Vaters. Alt war er wahrlich geworden der große Herr meines Gatten. Schweigend und völlig erblindet lag er bewacht von den Söhnen, hielt mal des einen, mal auch des anderen Hand in der Seinen. Mich hat der Sterbende schon nicht mehr wirklich wahrnehmen können. Zwar hat mich Jakob ans Bett seines schwachen Vaters gerufen, diesem noch vorgestellt die Gebärerin prächtiger Enkel, aber der Älteste war schon zu fern, bemerkte mich nicht mehr.

Hierhergeeilt waren beide Brüder mit all ihren Leuten. Spät hatten sie die Kunde vom sterbenden Vater erhalten. Esau, der Ältere, kam erst vor kurzem, erschöpft von der Reise. Dann, als die Brüder wieder vereint waren, sah ich mit Staunen, *wie* groß sie war, die Sippe des Isaak, groß und lebendig. So viel verschiedene Weiber und Kebse, Ammen und Mägde! Alle Gemüter, die hellen und dunklen, lauten und leisen findet man wieder im zeltreichen Lager dieser Verwandtschaft. Auch bei den Männern trifft man auf mannigfaltige Wesen. Schweigsame Burschen sind manche, andere lustige Knaben. Herrisch verhält sich der Eine, freundlich dagegen sein Bruder. Deswegen wundert es kaum, dass sich auch die Basen und Vetter untereinander *so* wenig gleichen wie hier bei der Feier.

Schon die Geschwister, die Zwillingsbrüder des nunmehr Erbleichten, könnten kaum andersartiger sein, sind wie Erde und Feuer. Eindrücklich, ruhig, würdevoll führt mein Gebieter die Seinen. Leuchtendes Vorbild ist er und ein unumstrittener Führer. Sicher hat er uns zu Wohlstand geführt, zu saftigen Weiden. Ständig gewachsene Herden machten ihn groß und vermögend. Gleichzeitig wägt er in jeder Lage genau seine Schritte. Vorsichtig geht er voran, besonnen, ja fast schon besorglich. Langmütig lässt er die Menschen, so wie sie wollen, gewähren. So viel hat Jakob erreicht und möchte doch nie etwas ändern.

Anders erscheint mir der Bruder des Herrn, viel schneller und wilder. Esau ist sicherlich keiner, der lang überlegt, bevor er endlich zur Tat schreitet, handelt wohl eher ohne zu zögern. Hilfsbereit scheint er zu sein und großzügig offenbar gleichfalls. Vater erzählte, dass Esau sein Recht als Erstgeborener aufgab zugunsten des Bruders, hergab für nichts als ein Essen. Ihm war das Erbe weniger wert als ein Napf voller Linsen. Schließlich betrog ihn mein Herr, indem dieser widergesetzlich auch noch den Segen vom blind gewordenen Vater erhaschte. Aber obwohl ihn sein Bruder damals mit List um den Segen Isaaks brachte, machte er ihm, meinem Herrn keinen Vorwurf. Nachtragend scheint er mitnichten zu sein, der sorglose Bruder. Schon als nach Jahren mein Herr aus Harran ins Land seines Vaters heimkehrte, ritt dieser Esau ihm höflich grüßend entgegen. Jakob befürchtete Streit, doch Esau war freundlich und milde. Auch als er neulich hier ankam, freute der Mann sich erkennbar, uns zu begegnen und machte uns alle teure Geschenke.

Nun, da die Männer mit Essen versorgt sind, können wir Weiber auch einmal nehmen vom zarten Fleisch des gerösteten Jungtiers. Aber obzwar wir es kräftig gewürzt und eingeölt haben, schmeckt es mir nicht und ich esse, anders als früher, nur wenig. Kummer lässt Speisen zwar oft erstaunlich geschmacklos erscheinen. Aber ich bin ob des Toten nicht grambeugt und erschüttert. Trauer um Isaak fühle ich nicht, zu fremd war der Mann mir. Da ich mich vielmehr seit gestern am Morgen nicht mehr gestärkt hab, müsste mich eigentlich mehr nach dem fetten Mahle verlangen. Sämtliche Gäste, selbst die zu Waisen gewordenen Brüder, essen hingegen mit sichtlicher Lust und trinken nicht wenig. Aber ich frage mich, ob sie dem Toten dabei gedenken. Essen und trinken sie ihm, dem nunmehr Erblassten, zu Ehren oder versuchen sie bloß zu vergessen Scham, Schuld und Schande?

Denn es gibt einige hier, die vor Gott des Ruhmes ermangeln, einige gar, die Schatten auf Gottes Gerechtigkeit warfen. Oh, ich weiß wohl, dass sich manche der Söhne ihrer Beherztheit laut oder innerlich rühmen, aber ich sehe das Dunkel, sehe die Schatten der Schuld in ihren erstarrten Gesichtern. Zugelassen habt ihr, dass die Schwester entführt und entehrt ward. Zugelassen habt ihr, dass das hurende Söhnchen des Fürsten unserer Dinah nachstellte, ja, sie mit List in den Wald lockte. Sechs Söhne hab ich geboren, doch nur ein einziges Mädchen. Wie kann es sein, meine kühnen Kerle, dass ihr eure Schwester gar nicht beschützt habt, als sie eurer Hilfe dringend bedurfte. Heute wie damals verstehe ich nicht den Grund dieses Fehlens. Erst als das Übel geschehen war, habt ihr geschimpft und gewütet. Dann ist euch aufgegangen, was ihr hättet abwenden sollen. Und um das Unheil noch größer, richtig entsetzlich zu machen, seid ihr zu wahllos wütenden Rächern und Räubern geworden. Ach, meine Kinder, glaubt ihr der Wein kann die Schemen vertreiben? Glaubt ihr, die Sattheit wird euch von dunklen Gedanken erlösen? Betet, mein fehlgeleitetes Fleisch, zu Gott und den Göttern! Bittet den Herrn eures traurigen Vaters euch zu vergeben.

Dann, eines Tages, wird euch vielleicht eure Schwester verzeihen. Aber ich fürchte, ihr Rächer, das wird noch sehr lange dauern. Dinah, die eigensinnige, schweigsam gewordene Tochter, sieht sich nun zweifach gezeichnet und heimgesucht vom Verhängnis. Erst ward sie rüde entehrt und dann hat ihr eigener Bruder vor ihren Augen ihren geschwächten Verlobten erstochen. Sicher, sie hätte sich dort auf der Burg nicht aufhalten sollen. Schechems Gemetzel hätte vor Dinah verhehlt bleiben sollen. Aber so kommt es, wenn einer die Folgen eigener Fehler nachträglich ändern und unsinnig gnadenlos durchgreifen muss. Wenigstens hätte ihr Bruder Levi sie wegschicken sollen, ehe er Sichem, den schnöden Schänder des Mädchens, bestrafte.

Ein Jahr genau ist das her und so ist die heutige Feier, Isaaks Beisetzung, doppelt bitter für Israels Tochter. Immer noch trägt sie den Schmerz ihrer selbst verschuldeten Wunde, sieht uns kaum an, gehorcht ohne Freude und spricht nur noch wenig. Sie, die doch früher von Herzen bereit war andern zu helfen, immer sich mühte auch noch die Lasten der Mutter zu tragen, nimmt nicht mehr Anteil am unablässigen Treiben der Ihren. Deswegen sitzt sie auch jetzt nicht hier bei den plaudernden Weibern, sitzt etwas abseits und scheint ihre Schüssel kaum zu beachten. Auch meine Tochter findet am Essen keinen Gefallen. Ähnlich wie mir ist auch ihr dieses Totenfestmahl ein Gräuel.

Damals als Dinah zur Welt kam, gab es kein Fest und geopfert wurden nur zwei kleine Wachteln mit wenig Öl und Gewürzen. Kurz war das Dankesgebet, enttäuscht die Hoffnung des Vaters. Später erst lernte mein Herr seine Tochter doch noch zu lieben. Aber zunächst wurde Dinah vom Vater wenig beachtet. So war es immer, Töchter erfreuen alleine die Mütter. Sollte ein Herr seine Mädchen ähnlich wie Söhne behandeln? Das würde unsere Mägde gewisslich ganz schnell verderben, da sie nicht lernten, dem Mann als Gattin und Mutter zu dienen. Stets war die Würde des Weibes, treu ihrem Herrn zu gehorchen. Sonst aber sollte ein ehrbares Weib im Hintergrund bleiben, still und bescheiden ihr Tagewerk tun zum Wohle der Ihren.

Dinah jedoch war von Anfang an anders, wollte Beachtung, suchte schon früh die Blicke der Brüder auf sich zu ziehen. Sie war schon immer von Brüdern umgeben, spielte mit ihnen. Schließlich bewunderte sie die großen und starken Geschwister, wollte so werden wie sie und tun, was die anderen taten. Zwangsläufig wünschte sich Dinah für sich die Freiheit des Knabes. Anders als sonstige Mägde rannte sie gern in die Weiden, folgte den Brüdern hinaus in die Haine, spielte mit ihnen, als wäre sie letztlich auch nur ein Junge. Öfter versuchte ich sie mit Verboten daran zu hindern. Doch ihrem Vater gefiel dieses lebenslustige Mädchen. Ihm war es scheinbar egal, dass sich Dinahs Verhalten nicht ziemte.

Sicher, sie zeigte sich mir gegenüber stets voller Ehrfurcht, war, wie sie sollte, zum Helfen bereit und half auch den Brüdern. Aber schon bald wurde Dinah sich ihrer weiblichen Reize freudig bewusst und sie lernte geschickt mit ihnen zu spielen. Immer noch suchte sie uneigennützig jedem zu helfen, aber es lag in der Güte der Magd das Gift der Versuchung. Wie sie sich anbot zu dienen, wie sie sich jedem der Brüder opferbereit unterwarf, das machte sie mehr als gefällig. Oh, ich erkannte schon früh, dass Dinah gerade durchs Dienen starke Gefühle bei jungen Burschen zu wecken vermochte. Irgendwie spürte sie damals auch selbst die Macht ihrer Anmut, ahnte mitnichten jedoch die Wucht der männlichen Wollust. Kind war sie noch und verstand nicht den tiefen Ernst ihres Spieles.

Deswegen trug ich dem kühnen und kampfesfreudigen Schimon auf seine Schwester, die leichthin reizende Magd, zu beschützen. Der ist vom Wesen ein Krieger, furchtlos, getreu und gehorsam. Er sollte Dinah bewachen, zur Not mit dem Schwert ein jedes Übel und übelwollendes, geiles Gesindel verjagen. Aber der streitbare Junge war dieser Pflicht nicht gewachsen. Mehr noch, er fiel mit der Zeit dem lockenden Liebreiz der Schwester ahnungslos selber zum Opfer, wurde als Hüter zu heftig. Während sie anfangs noch aufsah zum großen tapferen Bruder, mied sie ihn später und mochte ihm schließlich nicht mehr gehorchen. Dinah entzog sich dem Schutz ihres Wächters, machte ihn machtlos.

Hätte ich diese bestrickende Magd nicht selber geboren, müsste ich glauben, sie wäre das Kind meiner kleinen Schwester. Ähnlich wie Dinah wurde auch Rachel von vielen bewundert. Schön war sie, unschuldig tat sie und das betörte die Männer. Gleich welcher Mann oder Jüngling unsere Heimstatt besuchte, immer nur hatte der fremde Besucher Augen für Rachel. Sie musste dafür nichts tun, ihr strahlendes Dasein genügte. Ich, die älteste Tochter im Haus, wurde gar nicht beachtet. So war es auch, als vor langer Zeit Vaters Neffe zu uns kam. Kaum hat der weit Gewanderte unseren Boden betreten, trifft er am Brunnen sogleich meine liebreizende Schwester. Selbstverständlich gelingt es ihr spielend die Augen des Jünglings auf sich zu ziehen und ihm als wehrlos und schwach zu erscheinen. Jakob, denn er und kein anderer war dieser feine Fremdling, fiel darauf rein und gefiel sich als Weibes wackerer Beistand. Ohne auf weitere Herden zu warten wälzte der kühne Vetter den Stein, der den Brunnen bedeckte, herzhaft beiseite, tränkte die Herden des Oheims, das Vieh vom Bruder Rebekkas. Flugs gab sich Rachel beeindruckt, dankte dem Retter gefällig. Schon war das Herz ihres Vetters unwiderruflich gewonnen.

So etwas hätte auch Dinah vermocht, so rasch zu umgarnen, ohne sich irgendwie anzustrengen ein Herz zu erobern. Ehrlich gesagt hat mich damals ihre unsägliche Schändung kaum überrascht, zu lange schon spielte die Magd mit dem Feuer. Nur, dass sie dabei gleich schwanger geworden, hat mich verwundert. Das unterscheidet die Tochter dann doch von Rachel, der Tante. Denn meine Schwester bekam geraume Zeit gar keine Kinder. Unfruchtbar schien sie, die Schöne, unfähig Leben zu tragen. Dann, als sie drohte vor Schmach sogar den Verstand zu verlieren, schickte sie Bilha, ihre Gehilfin, aufs Lager des Gatten. Die sollte Jakob an ihrer statt endlich Nachkommen schenken. Ach, meine Schwester, du trugst wenig bei zum Ruhm deines Hauses, konntest dem Herrn geradmal zwei zarte Söhnchen gebären. Und schon am Zweiten bist du zerbrochen und kläglich gestorben. Was hat's dir da noch genutzt von Jakob bevorzugt zu werden? Was war sie da dann noch wert, deine viel gepriesene Schönheit, da, als du schreiend am Wegesrand lagst, vor Schmerzen dich krümmtest.

Nein, ich war wirklich mehr als erstaunt, als ich schließlich bemerkte, dass sich zu wölben begann, der Leib meiner trauernden Tochter. Anfangs versuchte sie mir ihren Bauch verborgen zu halten, doch ich erkannte Dinahs Veränderung sicheren Blickes. Abends beim Melken der Ziegen fragte ich sie ohne Umschweif: Trägst du ein Kind des Hiwiters unter dem törichten Herzen? Da ward sie still und senkte am Ende bejahend die Lider. Nein, sie vergoss keine Träne, wollte nicht Trost oder Mitleid, trug sie mit Stolz, die Frucht und den Schmerz um den toten Erzeuger. Eindringlich bat sie mich vorerst vom unreinen Kinde zu schweigen. Mir war schon klar, weshalb sie nicht wollte, dass einer der Ihren davon erfuhr, denn dann drohten Schmähe und Ächtung. Angst und Besorgnis erfassten auch mich, die Ahnin des Neuen. Aber ich war doch gezwungen, Jakob die Kunde zu bringen.

Als ich ins Zelt meines Herrn ging, fürchtete ich dessen Urteil. Schon sah ich Dinahs Ausschluss aus seiner Gemeinschaft gekommen, sah meine Tochter als Sklavin verkauft an finstere Händler. Sie trug das Kind eines Gottlosen, Nachwuchs unreinen Blutes. Sie war nun länger nicht würdig Israels Gott zu gehorchen. Sicherlich würde mein Herr auch mir, seiner Dienerin, zürnen. Sollte er uns gar auf Gottes Geheiß gemeinsam verstoßen? Aber ich hatte Jakobs Erwiderung grundlos gefürchtet. Kaum war das Wort von der guten Hoffnung der Tochter gesprochen, hellte die Miene des Mannes sich auf und er dankte dem Himmel. Großvater Abraham, sprach er sodann, hätte einst vernommen, zahlreich wie Sterne am Himmel würden die Nachkommen werden. Das hatte Abraham Isaak wörtlich weitergegeben, Isaak dann seinen Söhnen eingeprägt und beteuert. Immer schon wäre ihm, Jakob, dem gottesfürchtigen Diener, dieses Versprechen des obersten Richters Auftrag gewesen, nicht einen einzigen Enkel des Ahnen aufzugeben. Unendlich wertvoll wären sie alle, die Kinder des Bundes. So sprach mein Herr und Gebieter zu mir und nickte zufrieden. Klar stellte er, dass ein Kind seines Kindes, Fleisch seines Fleisches, immer als Auserkorener Gottes gesegnet sein würde.

Als dann die Schwangerschaft Dinahs unübersehbar geworden, höhnten die Brüder und hießen die Schwester Hure *Ascheras*. Levi vor allem war ungnädig, spie vor ihr aus und drohte, Gott würde treulose Schafe in seiner Herde nicht dulden. Einmal sah ich ihn schamlos und wutentbrannt schlagen und treten, hörte ihn schäbig verunglimpfen seine wehrlose Schwester. Unfähig Dinah zu helfen, eilte ich hin zum Gebieter, drängte den Brotherrn, Einhalt zu tun seinen maßlosen Söhnen. Also ermahnte mein Herr seine ungezügelten Söhne, Gottes schuldlos geschundene Magd nicht selbstgefällig zu richten, fragte dann jeden, ob er ihn kenne, den Willen des Höchsten, ob er denn wüsste, was Gott für den neuen Nachkommen vorsah. Wieder beeindruckte mich die ruhige Macht seiner Worte. Zweifellos sprach mit der Zunge Jakobs der Gott seiner Väter, sprach mit der Würde, Weite und Klarheit des himmlischen Herrschers. Mir ward die Last einer drückenden Furcht vom Herzen genommen, denn ich sah wohl, dass die hemmungsloseren Söhne ihn hörten, ja, dass sie zuhörten, willig dem hehren Herrn zu gehorchen. Nun war gewiss, dass der Herr seine Magd bereit war zu segnen, sie und die Frucht ihres jungen Leibes für immer zu schützen. Zwar war die Wut der Gekränkten, Levis und Schimons Empörung, durch das Gebot ihres großen Vaters mitnichten verschwunden. Aber ich wusste, sie würden nicht wagen, gegen den Brotherrn aufzubegehren und trotzig weiter die Magd zu misshandeln. Also war Dinah gerettet und musste Ausschluss nicht fürchten.

Schließlich, nur wenige Monde ist's her, gebar sie ein Söhnchen. Auffallend einfach und zügig kam die Verleumdete nieder. Keins meiner zahlreichen Kinder konnte ich so leicht entbinden, wie es der kräftigen Dinah mit ihrem ersten vergönnt war. Schmerzen verspürte sie offenbar wenig, ausschließlich sanfte Wellen von Wehen, die ihren Leib immer wieder durchzogen. Oft habe ich mich gefragt, weshalb die Geburt dieses Enkels, Kind immerhin einer Notzucht, kaum mit Beschwerden einherging. Mir schien als hätte der Himmel der jungen Mutter geholfen. Sonst wäre solch eine leichte Geburt nicht möglich gewesen. Hatten die Götter dort oben erkannt, wie sehr diese Magd schon vor der Entbindung geprüft worden war, wie sehr meine Tochter vorher schon litt unter Schmerzen, blutige Not und Bedrängnis? Wollte ein gütiger Gott ihr weitere Leiden ersparen? Dann war's mit Sicherheit Sin, der Lichtherr des Mondes, gewesen. Er war der Schwangeren Beistand, Öffner verschlossener Türen. Sin hatte ihr wohl zur Seite gestellt die Töchter des Anu, segnend geölt ihre Stirn, ihren Leib mit Wasser besprenkelt. Schließlich war er der Gott meiner Väter, der Herr meiner Heimat. Damit war Dinah die Enkelin Sins, ein Kind seines Volkes, so wie mein Vater Laban, ihr Großvater, Sohn seines Lichts war.

Wer wäre sonst in der Lage gewesen Dinah zu helfen? Wer wäre willens gewesen, das Kind einer Schande zu schützen? Hatte denn Jakobs Gebieter, dieser unfassbare Herrscher, sie vor der Schmach der Entehrung bewahrt, die Notzucht verhindert? Wo war der vorgeblich treue Gott seiner Väter gewesen, wo war sein Schild, als Dinah von feurigen Händen bedrängt ward? Abgewandt hatte er sich, das Mädchen alleine gelassen, zugelassen sogar, dass ein Spross dieser schnöden Hiwiter ihr eine Leibesfrucht zeugt, ein Kind der Gewalt und des Dunkels. Dann sollte ausgerechnet der Gott, der die Reinheit der Seinen hochhält und höher noch schätzt als der Brüder engen Verwandtschaft, kommen und helfen, das Kind dieses Sündigen niederzubringen? Würde denn Jakobs Gebieter, der strenge Gott der Gesetze sein Volk mit unreinem Blut, mit dem Samen des Bösen verderben?

Nein, hätte Sin nicht beherzt die Niederkunft Dinahs befördert, wäre die Tochter mitsamt der Leibesfrucht eher gestorben, wäre als unreines Weib vom Gott ihres Vaters gerichtet. Sin hatte Dinah, die ferne Magd seines Volks, nicht vergessen, ließ sie nicht unnötig leiden, half ihr den Sohn zu gebären. Trotzdem gab Dinah dem Kleinen schließlich den Namen Ben-Oni. Das war brüskierend gewiss, denn Rachel hat damals im Sterben ihr Söhnchen auch schon Ben-Oni, „Kind meines Schmerzes", geheißen. Weder ich selbst noch ihrem Herrn gelang es, ihr diesen Namen auszureden, sie daran zu hindern, den Herrn zu verhöhnen. Sie hatte fast ohne Schmerzen geboren, somit war deutlich, welche Beschwernis sie meinte, als sie ihr Söhnchen so nannte. Es war der Schmerz um den frühen, gewaltsamen Tod ihres Schänders, dieses von ihr wohl trotz allem innig geliebten Halunken. Sie, die damals verstummt war, erhob mit dem Namen Ben-Oni plötzlich die Stimme, beklagte ihr Los als verunglimpfte

Witwe, klagte zugleich aber auch die Brüder an, zieh sie des Mordes.

Damit jedoch nicht genug, denn die Wahl des Namen Ben-Oni ward auch als Vorwurf gegen den Herrn, ihren Vater, verstanden. Dinah hielt ihm damit vor, die letzte Entscheidung der Rachel grob und gefühllos missachtet, schlicht übergangen zu haben. Vor ihrem Tod hatte Rachel unmissverständlich entschieden, dass mit dem Namen des Kindes ihrer gedacht werden sollte. Kaum aber waren die herben Tage der Trauer vergangen, gab der Herr und Erzeuger, dem Kind einen anderen Namen, nannte den Nachkommen ungeachtet der Toten Ben-Jamin, hieß ihn mit anderen Worten nunmehr ein Kind seiner Freude. Das fand auch ich damals wenig gefühlsvoll, fast schon verletzend, hatte doch Rachel für diesen Jungen ihr Leben gelassen. Aber ich habe geschwiegen, wie ich auch früher schon stumm blieb, wenn mir Entscheidungen Jakobs nicht nachvollziehbar erschienen. Wer sollte denn auf mich hören, ja, selbst mich anhören wollen? Sicherlich wäre kein einziger Mann geneigt zu erfahren, was sich ein Weib für Gedanken gemacht hat, was es sich vorstellt. Ganz und gar undenkbar war es mir aber, Jakob zu tadeln. Er war der Vater, nur ihm oblag es den Namen zu geben. Mehr als der Tod des geliebten Weibes sein Wesen betrübte, freute ihn wohl die Geburt dieses spät erhaltenen Sohnes.

Dinah jedoch war ganz anders als ich und wollte nicht schweigen, wollte nicht einfach erdulden, was sie als ungerecht ansah. Irgendein aufbegehrendes Wesen belebte die Tochter, drängte sie öfter dazu, Gehorsam bestimmt zu verweigern. Nie aber wurde die Eigenwillige laut oder unwirsch. Was sie auch tat oder sagte, Dinah blieb immer gelassen, gleichzeitig freundlich und unbeirrbar, scheu und entschieden. Rachels erbärmlicher Tod hat sie sehr empfindlich getroffen. Als sie dann sah, wie wenig ihr Herr die Verstorbene ehrte, fühlte sie selbst sich mehr als zuvor ihrer Tante verbunden. So kam es wohl, dass ihr dieser nur noch geflüsterte Name, Rachels in Todesangst ausgehauchtes „Ben-Oni" zum Ruf ward. Sie wollte Rachel gedenken, der Tante die Ehre erweisen. Immer wenn später ihr Söhnchen rufend beim Namen genannt wird, sollten die Ihren sich horchend an Rachels Schicksal erinnern, sollten gedenken des sprachlosen Leids missachteter Weiber.

Nein, meine Tochter vermag es nicht mehr, mein Herz zu erfreuen. Heimlich gewünscht – außer starken, tüchtigen Söhnen natürlich – hatte ich mir vor der Eheschließung schon immer ein Mädchen, wenigstens eins, das mir bei der Arbeit zur Hand gehen konnte. Schließlich erhörten die Götter Harrans mein inneres Flehen, schenkten mir endlich nach mehreren Knaben doch noch ein Mädchen. Als diese Magd dann heranwuchs, pries ich mich tagtäglich glücklich. Denn meine Tochter war fleißig, geschickt und durchaus genügsam. Dann allerdings, als ein junges Weib aus dem Mädchen geworden, ward sie mir fremd, als wäre sie nicht länger Fleisch meines Fleisches, fing an uns fragen zu stellen, die mir ganz unnütz erschienen. Warum wir dies und das etwa tun, dafür anderes lassen? Wie man gewiss sein kann, wirklich im Sinne Gottes zu handeln? Woran man's merken würde, wenn Gott etwas anderes möchte? Ob denn der Herr von uns nicht erwarte, dass wir uns das fragen? Ob wir dem Himmel nicht mehr als Sühne- und Brandopfer schulden?

Dergestalt redete sie und ich verstand sie nicht länger. Wenn wir uns treu daran hielten, was uns die Vorfahren lehrten, waren wir sicher, ehrbar, im Recht – und die Götter zufrieden. Das war es auch, was ich Dinah öfter mit Nachdruck erzählte. Aber ich spürte, dass diese Entgegnung sie nicht erreichte. Gott, dieses Kind machte alles, was leicht war, immerzu schwierig. Dabei weiß jeder, dass wirre, dunkle Gedanken nicht wahr sind. Licht ist die Wahrheit der Götter, einfach und jedem verständlich. Wer die Gesetze der Väter beachtet, braucht nicht zu zweifeln. Wer aber grübelt, alles in Frage stellt, dem fehlt der Glaube. Deswegen schreckten mich Dinahs frevelhafte Gedanken. Flehentlich wand ich mich damals an Sin, den Gott meiner Väter, bat ihn das Blut und den trüben Geist meiner Tochter zu klären, bat ihn die Magd auf dem Weg zum achtbaren Weib zu begleiten. Aber auch er vermochte es nicht ihr Gemüt zu erleichtern, unbeschwerter zu machen das Herz meiner trotzigen Tochter. Endgültig war mir das fügsame Kind abhandengekommen. Unumkehrbar war Dinahs Verwandlung vom dienstbaren Mädchen hin zur verstockten, verwirrten und eigenwilligen Dirne.

Kränkender, unverständlicher noch war für mich das Verhalten meines Gebieters, Dinahs doch sonst so besonnenen Vaters. Während sich mir, ihrer eigenen Mutter, die Jungfrau entzog, wusste die Aufgeblühte dem Herrn immer mehr zu gefallen. Mehrmalig saßen die beiden zusammen, führten Gespräche. Augenscheinlich verstanden sich Vater und Tochter vorzüglich, sprachen doch beide meist lange, leise und durchaus vertraulich. Wenn ich vorbeiging, sah ich im Angesicht Jakobs das Lächeln, sah, dass die aufbegehrende Magd ihren Vater entzückte. Ihm schien der unstete Sinn seiner Tochter kein Grund zur Sorge. Vielmehr ermunterte er sie sogar, wie ich häufig hörte, tiefer noch einzudringen ins finstere Reich ihrer Zweifel. Mir war es unverständlich, wie er, dieser Knecht seines Gottes, zulassen konnte, dass Dinah Gott und Gesetz hinterfragte.

Nein, meine Hoffnung erfüllte sich nicht, die Tochter enttäuschte. Besser erging es mir da mit manchen der zahlreichen Söhne. Stets mir gewogen und treu war Ruben, mein ältester Junge. Gutmütig war er und hilfsbereit – sehr zur Freude der Mägde. Alle bewunderten ihn, seine ebenmäßigen Züge. Ganz wie der Vater verhielt sich der Junge immer besonnen. Anhänglich war er als Knabe und wich mir kaum von der Seite. Auch als er größer geworden, blieb er mir innig verbunden. Ach, diese urtiefe Nähe zum erstgeborenen Sohne! Solch eine enge, vertraute Beziehung bleibt ohnegleichen. Nie hab ich Ähnliches je mit anderen Söhnen erfahren. Ruben ist etwas Besonderes, *das* hab ich immer gesehen. Seit der Empfängnis verbindet uns beide wortlose Eintracht, tiefer vielleicht noch als die, die Liebende manchmal empfinden.

Ruben war mir eine Stütze, während mein Herr mich verschmähte. Denn als sein Vater bei Rachel lag, bei der Schwester der Mutter, blieb er bei mir und er nahm mir die Sorge, nicht zu genügen. Ruben verstand meinen Schmerz und fand immer Worte des Trostes. Wenn ich ihn ansah, erkannte ich klar den Sinn meines Daseins. Ihn hatte ich dem Gebieter geschenkt, den prächtigen Erben. Er war ein Kind seines Gottes, doch auch die Frucht meines Leibes. Solch einen herrlichen Mann hat ja Rachel niemals geboren, nur diesen schmächtigen Josef, ein eingebildetes Kerlchen. Nein, meine Schwester war's nicht, die für Jakobs Nachkommen sorgte. Sie war nur schön, doch in mir wurden Jakobs Samen zu Söhnen. Trotzdem war Rachel ihm lieber, holte er sie auf sein Lager. Das war für mich eine Kränkung, zeigte der Herr doch, wie wenig ihm mein Verdienst als Mutter von sechs seiner Sprösslinge wert war. Rachel, die kaum etwas schaffte, doch stets bekam, was sie wollte, schürte in meinen einsamsten Nächten die Glut meiner Missgunst.

Ruben, das spürte ich, suchte sehr gern die Nähe der Mutter. So war ich nicht überrascht, als ich hörte, wen sich mein Junge auserkoren um ihn mit erregendem Fleisch zu umfangen. Bilha begehrte der Lüsterne, ausgerechnet die Kebse seines Gebieters, die zweite, jüngere Nebenfrau Jakobs. Das war ein williges Weib, gefühlvoll, bescheiden und sinnlich. Einer wie Ruben brauchte ein Weib mit dem Herz einer Mutter, suchte bei ihm, was Dirnen ihm nie hätten darbringen können. Bilha vermochte sich wohl dem Bedürfnis anderer Leute uneingeschränkt und mit warmem, sorgendem Herzen zu widmen. Sie gab dem schmerzlich verlangenden Mann den Schutz ihrer Wärme. Sie gab dem Sohn das Gefühl geliebt wie kein Zweiter zu werden. Deshalb begehrte er sie, die Mutter entfernter Brüder, liebte das Weib, das dem Herrn für Rachel zwei Söhne geboren. Dan war der erste, Naftali folgte ein paar Jahre später. Himmel, sie musste die beiden auf Rachels Schenkel entbinden, derart verzweifelt wünschte die Schwester sich eigene Kinder. Bilha gehorchte als Dienerin Rachels ohne zu murren, so wie sie später auch Rubens werbenden Bitten willfahrte.

Also war eingegangen mein Sohn in den Schoß dieser Sklavin, eingetaucht in die Quelle, der einst seine Brüder entsprangen. Froh war ich nicht, dass mein Sohn seines Vaters Nebenfrau beilag, heimlich und unerlaubt nahm, was seinem Gebieter gehörte. Aber ich hatte Verständnis dafür, ich kannte den Jungen. Außerdem sah ich, dass damals all meine stattlichen Söhne, anders als heute, freie und würdige Weiber entbehrten. Als wir die Heimat der Meinen verließen, westwärts zu ziehen, waren fast sämtliche Diener des Lagers unfreie Knechte. Das allerdings hat sich mittlerweile erheblich geändert. Seit wir die himmelschreiende Missetat Sichems vergalten, leben bei uns die aus Schechem verschleppten Witwen und Waisen, stolze, gesunde und manchmal durchaus betörende Weiber. Das hat den Mangel an Dirnen jäh und für immer behoben. Heute besitzt ein jeder der Söhne gleich mehrere Weiber. Doch als uns Mägde gebrachen, nahm sich mein Sohn eine Mutter. Das schien mir damals gewiss eine unvermeidliche Sünde.

Jakob dagegen zeigte sich fassungslos ob seines Erben, sah sich von ihm hintergangen und übelwollend verraten. Ehebruch warf er dem Stammhalter vor und drohte dem Sohne ihn vor dem Herrn zu enterben, ja ihn gar richten zu lassen. Selten erlebte ich Jakob so aufgebracht und erschüttert. Grollend erhob er die Stimme, hieß seinen Ältesten treulos, herrschte ihn an wie ein zorniger, unerbittlicher Dämon. Ruben stand demütig vor ihm, traute sich nichts zu erwidern. Plötzlich, noch während mein Herr seinen Sohn als zuchtlos beschimpfte, sah und verstand ich, weshalb er dem Jungen dermaßen zürnte. Jakob, der ruhmreiche Knecht seines Gottes, der Engelsbezwinger, fürchtete nun vom ältesten Sohne entmachtet zu werden. Eifersucht trieb ihn dazu besinnungslos um sich zu schlagen. Neidisch besah er die starke, edle Gestalt seines Sohnes. Ruben, das ließ sich nicht leugnen, hatte der Kebse gefallen. Sie hatte gern dem Verlangen des jungen Mannes entsprochen. War dieser Unerfahrene ihrer Versuchung erlegen? Sicher war Bilha begierig gewesen, Ruben zu haben. Eigentlich hätte der Herr also sie zurechtweisen müssen, hätte sie züchtigen, schließlich vielleicht gar fortschicken sollen. Aber er sah sich genötigt sein eigenes Fleisch zu bestrafen, musste in Ruben den jüngeren Nebenbuhler bekämpfen.

Ich, der ich sonst lieber schweige, immer schon schweigend mich fügte, musste den Wortschwall des maßlos wütenden Herrn unterbrechen, musste mich schützend vor Ruben, den Erstgeborenen stellen. Also ergriff ich das Wort und suchte den strengen Gebieter milder zu stimmen, wurde vertraulich, setzte den Flüchen ein Flüstern entgegen, sprach von den Nöten des jungen Mannes, von fehlenden Weibern. Gleichzeitig ließ ich ihn fühlen, dass er alleine mein Herr war, zeigte mich demütig, bat ihn gnädig den Sohn zu verschonen. Schließlich gelang es mir Jakobs steinernes Herz zu erweichen, so dass er nicht länger drohte Ruben als Frevler zu richten. Der musste schwören vom Weibe des Vaters nunmehr zu lassen, was der Erschrockene tat, erleichtert begnadigt zu werden. Ob ihm die Rechte des Ältesten künftig aberkannt werden, weiß wohl alleine der Herr, der sich darüber seither nicht ausließ.

Denke ich heute daran, wie später mein Gatte bereit war, Dinahs schrecklichem Schänder die ehrlose Tat zu verzeihen, scheint er tatsächlich mit zweierlei Maß gemessen zu haben. Was war die Sünde des Sohnes denn schon verglichen mit jenem hundsgemeinen Verbrechen des widerlich schnöden Hiwiters? Ruben hat keine Gewalt angewendet, nahm eine Sklavin. Doch dieser Sichem hat Israels Kind brutal überfallen.

Mir steht noch deutlich vor Augen die tiefe Not meiner Tochter, damals als sie nach der Tat verstört zu den Ihren zurückkam. Ehe sie ein Wort gesagt hatte, wusste ich schon, was passiert war, sah in den Augen des Mädchens, dass ihr die Unschuld geraubt ward. Irgendein Leuchten darin schien nunmehr für immer erloschen. Ernst und verschlossen kam sie mir vor, voller Argwohn und Zweifel. Nichts war geblieben von Heiterkeit, Hilfsbereitschaft und Langmut. Innerlich aufgewühlt war sie, kaum in der Lage zu reden. Ja, sie verhielt sich gar harsch und abweisend mir gegenüber, wich meinen Fragen geflissentlich aus und wollte sich nur noch leise davonschleichen, rasch und ohne ein Wort der Erklärung. Aber ich hielt sie am Handgelenk fest und zwang die Verstörte mir in die Augen zu schauen, das schwere Herz mir zu öffnen. Tonlos berichtete Dinah mir dann vom Vorfall im Walde.

Ich war entsetzt, als ich hörte von Dinahs heillose Einfalt.

Ohne Bedenken gefolgt war sie diesem Schuft in die Wildnis. Hatte ich ihr denn nicht oftmals eingeschärft, Männer zu meiden, züchtig die Augen niederzuschlagen, sobald sie erschienen? War dieses Kind nicht sorgsam zu Sitte und Anstand erzogen? Dann geht sie her und lässt sich sogleich vom Erstbesten verführen. Oh, und bestimmt hatte sie diesen Mistkerl auch noch ermutigt. Wäre sie munter gewesen, ich hätte sie weich prügeln können. Aber an dem Tag war ihr genügend Gewalt widerfahren.

Außerdem hatte ihr Vater ihr auszugehen gestattet. So trug auch er eine Mitschuld am bösen Los seiner Tochter. Damals bereits verstand ich nicht, was mein Gebieter bewegte, was ihn veranlasste, Dinah alleine ziehen zu lassen. Auch meine Söhne verstanden ihn nicht, beklagten, dass ihrer Schwester sich gegen die Sitte zu stellen dadurch erlaubt ward. Levi vor allem erregte Vaters Entscheidung gewaltig. Er sprach von einem verwerflichen Lebenswandel der Schwester, nannte es gottlos, dass Dinah so ungehindert herumlief. Ganz überwältigt vom Glauben, vom großen Gott seiner Väter, traute sich Levi dem Herrn Versäumnisse vorzuwerfen, meinte, dass der seiner sündigen Tochter Zucht lehren sollte. Auch seinen Bruder Schimon erboste die Milde des Vaters. Dinah, so schimpfte er, horchte auch ihren Brüdern nicht länger. Deswegen drängte er Vater ihr mit der Rute zu zeigen, wer der Gebieter ist, wessen Gebot für uns gleich Gesetz ist.

Innerlich stimmte ich zu und war ganz der Meinung der Söhne. Aber ich hielt mich zurück, wenn die Männer darüber stritten. Nie unterstützte ich offen Levis und Schimons Ansprüche. Einfach das Wort zu ergreifen und unumwunden zu sprechen, wäre für mich als Gehorchende ungehörig gewesen. Anderenteils tat ich auch nichts um dem Herrn den Rücken zu stärken, stellte mich keineswegs hinter ihn, schweigend, treu und ergeben. Vielmehr versuchte ich abseits der Wortgefechte zu bleiben, dauernd bemüht mich belanglos und unbeteiligt zu geben. Und in der Tat hat der Herr mich damals beim Streit mit den Söhnen niemals gefragt, was ich, seine schweigende Dienerin, meinte. Ich, der ich immerhin Dinahs Mutter war, ward übergangen. Ganz offensichtlich wollte mein Jakob von mir nichts erfahren, hielt sie für unbedeutend, die Meinung der reizlosen Gattin. Wäre die lockere Magd eine Tochter Rachels gewesen, hätte der Herr sich gewiss mit der schönen Mutter besprochen. Mich aber sprach er nicht an, verschmähte den Rat der Geringen. Oder er ahnte, wozu ich letztendlich stärker geneigt war, dass ich im Grund meines Herzen den Söhnen Recht geben musste.

Aber es hätte wohl eh nichts genutzt, mich trotzdem zu äußern. Denn mein Gebieter war gar nicht bereit sein Urteil zu ändern. Er hätte, so seine Worte, vollstes Vertrauen zu Dinah. Sie, die verständige Tochter des Bundes, könne gewisslich ohne Begleitung den Tag über Schechems Weiber besuchen. Dinah, versicherte er seinen ungehaltenen Söhnen, wäre wahrscheinlich gewitzter als ihre eifernden Brüder. Das war im Zorne gesagt und konnte natürlich die eh schon heftig erregten Gemüter Levis und Schimons nicht im Geringsten befrieden. Mehr noch, für sie gingen Worte wie diese gegen die Ehre. So sahen sie sich vom Vater grundlos gekränkt und entwürdigt. Aber sie trauten sich nicht, sich gegen den Herrn zu erheben, aufzustehen und weiter entschlossen dagegen zu halten. Wortgewaltig war Jakob, der Herr und ihr aller Gebieter. Immer noch schien es, als spräche durch ihn der Gott seiner Väter. Also ward Dinah weiter erlaubt ihre Wege zu gehen. Damit war auch ihr Verderben unentrinnbar geworden.

Dann als das Übel geschehen war, zeigte der Herr sich betroffen. Ihm ging das plötzliche Leid seiner Tochter überaus nahe. Hilflos betrachtete er das schuldig gewordene Jungweib. Sichtlich entsetzt sah er aus, erschreckt vom bedrohlichen Unheil, aufgewühlt vom Geschehen, das er hätte absehen müssen. Mitleid und Schmerz verzerrten die Züge des einsamen Vaters. Dass aber unsere Ehre, Israels Ehre, verletzt war, brachte ihn andererseits, wie's schien, kaum aus der Ruhe. Weder geschimpft noch geschlagen hat er seine unreine Tochter, nichts unternommen um auszutreiben ihr schamloses Wesen. Vielmehr erlaubte er ihr von diesem Hiwiter zu reden, hörte ihr zu, als sie diesen ruchlosen Sichem in Schutz nahm. Ich stand daneben, hörte und sah, wie sie Vater bekniete, ihren gewaltsamen Peiniger nicht bestrafen zu lassen. Himmel, das klang gar, als wäre es gar nicht Notzucht gewesen. Hatte die Magd diesen Wüstling eigentlich selbst noch ermutigt? War sie am Ende gar willig und gerne bei ihm gelegen? Derlei Bedenken indessen schienen den Vater nicht zu bedrängen, eher im Gegenteil, zeigte er doch Verständnis und Milde. Nachdenklich lauschte der Herr den zwingenden Worten der Tochter.

Heute erkenne ich, dass mein Gebieter schon damals gedachte Dinah dem Ältesten Hamors, ihrem Verführer, zu geben, herzugeben die einzige Tochter dem Erben des Burgherrn. Er war entschlossen, die böse Schandtat zum Guten zu wenden, ahnte in ihr eine Fügung Gottes, die ihm einen Weg wies. Das weiß ich wohl, da der Herr es mir damals selbst offenbarte. Denn, als die Tochter gegangen, tat er, was mich überraschte, rief mich zu kommen, bei ihm zu sitzen und ihn zu beraten. Mehr noch verwunderte mich, dass er sah, was mich umtrieb. Leah, ich fühle, begann er, dein Herz verlangt nach Vergeltung. Du willst, dass Dinahs Versucher unmissverständlich bestraft wird. Du möchtest Rache für das, was heute der Tochter passiert ist. Recht soll geschehen, Buße muss tun der gemeine Hiwiter. Aber ich frage dich, wie soll das gehen, was käme als Nächstes? Wir sind in Kanaans Land, umgeben von Kanaans Enkeln. Käme es also zum offenen Streit mit Schechems Bewohnern, wären wir eingeschlossen von feindlichen Städten und Heeren. Wo hätten wir dann noch Platz um unsere Herden zu weiden? Wer würde uns als den künftigen Nachbarn danach noch dulden? Glaub mir, man würde uns überall unverzüglich vertreiben. Meinst du, Gerechtigkeit walten zu lassen, würde sich lohnen? Selbst wenn wir Dinahs Verführer haschen und hinrichten könnten, wäre die Folge davon für uns ein verheerendes Unglück.

Ich war bestürzt, wie mutlos und zag mein Gebieter sich zeigte. Sicher, er musste die Lage der Seinen weise bedenken, weitblickend planen, das ganze Lager auch künftig versorgen. Aber er setzte doch bisher stets auf den Gott seiner Väter, folgte sogar, als der himmlische Herr ihn hierher entsandte. Nun aber glaubte er nicht, dass sein Gott ihm beistehen würde, nun, da beschmutzt hatte Israels Ehre Kanaans Schurke? Fassungslos schwieg ich, konnte nichts sagen und senkte die Augen. Darin jedoch erblickte der Herr ein Zeichen der Einsicht, meinte, dass ich seine wohlerwogene Einschätzung teilte. Also entschied er sich mir zu erzählen, dass er in diesem unglückseligen Vorfall ein Fingerzeig Gottes erkannte, dass er nun glaubte zu sehen, was der Allmächtige wollte.

Dinah, erklärte er mir, ist wie eine Botin des Neuen, wie eine Abgesandte des Herrn in der Stadt dieser Fremden. Sie ist schon jetzt mit vielen der dortigen Weiber befreundet. Uns könnte sie als Gemahlin des neuen Stadtfürsten helfen. Ja, als Gemahlin, denn siehe, ich habe gehört und verstanden, was uns die Tochter soeben voller Erregung erzählte. Nicht nur begehrt, sondern lieb gewonnen hat Sichem, der junge Erbe des mächtigen Fürsten von Schechem, unsere Tochter. Zwar hat der Ungezügelte Dinah gewaltsam genommen, aber sein Herz scheint beseligt von tief empfundener Liebe. Gäben wir ihm die Entehrte zum Weib, gewännen wir Einfluss. Dann hätten wir eine eigene Stimme am Hof dieser Leute, dann fänden unsere Wünsche Gehör beim Anführer Schechems. Das würde unsere Lage als Zugewanderte bessern. Wir hätten starke Verbündete, sollten Räuber uns drohen. Nicht nur in Schechem, auch in den anderen Städten des Landes würde man uns in Zukunft wie achtbare Freunde empfangen.

Du hast ja selber gehört, wie eifrig sich unsere Tochter vor ihren heftig entflammten Versucher schützend gestellt hat. Sie ist bereit, erstaunlich genug, diesem Mann zu verzeihen. Deswegen sollten auch wir dem jungen Versucher vergeben. Sicher, sein Vater soll uns das offenkundige Unrecht angemessen entgelten und auch keine Mitgift erwarten. Bisher ist mir dieser Hamor durchaus besonnen erschienen. Wenn wir vernünftig verhandeln, würde zum Guten sich wenden Dinahs betrübliches Schicksal und mit ihm auch das der Ihren. Sind wir dagegen entschlossen einfach nur Rache zu üben, werden am Ende des Tages zweifellos alle verlieren.

Da hielt er inne, der Herr, und schaute mir fest in die Augen. Als er dann weitersprach, klang seine Stimme dunkel und leise. Weib, fuhr er fort, die Lage ist ernst, denn wir stehen am Abgrund, wir und die hiesigen Leute, Opfer und Täter gemeinsam. Wenige Schritte nur trennen Gottes Getreue vom Elend. Bloß eine einzige unbedachtsame Tat – und das Los meiner Leute wäre besiegelt. Wenn wir das Schwert gegen Schechem erheben, gibt es ein Blutbad. Selbst wenn wir dabei als Dinahs Rächer siegreich sein würden, wären wir fortan doch immer von Hamors Rächern umgeben. Meinst du, wir könnten Kanaans Volksstämme alle bekämpfen? Meinst du Vergeltung würde uns irgendwie Ruhe verschaffen? Mir steht erschreckend lebendig vor Augen, was daraus würde. Stünden wir auf um blind vor Erbitterung Rache zu üben, wären wir alle unwiderruflich dem Tode geweiht. Mein Gott, der Gott meiner Väter, hieß mich hier heimisch zu werden, so wie er einst meinem Großvater auftrug hierher zu wandern. Abraham kam, so wie wir, aus Harran und war hier ein Fremder. Doch er verstand es Kanaans Leute für sich zu gewinnen. Da er als ehrbar galt, ward ihm gestattet Land zu erwerben, unten bei Mamre, um dort sein verstorbenes Weib zu begraben. So gut beleumdet war er, dass die Nachbarn ihm das gewünschte Feld zum Geschenk machen wollten, keine Bezahlung verlangten. Ich habe immer den Ahnen vor Augen, er ist mein Vorbild. Abraham wusste sehr wohl, dass er bei den hiesigen Leuten immer als Fremdling, als Zugewanderter angeschaut wurde, wusste, dass er sich als Beisasse weise zurückhalten musste. So konnte er in der neuen Heimat Verbündete finden, Männer, die ihn unterstützten, friedlich gesonnene Nachbarn. Ich will mich ähnlich verhalten, Hamors Vertrauen gewinnen, Schechems Bewohner ein zuverlässiger Nachbar und Freund sein.

So sprach mein Herr und ich fragte mich bitter, ob die Hiwiter, dieses Gezücht, sich uns gegenüber genauso verhielten. Waren das ehrbare Nachbarn, die ungezügelt und herzlos herfielen über ein wehrloses Mädchen, es schamlos entehrten? Sollten wir wirklich allen Ernstes uns diesem Gelump unterwerfen, demütig hoffen von ihnen freundlich geduldet zu werden? Liederlich war dieses Volk, verschlagen und nicht zu vertrauen. Was war denn ehrbar daran sich kniefällig, furchtsam gar einzulassen mit diesen so hinterlistigen Leuten? Wir waren denen von Anfang an sittlich hoch überlegen. Jakob verlangte, dass wir ihnen unser Kind überließen, uns um der Sicherheit willen, mit diesen Gaunern verschwägern?

Doch ich erwiderte nichts, denn ich war ein Weib bloß, nicht fähig Gottes Bestreben zu sehen, sein lichtes Wort zu vernehmen. Auch wenn ich das, was Jakob mir sagte, abzulehnen geneigt war, musste ich immer bedenken, dass Gott ihn groß gemacht hatte. Jakob, mein Herr, war dank seines Gottes vermögend geworden. Was er auch tat, sein Weg war gesegnet und Glück ihm beschieden. Damals noch Knecht meines Vaters konnte er unsere Herden, mehr als es dieser für möglich gehalten, anwachsen lassen. Selbst als mein gieriger Vater ihn zu betrügen begonnen, wuchsen die Herden des ehrlichen Dieners weiter und weiter. Gott stand ihm nahe, beschützte den scheuen, wehrlosen Hirten, wendete alles zum Guten für ihn, was böse daherkam. Das musste schließlich sein Schwiegervater und Onkel erkennen. Ihm blieb nichts anderes übrig als Jakob ziehen zu lassen.

Aber bereits als der junge und andersartige Vetter fliehend dem Bruder vom Süden herauf zu uns nach Harran kam, war er vom sanften, schützenden Licht seines Gottes umgeben. Mir sind noch gut in Erinnerung Rachels leuchtende Augen, als sie uns aufgeregt vom erstaunlichen Jüngling erzählte, der ihr am Brunnen beherzt geholfen die Schafe zu tränken. Also begegnete mir das Licht meines künftigen Gatten damals zuerst in den schönen Augen der jüngeren Schwester. Denn es war *sein* Glanz, der Rachels Züge zum Aufleuchten brachte.

Später als er uns beschrieb, was ihm nachts im Traume erschienen, Bilder von himmlischen Leitern, wusste ich: Er war begnadet. Und als ich merkte, wie leicht ihm gelang, was immer er anfing, da war mir klar, dass der Gott seiner Väter mächtig sein musste. Auch wenn ich nicht immer sah und verstand, weswegen der Vetter tat, was er tat und dorthin sich wandte, wohin er sich wandte, glaubte ich doch, dass ihn höhere Weisheit immerzu führte. Und in den langen Jahren der Arbeit, die seitdem vergangen, wurde er nie vom Wohlwollen seines Gebieters geschieden. Rückblickend zeigte sich stets, wie gut die Entscheidungen waren, die er im Lauf seines Lebens ruhigen Herzens getroffen.

Deswegen schwieg ich und stellte Jakobs Beschluss nicht in Frage, unsere Tochter zum Weib des rüden Hiwiters zu machen. Möglich, dass Gott diese Ehe im Himmel vorbestimmt hatte, auch wenn sie mir, seiner einfachen Magd, verachtenswert vorkam. Gott aber hätte zu jener Zeit Jakob anhalten müssen mehr auf die Wut seiner Söhne Schimon und Levi zu achten, ernst zu nehmen die vielfach geäußerten Rachegedanken. Jetzt sind die Söhne die Sieger, Gott scheint sie wahrlich zu schützen. Wider den Willen des Vaters zu handeln, Schechem zu schänden, schadete diesen beleidigten Brüdern nicht im Geringsten. Mehr noch, der Überfall trug ihnen reiche Beute und Ruhm ein. Seit diesem Tag der Empörung, Israels Rache an Hamor, scheint mein Gebieter als Herr seiner Sippe schwächer geworden. Zwar ist er weiter unangefochtener Herrscher der Herden, doch seine Reden sind leise, zag seine Schritte und Schlüsse.

Oh, ich weiß wohl, was die Knechte und Mägde raunen und munkeln. *Ich* hätte damals die Söhne gedrängt, die Schwester zu rächen, rasch zu durchkreuzen die Pläne ihres gefügigen Vaters. *Ich* hätte Schimon und Levi nächtens geboten zu morden, reinzuwaschen die Ehre der Dinah im Blut der Hiwiter. Aber sie irren, die dummen, bösen und schwatzhaften Diener. Aufgehetzt hab ich die beiden mitnichten, eingeweiht war ich ganz und gar nicht – anders als manche der willigen Helfer. Nein, ich war damals genau wie der Herr entsetzt und erschrocken, als die Zurückgekehrten sich brüsteten, Israels Schande, Dinahs Entehrung mannhaft und gründlich vergolten zu haben. Doch ich verstand, was die rächenden Brüder aufgebracht hatte, wusste natürlich, dass sie die Hochzeit der Schwester mit diesem Halunken hasserfüllt ablehnten, ihrem Herrn widersprachen. Diesem, so ahnend er war, hätte das eine Warnung sein müssen. Schließlich wussten wir alle vom Zorn seiner eifernden Söhne. Dass sie die Stadtleute angegriffen und ausgeraubt hatten, ohne den Vater dafür zuerst um Erlaubnis zu bitten, war eine tollkühne Dummheit gewesen, unser nicht würdig. Auch hatten sie das Versprechen ihres Gebieters gebrochen, achtlos zum listigen Lügner gemacht den eigenen Vater. Aber vor allem war ihre meuchlings verübte Vergeltung unnötig grausam geraten, sicheres Unheil beschwörend.

Nur, als die Blutbesudelten vor ihrem Vater erschienen, sah ich sofort, dass allen jetzt nottat beisammen zu stehen. Jakobs Versuch auf dem Weideland Schechems heimisch zu werden, uns zu verschwägern mit Hamors wenig verlässlichen Leuten war durch die Tat seiner eigenen Söhne schrecklich gescheitert. Sollte uns Gott darob zürnen, galt es zusammenzuhalten. Meine Bemühung, den Herrn mit den eigenwilligen Söhnen leise und rasch zu versöhnen, mögen mir manche der Mägde ausgelegt haben als blanke Billigung blutiger Rache. Aber das zeigt bloß, wie gut sich Dummheit und Bosheit vertragen. Mir war nur deutlich geworden, dass diese scheußliche Missetat uns auf keinen Fall gegeneinander aufbringen durfte. Das aber war nicht der einzige Grund versöhnen zu wollen.

Etwas ganz anderes, Unerwartetes stimmte mich milde. Während die siegreichen Krieger blutverschmiert vor uns verharrten, sah ich das Neue in ihnen, künftige Herren des Volkes. Sie waren Männer geworden, hatten die Heimat verteidigt, hörten nicht länger nur auf das mahnende Wort ihres Vaters. Neugeboren erschienen sie mir aus dem Blut ihrer Opfer. Gott, dieser fremde Gott, der uns hierher zu kommen geheißen, lebte nicht nur in den Worten des Vaters, seines Erwählten. Nein, er war auch in den Taten der Söhne durchaus lebendig. Das ward mir klar, als ich beide wie wilde, treue Vollstrecker seines Gebotes, schlachtenden Priestern gleich, vor mir gewahrte. Was sie dort drüben getan, war im Sinne himmlischer Absicht. Diese Gewissheit stand ebenso plötzlich wie unwiderlegbar vor mir wie Licht und Schatten der wiedergeborenen Söhne. Jakob, gewiss, mochte Gottes Weisung im Herzen vernehmen. Dort aber ward sie zumeist nur in stiller Demut bewundert. Aufgehoben im inneren Glück dieser göttlichen Weisheit, fand unser Herr nur noch selten zu klaren, mutigen Taten. Träge und kraftlos auf einmal wollte der Gatte mir scheinen, abgelöst von gewaltsamen Söhnen, die gegen ihn standen.

Als dann herbeigeeilt kam eine Magd mit Wasser und Lumpen, reinzuwaschen die tüchtigen Kämpfer für Anstand und Ehre, hielt ich sie auf mit stiller Gebärde und nahm ihr das Wasser. Feierlich trat ich herbei und stellte mich hinter die schwitzenden Söhne, tauchte den Lappen ins Wasser, wusch meine tapferen Kinder. Während sich dunkle Flecken in Bächen geröteten Wassers auflösten, stieg der Geruch des reichlich geopferten Blutes hoch von den harten Schultern und Armen der furchtlosen Männer. Ernst und erhaben erschien sie mir da, die Waschung der Krieger, fast eine heilige Handlung, würdig den Dienern der Götter. Strahlend und rein und ganz ohne lastende Schuld oder Makel, sollten sie aufleben vor ihrem aufgebrachten Gebieter. Dieser indes hat der Reinigung Weihe gleichfalls empfunden. Denn er hielt inne und zürnte den Heimgekehrten nicht länger. Da ward es still, und man hörte allein das Murmeln des Wassers.

Möglich, dass damals auch Jakob glaubte, ich hätte die Söhne angestachelt die Schwerter zu nehmen und Schechem zu schänden. Er hat mich nie, weder dort vor den unbotmäßigen Söhnen noch etwa später bezichtigt ihn hintergangen zu haben. Aber er schaute mich nachdenklich an und schien mich zu prüfen. Seit diesem Tag allerdings hat mich Jakob nie mehr an seinen innersten Regungen auch nur ein wenig teilhaben lassen. So ward es allmählich still um den einstmals großen Gebieter. Tagsüber sprachen wir selten und nächtens mied er mein Lager. Auch seiner Nebenfrau Silpa, Mutter von zwei seiner Söhne, konnte er nicht mehr Vertrauen, war sie doch mir untergeben. Treu – das war ihm bewusst – war die Dienerin mir, ihrer Herrin. Und als er davon erfuhr, dass Bilha, die andere Kebse, ihm mit dem eigenen Erben betrog, da blieb nur noch Rachel. Sie war das Weib, das ihm teuer und lieb war, nah wie kein zweites. Deshalb schnitt tief seine Trauer und Pein, als seine geliebte Rachel ganz und gar unerwartet am Straßenrand starb im Gebären. Und als bedurfte es weiterer Schläge kam eines Tages wie eine Sturmwolke her die Kunde von Isaaks Siechtum. Da schien ihn alles und jeder nur noch verlassen zu wollen.

Heute, am Tag der Beisetzung Isaaks, heute, da Schechems Ausmerzung *ein* Jahr zurückliegt, muss sich der vielfach Geprüfte fragen, ob nicht sein himmlischer Vater ebenso von ihm gegangen. Er, der sich seit seiner Jugend auf Gottes Weisung verlassen, er, der in allem beim Gott seiner Väter Richtung und Rat fand, sieht sich nun plötzlich, wie niemals zuvor, vom Los widersprochen. Recht hat mein Herr nicht behalten, die Bluttat der Söhne in Schechem blieb bis zum heutigen Tag für jeden von uns ohne Folgen. Unbehelligt gelangten wir alle von Schechem nach Mamre. Keiner von Hamors vielen Verbündeten griff zu den Waffen. Keiner verfolgte uns, suchte den Tod des Bruders zu rächen. Hatte mein Herr nicht gemeint, dass Gott einen Kampf gegen Schechem klar untersagte, dass die Gewalt die Gewaltsamen immer heimsuchen würde? Nun sind die schnöden Hiwiter besiegt – und nichts ist geschehen. Vielmehr, so scheint es, hat Gott die wütenden Rächer gesegnet. Groß und gerecht war der Lohn ihrer Rache, reich ihre Beute. Jetzt sitzen alle im Schatten der Bäume, Brüder und Vetter, sitzen und reden und trinken vom Wein.

Ruben ist auch unter ihnen, aber geschwächt und verhalten. Er ist als Ehebrecher im Lager nicht mehr als geduldet. Mächtig und lärmend jedoch sind die ihm nun folgenden Brüder. Schimon trinkt viel, verhält sich wie einer, der weiß, was zu tun ist, lässt keinen Zweifel daran, dass er ein Gebieter geworden, selbst nunmehr Knechte und Mägde befehligt. Er sieht sich ganz als siegreicher Feldherr, verwegen und ruhmreich. Nun, da sein älterer Bruder Vater so bitter enttäuscht hat, meint er die Rechte des Erstgeborenen seien die Seinen. Wenn man die Brüder nicht kennt, und sie wie die Nachkommen Esaus, lediglich ansieht als neue Verwandte, muss man tatsächlich meinen, dass Schimon, der Streitbare, Jakobs ältester Sohn ist.

Schimon war auch schon als Knabe hitzig, gewaltsam und zornig. Nahezu täglich geriet er in Wut mit Brüdern und Burschen, schlug sich sogar mit den weitaus größeren Söhnen der Knechte. Furchtlos und fast nicht zu bändigen, heiß wie Wind aus der Wüste brauste er auf, wenn irgendein Wort seinen Ärger erregte. Dann mussten auch die schon älteren Gegner Schläge befürchten. Anerkennung verschaffte der Junge sich ringend und raufend. Alle bewunderten schließlich den Mut des reizbaren Knaben. Großzügig half er den Freunden, auch wenn ihm Ungemach drohte. Niemals ist Schimon davongelaufen, wenn Ärger bevorstand. Mehr noch, er preschte beherzt nach vorne, wo immer es Streit gab. Später, als Härte und Kraft sich zur bloßen Kühnheit gesellten, ließen ihn alle in Ruhe, wollten ihn ja nicht erzürnen.

Aber, was keiner der Brüder und Burschen damals erkannte: Er, dieser Draufgänger, konnte auch fürsorglich, fühlsam und sanft sein. Mir gegenüber war Schimon immer gefällig und zärtlich. Auch wenn er wütend war, richtig entrüstet, ließ er sich niemals hinreißen, mir, seiner Mutter, schändliche Worte zu sagen. Vielmehr bemühte der Kämpfer sich mich, seine duldsame Mutter eifrig und flink zu beschützen, stets seine Herrin zu ehren. Stärker als Ruben noch hing er an mir und folgte wie keiner, all meinen Weisungen, selbst den unausgesprochenen Wünschen. Er war zur Stelle, wann immer er glaubte, helfen zu müssen. Aber er irrte sich öfter und sah mich schimpflich behandelt, ohne dass irgendjemand mir Unrechtes angetan hätte. Dann sprang er auf, die angeblich säumige Magd zu bestrafen, wollte verprügeln sogleich die vermeintlich schamlosen Diener. Doch es genügte ein Wink bloß ihn innehalten zu lassen.

Daran jedoch, die schamlose Schändung der Schwester zu rächen, hab ich ihn nicht zu hindern vermocht, den hitzigen Hüter. Als meiner Tochter das Unglück ereilt war, drüben in Schechem, loderte maßloser Zorn im verstockten Herzen des Sohnes. Das hat mich nicht überrascht; ich wusste, wie sehr er sie mochte. Blind oder blöd bin ich nicht; ich kenne die Makel der Meinen. Dass so ein lüsterner Kerl seine kleine Schwester entehrte, war für ihn schlimmer und kränkender noch als Raub oder Totschlag. Folglich war er wie von Sinnen, was ich auf Anhieb erkannte. Aber ich glaubte ihn damals weiterhin lenken zu können, meinte, dass schon meine Augen ihn aufzuhalten vermochten, hielt für gewiss, dass er Vaters Geheiß beherzigen würde. Vor diesem Tag hatte er sich nie gegen Vater erhoben. Deswegen war und bleibt die Verschwörung des rächenden Sohnes, diese vom Vater verbotene Ahndung der Notzucht, bloß eine Ausnahme, Tat eines blindwütigen Mannes. Tief im Gemüt wünscht sich Schimon mehr nicht als Vater zu dienen, ihm, seinem Herrn und Gebieter, willig und treu zu gehorchen. Denn er ist eigentlich doch ein durchaus verlässlicher Diener, furchtlos und standhaft, – sein Vater sollte es freudig begrüßen.

Jeden Tag bitte ich Gott, das Herz meines Herrn zu berühren, Jakob die Augen zu öffnen für Schimons Kühnheit und Stärke. Sollte mein Herr dem einmal enttäuschenden Jungen verzeihen, wäre ihm Schimon als dankbarer Sohn für immer verbunden. Jakob soll wieder rückhaltlos stolz sein auf Söhne wie diese. Nun, da sein Vater gestorben, unsicher unsere Zukunft, gilt es zusammenzuhalten, des Stammes Kräfte zu bündeln. Hat er nicht selber gesagt, wir wären von Feinden umgeben? Dann könnten wir uns erst recht einen Streit im Lager nicht leisten.

Anders als Schimon indes ist Levi und war es schon immer, Levi, der auch hier in Mamre beim Mahl mit den fremden Verwandten wieder vom Rand des Geschehens all seine Brüder betrachtet. Still sitzt er da mit kalten, zusammengekniffenen Augen. Und wie so oft scheint ihm das, was jedermann tut, zu missfallen. Auch wenn's mir schwerfällt zu sagen: Fremd ist das Kind mir geblieben. Noch als er klein war, kaum in der Lage alleine zu gehen, mied er den Schutz und die sichere Wärme meiner Umarmung. Ihm schien sie unangenehm, die zarte Berührung der Mutter. Hob ich ihn hoch und hielt meine Augen nahe den Seinen, wand er den Blick ab und suchte sich meinem Griff zu entwinden. Nie war der Junge bereit mit anderen Kindern zu spielen. Immerzu schaute er ablehnend, ernst und ohne Behagen.

Ernst war er auch, wenn er lauschte, was uns sein Vater erzählte. Meistens am Abend sprach Jakob gerne von Gott und den Seinen, lehrte die Söhne genau, was Gott seinem Großvater sagte. Wieder und wieder berichtete er vom großen Versprechen, Gottes Gelöbnis, die Nachkommen Abrams zahlreich zu machen. Manchmal erzählte er auch von alten, entfernteren Ahnen, jenen, die einstmals Gottes gewaltige Flut überlebten. Immer beteuerte er, unser Herr, wie wichtig wir wären, wies darauf hin, dass der Gott seiner Väter unsere Schritte wohlwollend, treu, mit schützender Hand und beharrlich begleitet. Jakob versicherte uns, dass wir nie verlassen sein würden, sagte, wir wären gesegnet und hätten nichts zu befürchten.

Levi bewunderte Jakob, sah ihn als Boten des Himmels. Während die Brüder dem Vater kaum zuzuhören vermochten, durstete Levi nach jedem Wort über Gottes Gesetze. Er hing dem Herrn an den Lippen, sog in sich auf dessen Rede. Dass wir ein auserwähltes Geschlecht wären, wollte er immer wieder vom Gott seines Vaters wortreich bestätigt bekommen. Ihm war der heilige Auftrag des Vaters süßer als Honig. Bald fing er an, die Worte des Herrn seinen Brüdern zu lehren, selbst von der Weisung des einen, himmlischen Vaters zu reden. Dann lag ein fiebriger Glanz in den starren Augen des Jungen. Hörten die Brüder nicht zu und zeigten zu wenig Verehrung, drohte er ihnen mit Unheil, sah schon ihr Leben gefährdet. Meistens indessen verletzte es ihn, missachtet zu werden. Ungemein leicht war der junge Eiferer Gottes schon immer maßlos gekränkt, wenn die Brüder bloß lachten, gar sich entfernten.

Sah er sich unverstanden, verbarg er sich schweigend im Zelte, zog sich zurück und betete Gott um Befehl und Bestimmung. Kam er dann wieder heraus, erschien er gestärkt und entschlossen, sagte oft nichts, doch blickte auf die, die nicht glaubten, herunter, schätzte gering, wer nicht ähnlich wie er, das Wort Gottes ehrte. Bald fing er an die Knechte und Mägde des Herrn zu verachten, nicht weil sie Unfreie waren, Sklaven im Dienst seines Vaters. Nein, er verfluchte sie, bloß weil sie fremde Götter verehrten. Wie es zu jener Zeit üblich war, trugen die meisten der Knechte Zeichen gefürchteter

Götter an kleinen Kettchen und Riemchen. Mal war's das achtzackige Sternchen der mächtigen Ischtar, mal ein geflügelter Dämon oder der Bogen Ninurtas, oft auch die Mondsichel Sins, des großen Beschützers der Heimat. Manche von ihnen hatten am Leib Amulette gebunden, magische Schnüre gefertigt aus Haaren gefährlicher Tiere. Ängstlich beschworen die Diener des Herrn bei jedem vermeintlich drohenden Unheil sämtliche Götter, Dämonen und Geister. Levi verspottete sie und hieß ihre Götter Betrüger.

Mehrmals beklagte der Sohn sich beim Vater, bat ihn nicht länger solch einen Frevel im reinen Haus der Gerechten zu dulden. Aber sein Herr blieb gelassen, war nicht bereit zu verbieten Glauben, Gewohnheit und Götzen seines getreuen Gesindes. Ich war dabei, als der Herr ihn ermahnte ruhig zu bleiben. Alles, erklärte ihm Vater, geschieht, wie Gott es gefügt hat. Einziehen, Levi, wird Abrahams Gott auch in die Herzen unserer Knechte, aber erst dann, wenn der Tag dazu da ist. Würde ich heute, so Jakob, all ihre Götzen verbieten, wäre der Widerstand groß, ein blutiger Aufruhr wahrscheinlich. Gott ist geduldig, mein Junge, ein langmütiger Hirte. Keins seiner Schafe, beteuerte Jakob, geht ihm verloren. Auch wenn sich manche der Tiere verirren, nicht zum Gehege unten im Tale zurückfinden – Gott kennt all ihre Wege. Irgendwann werden auch sie zur heimischen Herde gelangen.

Dergestalt suchte der Herr den Empörten milde zu stimmen, aber der eifrige Sohn blieb verstockt, wenngleich er nichts sagte. Ich kannte Levi genug, um seinen Verdruss zu erkennen. Weiter verehrte er Vater, den kühnen Engelsbezwinger. Gleichwohl, so scheint's, begann er die Weisheit des großen Gebieters damals schon innerlich anzuzweifeln, in Frage zu stellen. Nur, wie konnte das sein, dass ein Mann, der im Lichte des Herrn ging, Israel, Abrahams Enkel sich derart grundlegend irrte? Wie war es möglich, dass sein Gebieter sich nachgiebig zeigte angesichts dieser schlimmen Verirrung im eigenen Hause? Irgendwann fand er für sich die rettende Antwort im Weibe. Vater, so sagte sich Levi, ist wirklich Gottes Gerechter, doch er wird arg vom aufreizend lüsternen Weibe geblendet. Mehr und mehr galt nun für ihn, dass Rachel, die jüngere Gattin Israels insgeheim schuld war an Vaters Täuschung und Schwächung. Ablenken würde die schöne Gefährtin seinen Gebieter, abbringen Isaaks Sohn vom heiligen Weg der Gerechten.

Anfangs erfreute es mich, dass Levi als Knabe schon Rachels honigsüßes Getue durchschaute, die Tante zurückwies. Rachel war immer Vaters bevorzugte Tochter gewesen. Später hat Jakob der Holden offen den Vorzug gegeben. Immer bekam meine Schwester, was sie zu haben begehrte. Nur eines Augenaufschlags bedurfte sie, Männer zu binden. Deshalb bewunderte ich meinen eigensinnigen Jungen. Levi, der Eifernde, ließ sich von Rachels Schönheit nicht täuschen. Mehr noch, er war überzeugt sich gegen sie wehren zu müssen. Weibliche Reize, so sagte er häufiger damals, würden das Herz eines Mannes für Gottes Weisheit verschließen. Da ward mir klar, dass er nicht bloß von einem besonderen Weib sprach.

Auch seine Schwester Dinah betrachtete Levi voll Argwohn. Damals in Schechem, als Dinah allein Hiwiter besuchte, sah sich der strenge Streiter des obersten Gottes bestätigt. Denn seine Schwester verwischte die altherkömmliche Grenze, wollte die Wahren ohne Bedenken zum Falschen verleiten. Ja, für den glühenden Anhänger Gottes, Diener des Einen, stand seine Schwester unserem himmlischen Auftrag entgegen. Dinah vermischte, was Gott, wie er wusste, getrennt sehen wollte, ging zu den Gottlosen, redete, aß und lachte mit ihnen. Wie sollte da je das Volk der Gerechten rein bleiben können, wenn seine künftigen Mütter Anstand und

Sitte nicht schätzten?

Unbehagen beschlich mich, ob Levis verbissene Abscheu. Auch wenn ich Rachels Anmut und Liebreiz mitunter verfluchte, sah ich doch Schönheit an sich als genehme Gabe der Götter. Ischtar, die mächtige Göttin des Ostens, Herrin der Heimat, heiligte Weiber und Mägde, zeigte sich schön, ja betörend. Sollte die Anmut der großen Mutter denn ebenso falsch sein? Ehrbar und tugendhaft sollte ein Weib sich natürlich verhalten. Das taten keineswegs alle, was manche Männer beklagten. Aber wie Levi die Weiber verfluchte, war mir zuwider. Sicher, wir Weiber gehorchten dem Herrn, der stets für uns sorgte. Dieser indessen begegnete uns mit Achtung und Anstand. Nie hat mein Herr mir gesagt, dass gottlos und sündig das Weib sei. Immer hat er mich als Mutter von starken Söhnen gewürdigt.

Nach seiner blutigen Rache forderte Levi den Vater auf seine Tochter gnadenlos, ohne Verzug zu verstoßen. Die aber wehrte sich, schimpfte den Bruder Mörder und Räuber. Levi, der damals gerade erst Schechem abgestraft hatte, schien nicht zu merken, wie sehr sein Gebieter deshalb empört war. Er war auf Dinah gestoßen, dort, wo ihr Peiniger hauste, drinnen im Schlafgemach des vom Wundbrand geschwächten Hiwiters, hatte sie heimgeschleppt als Beweis ihres gottlosen Wandels. Reingezerrt hatte Levi die Schwester ins Zelt seines Vaters, diesen gedrängt seine schamlose Tochter hart zu bestrafen. Aufgebracht war er, fest überzeugt als Diener Gottes zu handeln, sicher, dass Vater, der Allgerechte, ihm zustimmen würde. Doch sein Gebieter tat keineswegs das, was er von ihm wollte. Ich stand daneben und spürte genau, dass Jakob bedrückt war. Dennoch war ich zutiefst überrascht, als der Herr seine Arme schutzbietend öffnete, weinend die Tochter ans Herz nahm.

Levi erstarrte sogleich und schaute entsetzt auf den Vater. Lang hatten er und sein Bruder ohne Erbarmen getötet. Grimmig und völlig berauscht vom Blut ihrer zahlreichen Opfer, war ihm die Stimme des Herzens zu hören gar nicht mehr möglich. Als er nun dort vor dem Vater Tränen der Trauer gewahrte, stand er entgeistert davor, nicht fähig das Gleiche zu fühlen. Kreischen und Klagen hatten gewiss seine Rache begleitet. Dafür jedoch verschloss einem Kämpfer die Kriegsgöttin Ischtar rasch und geschickt, wie es schien, die vor Inbrunst rauschenden Ohren. Und für das herzzerreißende Leid, das er anderen zufügt, schließt die erfahrene Herrin der Schlachten Krieger die Augen. Also stand Levi verblendet und taub vor Vaters Betrübnis. Möglich, dass etwas den grausamen Rächer dennoch berührte. Denn er ward still und aus seinen Zügen verlor sich die Härte.

Mir wurde wieder vor Augen geführt, wie viel dem Gebieter Dinah bedeutete, was er von ihr noch bereit war zu dulden. Laut dem Gesetz seiner Väter hätte der Herr seine Tochter, wie es der eifernde Sohn von ihm wollte, wegschicken müssen. Sie hatte seine und Gottes Ehre mit Absicht besudelt. Sie hätte nie das Gemach des Hiwiters aufsuchen dürfen. Nun war die Tochter gefallen, gleich einer Hure geworden. Doch der von Gott Gewiesene sah sie mit anderen Augen, ließ sich von ihrem Kummer erweichen und wollte sie trösten. Fest wie ein uralter Baum stand er da und hielt seine Tochter, hielt seine Würde dem Andrang bebender Trauer entgegen, weinte und suchte zugleich den eigenen Gram zu verbergen. Doch es war unübersehbar, dass Dinahs Leid ihn bewegte.

Aber vielleicht war er auch und mehr noch als wegen der Tochter, ob seiner ungehorsamen Söhne betrübt und betroffen. Insbesondere Levi, so schien es, enttäuschte den Vater. Er war doch *der* gewesen, der anstrebte Gott zu gehorchen. Er hat sich doch als *der* Sohn gezeigt, der das Heilige ehrte, ständig im Munde geführt das Wort seines Herrn und Gebieters. Dann war er ausgezogen mit Knüppel und Schwert in den schnöden Ort des Verderbens und hatte getan, was Gott ihm verboten. So muss der Herr den Gewaltakt des Sohnes aufgefasst haben – nicht nur als blutiges Unrecht gegen die Stadt der Hiwiter. Vielmehr sah er, wie mir schien, die Tat des Erregten als bösen Frevel, gemeinen Verrat an ewigen Worten und Werten.

Denn, als Dinahs Tränen versiegt waren, wandte sich Jakob glühend vor Zorn und richtend mit all seiner Würde an Levi. Der hätte gar keine Ahnung, was Gottes Absichten wären. Der hätte gar nicht erkannt, was Abrahams Gott von ihm wollte. Der würde einzig zerstören, was vor ihm viele Geschlechter aufgebaut hatten, treu jeder himmlischen Weisung befolgend. Lange und wortgewaltig, wie ich ihn zuvor niemals hörte, grollte der Auserwählte des Herrn seinem eifernden Sohne. Unergründlich war mir zwar das Meiste von dem, was er sagte. Aber ich fühlte in mir die bebende Wucht seiner Worte, spürte die Himmelsgewalt seiner Sprache donnernd im Herzen.

Levis Gemüt ist seit dieser Stunde noch fester verschlossen. Er hat geschwiegen, den Zorn des Gerechten schweigend erduldet. Weder am Tag dieser Rüge noch später hat er dem Vater je widersprochen, je dessen Weisheit offen bezweifelt. Aber er zeigte ebenso wenig Bedauern und Reue. Levi war keineswegs dumm, bemüht zu vermeiden den dann wohl unwiderruflichen Bruch mit dem Vater, Streit mit den Seinen. Nichtsdestoweniger lehnte er weiterhin ab, dass Vater seiner missratenen Tochter Schutz und Versorgung gewährte. Auch wenn er kaum mit mir spricht, erfahre ich doch, was ihn antreibt. Öfter schon hielt er den jüngeren Brüdern hitzige Reden, lehrte sie Weiber geringzuschätzen und Fremde zu meiden, hieß sie für Gott und die heilige Sache rastlos zu beten. Selbst seine eigenen Vettern mochte er gar nicht begrüßen, blieb ihnen fern, da sie Israels einen Gott nicht verehrten.

Darüber kam es soeben zum Streit, als Mhodar und Eram, ältere Söhne von Esau, Levi der Nichtachtung ziehen. Wie es der guten Sitte entsprach hatten Israels Leute Esau und seinen Söhnen beim Mahle den Vortritt gelassen. Wir hatten sie, da sie später gekommen, als Gäste empfangen. Erst brachte ich das beste Stück Lammfleisch dem Bruder des Gatten. Dann wurden auch seinen Söhnen bessere Teile gegeben. Jakob derweil und all seine Nachkommen saßen daneben, sahen mit Langmut den Hungrigen zu beim Kauen und Kosten, warteten, bis ihre Gäste das Fleisch begutachtet hatten. Einer nur wollte nicht warten, versagte Esau die Ehre, ließ sich ein Lendenstück bringen und aß genüsslich als Erster.

Ich bin mir sicher, dass Jakob die Unverschämtheit des Sohnes sehr wohl bemerkte, aber versuchte es nicht zu beachten. Ebenso wandten die Brüder die Blicke ab, schwiegen betreten. Auch der Herabgewürdigte selbst übersah die Brüskierung. Esau blieb ruhig und lächelte nickend, während er kaute. Aber sein Ältester, Mhodar, nahm sie nicht hin, diese Kränkung. Aufgebracht warf er sein Fleisch in die Schüssel, sprang auf die Füße. Sind wir nicht wert, erregte der Mann sich, von Israels Leuten würdig und schicklich wie Ihresgleichen behandelt zu werden? Sind wir denn mehr nicht als Knechte, dass Ihr uns einfach missachtet? Levi, denn er war der Sohn, der diese Entrüstung hervorrief, schaute erst gar nicht empor und ließ es sich weiterhin schmecken, tat so, als wäre der Vetter kein Grund vom Essen zu lassen. Das war für Mhodar natürlich eine noch größere Kränkung. Rasch sprang nun Eram dem übel geschmähten Bruder zur Seite, bäumte sich auf und kam Levi – ihm drohend – Schritt für Schritt näher. Wutentbrannt schimpfte der Jüngling, hieß meinen Sohn einen Frechling, forderte Achtung und Ehrerbietung als Sohn seines Onkels. Levi erhob sich nun ebenfalls, blickte voller Verachtung, ohne zumindest mal kurz mit dem Kauen innezuhalten, auf seine reizbaren Vettern herab und stand unverrückbar. Ich war nur wenige Schritte entfernt und fürchtete Händel. Allen im Kreise, das spürte ich deutlich, stockte der Atem. Keiner griff ein, gebannt von der plötzlichen Wucht der Gefühle.

Levi indessen versuchte erst gar nicht Streit zu vermeiden. Denn als er endlich was sagte, reizte er seine Verwandten mehr noch und beleidigte unverhohlen sie und die Ihren. Mein Gott, begann er, erlaubt es mir nicht, mit jenen, die unrein, unbeschnitten und blind für sein Licht sind, gemeinsam zu essen. Ihr mögt ja zahlreich sein, weit verbreitet auf Hügeln und Weiden, aber dasselbe gilt letzten Endes für Schafsdreck genauso. Sagt mir, ihr kühnen Vettern, was habt ihr von mir denn erwartet? Meint ihr im Ernst, ich sollte mein Mahl neben Unrat verzehren?

Kaum waren Levis Worte gesprochen, ging alles ganz stürmisch. Mhodar und Eram stürzten sich beide auf ihr Gegenüber, drückten den Sohn meines Herrn in den Staub und schlugen ihn mehrmals. Ebenso rasch aber kam der Bedrängte zurück auf die Füße. Levi erholte sich, griff ins Gewand und zog aus dem Gürtel blitzschnell hervor ein erzenes Messer mit glänzender Klinge. Spätestens jetzt hätte Jakob, sein Vater, eingreifen müssen. Er hätte Levi als dessen Gebieter nötigen müssen, schleunigst das unheildrohende Schermesser niederzulegen. Das hat gewiss auch sein hochgefahrener Bruder erwartet. Esau erschrak, was ich nahe stehend am Rande bemerkte, blickte entsetzt zum weiterhin wartenden Bruder hinüber. Jakob indessen tat nichts um das dräuende Blutvergießen irgendwie abzuwenden, den sinnlosen

Streit zu beenden. Er saß nur da wie aus Stein geschlagen, die Augen geweitet. War er zu sehr überrascht und konnte deshalb nicht einschreiten? Oder erahnte er schon, wie der Ärger ausgehen würde? Wie es auch war, die Meute erwartete, Levis Gebieter würde dem ganzen hitzigen Treiben ein Ende bereiten. Aber der grübelnde, stille Stammvater tat nichts dergleichen.

Ebenso wenig hat Ruben, der Älteste Jakobs, seinem so händelsüchtigen Bruder das Messer entwendet. Er wäre durchaus berechtigt gewesen, Levi zu rügen, ihn, den herausfordernden Bruder, zur Ruhe zu zwingen. Aber mein Ruben hat seit der dummen Geschichte mit Bilha viel von der Anerkennung der jüngeren Brüder verloren. Selbst meine Jüngsten spüren, dass Ruben an Einfluss und Würde eingebüßt hat und nicht mehr vermag ihren Herrn zu vertreten. Wahrscheinlich hätte für Levi das Wort seines großen Bruders gar kein Gewicht gehabt und es wäre vergebens gesprochen. Ruben wusste, dass ihm seine Liebschaft als Untreue anhängt, hielt sich wohl deshalb zurück und sah auf den Streit wie ein Fremder.

Levi indessen fuchtelte wild mit dem Messer und schimpfte, sah seine Vettern zurückweichen, grinste, kam ihnen näher. Eher gekränkt als verletzt durch die Schläge Mhodars und Erams, sann er mit kleinen, bedrohlich blitzenden Augen auf Rache. Ich bin mir sicher, er hätte schon bald das Blut seiner Vettern ohne Bedenken als minderwertig und unrein vergossen. Schließlich tat Levi das Gleiche letztes Jahr, drüben in Schechem. Dann aber trat ihm plötzlich ein anderer Bruder entgegen. Juda war aufgestanden und stellte sich ruhig, entschieden vor den Erregten, der hergeben sollte Messer und Mordlust. Etwas an Juda vermochte es tatsächlich Levis Jähzorn, Rachebedürfnis und Hitze spürbar für alle zu mildern. Langsam beruhigte Levi sich weiter, atmete freier, senkte die Arme, seufzte und gab seinem Bruder die Waffe.

Ich war erstaunt und die meisten anderen waren's genauso. Keiner, so schien es, hatte erwartet, dass jemand wie Juda, kraft seiner ruhigen Art die Gemüter besänftigen würde. Er ist noch jung, aber dort in der Zwietracht ließ er uns ahnen, dass er womöglich zum Nachfolger Israels vorbestimmt ist, dass er die unumstrittene Kraft hat zu führen und herrschen. Nicht der vom Vater entrüstet zurechtgewiesene Ruben, nicht der gewaltbereite, eroberungslustige Schimon, auch nicht der eifernde, ständig an Gott gemahnende Levi, sondern dieser gefasste und irgendwie vornehme Juda könnte am Ende seinen Gebieter und Vater beerben. Kurze Zeit waren wir alle sprachlos und sichtlich erleichtert. Dann wurde Juda für seinen beherzten Eingriff gewürdigt.

Mhodar und Eram verharrten, bis die Erregung sich legte. Schnell wurden sie von erleichterten Müttern sorgend umfangen. Erst war Basmat da, des ältesten Sohnes leibliche Mutter. Dann kam die strenge Jehudith herbei, das zweite Weib Esaus. Dicht hinter ihr war Machalath, die jüngste Gattin des Schwagers. Alle drei redeten laut, noch ganz vom Ereignis betroffen. Nunmehr gefügig gaben die Neffen dem Drängen der Weiber nach und verschwanden mit ihnen im großen Kreis ihrer Leute.

Esau indessen war aufgestanden, die Arme erhoben, hieß seine zahlreichen Söhne und Knechte ruhig zu bleiben, ihren verstorbenen Ahnen zu Ehren. Ausführlich pries er das gute Verhältnis der Zwillingsbrüder, nannte die Söhne des Jakob treue und enge Verwandte. Juda stand immer noch da mit dem fest umklammerten Messer, hörte den Beifall der Seinen, sah wie sein älterer Bruder schweigend davonging und abseits der Seinen sich setzte. Esau umarmte den Neffen, lobte sein mutiges Handeln. Dann zeigte Juda, wie weit er vorauszuschauen vermochte. Denn er tat das, was sein Herr unterließ, und bat seinen Onkel, Levis Gerede als schnöden Aberwitz nicht zu beachten, Bruders verletzende Worte, die er nicht gemeint, zu verzeihen. Esau erklärte, die Tat seines selbstgefälligen Neffen zeige wohl nur, dass der Hitzkopf weniger Wein trinken sollte. Dumm in der Tat hätte dieser Levi sich eben verhalten. Schließlich, erinnerte Esau vergnügt, sind wie seine Brüder auch seine Vettern Enkel des gestern verstorbenen Ahnen. Wer seiner eigenen Vettern Blut, wie wir hörten, verunglimpft, müsste von Sinnen sein, ganz vom Weine berauscht und besessen. Dabei ließ Esau die unerfreuliche Sache bewenden.

Während des Streits und der Schlichtung hatte der Herr sich erstaunlich lange zurückgehalten und schweigend das Ganze betrachtet. Doch als er sah, wie es Juda gelang für Frieden zu sorgen, kam er hinzu und legte dem Sohn einen Arm um die Schulter, zog ihn zu sich her und hielt ihn als Hoffnungsträger der Seinen. Feierlich wandte sich Jakob schließlich an uns, die wir hörten. Schaut, meine Kinder, begann er, schaut und erkennet im Bruder einen von Gott besonders begnadeten künftigen Herrscher. Mir hat der Himmel erlaubt, die Wege der Meinen zu schauen. Manche sind steinig und dornig, andere licht und behütet. Einst kommt die Zeit, verkündete er, da werden zu Judas starkem Geschlecht die größten und weisesten Könige zählen. Ihm werden Herrscher entspringen, denen die Brüder gehorchen. Groß wird das Reich sein, dass Gott diesen Fürsten zu führen gebietet. Schaut ihn euch an, meine Kinder, denn er allein ist der Ahnherr eines von Gott selbst erkorenen, friedensstiftenden Fürsten.

Was uns mein Gatte erzählte, ließ mich vor Seligkeit jubeln. Mein war der Sohn, den der Herr unter vielen auserwählt hatte. Juda erschien in den klaren Augen des Vaters erhaben. Sollte der Herr seine älteren Söhne alle enterben, blieb doch ein Kind meines Schoßes Israels oberster Führer. Wahrlich, ich bleibe für immer Urmutter göttlicher Herrscher. Gott hat den Leib seiner Magd, das Land ihrer Herkunft gesegnet. Juda, wie all meine Söhne, wuchs aus der Erde der Heimat. Unter dem weiten Himmel Harrans ist der Junge geboren. Sin überwachte des Knaben Geburt, der Mondgott der Meinen. Sein Licht erblickte der Junge zuerst im nächtlichen Dunkel. So ist denn Israels Hoffnung geboren als Diener des Mondes. Das kann der mächtige Herr meines Herrn nicht ungeschehen machen.

Levi ist wirklich verblendet zu glauben, sein Blut ist reiner, reiner als jenes der Vettern, bloß weil ihr Vater, sein Onkel, sie mit den wilden Weibern des nördlichen Berglands gezeugt hat. Hat er vergessen, der Gottesverehrer, wo er zur Welt kam? Er ist mitnichten ein Kind dieser Erde, Heimat des Vaters. Kanaan kannte er gar nicht, als wir den Fluss überquerten. Ihm war das Land, in das Gott, wie's heißt, seinen Großvater schickte, nur in den Worten des träumenden Vaters vorgestellt worden. Levi und all seine Brüder sind stolze Söhne des Nordens, Enkel Assurs und des ganzen Gebiets der göttlichen Ströme. Dort kommt er her und nicht aus den Bergen des hiesigen Landes, dort aus dem fruchtbaren Tal, umrundet vom Wasser des Euphrats, dort aus dem Land seiner Mütter, der Heimat zahlreicher Götter.

Sicher, mein Schwager nahm Dirnen zu sich vom Stamm der Hurriter, angriffslustige Weiber, die zahllose Götzen verehrten. Esau, ein Jäger mit Herz, gefiel wohl der Löwinnen Wildheit. Er wollte nicht diese zarten und unterwürfigen Mägde, keine von denen, die ihm seine Mutter ausgesucht hatte. Wie mir mein Gatte erzählte, waren die Weiber des Bruders frech zu Rebekka, der Schwiegermutter, und folgten ihr selten. Wenn ich mir diese bissigen Stuten genauer betrachte, kann ich verstehen, dass Esaus Mutter sie ablehnen musste. Doch ihre vielen Kinder sind immer noch Isaaks Enkel, Basen und Vettern der Meinen, auch wenn sie anderswo hausen. Levi vergisst, dass er selbst sich mit Landes unreinen Weibern einlässt und gern sich ergötzt am Fleisch der hiwitischen Mägde. Was also regt er sich auf über Esaus Wahl und Entscheidung? Was macht er ihm und den Seinen Frevel und Unzucht zum Vorwurf? *Dazu* soll Gott ihn gedrängt haben, dieser große Gebieter? Was ist bloß in ihn gefahren, welcher unduldsamer Dämon? Nun sitzt er dort am Rande des Lagers und hadert mit allen. Annehmen möge sein Gott sich seiner, denn ich kann es nicht mehr. Nunmehr der Sohn seines himmlischen Herrn, soll dieser ihn hüten.

# 6. Blickwinkel

Dinahs Vater schaut auf das Geschehen zurück,
ein würdevoller Herrscher, vermögend und beharrlich.
Er verhält sich stets vorsichtig, fast schon übervorsichtig,
ist ein grundsätzlich gelassener und manchmal
fatalistischer Mann.

# Jakob. Der Waltende

> Ich bin nicht wert all der Hulderweise und all der Treue, die du deinem Knecht erwiesen hast. Denn nur mit einem Stab habe ich den Jordan dort überschritten und jetzt sind aus mir zwei Lager geworden.
> GENESIS 32, 11

Immer noch mächtig bin ich, und doch hat sich alles geändert. Immer noch nenne ich viele stattliche Herden mein Eigen, horcht mir aufs Wort und gehört mir ein großes, treues Gesinde. Immer noch heißt man mich Herr, und doch bin ich ärmer geworden. Nicht weiter trägt mich die Erde, wie sie es lange getan hat. Aufgetan ist der Grund und ich suche vergeblich nach Beistand, wanke und irre und weiß mich auf einmal nicht mehr gehalten. Nun bin ich bloß ein Baum ohne Wurzeln, denn du mein Gebieter nahmst mir den Vater, den ich in Harran so lange vermisste. War ich nicht viele einsame Jahre allein in der Fremde? Habe ich dort nicht gelernt auf eigenen Füßen zu stehen? Ohne die Nähe des Vaters nährte ich mich und die Meinen. Du warst mir gnädig, mein Herr, und ließest die Schafe gedeihen. Auch wenn Laban, mein Onkel und Schwiegervater, mich täuschte, wuchsen sie an, meine Herden, wurde ich schließlich vermögend. Gleichzeitig schenkten mir tüchtige Weiber zahlreiche Söhne, so dass ich bald meinen Hof erweitern und ausbauen musste. All meine Knechte und Mägde dienten mir ehrlich und fleißig.

Du, Herr, das weiß ich, hast stets mein Trachten und Sinnen gesegnet. Sonst wäre damals dieser so hastig geflohene Jüngling niemals im fernen Harran zu Wohlstand und Würde gekommen. Dir, Herr, verdanke ich alles, stolz auf mich selbst war ich dennoch, stolz, dass ich so viel mit Fleiß erreicht hatte, fernab der Heimat, ohne die Hilfe des reichen Vaters und seines Gesindes. Nun aber, nun da mein Vater gestorben, merke ich plötzlich, dass er doch irgendwie all die Zeit da war, mich unterstützt hat. Jetzt erst, nachdem du ihn zu dir genommen, spüre ich schmerzhaft, wie seine Kraft und sein Segen mich im Gemüte gestützt hat. Das überwältigt mich, dieses Gefühl überraschender Leere. Ich habe immer geglaubt von dir, Herr, getragen zu werden. Heute erkenne ich, wie viel mir Vater innerlich beistand. Hatte ich einst nicht Isaaks Segen listig erschlichen? Angespornt von der Mutter hatte ich Vater betrogen. Blind wie er damals schon war, vermeinte er Esau zu segnen. Trotzdem hat sein Wort mich aufgerichtet und immer behütet. Aber ich wusste es nicht, solange er weiterhin lebte. Nun, da wir ihn in Abrahams Grabhöhle beigesetzt haben, spüre ich jäh eine Last, die mein Herz bis dahin nicht kannte. Lang hat er aufgehoben, getragen die Sorgen der Seinen. Nun ist's an mir die innere Bürde zu nehmen, still und beherzt an die leere Stelle des Vaters zu treten.

Schlagartig seh ich, was du, Gott, ihm einst zu schultern geheißen, sehe die Not eines Vaters zweier zerstrittener Söhne, fühle mit ihm, wie sein Haus, das anfangs doch eins war, entzweit wird. Ja, er hat diese unwiderrufliche Spaltung der Seinen innerlich aushalten müssen, ohne zu hadern mit dir, Herr. Du warst ihm gnädig und hast ihm erlaubt noch einmal die Söhne vor seinem Tode einträchtig wiedervereint zu erleben. Aber er wusste, dass Esau und ich einander doch fremd sind, wusste, wie wenig sich gleichen unsere Wege und Werte. Diese Entzweiung hat Vater als Gottes Willen erfahren, angenommen als unerlässlicher Schritt zur Entfaltung himmlischer Absicht auf Erden, dessen, was Schöpfung bedeutet. Doch da er selbst in der Einheit stand, eins mit Anfang und Ursprung, war er noch ganz ohne Zweifel, blind für

Betrug oder Ränke.

Aus dieser Spaltung des Hauses ist mir die Vielfalt geworden. Isaak musste den Zwiespalt, das Gegeneinander der Seinen, aushalten, ich aber stehe vor irremachender Vielheit. Tagtäglich stärker löst sich der Halt meines Hauses. Noch ist's mir möglich die Schar der Söhne zusammenzuhalten, kraft meines Glaubens offenen Streit und Zerfall zu verhindern. Aber gewaltsam gar streben sie auseinander, die Meinen. Alles zerfällt und bald sind, ich fürchte, aus Brüdern und Schwestern Fremde und Feinde geworden, Gegner im Kampf um Gewinne. Schon ist das Misstrauen groß, ein Misstrauen unter den Söhnen, aber auch mir, deinem zuverlässigen Knecht, gegenüber. Trotzdem ich, Herr, deine Würde stärker denn je in mir fühle, habe ich vor meinen Söhnen weniger Einfluss und Geltung. Längst sind die Ältesten ihrer wie Ruben, Schimon und Levi nicht mehr in meiner Gewalt, und tun nur noch das, was sie wollen. Ruben ist ohne Bedenken bei meiner Kebse gelegen, nahm sich enthemmt das jüngere Weib aus dem Zelt seines Vaters. Aber was Schimon und Levi getan, ist mehr als verwerflich.

Herr, ich sehe den Weg nicht, den du mich zu gehen gebietest. Du hast mich hierher geführt, zurück in das Land meiner Kindheit. Nun bin ich wieder in Mamre, leidlich versöhnt mit dem Bruder, aber mein eigenes Lager bricht immer mehr auseinander. Ohne mich auch nur zu fragen, greifen die Söhne zum Schwerte, schänden wie blindwütige Rächer die Stadt der Hiwiter. Nie wieder gutzumachendes Unheil verübten die beiden, machten es ausgeschlossen für mich, hier heimisch zu werden. Wie kann es sein, dass mein eigenes Fleisch mich so sehr missachtet? Einst hab auch ich meinen Vater getäuscht. – Ist das nun die Strafe? Weil ich den Vater betrog, werde ich selbst hintergangen? Aber hast du nicht gewollt, dass Isaak statt meines Bruders mir seinen Segen erteilt und mich, seinen Jüngsten, bevorzugt? Warst es nicht du, der mich mittels der Mutter drängte zu flüchten, mahnte die Heimat geschwind in Richtung Harran zu verlassen? Damals schon wusste ich nicht, was du für mich, Diener, bereithieltst. Aber du sandtest mir Träume, Gesichte, Zeichen und Zahlen. Das ist dein Weg, sagtest du, der Weg zur Vermehrung und Herrschaft. Herr, wohin du mich hießest zu gehen, ob dahin, ob dorthin, – treu und gehorsam ging ich die Wege, die du mir gewiesen. Und in der Tat hat dein Wille mich reich und groß werden lassen. Drüben im fernen Harran, der Heimat von Abrahams Vater, ward ich ein angesehener Mann und ein ehrbarer Diener.

Aber seit ich zurück bin in Kanaan, nimmst du mir alles, reißt mir das ruhige Glück aus den Händen, raubst mir die Ehre: Rachel gestorben, die Tochter geschändet, die Söhne verblendet. Was soll denn gut daran sein, dass ich in den Augen der Nachbarn nun ein gemeiner Verbrecher bin – ohne Anstand und Ehre? Wertlos geworden im ganzen Land ist das Wort deines Dieners. Ich bin umgeben von Feinden, Hamors Verwandten und Freunden. Niemals wird einer von denen mir seine Weiden verkaufen. Das kann ich ihnen auch gar nicht verdenken, so wie die Meinen Schechems entkräftete Männer grausam und tückisch erschlugen. Wer will mir da noch gewähren nahe den Seinen zu lagern? Du hast mir grünende Hügel, fruchtbare Täler versprochen. Soll ich sie mir mit dem Schwerte erkämpfen, Länder erobern? Soll ich auf Tod und Verderben dir deinen Tempel errichten? Herr, wenn du das von mir willst, so gib mir die nötigen Männer. Klein ist die Schar deines Dieners und groß sind Kanaans Völker. Aber für derlei Kriege gebricht es mir nicht nur an Kämpfern. Sieh es dir an, Herr, das Lager der Deinen fehlt es an Eintracht.

Isaak, ebenso Abraham haben Kanaans Söhne kraft ihres Glaubens, kraft der von dir, Herr, gesegneten Herden friedlich und tief überzeugt, dass du ihnen tatsächlich beistandst. Alle im Land erkannten in ihnen das Licht deiner Gnade. Großvater wurde genauso wie Vater deshalb geachtet. Mehr als bereitwillig dienten ihnen die Söhne des Landes. Ja, man war froh diesen hehren Herren gehorchen zu dürfen, wusste man doch, der Segen des Höchsten ruhte auf ihnen. So wurden die, die hier fremd waren, auf ihre eigene Weise Männer des Lichtes, vertrauenswürdig für hiesige Leute. Anfangs gewiss haben Kanaans Söhne beide beargwöhnt. Manche der Angesessenen trachtete ihnen wohl öfter übel zu schaden, verstopften mehrmals die Brunnen der Väter. Doch mit der Zeit haben alle erkannt, dass du sie behütest. Da waren alle Alteingesessenen glücklich und dankbar diese begnadeten Männer in ihrer Mitte zu haben. Keiner von ihnen hat seitdem die Eingereisten befehdet. Mehr noch, die Leute des Landes schlossen ein Bündnis mit ihnen.

So wie die Ahnen suchte auch ich mich mit Kanaans Enkel friedlich zu einigen, wollte Weideland ehrlich erwerben. Einzufallen, Eroberer gleich, in das Land dieser Leute würde uns sicher für lange, lange Zeit Feindschaft bescheren. Mir war gewiss, wir konnten die Heimat mit Blut nicht erzwingen. Ununterbrochen würden Gewalt und Verrat nach Vergeltung dürsten, ja schreien, und nie erführen wir Freundschaft und Frieden. Bis in das tausendste Glied deines fehlgegangenen Volkes schlüge uns Hass und Empörung entgegen. Nie wären wir vor Kanaans grimmigen Angriffen sicher. Dieses so unglückselige Los stand mir deutlich vor Augen, damals, als ich und die Meinen westwärts den Jordan durchquerten.

Aber genau dieses Unheil ist eingetreten in Schechem. Auch wenn uns bisher die vielen Völker des Landes verschonten, irgendwann kommen sie doch, um Brüder und Vettern zu rächen. Schimon und Levi, von Hassgefühlen gefährlich geblendet, meinen sie haben mit ihrer Gewalt das Unrecht beseitigt. Ach Herr, warum sind mir bloß solch gewaltsame Narren erwachsen? Selbst wenn es ihnen gelang die Hiwiter sühnen zu lassen, selbst wenn es recht war den jungen Peiniger Dinahs zu töten, taten die Rächer doch selbst ein ungleich viel größeres Unrecht. Sie haben nicht nur das Blut von Schuldfreien wahllos vergossen, sondern zudem noch die Ortsansässigen übel betrogen. Sie hatten darauf bestanden, dass alle Männer der Siedlung, so wie du es schon Abraham auftrugst, beschnitten sein mussten. Wort hat der Fürst der Hiwiter gehalten, tat wie versprochen. Aber die Söhne würdigten Hamors Bereitschaft mitnichten. Während die Männer, Knaben und Knechte an Wundfieber litten, schlachteten Schimon und Levi sie ab – mit äußerster Rohheit.

Herr, ich tat das, was du mir am Tag nach dem Blutbad befohlen. Sämtliche Abgötter, Götzen, Glücksbringer hieß ich die Meinen herzubringen und reumütig mir vor die Füßen zu legen. Auch wies ich Weiber, Ammen und Nachkommen an von den fremden Göttern gänzlich zu lassen, keine Dämonen zu fürchten. Da ward mir vieles gebracht: Amulette, Schmuck und Figuren. All dieser wertlose Plunder aus Kupfer, Krallen und Knochen sollte jeden Besitzer vor schädlichem Zauber beschützen. Nun wurde alles nahe der Eiche, die More genannt wird, hingeworfen und aufgehäuft wie verdorbene Früchte. Manche der Knechte und Mägde hatten den Schutz ihrer Götter offen getragen, viele den Frevel verborgen gehalten. Selbst meine eigenen Weiber brachten mir zahlreiche Götzen. Und ich verstand, dass sie alle die alten Götter noch immer anriefen, ihnen allerhand Nöte und Sorgen zu lindern. Sprachlos war ich, dass so viele unfähig, unwillig waren dich als den einen allmächtigen Herrn allein zu verehren.

Zu lange hatte ich diesen Irrglauben einfach geduldet. Levi, der Eiferer, warf es mir immer schon vor und hieß mich einzuschreiten und solcherlei Sünde beherzt zu bekämpfen. Damit war er mir unsäglich oft in den Ohren gelegen. Aber auch er hatte heimlich unter dem Kleide geweihtes Silber getragen, gesalbt von den alten Priestern des Mondes, – ausgerechnet mein eifriger Sohn, der die Frevler beschimpfte. Er, der so gerne ergriffen von Gott sprach, wusste von dir nicht. Levi hat immer nur nachgesprochen, was andere sagten. Nie hat er dein Wort selber im flehenden Herzen vernommen. Als er sich schließlich den zauberkräftigen Plunder vom Leib nahm, meinte er trotzig, er trüge nur Zeichen des Herrn, des Einen. Aber ich sah seine Seele verdunkelt, sah ihn verschlossen. Mich hat der Frevel des Frömmlers deshalb nicht wirklich verwundert. Anders die Brüder, die staunend sahen wie heuchlerisch Levi immer gewesen war, ihnen vom wahren Glauben zu reden. Manch einer höhnte und schimpfte den Bruder falsch und verlogen. Levi erwiderte nichts und zeigte Bedauern noch Einsicht. Herr, er hat schlimme Verbrechen verübt, – erbarme dich seiner! Er ist doch auch ein Sohn deines Bundes und Teil deiner Absicht. Dunkel ahne ich seine Bedeutung im größeren Ganzen. Ihm allerdings bleibt der wahre Wert seines Wesens verborgen. Heute ist Levi nicht mehr als ein Narr, beschränkt und gefährlich.

Da mir die letzten Götterfiguren gebracht worden waren, rief ich die Knechte, hieß sie mit Hacken die Erde zu öffnen, auszuheben ein Loch für das Zauberzeug unter der Eiche. Fest war der Boden und kräftezehrend der Weg in die Tiefe. Erst als der Grubenrand ihnen bis zu den Hüftknochen reichte, bat ich die Diener innezuhalten und sich zu entfernen. Dann ließ ich alles vergraben, was dich, Herr, höhnt und verleugnet. Dort an der Eiche zu Mamre hast du den Vater des Vaters, Abram, vor langer Zeit aufgesucht in Gestalt dreier Engeln. Er, der gesegnete Ahne, hieß deine Boten zu sitzen unter dem uralten Baum, zu essen vom Fleisch seines Kalbes. More ist dein Baum, der Ort, an dem du die Geburt meines Vaters, Isaaks, angekündigt, vorhergesagt hast Volkes Entstehung. Er ist das Zeichen des neuen Geschlechts, der Baum deines Bundes. Er ist das Bild der gesamten Schöpfung mit zahllosen Ästen, Zweigen und Blättern, alle vom selben Stamme gehalten. Zwischen die Wurzeln des Baumes, unter die Macht des Giganten, dir, Herr, zu Füßen legte ich all jene minderen Götter. Untergeordnet habe ich damals die Macht der Dämonen deiner Gewalt und der lebensspendenden Kraft deiner Gnade.

Aber ich zwang auch die Meinen Buße zu tun und im Herzen abzuschwören den irrigen Glauben an Geistern und Zauber, abzuwenden den Sinn von den trügerisch falschen Gebietern. Reinigen mussten sich damals sämtliche Weiber und Söhne, untertauchen ins Wasser, den Schmutz vom Gemüt zu entfernen. Ausgeschwemmt werden sollten die frevelhaften Gedanken aus den unbelehrbaren Herzen der Kinder des Bundes. Abzulegen gebot ich die Meinen die alten Gewänder, reingewaschene Kleider zu tragen, befreit von der Sünde. Herr, ich habe dich damals gebeten, sie alle zu läutern, abzulösen von ihnen die düsteren Krusten des Alten. Aber ich sehe sehr wohl, dass ein Bad allein nicht genügte. Noch sind Gemüt und Gewissen einiger Söhne verschattet. Noch ist der Glaube der Weiber weiter von Fehlern durchwoben.

Als meine Knechte und Mägde gleichfalls das Dunkel der Schande aufgehellt hatten, wies ich sie an die Tiere zu tränken, herzurichten für unseren Aufbruch Kamele und Esel. Weiter befahl ich den Weibern unsere Habe zu schnüren, Bündel um Bündel bereitzulegen den kräftigen Trägern. Schließlich verfügte ich abzubrechen die Zelte des Lagers, sämtliche Felle und Stangen aufzubürden den Tieren. Losziehen wollte ich schleunigst, länger in Schechem nicht bleiben. Weg vom Ort meiner Schande, von schwelenden Trümmern und Toten. Zwar war die stolze Stadt der Hiwiter vernichtend geschlagen, aber ich fürchtete sehr den Hass, den die eigenen Söhne reichlich gesät hatten dort auf blutigen Lagern und Böden.

Du hast mich damals geboten hinabzuziehen nach Süden. Tagelang zogen wir weiter durch karge, steinige Täler, weiter zur Stadt, die die Hiesigen Lus zu nennen gewohnt sind. Du aber hast mich vor langer Zeit aufgefordert sie dir als Kultort zu weihen, sie als Bet-El zu bezeichnen, heilige Heimstätte Gottes. Ich war ein Jüngling, fliehend dem Zorn des betrogenen Bruders, als du mir dort im Traum eine himmlische Leiter gezeigt hast. Heute noch seh ich sie deutlich, die ab- und aufsteigenden Engel. Dorthin erneut, so ward mir gesagt, sollte ich mich begeben. Unbehelligt erreichten wir schließlich die stattliche Siedlung, lagerten nahe der Stelle des einst errichteten Steines. Diesmal jedoch erbaute ich dort auf dem waldigen Hügel dir einen großen Altar und opferte mehrere Lämmer, bat dich dein Volk zu verschonen, uns vor Gewalt zu beschützen.

Einige Tage erholten wir uns daselbst von der Reise, tränkten die Tiere am Brunnen, kauften Getreide und Öl ein. Keiner der vielen Einwohner trat uns gewaltsam entgegen, niemand verwehrte unseren Herden den Zutritt zum Wasser. Wohl aber mieden die fremden Leute von Lus unser Lager, ließen sich – möglicherweise aus Furcht – nur selten dort blicken. Zweifellos wussten sie schon, bevor wir bei ihnen erschienen, was den mit ihnen verwandten Einwohnern Schechems passiert war, wussten gewiss von der unnachgiebigen Rache der Meinen.

Dann, als die Dankesopfer gebracht waren, die Feuer erloschen, nächtliche Ruhe das Lager umfing und ich vor dem

Zelte betend, um Rat bittend wachte, ward ich im Geiste erleuchtet. Über mein Haupt ergoss sich ein Licht wie ein funkelndes Wasser, füllte mich aus und umgab mich fürsorglich, zärtlich und schützend. Da waren Lager und Leute nur ferne, traumhafte Schemen. Aufgehoben im endlosen Frieden, den du mir gewährtest, hörte ich himmlische Weisung gefasst in maßvollen Worten. Und ich vernahm, was Vater und Großvater vor mir erfuhren. Denn du erlaubtest mir gleichfalls Einsicht in künftige Zeiten, legtest mir dar, welch gewaltiger Baum aus mir und den Meinen einmal erwachsen wird, hoch erhoben und himmelwärts strebend. Weithin verbreiten, verhießest du mir mit klarer Gewissheit, würden sich Hoffnung und Liebe, immer mehr Herzen erfassen. Zunehmend würden sich Menschen zum Weg des Bundes entschließen, folgen dem Ruf hin zum Licht, die knechtenden Götter verwerfen. Mir sei's gegeben des Lichtes Saat in die Erde zu legen. Die, die zum Säen berufen, seien nicht gleichzeitig Schnitter. Das ward mir damals gezeigt, in der weiten Halle des Herzens. Noch, so erklärtest du mir, wäre das Neue verborgen. Aber es käme der Tag, da sich viele von falschen Herren endgültig abwenden, dir in Liebe zu Diensten sein würden. Sie sind, so lehrtest du mich, das neue Geschlecht dieser Erde. Groß wird es sein, das Volk der Gerechten, der Wahrheit verpflichtet. Zahlreich wie Sterne am nächtlichen Himmel, Sand in der Wüste, würden die Nachkommen sein im grünenden Land der Getreuen, wo weder Lüge, Hass noch Gewalt ihre Disteln verbreiten.

Doch als dein Licht mich wieder verließ und ich schrittweise anfing über die Weissagung nachzudenken, bedrängten mich bald schon Zweifel und Sorge, ob meiner überaus schwierigen Lage. Mir schien die aufgezeigte Verbreitung der Meinen unmöglich. Ja, ich war nahe davor am unüberbrückbaren Abgrund zwischen der Sohnesgewalt und Baumes Gestalt zu verzweifeln. Wie soll aus mir, so fragte ich dich, ein Geschlecht wahrhaftiger, liebender Menschen erwachsen, derweil meine eigenen Söhne blindwütig hassen und ihresgleichen so heimtückisch morden? Wie kann ein Baum seine Blätter jemals zum Licht hin entfalten, wenn seine untersten Äste im Innern faul und verderbt sind? Immer verzweifelter haderte ich mit dieser Verheißung. Und als ich schließlich gar keinen Weg mehr zu sehen vermochte, mir nicht mehr vorstellen konnte, Licht in der Welt zu vermehren, da erst verstand ich, was du mir eigentlich aufgezeigt hattest.

Denn diese wachsende Schar, die du meine Nachkommen nanntest, waren nicht Söhne des Fleisches, gar nicht verwandt nach dem Blute. Vielmehr hast du mir gezeigt, dass Güte die Deinen verbindet. Gut ist kein Land oder Volk, nicht Haut oder Zunge. Gut ist alleine die gute Gesinnung deiner Gerechten. Und ich vernahm, dass gerecht ist, jeder, der liebt statt zu hassen, jeder, der jedermanns Leben beschützt anstatt ihm zu schaden, jeder, der weiß, dass die ganze Wahrheit, Herr, immer bei dir ist. Auserwählt, dir, dem Guten, dem Licht und dem Leben zu dienen, sind nicht nur wenige, eigens herausgehobene Männer, auch nicht ein einzelnes Volk vor den vielen anderen Völkern. Auserwählt hast du uns alle, uns ausgesandt in die weite, ferne und düstere Welt um *mit* dir die Bürde zu tragen, ausgesandt alle um liebend zu lernen und lernend zu lieben. Wie könntest du, der du alle erschufst, nur *einen* verwerfen, über das *eine* Geschlecht nur irgendein anderes stellen? Du bist gerecht und du siehst in die Herzen sämtlicher Diener, ob sie nun wohnen in Zelten, Berghöhlen oder Palästen, ob sie nun Vieh treiben, Felder bestellen oder besitzen.

Quer durch die Völker, Stämme und Sippen wird in der Zukunft dein Ruf ertönen, mahnen, von allem, was falsch ist, zu lassen. Dann muss sich jeder entscheiden, wem er sich anschließen möchte. Und die Entscheidung für dich wird viele Verwandte entzweien, Fremde dagegen sehr wohl zu neuer Verwandtschaft vereinen. Söhne entfernen sich dereinst von Vätern, Brüder von Brüdern. Fremd werden Töchter den Müttern, ebenso Schwestern den Schwestern. Aber zur gleichen Zeit führt dieser Weg die Diener des Lichtes dazu, das einende Licht im ehemals Fremden zu sehen. Einzelne Hirten und Händler, ehrliche Krieger und Bauern werden einander als Gleichgesinnte vor dir, Herr, erkennen. Eherne Grenzen wie Abkunft, Land oder Stamm werden alle wahrheitsliebenden Menschen mehr und mehr hinter sich lassen. Bis an die Enden der Welt, im Osten und Westen, im Süden wie auch im Norden wird Lichtes Samen dir Nachkommen zeugen. So wird es groß sein, dein Volk, von schier unermesslicher Größe. Angekommen im Land, das seit Anfang der Tage ihm zusteht, aufgehoben im lichtweiten Tale des ewigen Friedens wird es ihm nie an Zuversicht, Glück und Glückseligkeit fehlen.

Das war's, was mir das klare Gesicht von Bet-El offenbarte, dort in der Nacht vor dem Zelte, als du die Augen mir auftatst. Anwachsen werden dereinst zu unübersehbaren Scharen sämtliche Diener des Lichts, zum heiligen Volk der Gerechten. Wer aber vorzieht im Dunkeln zu bleiben, gleich wo er herkommt, kann nicht zu dir hin gedeihen, selbst wenn er viel von dir redet. Ständig umstanden von Ängsten, rücksichtslos dräuenden Feinden, fällt er so unselig leicht Hass und Verzweiflung zum Opfer. Dann ist er sicher, dass Schwerter und Äxte ihn und die Seinen besser beschützen als göttliche Wahrheit, Weisheit und Liebe. Dann setzt er ganz auf die Stärke des selbst gefertigten Schildes, trägt dieses Holz als den einzig unüberwindbaren Glauben, zählt auf die Zähe der über das Rund gezogenen Häute. Irre ist er, denn er sieht nicht, dass jede Abwehr auf immer unabänderlich Angriff hervorruft, die Furcht bloß vergrößert.

Ebenso irregeleitet sind die, die Weiden und Wohlstand über den Überfluss stellen, den du für jeden bereithältst. Flüchtig sind Habe und Gut verglichen mit Heimat und Güte. Schnell werden Herden und Hütten durch Raub oder Sturm uns entrissen. Aber das Haus, in dem du uns erwartest, trotzt allen Zeiten, denn seine Grundfeste reicht bis tief in die Erde hinunter. Weit gespannt ist sein Dach und hoch wie das Himmelsgewölbe. Wer sich nicht ängstigt und sorgt, muss keinerlei Mangel erfahren. Du, Herr, behängst uns mit Gemmen, die kein Dieb zu stehlen vermag, schmückst uns am Hals, an der Brust, an der Stirn und lässt uns erstrahlen. Fleckig und matt ist dagegen der Glanz gehorteten Erzes.

Ja, es war wichtig die Götzen unter dem Baum zu vergraben, all die beschworenen Hölzer, Knochen, Figuren und Ringe. Doch ihre Macht, das spüre ich wohl, ist mitnichten gebrochen. Immer noch werden viele beherrscht von den Herren der Lüge. Immer noch glaubt ein Großteil der Meinen bei ihnen sich sicher, glaubt nur mit ihnen die Geister der Furcht vertreiben zu können. Auch meine älteren Söhne opfern den falschen Gebietern, meinen, dass Hass und Gewalt ihre tiefe Beklemmung verjagen. Aber je mehr sie den dunklen Hass- und Gewaltgöttern opfern, umso gewaltiger wächst ihre Angst wie ein Schatten im Rücken.

Dass die Verwandtschaft des Herzens künftig entscheidend sein würde, ahnte ich damals bereits, als Hamor, der Fürst, mich besuchte. Er war Hiwiter, gewiss, und opferte anderen Göttern. Aber ich spürte in ihm eine Güte, etwas Verwandtes. Schon bei der ersten Begegnung war ich vom Herrscher beeindruckt. Ich war erstaunt, dass *Ba'al* über solche Knechte verfügte. Mir waren vorher nur wilde Diener der Gottheit begegnet, Männer, die oftmals schreiend *Ba'als* Unterstützung erflehten, Frauen, die barbusig niedersanken, dem Gotte zu Füßen, willig und willfährig, angetrieben von dunklen Dämonen. Nun aber sah ich reinere Hingabe, Liebe zum Höchsten friedfertig glühend im Herzen dieses mir fremden Hiwiters. Anfangs verwirrte mich das, diese unerwartete Einsicht. Da war ein Mann, ein Abkömmling Kanaans, Schechems Gebieter, Fürst über Frevler, und doch mit Liebe und Weisheit begnadet. Wie war es möglich, dass er aus Irrtum und Dunkel zum Licht fand? Während mich Hamor begrüßte und ich ihn lobte und ehrte, während wir niedersaßen am Stadttor, der Fürst und der Fremdling, suchte ich tiefer noch einzudringen ins Herz dieses Mannes, suchte sein lichtes und freundliches Wesen ganz zu erfassen. Schließlich warst du es, mein Herr, der half, das Geheimnis zu lüften.

Just als der Burgherr mir von der Stadt und den Seinen erzählte, ragte auf einmal ein Engel, ein lichter Bote des Himmels eindrucksvoll hinter ihm auf, so hoch wie die Zinnen der Mauern. Keiner der anderen Männer schien die Gestalt zu bemerken. Auch für die Augen des Fürsten blieb dein Gesandter verborgen. Schnell ward mir klar, dass nur mir erlaubt war den Boten zu schauen. Strahlend, ein wenig geneigt zum ruhevoll redenden Herrscher, hielt sich das Lichtwesen wachsam und still am Rande der Runde. Noch als ich weiter mich wunderte, ob der hellen Erscheinung, war es auf einmal genauso *in* mir, das Licht dieses Engels. Und ich verstand, dass es ein und dasselbe himmlische Licht ist, welches Hiwiter wie uns als Wahrheit und Liebe begegnet. Hier war ein Mann, der durch seinen Glauben zum Licht hin gelangt war. Auch wenn er andere Wege beschritt und andere Namen anrief um dankend die Güte des Herrn im Herzen zu preisen, so war ihm trotz alledem die Gnade des Himmels geworden. Jenseits von dem, was uns trennt und sich immer anders gebärdet, jenseits von Riten und Reden wartet auf jeden Gerechten lange und langmütig dein uns heilsam umfassender Friede. Nur wer vom Vater nichts weiß, muss stets seine Brüder bekämpfen. Hamor und ich, wir wussten vom Vater, vom einenden Einen. Schechems Gebieter ahnte, was du mir zu schauen gewährt hast, spürte wie damals sich auftat ein Tor zur glanzvollen Zukunft.

Deshalb erlaubte er uns in der Nähe Schechems zu lagern, willigte ein mir ein großes, gutes Stück Land zu verkaufen. Alles schien gut und wir wohnten in Frieden nördlich der Siedlung. Wie es vereinbart war, gruben wir dort schon bald einen Brunnen. Tagelang trieben die Hirten das Vieh durch Täler und Senken. Dank der vergangenen Regenfälle betraten die Tiere blühende Weiden und saftig grün überzogene Hügel. Nahe der Quelle wuschen die Weiber die Wolle der Schafe. Singend und lächelnd spannen die Mägde sie schließlich zu Fäden. Überall ratterten fröhlich die Wirtelsteine der Spindeln. Webrahmen standen in nahezu allen Zelten der Weiber, wo eine Vielzahl gemusterter Tücher hergestellt wurde. Diese genauso wie Käse und Lammfleisch tauschten die Alten unten am Stadttor der Siedlung ein gegen Öl oder Emmer. So war das Dasein der Nachbarn für beide Seiten von Nutzen. Auch meine Söhne, Knechte und Mägde besuchten die Plätze Schechems nun öfter und lernten daselbst die Stadtleute kennen. Mehr und mehr wurden wir heimisch im alten Land der Hiwiter.

Sicher, die Einwohner Schechems teilten nicht unsere Sitten, aßen ein anderes Essen, trugen auch andere Kleider. Und sie bestellten das Land und lebten von Früchten der Felder. Aber ich sah das Gemeinsame stärker als das, was uns trennte. Da waren Menschen wie wir, die hofften auf Frieden und Wohlstand. Auch wenn sie alle von dir, Herr, nichts wussten, irrten im Glauben, schätzten sie doch ihre Götter höher als Korn oder Silber. Dankbar und demütig preisend neigten auch sie ihre Häupter, wenn sie dem Lichte im Innern der Schöpfung eingedenk waren. Sie waren Menschen wie wir, auf ihre Art Kinder des Himmels. So wie wir selber sehnte sich Kanaans Stamm nach Erlösung. Ja, auch in ihnen ruhte verborgen der Ewigkeit Funke, harrte seit langem ein Licht der Heimkehr ins Reich der Gerechten. Sollten wir sie denn verachten, bloß weil ihre Gebete anders als unsere lauten und ihre Riten uns fremd sind? Tun sie nicht das, was ihnen die Väter vorgemacht haben? Glaubt der Hiwiter nicht auch, was Priester und Älteste lehren? Hast du nicht ebenso *ihre* Lieder und Tänze geschaffen? Vielfalt ist überall, vielfach geformt ist alles, was da ist. Wer sich dem Höheren hingibt, bricht mit der Macht dieser Vielheit, setzt auf das Eine, das jenseits alles Erschaffenen waltet, waltet und wartet, dass jeder der Lichtgeborenen umkehrt. Jeder, der aufblickt zum Himmel, sehnt sich nach Licht und Erlösung, hebt sich als Mensch aus den vielen Formen der Angst und des Hungers, hebt sich empor über Güter, Götzen und Göttergestalten, lebt aus der Liebe zur einen, allumfassenden Wahrheit. Jeder, der aufblickt zum Himmel, glaubt nicht mehr länger Leben, Lasten und Los seiner Schafe und Rinder zu teilen. Da ist es unbedeutend durch welche Gebete und Riten, Sitten und Tempelgesänge einer dem Himmelreich nachspürt.

Also erlaubte ich auch – ermutigte gar – meine Tochter, Dinah, die reizvolle Stadt der Hiwiter oft zu besuchen. Dort sollte sie als meine Gesandtin Beziehungen knüpfen, Herz und Gemüt der Bewohner berühren, Schwellen betreten. Dinah war damals ein freundliches, aufgeschlossenes Jungweib, immerzu hilfsbereit, immer dem Wohl der Gemeinschaft verpflichtet. Anders als Schimon und Levi und ähnlich vielleicht wie Ruben, konnte sie allem, was fremd war, ohne Bedenken begegnen. Stolz war sie wohl, doch sie kannte nicht Hochmut, Härte, noch Ehrgeiz. Aufgeweckt und empfänglich für Neues verhielt sich die Tochter. Furchtlos betrachtete sie die fremde Kultur der Hiwiter, fürchtete darüber nicht den eigenen Wert zu verlieren. Sie war seit je am meisten sich selbst, wo sie anderen diente. Sich zu verneigen, den Wert eines Fremden anzuerkennen, sahen die unbescheidenen Söhne als Zeichen der Schwäche. Nicht aber Dinah, die durch ihre Demut vielmehr erstarkte.

Doch diese Magd war nicht einfach nur dienstbereit und bescheiden. Gleichzeitig nämlich trug sie den Geist der Empörung im Herzen, der sie veranlasste jede Herrschaft in Frage zu stellen. Sie wollte gerne gehorchen, aber nur dem, der gerecht war. Anders als andere Weiber, begehrte Dinah zu wissen, wie und wodurch das dereinst Gewordene Wirklichkeit wurde. Sie gab sich nicht zufrieden damit, dass ein jedes gefügt ist, alles, auch Unrecht, Kummer und Elend von dir, Herr, gewollt wird. Denn diese Herrschaft von Unbill und Leid, die Schrecken des Daseins, Kränkung und Krankheit empfand sie als tief beschämende Knechtung. Oh, ich verstand sie sehr wohl, und sah, dass sie gerne das Übel ausgemerzt hätte, alles, was sie und die Ihren erdrückte. Innerlich litt sie darunter nicht ausreichend helfen zu können.

Deswegen fragte sie nach und lernte das Schicksal des Menschen keineswegs nur als eherne, himmlische Fügung zu sehen. Ich habe früh schon erkannt, dass sie keine Sklavin der Angst war. Sie glaubte nicht an die Macht eines Gottes, so wie ein Kind glaubt, nicht weil sie fürchtete ohne Beistand nicht leben zu können. Sie sah in dir keinen harten Heerführer, Herr, keinen Richter, ständig bereit ihr schützend und kämpfend beiseite zu stehen. Vielmehr erhoffte sie Heil und Liebe vom Gott ihrer Väter. Und es bewegte, bekümmerte sie, dass das Recht des Einen oftmals zugleich zum bittern Unrecht für andere wurde. Ist unser Herr, überlegte sie, wirklich der Schöpfer des Ganzen, sind nicht die fremden Stämme und Völker genauso die Seinen? Wie kann es sein, dass der Herr uns erlaubt, dass wir sie erschlagen? Erschlagen! Das war tatsächlich das Wort, das die Tochter damals benutzte, als wir noch Seite an Seite mit Hamor friedliebend lebten. Irgendwie muss sie bereits geahnt haben, was uns bevorstand. Jedenfalls waren für sie die Fremden nicht dumm oder unrein, bloß weil sie andere Arbeiten taten, sich anders ernährten. Mehr noch, sie ging davon aus, dass diese uns gleichgestellt waren, strebte danach ihre Bräuche und Sitten kennenzulernen, mehr zu erfahren zuletzt als das, was sie hinlänglich kannte. Sie war ein Schaf deiner Herde, mein Herr, und würde es bleiben. Ihr ging's mitnichten darum, den Hiwitern ähnlich zu werden. Aber sie nutzte das Fremde geschickt um mit seiner Hilfe alles Vertraute neu zu betrachten und eingehend prüfen.

Niemals zuvor war mir Dinah glücklicher, froher erschienen, als in den Monden vor der brutalen Gewalttat der Brüder. Oft ging die Magd wie beflügelt durchs Lager, singend und scherzend, ging den gewundenen Pfad hinab in die Stadt der Hiwiter. Abends berichtete sie von dem, was die Menschen in Schechem taten, sich sagten und glaubten, manchmal begeistert und manchmal voller Verwunderung über die völlig unvermutete Fülle des Lebens. Was meine Tochter dort unten erlebte, weckte in ihrem jungen Gemüte mancherlei Zweifel und zahlreiche Fragen. Sie ließ sich nicht von der fremden Lebensgestaltung beirren, fühlte hinein in das Bangen, Lieben und Wollen der Leute, fühlte sehr deutlich, dass tief in ihr selbst nichts anderes lebte. Ihre Empfindung erfüllte mein Herz mit Freude und Hoffnung, zeigte sie doch, Herr, dass Dinah dein Ruf zu hören vermochte, anfing den Weg hin zu dir zu beschreiten, horchend im Herzen.

Dort und nur dort im innersten Kern des Gemütes verborgen finden wir Weg und Weisung für Schritte in Wahrheit und Liebe. Nur wer sich nicht von der reizenden Vielfalt wachsenden Lebens täuschen lässt, kann den inneren Wert deiner Schöpfung erkennen. Der allerdings, dessen flüchtige Welt nur Hunger und Angst kennt, wird sich im Dunkeln verirren und dich, Herr, lange verleugnen. Denn über ihn wird zusammenschlagen die Welt des Geformten, ganz ihn umfangen, bis er sich selbst bloß geformte Gestalt ist, ohne auch nur ihren lichten Gehalt erinnern zu können.

Das war das Los jener Frevler der Vorwelt, Mitmenschen Noahs, denen die wogenden Wellen der Welt zur Heimsuchung wurden. Noah allein widerstand der Versuchung irdischen Lebens. Er hatte dich nicht vergessen, kannte den leuchtenden Ursprung sämtlicher Formen, versank nicht in kalten, lichtlosen Tiefen. Ihn machtest du zum alleinigen Ahnherrn künftiger Völker, ihn, der vermied, dass erlosch, was der Sinngehalt dieser Welt ist. Aufgerichtet hast du einen Bund mit diesem Gerechten, aufgerichtet am Anfang der neuen Geschlechter der Erde. Somit ist Noah, der Lichtbewahrer, der Urvater aller. Licht ist in allen, jeder gehört deinem ewigen Bund an. Jeder, der durch deine Gnade Form zu durchschauen gewährt wird, sieht in sich selbst und in allem, was ist, die Quelle des Lebens. Dort ist er eins mit denen, die hier so verschieden erscheinen, dort, Herr, wo aufgehoben sind Zweiheit, Verzweiflung und Zwiespalt.

Fast noch ein Kind hatte Dinah begonnen das zu erkennen, einzusehen, dass das, was wir züchten, erwerben, besitzen, das, was uns wertvoll zu sein dünkt, für dich, Herr, ohne Belang ist. Ahnungsreich spürte das Jungweib jenseits betörender Süße, jenseits der Baumfrüchte Fleisch den Kern des verborgenen Lichtes. Länger nicht sah sie sich selbst als vergängliche Frucht meines Samens, sondern als Licht deines Lichtes und damit allen verbunden. Ohne dass ich sie in Lichtgeheimnisse eingeweiht hatte, ahnte die Tochter bereits, im Lichte sind alle Geschwister. Aber sie neigte dazu das Fremde an sich zu verklären, schwärmte vom Leben der Städter, wollte nicht sehen, dass Hiwiter mehrheitlich das, was sie meinte, nicht zu verstehen vermochten, selbst wenn die Leute ihr wirklich zuzuhören bereit waren.

Licht ist in allen gewiss, doch wenige nur können's sehen. Tief sind die meisten im dumpfen Dunkel des Leibes verwurzelt, kennen im Grunde allein die Lust und die Leiden des Fleisches, werden in allem nur stets von Angst und Begierde getrieben, hoffen, dass ihnen die Götter Wünsche des Leibes erfüllen. Irgendwann werden auch sie den Aufruf zur Heimkehr vernehmen. Aber der Same des göttlichen Lichts, den du ihnen mitgabst, lagert noch tief in der Erde, weiß nichts vom Durchbruch zum Himmel. Lang wir es dauern noch, bis das Licht deiner Sonne sie aufweckt.

All das bedachte sie nicht, meine unbefangene Tochter. Vielmehr verhielt sie sich so, als wären die fremden Hiwiter allesamt rein und erleuchtet, Söhne und Töchter des Himmels. Dinah verschloss ihre Augen vor dem, was klar auf der Hand lag. Selbstsucht, Gewalt und Verlogenheit waren dort weit verbreitet. Aber die Schwärmerin glaubte mit ihrer Liebe alleine einfach und schnell das Gute in jedem erlösen zu können, war überzeugt, dass gut war, wen immer sie gut zu sein glaubte. Mir war schon klar, dass ihre Enttäuschung nicht ausbleiben konnte. Gleichwohl bewunderte ich der Tochter Vertrauen und Hoffnung. Aber nicht deshalb alleine stimmte ich zu, dass mein Mädchen Schechem besuchte und ein- und ausging bei vornehmen Weibern. Du hast mir damals geheißen, Herr, Dinah laufen zu lassen, hinunter gehen zu lassen zum fremden Volk der Hiwiter. Trugst du mir damals nicht auf, sie als Botin der Liebe zu sehen? Mir gabst du nachdrücklich ein, in sie meine Hoffnung zu setzen, sie zu begrüßen als Wegbereiterin künftiger Eintracht. Und in der Tat verspürte ich deutlich in ihr die Verheißung. Ihr schien es leicht zu gelingen in Schechem heimisch zu werden, wirklich sich einzulassen auf Neues, auf Stadt, Land und Leute. Anders als ihre Geschwister, ihre vermessenen Brüder, konnte die Tochter den Wert alles Andersartigen schätzen. Das ist, so sagte ich mir, der Sinn ihres arglosen Wesens. Irgendwann wird diese überschwängliche Art von ihr weichen. Vorerst jedoch ist ihre Begeisterung wichtig und richtig.

Heute, Herr, hadere ich und fühle mich alt und verlassen. Wo ist es jetzt, das Neue, das du mir in Aussicht gestellt hast? Was ist geworden aus Dinahs Auftrag im Dienst dieses Neuen? Gott, dass ein Jüngling über sie herfiel und sie mit Gewalt nahm, damit war sicher irgendwie immer zu rechnen gewesen. Derlei passierte, so ungezügelt die Männer dort waren. Aber ich hoffte und hatte mich ganz auf dich, Herr, verlassen. Und als ich hörte, wer meiner Tochter das angetan hatte, sah ich das Ganze als Fügung, meinte die Absicht zu sehen. Ausgerechnet der älteste Sohn des Gebieters von Schechem wollte den Leib und dann auch das Herz meiner Tochter besitzen. Sichem, der einst seinem Vater als Stadtfürst nachfolgen würde, war über Nacht wie verzaubert von Dinahs leuchtendem Wesen, heftig entflammt für die schöne Fremde vom Volk der Hebräer. Und, wie ich bald nach der Notzucht erkannte, brannte auch Dinah, glühte ihr unerfahrenes Herz für den stürmischen Jüngling. War dieses Feuer nicht, Herr, von dir so beabsichtigt worden? War's denn nicht deine Verfügung, dass diese beiden sich fanden, ja selbst, dass Sichem mein Mädchen so ungezügelt erkannte? Jedenfalls ohne zu zögern gab sich der Mann seinem Los hin, spürte wohl schon im Drängen des Blutes den größeren Willen. Er war entschieden, sicher die Wahre gefunden zu haben. Zwar hatte er in der Lüsternheit unbesonnen gehandelt, aber er wollte sich dennoch bleibend mit Dinah verbinden.

Das war für mich wie das lang erwartete Zeichen von dir, Herr. Dadurch war plötzlich klar zu erkennen, was du von mir wolltest, nämlich, dass wir uns mit Hamors Leuten durch Heirat verbanden. Der würde uns in künftigen Zeiten ein mächtiger Freund sein. Mitten in fremder Umgebung war ein Verbündeter wichtig, nicht nur um Räuber- und Diebesbanden bekämpfen zu können. Wären wir einmal mit Hamor verschwägert, stünden mit einem auch seine Brüder und Neffen helfend an unserer Seite. Dank einer Heirat wären wir plötzlich von Freunden umgeben. Häufiger Austausch von Waren würde uns Wohlstand bescheren.

Schimon, Levi und andere Söhne verlangten, dass wir uns diesen Hiwitern fernhielten, uns diesen Leuten entzogen. Anmaßend schauten die Brüder herab auf Schechems Bewohner, wollten sich nicht im Geringsten mit diesen, wie sie sie nannten, unreinen Landmännern abgeben, blieben hart und verbissen. Schließlich betrachteten sie sich als Wegbereiter des Höchsten, Bannerträger im Dienste der heiligen, himmlischen Absicht, Auserwählte schon deshalb, weil du ihren Vater berührtest. Aber sie hatten der Reinheit Sinn überhaupt nicht verstanden.

Seit wir nach Kanaan kamen, lebten wir immer im Lager, selbstgenügsam und fernab der Söhne und Töchter des Landes. Sicher, du hießest uns rein zu bleiben als Enkel des Bundes. Aber es war nicht des Blutes Reinheit, die du, Herr, verlangtest. Rein sollte vielmehr das Herz sein, klar wie der Himmel am Morgen, ohne der Bosheit, der Missgunst und Hoffart düstere Wolken. Aufgefordert hast du uns gewiss, nicht in der Welt zu versinken, nicht uns gemein zu machen mit denen, die alles verdunkeln. Das allerdings sind nicht Völker und Stämme, sondern Gedanken. Denn was wir denken allein, entscheidet wie rein unser Herz ist. Wer sich in bösen Gedanken verstrickt, verliert seinen Glauben. So wie die Welt ist, sucht sie uns stets in die Irre zu führen, einzureden, dass wir bloß des Leibes sind, schwach und vergänglich. Auch meine eifernden Söhne hatten den dunklen Gedanken tief in Gemüt und Gesinnung einzudringen gestattet. Während sie glaubten durch Abspaltung rein und würdig zu bleiben, wuchsen gerade durch diese Trennung die Schatten des Hasses. Da erst verstand ich, wie wenig sie wussten, fühlten, ja ahnten, was es bedeutet, den Weg eines Auserwählten zu gehen.

Uns zu erinnern, wer und woher wir sind, das ist entscheidend. Deswegen gabst du uns Zeichen wider die Macht des Vergessens, vornehmlich eines am Körper des leicht zu verführenden Mannes, dort wo die Herrschaft des Leibes unüberwindbar zu sein schien. Freizulegen den Kern, das verhüllte, verborgene Wesen, offenzulegen das Innere, Leibes Dunkel zu lichten, das ist und war von Anfang an das, was Beschneidung bedeutet. Wahrlich ein Mahnmal ist diese Beschneidung, heiliges Wundmal, anzumahnen ein Leben gemäß dem verborgenen Lichte. Und wer es trägt, soll die schalen Äußerlichkeiten im Leben immer geringschätzen, niemals der Oberfläche erliegen. Nein, ein Beschnittener richtet sich nie nach bloßer Verkleidung, urteilt nicht einfach nach dem, was als Außenseite begegnet. Vielmehr bemüht er sich diese Umhüllung zurückzudrängen. Nie würde er einen Menschen nach Haus und Herkunft bewerten, auch nicht nach Brauchtum, Besitz oder Ruf in der Welt der Verblendung. Unbeirrbar betrachtet er Reichtum, Geschick und Erscheinung bloß als ein kurzes, flüchtiges Glühen des Himmels am Abend. Wer dieses Mal als Rettung verstanden hat, Zeichen der Gnade, lebt aus dem Glauben, dass du, Herr, in allem verborgen da bist, gleich ob's uns mächtig und reich oder schwach und kümmerlich vorkommt. Das ist der Sinn der Beschneidung, dass sie uns lehrt als vom Trug und Beiwerk Entblößten, stets nach dem inneren Menschen zu schauen, ihn zu entdecken.

Just dieses Zeichen des Bundes jedoch entweihten die Söhne, machten daraus ein Werkzeug des Bösen, des üblen Verrates. Damals, als Levi von Hamors Erbe Beschneidung verlangte, setzte er mich, wie er wusste, vor meinem Gast unter Zugzwang. Ja, es war rechtens, vom künftigen Mann und Herrn meiner Tochter dieses für uns bedeutende Zeichen der Reinheit zu fordern. Dass aber jeder im Hause Hamors beschnitten sein sollte, war eine ziemlich kühne Behauptung des eifernden Bruders. Aber dass alle, alle Bewohner der Stadt dieses heiklen Eingriffs bedurften, sämtliche Herren, Knaben und Knechte, das war ein unverschämtes Verlangen, dreist und brüskierend! Ich war entsetzt, als ich sah, dass sich Schimon der Forderung anschloss. Selbst die vernünftigen Söhne wie Ruben, Gad oder Juda stimmten dem zu und ließen mir gar keine andere Wahl mehr. Da wurde deutlich, wie sehr ihrer Schwester Schändung die Brüder aufgewühlt hatte und Rachsucht ihnen die Sinne verwirrte. Hätte ich Levi mit Macht widersprochen, ihn gar getadelt, wäre offener Streit vor den Gästen die Folge gewesen. Mir war nicht klar, wie ein solches Gehader ausgehen würde. Sicher, ich hätte mich kraft meiner Herrschaft durchsetzen können. Doch ich befürchtete tiefes Zerwürfnis unter den Meinen. Jetzt allerdings, da das Unheil passiert ist, bereue ich schmerzhaft, damals nicht viel beherzter dagegen gesprochen zu haben.

Aber erstaunlicherweise zeigte sich Hamor bedächtig, ließ sich von Levis schamloser Forderung gar nicht beirren. Hätte der Mann sich gewehrt und den Anspruch zurückgewiesen, wäre mir möglich gewesen, mäßigend einzugreifen. So aber schaute ich zu, wie des Fürsten Los seinen Lauf nahm, schweigend und ehrlich erstaunt von der Sanftmut dieses Hiwiters. Als er am Ende davonritt, spürte ich wohl seine Bürde. Da war ich immer noch fest überzeugt, dass die Ältesten Schechems niemals bereit wären einfach alle beschneiden zu lassen.

Als aber zwei Tage später erneut der Stadtfürst heraufritt, wurde mir klar, dass Hamors Bedeutung beachtlich sein musste. Ihm war es offensichtlich gelungen, die Alten der Sippe für die verlangte Beschneidung der ganzen Stadt zu gewinnen. Das war beachtlich, denn mir war bekannt, dass manche in Schechem uns dort im Lager durchaus mit Sorge und Zweifel beäugten. Einige grüßten uns kaum und starrten aus finsteren Mienen auf die von Schafen belagerten Hänge nördlich der Siedlung. Mich überraschte es nicht, dass die, die schon immer dort lebten, uns, die wir zugereist waren, gleich als Bedrohung empfanden. Groß war die Zahl meiner Leute, größer noch die meiner Tiere. Wer wusste schon, ob das Land uns alle zu nähren vermochte. Trotz der mitunter geäußerten Furcht überfremdet zu werden, folgten sie uneingeschränkt dem Rat ihres weisen Gebieters.

Wiederum glaubte ich, darin deine Entscheidung zu sehen. Ja, es war gut, die Verbindung mit Hamors Leuten zu suchen. Du hießt mich wirklich unsere Sippen zusammenführen. Sicher, der Fürst der Hiwiter hatte die Stadt überredet. Aber gelungen war's ihm alleine, weil du es so wolltest. Schon sah ich vor mir die leuchtende Zukunft der Deinen. Wir wären weithin geschätzte Nachbarn von Kanaans Söhnen, würden uns dank deiner Gnade friedlich im Lande verbreiten. Mehr noch, das Licht, das du ausstrahlend uns in die Herzen gesenkt hast, würde zuletzt die hiesigen Völker und Stämme beherrschen. So sollte dein Wort vom wachsenden Volk sich schließlich erfüllen. Überall würden Söhne und

Töchter des Lichtes gedeihen.

Dann kam der Morgen der Schande, der schlimmste Tag meines Lebens. Schon als ich aufwachte, wusste ich gleich, dass Übles passiert war. Mich hatten nächtens im Traum erschreckende Bilder belastet. Riesige Weiden mit zahlreichen Schafen sah ich sehr deutlich. Alles schien friedlich und ungefährdet im Lichte des Mondes. Dann aber stürzten hungrige Wölfe herab von den Hügeln, rissen der Reihe nach alle wehrlos verharrenden Schafe. Nirgendwo gab es ein Hirte, der einschritt, keiner erwachte, rannte hinaus um die wilden Bestien beherzt zu verjagen. Dort, wo noch eben das Fell der Tiere im Mondschein erstrahlte, trübten nun immer mehr düstere Flecken Wolle und Weide. Anfangs erklang noch von überall her das angstvolle Blöken. Schließlich jedoch erstarben die Schreie in blutigen Kehlen. Sämtliche Schafe der riesigen Herde wurden gerissen, keines versuchte zu fliehen, keins überlebte den Angriff. Über der Weide des Todes lag eine schaurige Stille, nur unterbrochen vom bösen Knurren der fressenden Wölfe. Dann zogen Wolken herauf, der Mond und die Sterne verschwanden. Tief betrübt wandte der Himmel sich ab vom irdischen Unrecht.

Derart lebendig waren die Bilder des Traumes gewesen, dass ich am Morgen vermeinte, tot seien all meine Schafe. Stark war in mir ein Gefühl von Verlust und schmerzhaft die Trauer. Erst lag ich fast wie gelähmt auf dem Lager, atmete unstet. Aufgeregt pochte mein Herz, vom Schweiße getränkt war mein Wollkleid. Wild durcheinander bedrängten mich schließlich bange Gedanken. Zwar sah ich mittlerweile sehr wohl, dass das alles geträumt war. Ohne ernste Bedeutung jedoch war das Traumbild mitnichten. Dafür stand mir die blutige Weide zu lebhaft vor Augen. Während mein Herz sich beruhigte, leiser fortfuhr zu schlagen, sah ich mit klarer Gewissheit: Unheil war zu uns gekommen.

Ehe ich aufstand vom Lager, meinte ich Schreie zu hören. Eilig erhob ich mich, rannte hinaus und horchte erschrocken. Noch war die Sonne nicht aufgegangen und alles schien friedlich. Aber ich hatte es richtig gehört und fing an zu frieren. Wehklagen wehten zu mir herauf aus der Stadt der Hiwiter, schmerzerfülltes Geschrei von gepeinigten Weibern und Mägden. Voller Entsetzen begriff ich, was meine Ohren gewahrten. Rau ob der plötzlichen Furcht erklang meine Stimme durchs Lager, bebte und schien mir ganz fremd, als sie meine Söhne herbeirief.

Ruben und Juda erschienen zuerst und blickten zu Boden. Da ward mir klar, dass sie wussten, was unten in Schechem passierte. Wer, fragte ich, und fasste den ältesten Sohn an den Schultern. Doch als er schwieg, da schrie ich die Frage den beiden entgegen. Wer, wiederholte ich drohend, wer ist hinuntergegangen? Sagt, sind es Schimon und Levi, Himmel, sind die das dort unten? Immer noch schwiegen die beiden, aber das sagte mir alles. Nun kamen auch die anderen Söhne herbei und erstarrten. Wie ich vermutete, fehlten allein der Zweite und Dritte. Zornig befahl ich die Knechte alle vor mir zu erscheinen, stürmte hinein in die Zelte der Sklaven, trieb sie nach draußen. Aber es waren in etwa zwanzig von ihnen verschwunden, größtenteils kampferprobte, beherzte und kräftige Männer.

Langsam erahnte ich da das gesamte Ausmaß des Grauens. Feuerschein leuchtete schaudervoll über düsteren Mauern. Immer noch hörte ich irres Geschrei und das Brüllen der Tiere. Drüben im Morgen erhob sich die Sonne, würdig wie immer. Aber ich wollte ihn nicht, diesen Tag des schändlichen Schicksals. Sprachlos vor Schreck stand ich da und blickte entsetzt in die Flammen. Nun wehte auch der Geruch von Brand und Verheerung herüber. Das war kein einfacher

Ehrenstreit, das – war Krieg und Vernichtung. Wehrlos war Schechem, geschwächt durch Beschneidung ihrer Beschützer. Nur diese Schwäche erlaubte den Söhnen Schechem zu stürmen. Heimtückisch also meuchelten beide mit ihren Kumpanen Hamors gewisslich von Brand und Kälte geschüttelten Männer. Herr, wie gemein war denn bloß das Fleisch deines Dieners geworden! Trauer und Scham erfassten mein Herz wie ein loderndes Feuer.

Lange Zeit stand ich am Rande des Lagers, quälerisch lange, stand wie verwurzelt mit diesem so unglückseligen Boden. Gleichzeitig wühlte mich innerlich auf, was jetzt auf uns zukam. Herr, meine Zweifel wuchsen und wuschen, je länger ich dastand. Hätte ich eingreifen, selbst sofort in die Stadt eilen sollen? Wäre es mir dann noch möglich gewesen, etwas zu retten, abzuhalten die rasenden Söhne vom maßlosen Morden? Hätte ich etwas vermocht gegen Blutrausch, Irrsinn und Tobsucht? Als ich am Morgen von Ferne Schechems Verderben gewahrte, schien mir gewiss, dass nichts mehr dagegen getan werden konnte. Seitdem jedoch waren mehr als Stunden, so schien es, vergangen. Irgendwie aber lähmte der Söhne Verrat meine Kräfte. Gnadenlos fegte der Sturm der Zerstörung über die Siedlung. Wie konnte irgendein Sterblicher ihn am Aufbrausen hindern?

Dann endlich kamen die Söhne zurück, erschöpft und benommen. Alle im Lager sahen den Männern mit Schrecken entgegen, hielten die Luft an, als endlich die rohen Rächer erschienen. Nicht nur die blutigen Arme und Kleider, manche zerrissen, führten uns schmerzhaft deutlich das Grauen von Schechem vor Augen. Vielmehr verrieten die starren, harten Gesichter der Kämpfer, was sie dort unten den vielen Hilflosen angetan hatten. Zeichen von Schuld oder Reue suchte man darin vergeblich. Ohne Erbarmen, ja ohne Empfinden schauten die Männer starr vor sich hin, die Münder zum sinnlosen Lächeln verzogen. Manche von ihnen hielten noch immer die Schwerter umklammert, fast so als wäre das fleckige Erz mit ihnen verschmolzen.

Angeführt wurde der Haufen von Schimon und er alleine schaute mit grimmigem Grinsen stolz in die Runde der Seinen. Dicht hinter ihm folgte Levi, der seine Schwester am Arm hielt. Rüde und wortlos zerrte er Dinah durchs Lager nach vorne. Als ich sie sah, durchfuhr mich ein tiefer, schmerzhafter Kummer. Denn in den Augen der Tochter sah ich das Leid ihres Lebens, sah, was sie eben im Grauen des Morgens anschauen mussten. Aus ihrem einst so zarten Gesicht schlug mir Härte entgegen. Bitter und schrecklich verhärmt, erschien sie um Jahre gealtert.

Ehe ich anhob den Ungehorsam der Söhne zu rügen, lief ich hinüber zu Dinah, löste den Griff ihres Bruders, nahm sie beiseite und suchte ihr wundes Wesen zu trösten. Schließlich geleitete ich sie schweigend zum Zelt ihrer Mutter, bat sie sich auszuruhen und vorerst dort drinnen zu bleiben. Innerlich lodernd kehrte ich wieder zu Schimon und Levi. Immer noch standen die blutverschmierten Soldaten der Rache starr und mit regungslosen Gesichtern, umringt von den Ihren. Rasch, ohne innezuhalten, trat ich den Söhnen entgegen, traf auf den Älteren, Schimon, und schlug ihn ohne zu zögern hart mit der Hand an die Backe, so dass er beinahe hinfiel. Aber er fing sich und legte höhnisch sein Haupt in den Nacken. Aufgebracht schleuderte ich den irre gewordenen Burschen donnernde Worte der Abscheu, Ächtung und Wut an die Köpfe, warf ihnen vor, dem Wohl ihrer Leute aufs Schlimmste zu schaden. Schonungslos machte ich beide Narren verantwortlich dafür, blind uns die Feindlichkeit Kanaans aufgebürdet zu haben. Ob sie denn niemals bedacht hätten, was den Ihren nun blühte? Hatten sie gar nicht gewogen, die Folgen ihres Gemetzels? Meinten sie wirklich ehrbar sei, wehrlose Männer zu meucheln?

*So* außer mir war ich, Herr, ich hätte sie fast noch erschlagen. Aber dann schicktest du Leah, die milde Mutter, dazwischen. Schweigend begann sie der Söhne unreinen Glieder zu waschen, wischte die Spuren der Bluttat ab von den stolzen Geschwistern. Während ich ihr dabei zusah, kam ich allmählich zur Ruhe. Schließlich war klar, ich konnte die treulosen Söhne nicht richten, durfte die Unbotmäßigkeit nicht mit dem Tode bestrafen. Auch wenn's das Recht mir gebot, ich konnte mein Fleisch nicht erschlagen. Sollte ich nunmehr ein schwacher Herr sein, das Los war entschieden.

Du hast geruht, Herr, mir damals sämtliche Wünsche zu nehmen, mir meine Hoffnung auf Frieden in Vaters Land zu zerschlagen. Wie war es möglich gewesen, dass ich den Trug nicht erkannte, gar nicht bemerkte, was und wie viel ich mir vorgemacht hatte? Bis zu dem Tag des Verrats hattest du mich immer geleitet. Gleich wie gefährlich und ungewiss meine Lage mir vorkam, stets hattest du einen guten, gangbaren Weg mir gewiesen. All die Zeit konnte mein Herz sich auf deine Weisung verlassen. Damals in Schechem hingegen schienst du mich irrezuführen, schienst du mich glauben zu lassen, dass Dinahs Hochzeit bevorstand. Wie wäre sonst die ganze Entwicklung zu deuten gewesen? Zeige mir doch, was ich anders hätte auffassen müssen! War es nicht fast wie ein Wunder, dass diese Hiwiter sich plötzlich alle bereit erklärten dich als den Ihren zu preisen? Was war das sonst als ein Hinweis von dir, dass du uns vorangingst? Alles schien glücklich gefügt und dann aus der Nacht kam das Unheil. Hattest du ruckartig deine eigene Absicht geändert? Warst du auf einmal zum dunklen, zornigen Gott der Empörten, grausamen Herrn meiner rachsüchtigen Söhne geworden? Nein, Herr, ich weiß, auch dich hat die blutige Tat überwältigt.

Siehe, die Söhne rühmen sich, dein Werk verrichtet zu haben. Levi und Schimon erkennen in ihrem Sieg über Schechem deine unfehlbare Hand und glauben, dass recht war die Rache. Ja, und bis heute weisen sie mich darauf hin, dass noch immer kein Stamm des Landes, kein Feind uns seit jenem Tage bedrängt hat, eingeschüchtert durch Gottes gewaltige Macht der Vernichtung. Seht nur, so sagen sie mir voller Stolz, wie Hamors Verwandte, all jene Brüder und Neffen des toten Hiwiters, sich ducken. Levi und Schimon bezweifelten nie, dass du sie geführt hast, glauben vielmehr, dass der unerhörte Erfolg ihnen Recht gibt. Beide sind selbstverständlich beschnitten und doch sind sie ohne tieferen Sinn für das, was von Wachstum und Fortschritt verhüllt wird, das, was seit je im Verborgenen lebt, der Schöpfung Geheimnis.

Gegen die himmlische Ordnung haben die Söhne verstoßen. Dass du von ihnen dafür nicht gleich eine Buße verlangtest, zeigt mir, wie sehr dieser Frevel auch dich, Herr, sprachlos gemacht hat. Ritzt man die Hand am Gestein, tritt in Kürze Blut aus der Wunde. Schneidet man tiefer jedoch, so harrt man des Blutflusses länger. Erst wenn man fast schon meint, es wird gar nichts nach außen gelangen, schwappt es auf einmal mit Wucht aus dem nunmehr schmerzenden Fleische. So ist es auch mit dem unfassbar tiefen Frevel der Brüder. Mehr noch als mich, Herr, ließ diese grobe Gewalt dich erstarren. Erst aus der Tiefe heraus wirst du ihr am Ende erwidern. Und wie mein Herz mir verrät, so werden der Urenkel Enkel noch die bitteren Früchte der Bluttat zu schmecken verdammt sein. Lange wird's dauern, bis uns in Kanaan Frieden gewährt wird. Tief traf der Brüder Gewalt die alteingesessenen Völker. Tief ging der brennende Schmerz hinab in das Land dieser Leute. Viele Geschlechter werden noch Krieg und Vertreibung erfahren.

Anfangs schien das Verbrechen für uns ohne Folgen zu bleiben. Unbehelligt von feindlichen Truppen gelangten wir damals raus aus dem engen und unglückseligen Tale von Schechem. Dann allerdings war ein erster bitterer Preis zu bezahlen.

Rachel ist mir seit der ersten Begegnung nahe gewesen. Damals erreichte ich müde gewandert, jung und alleine, eben das grünende Land um Harran, die Heimat des Onkels. Kaum an den Brunnen gelangt, gewahrte ich dort eine Hirtin, hoch gewachsen und zierlich mit auffallend flächsernen Haaren. Als ich erfuhr, dass die schöne Magd eine Tochter Labans war, weinte ich Tränen der Freude, küsste beglückt meine Base, sagte ihr rasch, wer ich war, erkundigte mich nach dem Oheim. So war es Rachel, die mir zum Haus meines Onkels vorausging. Alles, das lehrtest du mich, ist stets schon im Anfang enthalten. Die, die mich mitnahm nach Hause, war die, die ich heimführen würde. Sie nahm vorweg, was mir Jahre danach erst gestattet sein würde. Sie war die Erste, die mich dort allein am Brunnen begrüßte. Mir ist sie zeit ihres Lebens immer die Erste geblieben.

Auch als mein Onkel Laban mich betrog, am Tag meiner Hochzeit, mir entgegen der Abmachung Leah statt Rachel zum Weib gab, blieb die Verwehrte für mich die einzige Wahl meines Herzens. Leah war treu und genügsam, ohne besondere Reize. Da sie mein Weib war, behandelte ich sie immer mit Anstand, teilte das Lager mit ihr, und machte ihr öfter Geschenke. Doch die mir Aufgezwungene konnte mein Herz nicht beflügeln. Klar, ich war dankbar, als Leah begann mir Söhne zu schenken. Jahr für Jahr legte die Fruchtbare mir ein Kind in die Arme. Gleichzeitig blieb der Schoß ihrer jüngeren Schwester verschlossen. Rachel bedrückte es sehr, für mich nicht gebären zu können. Da ich sie liebte, litt ich mit ihr und besuchte sie häufig. Nah waren wir uns im Herzen und fühlten oftmals das Gleiche. Diese besondere, wortlose Nähe tröstete Rachel. Ihr war bewusst, dass unsere Ehe im Himmel gewollt war.

Anders als Leah war Rachel nachdenklich, zart und empfindlich. Stets hatte sie ein genaues Gespür fürs Weben des Lichts, Herr. So hat sie einfühlsam nachvollzogen, wie du mich bewegtest. Kein Mensch, auch Dinah nicht, kannte je mein verborgenes Leben besser als sie, die mir Schwester, Weib und Geliebte zugleich war. Unsere Liebe, so sagte ich ihr aus tiefer Gewissheit, krönen Gedanken und Weisheit allein, nicht Früchte des Leibes. Denn in gemeinsamer Stille hast du uns, Herr, wahrlich gesegnet, ließest in unseren Herzen Einsicht um Einsicht gedeihen. Einmütig schauten wir oftmals den Sinn von Tat und Gebärde, fühlten den Ein- oder Missklang von Wahrheit, Wort und Bewegung. Häufig erschien uns die Welt wie ein Traum voll tiefer Bedeutung. Überall sahen wir wieder das, was die Väter erzählten, blickten auf Abrahams Opferbereitschaft, oben am Berge, sahen den arglosen Sohn, der diesem bereitwillig folgte, fanden Gehörtes im Leben vieler als Wirklichkeit wieder. So war die Stille mit Rachel voller geheimer Gedanken, tiefer Erkenntnisse, Herr, die du uns zu hüten geboten.

Vieles von dem, was wir sahen, war kaum in Worte zu fassen. Hätten wir davon gesprochen, hätte uns keiner verstanden. Rachel betrachtete alles als Ausdruck höherer Wahrheit. Sie hat die ernsten, schwierigen Vorfälle damals in Schechem ähnlich wie ich als ewig erzählte Geschichte verstanden, traumgleich verwickelt und innerlich ohne Anfang und Ende. Uns war bewusst, dass sich dort ein Himmelsereignis entrollte. Darin war jedem der ureigene Platz zugewiesen. Aufmerksam nahmen wir wahr, was uns als Geschehen enthüllt ward. Aber wir schwiegen und wollten den Lauf des

Schicksals nicht ändern.

Nun ist sie tot, meine Rachel, ein Opfers des Leids, das damals andere aufgerührt haben, Opfer der Bosheit der Meinen. Nicht als bedrohliche Streitmacht erzürnter Söhne des Landes kehrte es wieder, das Unheil, das Schimon und Levi entfachten, nicht als gewaltiger Sturm, der unsere Zelte zerdrückte. Auch keine Seuche befiel meine Herden, zwang uns zu sühnen. Nein, du entschiedst, dass aufgehen sollte, die Saat des Verbrechens, mitten im Herzen des Lagers, dort, wo wir lieben und hoffen. Denn, dass du Rachel mir nahmst für die vielversprechenden Leben, die meine Söhne in Schechem ohne Bedenken zerstörten, das stand für mich noch am Tag ihres Todes ganz außer Zweifel. Du hast entschieden mir Rachel zu nehmen, sie, die mir nah war. Ich sollte spüren die Leiden der Mütter, Weiber und Töchter, fühlen den Schmerz um ermordete Söhne, Gatten und Väter. Dort lagen Söhne tot in den Armen verzweifelter Mütter – Rachel dagegen erlag der Last ihres lebenden Sohnes. Sie, die mir spät erst ein Söhnchen gebar, zerbrach schon am Zweiten. War das gerecht, Herr, war es gar unumgänglich geworden? Hättest du statt einem schuldlosen Weib nicht mich töten können, mich, dessen Fleisch es doch war, das damals dem Bösen anheimfiel? Aber vergossen war Blut von arglosen Männern und Knaben. Deswegen hast du auch uns ein argloses Leben genommen.

Vollständig andere Söhne sind die, die Rachel mir schenkte, anders als Leahs rüde und streitbare Burschen und Männer. Josef hat *mehr* Weisheit jetzt schon als alle andern zusammen. Feinfühlig ist er und zart, hat die Gabe des inneren Schauens, ähnlich dem Vater, als der noch selber ein träumendes Kind war. Er wird dereinst ein mächtiger Mann sein, ich spüre es deutlich. Doch seine Siege sind nicht die des Kriegers, tapfer im Felde. Auch wird ihn nicht der Handel mit Viehherden Ansehen verschaffen. Herr, ich sehe schon lange, dass du ihn besonders behütest. Deswegen ahne ich auch, dass er ein bedeutsames Kind ist. Du hast noch viel mit ihm vor, sein Weg wird gewisslich nicht leicht sein.

Schon die Empfängnis des Jungen ist ungewöhnlich gewesen. Viele Jahre bereits hatte Rachel auf Nachwuchs gewartet, hatte den Glauben verloren, selbst noch ein Kind zu gebären. Schließlich befahl sie der Dienerin Bilha bei mir zu liegen, statt ihrer Herrin dem Herrn einen Knaben doch noch zu schenken. Dann, als die willige Sklavin das zweite Kind schon im Leib trug, ward meiner Rachel gesagt, verkündet von dir, Herr, im Herzen, dass sie nach Jahren des Harrens bald selbst gesegnet sein würde. Während der Schwangerschaft sprach eine innere Stimme leise mahnende Worte und kündete an, was ihr noch bevorstand. *Magd,* hörte sie, *gib Acht, denn das Starke erwächst aus dem Schwachen! Tochter bedenke, seit je benötigt das Starke die Schwäche!* Tagelang hörte die still Gewordene Worte wie diese. Erst mit der Zeit haben wir deine Warnung wirklich verstanden. Anfänglich glaubten wir, Rachel bekäme nach Jahren der Dürre nun einen starken und kraftvollen Sohn, vom Himmel berufen. Dann wurde klar, dass die wachsende Frucht die werdende Mutter zunehmend schwächte und Schmerz ihren zarten Körper erfasste. Da war ersichtlich, dass Rachel selbst mit dem Schwachen gemeint war. Später, als Josef heranwuchs, erschien uns der Knabe als schwächlich. Zierlich war er und empfindlich, körperlich wenig belastbar. Gleichzeitig zeigte das Kind sich hellsichtig, fühlsam und weise. Ja, wir erahnten sehr wohl eine Stärke jenseits der Schwäche, ahnten, dass Josef der Schwäche des Leibes letztlich bedurfte.

Rückblickend weiß ich, dass Josef es war, der Änderung brachte. Er war ein anderer, ließ mich verstehen: Neues war nötig. Ohne dass wir davon sprachen, wusste ich, Rachel sah's ähnlich: Unsere Zeit in Harran ging mit Josefs Kommen zu Ende. Klar gab es Streit mit Laban, betrog mich der wendige Onkel. Aber den Anstoß zum Aufbruch gab die Geburt meines Elften. Ärger ob Oheims Gebaren hatte es öfter gegeben. Wieder und wieder hatte der Onkel Versprechen gebrochen, listig mir vorenthalten die jüngere, hübschere Tochter. Doch war ich immer geblieben, treu einem untreuen Hausherrn. Damit war Schluss, als mir Rachel doch noch den Nachkommen schenkte.

Zart ist der junge bis heute geblieben, zart aber munter. Ständig beobachtet er, was andere tun oder sagen. Doch seine Augen vermögen erkennbar tiefer zu schauen. Josef gelingt es wie keinem unmittelbar zu erfassen, was das Gemüt eines andern aufhellt, betrübt oder ängstigt. Er hat die Gabe mit einfachen Worten Herzen zu rühren. Das, was er ausspricht, ist das, was dem Jungen sehend gewahr wird: Sorgen, Unruhe, Sehnsüchte, Abscheu und böse Gedanken. Laut wird er nie und er zeigt weder Unrast, noch Ärger, noch Streitlust. Aber nicht jedem gefällt es, von ihm die Wahrheit zu hören. Allen voran seine älteren Brüder schimpfen vernehmlich, nennen ihn eingebildet und machen sich über ihn lustig. Da sie nur kraftvolle Glieder wirklich zu schätzen verstehen, höhnen sie Josef und schmähen ihn laut als weichlich und nutzlos.

Tatsächlich zeigt sich der Junge nicht tüchtig, forsch und entschlossen. Langsam verrichtet er auch noch die kleinste, einfachste Arbeit. Immerzu scheint er gedankenverloren, hütet die Herden lächelnd und redet mit sanfter Stimme zu Schafen und Rindern. Niemals ist irgendein Tier ihm jemals verloren gegangen. Alle genießen, wie's scheint, sein ruhiges, friedliches Wesen. Ziegen zu melken vermag er ganz gut, die Tiere gehorchen. Dann aber schafft er es kaum, den gefüllten Eimer zu heben. Nicht nur die Brüder bezweifeln, dass Josef je eine Herde gegen Schakale, Wölfe und Räuber verteidigen könnte. Wenn man ihn anschaut, so meint man ein Windstoß würde genügen, ihn auf den Boden zu werfen, gar in die Höhe zu heben.

Während die anderen Knaben sich gern zum Stockkampf begegnen, sitzt er bei mir und lauscht den Geschichten vom Herrn seiner Ahnen. Aber er kennt sie bereits und horcht ihnen voller Erwartung, drängt mich des Öfteren alles wortlautgetreu zu erzählen. Kleingläubig staunte ich damals und konnte es gar nicht verstehen. Mir nur oblag es seit je, das Wort in den Versen der Alten aufzubewahren und sorgsam den Meinen weiterzureichen. Schon als ich selbst noch ein Kind war, hatte mein Vater mir deine maßvolle Kunde, Herr, vorgetragen und nachsprechen lassen. Wieder und wieder lauschte ich demütig seiner Erzählung, ähnlich wie mein Vater seinem Gebieter zugehört hatte. Nun aber kannte mein Sohn von vornherein sämtliche Verse, wusste bei jedem Wort welches diesem zu folgen gefügt war. Niemals zuvor hatte jemand dem Jungen davon berichtet. Wie war es möglich, dass er das Erzählte Wort für Wort kannte? Da ward mir klar, dass du es ihm selbst, Vater, anvertraut hattest. Vor der Geburt dieses Knaben musstest du ihn gelehrt haben, eingewiesen ins himmlische Rätsel gezählter Erzählung. Und ich verstand, dass dein Wort, Herr, vor allem anderen da war, sah die Erzählung als ewigen Grund, dessen Früchte wir waren. Sie lehrten nicht, was gewesen, sondern was immerzu sein wird. Das war der Sinn des Gesagten, nicht zu berichten von früher, sondern uns aufzuzeigen, was du in die Schöpfung gelegt hast. Josef ist einer, der dieses schon früh im Herzen erahnte. Und da er hört, was von jenseits der Zeit den Deinen erzählt wird, können ihn keine Gesetze des Todes je unterjochen. Weil er vernimmt und aufnimmt, was du aus der Ewigkeit kündest, hebt ihn das Wort aus dem Flusslauf der Zeit, erlaubt ihm zu schauen, tief zu durchschauen das endlose Spiel von Sähen und Ernten. Josef steht über dem Hin und Her von Gewalttat und Rache. Er scheint gekommen, uns an den göttlichen Ruf zu gemahnen, uns aus der Not einer selbst verschuldeten Enge zu führen. Schon seit er da ist, spüre ich deutlich, dass er einen neuen Weg uns zu zeigen gekommen ist, neu und außergewöhnlich.

Uns hat der tückische Angriff auf Schechem, Schimons und Levis schändliches Unrecht, tief in Gefahr und Bedrängnis getrieben. Nirgendwo sind wir noch sicher, seit wir Vertrauen verspielten. Unwegsam wurde der Weg, den du uns zu gehen geheißen. Anfangs lief alles erfreulich, doch nun ist unsere Lage düster und ohne Aussicht auf Wohlstand in sicherer Heimat. Hier sind wir nicht mehr geborgen, nur noch von Feinden umgeben. Schimon und Levi, ebenso Juda und andere Söhne setzen auf Stärke und möchten als unbesiegbar erscheinen. Schon seit geraumer Zeit drängen sie mich, mehr Waffen zu kaufen. Selbst haben sie in Bet-El verschiedene Schwerter erworben, ebenso zahlreiche Hölzer für Speere, Schäfte und Schilde. Als wir vor Tagen Isaaks Landgut zu Mamre erreichten, schlugen sie tatsächlich vor, den Hof möglichst rasch zu umwallen, aufzuschütten die Erde als Schutz gegen feindliche Truppen. Wahrlich, sie glauben ihr Heil hinter Wällen finden zu können, glauben daran, den Frieden mit Pfahlwerk und Gräben zu sichern. Doch hinter Mauern wächst bloß die Angst und verkümmert die Güte. Was wie Verteidigung aussieht, gleicht in der Tat einem Angriff. Angstvolle Abwehr entlarvt uns als streit- und eroberungslustig.

Nein, meine Söhne glauben nicht wirklich, dass du uns behütest, du uns allein, Herr, wirksamen Schutz und Geborgenheit bietest. Gleich, was sie sagen, sie trauen nur ihren eigenen Kräften, dem, was sie selbst errichtet, gerüstet und aufgebaut haben. Würden sie dir mit dem Herzen gehorchen, treu und ergeben, sähen sie ein, dass alles umsonst wäre, bloßes Getue. Würden sie wirklich ihr Leben ganz deiner Obhut empfehlen, könnten sie sehen, wie falsch dieser Schein von Sicherheit wäre. Aber sie sind außerstande, innere Kraft zu erkennen, können nicht glauben, dass Waffen sie unabänderlich schwächen. Ausrüsten wollen sie nun eine Schar erfahrener Knechte, ausbilden zahlreiche Sklaven zu leichtbewaffneten Kämpfern. Überall sieht man einfache Hirten mit Schwertern und Äxten. Schimon hat Pläne hier eine eigene Schmiede zu bauen. Schon hat er Knechte beauftragt ihm Erzgestein zu besorgen. Schmieden jedoch will der Draufgänger sicher nicht Schalen und Krüge. Spitzen für Pfeile und Speere brauche das Lager bald dringend, raunte der grimmig blickende Sohn, als ich ihn danach fragte. Auch wollen Levi und er einen neuen Speicher errichten, Feldfrüchte horten um uns in der Not versorgen zu können. All ihre Vorschläge zeigen mir deutlich, was sie bewegt und wie sie gedenken ihr Leben als Zugereiste zu meistern. Keiner erwartet je wieder Freunde von Kanaans Söhnen zu werden und Seite an Seite mit ihnen siedeln zu können. Aber sie glauben sich selbst als Enkel des Bundes berufen, notfalls die Fremden von ihrem eigenen Grund zu vertreiben.

Mein Leben, Vater, legte ich dir schon als Jüngling in Händen. Ach, Herr, der Tod meines Leibes konnte und kann mich nicht schrecken. Aber ich sorge mich sehr um das Wohl und Weh meiner Leute. Denn wenn uns irgendwann Kanaans Söhne angreifen sollten, wären wir ihrer riesigen Übermacht klar unterlegen. Nein, mit Gewalt lässt sich nie eine neue Heimat gewinnen. Spätestens seit der brutalen Vergeltung drüben in Schechem liegt auf der Hand, dass der Söhne Schwert uns das Obdach geraubt hat. Sind wir von dort nicht geflohen, obwohl der Gegner besiegt war? Auch meine Söhne wollten nicht bleiben am Ort ihrer Rache, wollten nur fort und rasch ihre Beute in Sicherheit bringen. Endlose Flucht ist das Schicksal aller, die hassen und töten. Irgendwann werden die Söhne deine Gesetze verstehen, werden erkennen, wie scharf das Schwert jeden Schwertkämpfer richtet. Wir haben selbst die Scharen der Löwen geweckt und gerufen. Nun kommen sie aus den Höhlen heraus, durchstreifen die Felder. Aufschlagen können wir länger nicht sicher unsere Zelte. Stets müssen wir auf der Hut sein, immerzu Angriffe fürchten. Nacht für Nacht brauchen wir seitdem Wachen mit Fackeln und Hörnern. Aber wer schläft schon ruhig inmitten von hungrigen Löwen? Blut ist geflossen, die Bestien wittern die fliehende Beute.

Zügig schwindet mein Einfluss, ich werde nicht lange mehr führen. Nun, da wir Isaak beigesetzt haben, spüre ich deutlich, wie meine Tatkraft als Ältester unabänderlich abnimmt. Vaters Verscheiden macht mich zwangsläufig zum Ahnen der Meinen. Aufgerufen bin ich von nun an verstehend zu schauen, über die Grenze des Tages hinaus das Ziel zu bewahren. Nunmehr obliegt es mir allen von deiner Absicht zu künden, aufzuzeigen und wiederzugeben, was du mich gelehrt hast. Tun aber werden jetzt andere müssen, tun und erleiden. Letztes Jahr ward mir bereits das Heft aus den Händen genommen. Da hatten andere eingegriffen und Schicksal geschaffen, ohne Erlaubnis über des Lagers Geschicke entschieden. Damals hast du mir gezeigt, wie mächtig der Wille zur Tat ist, eindrücklich vorgeführt, wie bestimmend die Kräfte der Welt sind. Seitdem gewährst du mir, Herr, zwar tiefer ins Dunkel zu schauen. Aber im Gegenzug hältst du mich fern vom tätigen Leben, machst mich zum bloßen Betrachter dessen, was mir offenbart wird. Heute erschaue ich mehr als jemals in früheren Tagen. Gleichwohl vermag ich es kaum noch, die Meinen machtvoll zu lenken. Mich hat das Aufbegehren der strebsamen Söhne entkräftet. Nun scheint gekommen die Zeit auf Macht und Gewalt zu verzichten.

Kaum einer scheint mir indessen geeignet, mich zu beerben. Ruben, der Älteste, lässt sich vom Weib die Augen verdrehen, lässt sich zu schnell und zu sehr von Leibes Begehren bestimmen. Mild ist er wohl, doch im Innern letztlich zu weich für die Wahrheit. Standhaft zu bleiben auch dann, wenn es ungemütlich und ernst wird, dazu gebricht ihm die Klarheit und Kraft des sehenden Geistes. Schimon, mein Zweiter, denkt nur daran seine Würde zu wahren. Ehre bedeutet für ihn ein höheres Gut als das Leben. Einer wie er ist zwar furchtlos, aber für alle gefährlich. Wer seine Kühnheit bezweifelt, muss Streit und Ärger befürchten. Levi, der Dritte, ist viel zu verblendet, kennt keine Gnade, glaubt, dass sein Herr ihn gewiesen hat Frevel grausam zu ahnden. Lieblos ist er und ohne Verständnis für menschliche Schwäche. Blind für die eigene Sünde, hasst er der Mitbrüder Makel. Juda, mein Vierter, könnte womöglich ein Anführer werden. Aber er folgt nur den alten und ausgetretenen Pfaden. Mutig ist Juda, doch ohne Gespür für die Weite des Himmels. Ihm ward das Herz nicht mit Traumgesichten belebt und beflügelt.

Deswegen brauchen wir einen wie Josef, einen, der wirklich aus der im Herzen vernommenen Weisheit abwägt und handelt. Er ist ein Diener des Lichts, im Einklang mit deinen Gesetzen. Auch wenn er bloß noch ein Kind ist, zeigt er erstaunliche Klarheit. Ihn werden Ruhm oder Reichtum nicht zu verleiten vermögen. Das, was so maßlos wichtig erscheint in der Welt seiner Brüder, Macht und Gewalt, Besitz und Beachtung, kann Josef nicht fesseln. Das ist nicht einfach nur kindliche Neigung, flüchtig und wechselnd. Er ist seit jeher gewillt, zu leben im Lichte der Wahrheit. Einer wie er ist geboren, dich als den Höchsten zu preisen. Alles, was wertgeschätzt wird in der Welt, berührt ihn fast gar nicht, bleibt für das wirkliche Leben vollständig ohne Bedeutung.

Könnte ein Himmelsgesandter wie er uns führend vorangehen, würden wir wieder *den* Weg beschreiten, den du mir gezeigt hast. Wir sollten wandeln im Licht, die Pfade der Finsternis meiden. Nicht das *Wohin* jedoch, nicht das Ziel, war an uns zu entscheiden. Heimführen wolltest du uns und hießest mich dir zu vertrauen. Doch das *Woher* zu erkunden war richtungsweisend für alle. Wer aus dem Licht kommt, nur der kann und wird zum Lichte gelangen. Deswegen war es und ist es für uns von großer Bedeutung, unsere Schritte täglich im Lichte der Wahrheit zu prüfen. Nur wenn wir horchen auf das, was du uns im Herzen verkündest, bleiben wir sicher, treu deinem Licht, auf dem Weg der Gerechten. Anders wird keiner das Land, das gelobte, jemals erblicken.

Josef jedoch ist noch jung, nicht mehr als ein Knecht seiner Brüder. Diese betrachten den Knaben mit Argwohn, spüren das Fremde. Mir scheint es ausgeschlossen, dass diese in künftigen Zeiten just ihrem kleinen Bruder zu folgen gesonnen sein werden. Selbst wenn das Kind zum stattlichen Burschen heranwachsen sollte, bliebe er doch in der stolzen Reihe der Söhne weit hinten. Andere werden den Anspruch erheben, das Volk zu führen. Mögen sie jünger im Herzen sein, uneinsichtige Welpen, sind sie doch älter am Leib und fordern mit Nachdruck ihr Recht ein. So ist es oft in der Welt, es herrschen die unteren Werte. Die, die vor dir, Herr, ganz ahnungslos, unerfahren und jung sind, gelten im Reich der Geschöpfe als starke Könner und Macher. Hier sind die Jungen die Alten, die, die bestimmen und herrschen. Gleichzeitig werden die wirklich Alten verkannt und belächelt. So ist das Reich der Natur: Es zählen die Kräfte des Leibes. Jene, die laut sind und rüde, geben seit jeher den Ton an. Einer wie Josef dagegen steht unbeachtet am Rande.

Dennoch hast du mich im Herzen schon früh vorausahnen lassen, dass dieser Josef uns allen voranzugehen bestimmt ist. Wege, die keiner von uns je beschritten, – er wird sie gehen. Auch wenn er dabei allein ist, scheinbar von allen verlassen, auch wenn ihn Not und Entbehrung dort in der Ferne erwarten, – er scheint erkoren, uns aus verzweifelter Lage zu retten. Deswegen setze ich heute all meine Hoffnung in ihn, Herr, hoffe, dass du deine Hand zu jeder Zeit über ihn breitest. Dann wird es Josef womöglich irgendwann doch noch gelingen seine Berufung zu leben, uns aus der Zwietracht zu führen, uns einen Morgen zu zeigen, der ohne Krieg und Gewalt ist.

Ihm aber stehen mächtige, finstere Feinde entgegen. Herr, ich vermag die Gefahr nicht deutlich genug zu erkennen. Fühlen jedoch kann ich wohl die Nähe bedrohlicher Schatten. Ja, sie sind nahe, und deshalb finde ich nirgendwo Ruhe. Auch in die Tochter, in Dinah, setzte ich einst meine Hoffnung, glaubte gewiss, dass ihre Güte sich durchsetzen würde. Dann ward ich bitter enttäuscht, als ihre Bemühung missglückte, alle Versuche, den Fremden sich anzugleichen, misslangen. Mehr noch, die Kräfte des Bösen zerstörten jedes Vertrauen. Wird es dem Bruder, dem Feinfühligen, ähnlich ergehen? Wird auch mein Josef am Starrsinn der Unverständigen scheitern? Vater, ich bange um ihn, denn hier in der Welt ist er wehrlos, hier, wo die Wölfe anscheinend jedes Ereignis bestimmen.

Grundlos hat Levi soeben Mhodar herausgefordert, bar jeder guten Sitte gezielt seinen Vetter beleidigt. Richtend und rechtend stellte der Stolze sich über den Neffen. Wie viele

Jahre hab ich mich bemüht um Esaus Vertrauen? Wie lange wartete ich, bis endlich Versöhnung erreicht war? Dann kommt mein Sohn und gefährdet das alles ohne Bedenken, macht sich voll Hochmut daran das gute Verhältnis zu tilgen. Leicht wäre dieses Gezänk zum schlimmen Zerwürfnis geworden. Wollte mein Sohn die Entzweiung, selbst die Verwandten befehden? Jedenfalls zeigte mir dieser Vorfall, was uns noch bevorsteht.

Ja, es ist wahr, was die Ruchlosen selbstgefällig betonen: Hamors Verbündete haben uns bisher gar nicht behelligt. Sie sehen sich selbst als durchweg erfolgreiche Rächer und Sieger, meinen im Ernst das Böse dort draußen geschlagen zu haben. Aber sie irren zutiefst und merken nicht, was sie bewirken, dass diese Saat ihrer Zwietracht aufgeht im eigenen Lager. Bislang griff niemand uns an, kein Feind aus den Hügeln und Wäldern. Aber wir haben begonnen untereinander zu streiten, uns zu entzweien, eigene Brüder und Schwestern zu hassen. Möglich gewiss, dass Kanaans Stämme uns tatsächlich fürchten. Aber das wäre mitnichten ein Grund dem Schöpfer zu danken, hieße es doch, dass wir uns nun selbst zu bekämpfen verdammt sind. Missgunst und Rachegedanken hegten die Brüder zu lange. Nun haben diese ihr Urteilsvermögen fast gänzlich verdunkelt.

Ohne es recht zu erkennen, ohne es wirklich zu wollen, haben sie selbst die nächtlichen Räuber und Mörder gerufen. Immer ist das, was wir denken, das, was sich irgendwann einstellt. Denken wir Hass, wird sich hasserfüllt unser Leben gestalten. Dann brechen urplötzlich Horden von maßlos wütenden Kriegern ein in das heimische Lager, machen den Frieden zunichte. Wehklagend recken da manche vielleicht die Arme zum Himmel, jammern verzweifelt, wie ungerecht doch ihr bitteres Los ist, suchen sofort nach einem, der schuld ist am Leid des Gehaders. Aber vollkommen ist deine Gerechtigkeit immer gewesen. Hüter der heiligen Ordnung bist du, dein Wesen heißt Wahrheit. Du bist der Herr der Gesetze, öffnest den Frevlern die Augen. Züchtet man Ziegen und Schafe, darf man nicht Rinder erwarten. Wo man den Disteln zu wachsen erlaubt, gedeiht kein Getreide.

Glücklicherweise gelang es den Streit beizeiten zu schlichten. Noch also lassen sich bändigen, Levis Jähzorn und Streitsucht. Aber ich weiß, der Unfriede unter den Meinen wird wachsen. Esau, zum Glück, überging die Schmähung des Unruhestifters. Großherzig dankte er vielmehr Juda, dem mutigen Schlichter, legte den Arm um den Neffen, pries, wie beherzt er gehandelt. Herr, ich bin glücklich, dass uns ein Streit unter Brüdern erspart blieb. Groß ist das Haus meines Bruders, groß ist die Zahl seiner Knechte. Heute erst recht ist es wichtig mit ihm verbunden zu bleiben. Esau war immer schon leicht erregbar, ein Hitzkopf und Raufbold, – nachtragend, unversöhnlich sogar ist er niemals gewesen.

Nun sitzen alle erneut im Schatten der Bäume beisammen. Ruhiger sind die vielen Gespräche inzwischen geworden. Schläfrig erscheinen die meisten der Trauergäste vom Weine. Da seh ich unweit des Brunnens die Amme des neuen Sohnes, winke die Sklavin herbei und lass mir den Nachkommen reichen. Leise und leicht wie ein Lämmchen liegt mir das Bündel im Schoße. Dies ist das letzte und größte Geschenk, das Rachel mir machte. Denn sie bezahlte dafür mit dem Leben, jung noch an Jahren. Ausgehaucht hat sie für immer bei der Geburt dieses Jungen, gleichsam der Leibesfrucht eingehaucht einen Teil ihres Wesens. Ja, meine Rachel lebt weiter in ihm, dem Kind meiner Freude. Stark war es damals bereits, zu stark für den Leib seiner Mutter. Sie aber gab ihren Geist hinein in den Körper des Kindes. So wurde Benjamin, dieser vor Kraft strotzende Junge, meinem seit Schechem geschundenen Herzen schließlich zum Tröster.

# 7. Blickwinkel

Die Vergewaltigte erzählt, eine hilfsbereite und einfühlsame junge Frau. Sie sehnt sich nach Hingabe, spürt aber genauso das Bedürfnis, sich gegen jede Form von Unterdrückung aufzulehnen. Sie ist idealistisch und attraktiv.

# Dinah. Die Willige

> Dinah, die Tochter, die Leah Jakob geboren hatte, ging aus, um sich die Töchter des Landes anzusehen.
> GENESIS 34, 1

Still und verhärmt betrachten die Witwen und Halbwaisen Schechems unseren Kummer, unser für sie bloß geheucheltes Elend, unsere Trauer zum Tode nur eines einzigen Mannes. Hinten, am Rande des Platzes, dort, wo die Reittiere ruhen, stehen sie zahlreich beisammen, wartend mit Krügen und Schalen. Keiner der unseren scheint diese Weiberschar wahrzunehmen. Weder mein Vater noch meine Mutter bedenken die Schmerzen jener dereinst durch der Söhne Gewalt erbeuteten Frauen. Denn während wir um den friedlich verbleichten Großvater trauern, leiden die grausam Verschleppten erneut am Los ihrer Sippe. Ein Jahr genau ist es her, dass all ihre Väter und Männer, Söhne und Neffen von Schimon und Levi umgebracht wurden.

Wehrlos geworden fielen die meisten der Schändung zum Opfer, wurden geschlagen und schließlich verschleppt ins Lager der Feinde. Ohne Erbarmen trieb man sie raus aus der Stadt ihrer Väter, trieb sie wie störrisches Vieh hinauf ins Gehege des Vaters. Keiner der Brüder ließ ihnen Zeit, um die Toten zu trauern. Nicht einmal beisetzen durften sie ihre Männer und Söhne. Grausam und herzlos ließ man die Leichen den gierigen Geiern. Später am Tage teilten sie auf, die Brüder und Kämpfer, auf unter sich die meuchlings und feige errungenen Weiber. Alle begehrten die Jungen und Schönen, forderten lautstark diese und jene der Mägde für sich, erhitzt und mit Nachdruck. Weniger reizvolle Weiber wollten die

Brüder verkaufen, tauschen mit fahrenden Händlern, Holz oder Erze erstehen. Ruchlos entschied man zurückzulassen die Alten und Schwachen, ohne Versorgung, allein in der ausgeplünderten Siedlung.

Da aber wurde es Vater zu viel, dem furchtbar Geplagten. Plötzlich vom heiligen Zorn aus Kummer und Trübsinn gerissen, schnellte er auf vom Sitz vor dem Zelt und erhob seine Stimme. Donnernd ertönte sein machtvolles Nein – und alle erstarrten. Keiner, auch Schimon nicht, traute sich Vaters Wort zu missachten. Schweigend verharrten die eben noch lauthals heischenden Söhne, hörten, was Jakob, ihr Herr und Gebieter, ihnen nun sagte: Keines der Weiber, ob jung oder alt, verlässt dieses Lager, keines, betonte mein Vater, und sprach von Pflichten der Sieger. Lernen müssten die Brüder die Beute als Bürde zu tragen, lernen, all diese Töchter von Schechem als Los zu begreifen. Denn die Geraubten würden von nun an zur Sippe gehören, müssten beschützt und ernährt werden, sorgsam, ernst und beständig. Da sie den Weibern die Männer genommen, urteilte Vater, müssten die Brüder sämtlichen Witwen die Männer ersetzen. Da sie den Töchtern die Väter geraubt, den Müttern die Söhne, hätten sie nunmehr die Pflicht auch an deren Stelle zu treten. Ja, sie gehörten jetzt ihnen, wie Vater deutlich erkannte. Mehr noch, die Weiber gehörten *zu* ihnen, unwiderruflich.

Eines beanspruchte Jakob für sich: die Witwe des Fürsten. Ohne dass er sich erklärte, wusste ich, was ihn bewegte. Sicher, Abora ist schön, ihr Antlitz trägt vornehme Züge. Hoch gewachsen ist Hamors Gemahlin, gleich kräftig und zierlich. Aber ich wusste, Vaters Entscheidung kam nicht aus Begierde. Ihm war es selbstverständliche Pflicht für die Witwe des Hamor Sorge zu tragen, sich gleichfalls um dessen Töchter zu kümmern. Auch kann es sein, dass mein Herr die Frauen in Schutz nehmen wollte, sie nicht der groben Gewalt meiner Brüder aussetzen mochte. Also nahm Vater damals zum Weib die Gemahlin des übel irregeführten, von seinen Söhnen gemeuchelten Fürsten. Seitdem hat er sie immer mit Anstand und Würde behandelt, gab ihr ein neues Zuhause, ein Zelt für sie und die Ihren. Bis auf den heutigen Tag lässt Vater Abora in Ruhe. Das hat sie selbst mir erzählt, denn die Leidgeprüfte vertraut mir.

Heute indessen wage ich nicht bei den Witwen zu stehen, fürchte ich doch, den trauernden Weibern zu nahe zu kommen. Schließlich bin ich in den Augen der allermeisten noch immer jenes verderbte Weib, das den Fürstensohn Sichem verführte. Auch wenn es keine von ihnen ausspricht, so kann ich mir denken, was sie von mir, diesem losen Töchterchen Israels, halten. Ich ward ja schließlich zum falschen Vorwand für Schechems Verheerung. Anzunehmen, dass manche gar glauben, es war schon im Anfang unsere Absicht der ganzen Stadt eine Falle zu stellen. Ja und ich kann es verstehen, kann's ihnen gar nicht verübeln, haben wir sie doch gezielt auf übelste Weise betrogen. Wie sollten sie auch verstehen, was damals wirklich passiert ist, damals im Walde, als Sichem und ich einander erkannten?

Aber Abora verhält sich mir gegenüber inzwischen anders und zeigt auch für meine Not ein gewisses Verständnis. Das ist natürlich vor allem in ihrem Enkel begründet. Denn mein Ben-Oni ist nicht, wie man sagt, ein schmachvoller Bastard. Er ist vielmehr der einzig verbliebene Enkel des Hamor, Enkel des Fürsten, Spross eines stolzen Geschlechts von Hiwitern. Er ist der letzte der männlichen Linie, Erbe der Toten, ausgerechnet geboren von mir, einer Magd der Hebräer. Mir ist entsprungen die Hoffnung dieser verunglimpften Witwe. Hoffnungsträger ist er eines übel geschundenen Volkes. Durchaus wahrscheinlich, dass manch eine arg verbitterte Sklavin hofft, dass Ben-Oni sie eines Tages befreit aus der

Knechtschaft, ja, dass er rächt den bösen Verrat an dem Volk seiner Väter, zornig entfesselt die stumm gewordene Kraft seiner Ahnen. Aber mir scheint, dass die Fürstin Abora damit nicht rechnet, nicht weil sie glaubt, dass die Götter so nicht zu wirken vermögen, nicht weil sie meint, ihr Enkel sei nun zum Hebräer geworden. Er wird für sie auf immer der Sohn seiner Vorväter bleiben. Doch sie verspricht sich, das weiß ich indes, von Rache nichts Gutes. Sie ist nur dankbar, den Sohn ihres Sohnes wachsen zu sehen.

Mehr als der Tod ihres Gatten schmerzte Abora im Herzen Sichems so unverhofftes, gleich frühes wie bitteres Ende. Auch ein Jahr später noch trauert sie leise um ihr geliebtes, grausam gemordetes Kind, den einstigen Erben des Hauses. Unmittelbar nach dem jähen Verlust, dem Untergang Schechems, war sie gefühllos gewesen, ohne Entgegnung, verschlossen. Weder Betrübnis noch Unwillen zeigte die tief Bestürzte. Stumm schien sie damals geworden, sprachlos und starr vor Entsetzen. Vater, ihr neuer Gebieter, begegnete ihr verständig, drängte sie nicht und ließ ihr die Zeit den Verlust zu betrauern. Aber er konnte sie nicht aus ihrem Gefängnis befreien, fand keinen Zugang zu ihr, beschränkte sich darauf zu warten. Da sie stets tat, was ihr aufgetragen ward, ließ er sie machen. Selbst ihre Töchter schafften es nicht ihre Starre zu lösen. Diese verstörten und hilflosen Mägde brauchten sie dringend. Trost allerdings war Abora nicht in der Lage zu geben. Freudlos fristete Hamors Gemahlin ihr Leben als Sklavin.

Doch als sie sah, dass ich schwanger war, kam sie wieder zum Leben. Vorsichtig suchte das plötzlich hellwache Weib meine Nähe. Aufmerksam hatte sie gleich die richtigen Schlüsse gezogen. Sicher war ihr nicht entgangen, dass ich noch stets ohne Mann war, ja, dass mich mancher missachtete, seitdem Schechem verheert ward. Einer nur konnte der Vater, konnte der Herr dieser Frucht sein. Anfangs vermied sie es furchtsam mir ihre Augen zu zeigen. Auch blieb sie weiterhin stumm, nicht sicher, wie viel ihr erlaubt war. Doch ich bemerkte natürlich Aboras heimliche Blicke. Damals hab ich ihr bestätigt, was sie im Grunde schon wusste. Innerlich spürte ich gleich, wie wichtig der Nachfahr für sie war. Und sie war froh, als ich ihr mit Worten am Werden des Kindes teilhaben ließ und erzählte, wie ich die Leibesfrucht wahrnahm, welche Geschichten ihr Wesen mir nachts im Traum überbrachte. Denn in der Tat erhielt ich seit Wochen besondere Träume und ich beschrieb sie Abora, die still und aufmerksam horchte. Sie glaubte darin sogleich das Werk ihrer Ahnen zu sehen, meinte, dass solcherart Traumgesichte hiwitisch sein würden. So hätten immer sich angekündigt die Söhne von Fürsten, klärte Abora mich auf und zeigte sich dankbar, zufrieden.

Nur auf das Kommende schauten wir beide, voller Erwartung, rührten mitnichten jedoch an das, was vergangen und tot war. Damals getraute sich keiner von uns das Dunkel zu lichten. Beide empfanden wir stark die lastende Schwere des Unrechts, spürten, wie heiß noch die Glut der Gefühle tief innen glühte, fürchteten wachzurufen der blinden Zerstörung Dämonen. Deswegen sprachen wir anfangs vom neuen Kinde alleine, scheuten uns gleichzeitig seinen Erzeuger bloß zu erwähnen. Stillschweigend hofften wir beide, Heilung im Kinde zu finden, hofften, die bloße Unschuld des Künftigen würde uns einen.

Selbst wenn ich nichts dafür konnte, mir auch nicht zur Last gelegt wurde, was meine Brüder getan hatten, damals, kurz vor der Hochzeit, fühlte ich doch eine Schuld, sobald ich Abora erblickte. Lange vermochte ich nicht dem Weib um Verzeihung zu bitten, fand nicht die Worte ihr meine Anteilnahme zu äußern. War es nicht unverzeihlich gewesen, was meine Geschwister ihr und den ihren angetan hatten, ein schweres Verbrechen? Konnte ich jemals das große Leid dieser Leute ermessen? Stand es mir überhaupt zu von ihnen beachtet zu werden? Solcherlei Fragen und Zweifel machten mich mutlos und schüchtern. Ich war die Herrin, gewiss, die Sklavin des Herrn bloß Abora. Aber ich fühlte mich nicht diesem edlen Weib überlegen, fühlte mich vielmehr beschämt und nicht würdig ihr zu gebieten. Ja, es wäre mir lieber gewesen, mich dieser Entehrten unterzuordnen und ihr als geringe Sklavin zu dienen. Das würde ihr, wie sollte es auch, den Sohn nicht ersetzen. Aber vielleicht vermochte ich so ihre Schmerzen zu lindern. Gleichwohl war klar, ich konnte mich nicht diesem Weib unterwerfen. Zweifellos hätte Abora das als Verhöhnung verstanden, hätte auf Anhieb geglaubt, ich würde sie schamlos verspotten. Wenigstens fürchtete ich, sie würde so ähnlich empfinden. Heute verstehe ich wohl, wie wenig ich damals erfasste. Wäre das Kind nicht gewesen, hätte ich niemals erfahren, was es bedeutet, Schuld mit erhobenem Haupte zu tragen.

Als ich es schließlich zur Welt brachte, war auch Abora zugegen, war mir im Grunde gar eine größere Stütze als Leah. Irgendwie kam es mir vor als linderte sie meine Schmerzen, während sie fest umklammert hielt meine vor Schweiß nassen Hände und mir hiwitische Lieder leise und stetig ins Ohr sang. Recht hat die Witwe behalten, denn ich gebar einen Jungen. Sie überraschte das nicht, so sicher war sie sich gewesen. Durch die Geburt dieses Knaben fanden wir näher zusammen. Aber sie brachte uns auch in Erinnerung Leid und Lücke, führte uns unentrinnbar zurück zum fehlenden Vater, sah doch der Nachkomme seinem Erzeuger auffallend ähnlich. Das war dem klaren Auge Aboras gewiss nicht entgangen. Angeregt durch den Blick ihres Enkels begann sie zu reden, sprach über Sichem zum ersten Mal, seit der Heimsuchung Schechems. Da erst erfuhr ich, und hörte mit Staunen, wer dieser Sichem wirklich gewesen, was ihn bewegt hatte, früher als Knabe. Wehmütig manchmal und manchmal auch heiter sprach seine Mutter über die Kindheit, über die Streiche des einstigen Sohnes.

Anfangs erzählte sie zögerlich bloß und schien sich nicht sicher. Doch sie bemerkte schon bald, wie sehr sich mein Herz danach sehnte mehr über den zu erfahren, der mir so plötzlich zum Los ward. Sicher, ich hatte in Sichem damals Verwandtes gesehen, hatte auf Anhieb gespürt, dass er meinem Herzen vertraut war. Wie eine ferne Erinnerung war mir sein Wesen erschienen. Aber vom Fürstensohn, der er ja war, vom Nachkommen Hamors wusste ich tatsächlich wenig, eigentlich fast überhaupt nichts. Seitdem, das spürte ich nunmehr schmerzhaft, war's dabei geblieben. Viel gab es, sehr viel, was ich vom Vater Ben-Onis, nicht wusste. Wir hatten schließlich nicht einmal Tage, geschweige denn Jahre zugemessen bekommen, um näher uns kennenzulernen.

Noch aber waren wir beide nicht in der Lage ans jähe, schmerzhafte Ende des einstigen Erben auch nur zu rühren. Also erzählte Abora von frühen, glücklichen Tagen, offenkundig beflügelt vom Anblick des schlafenden Enkels. Sie war sich sicher, dass aufleben würde etwas von Sichem, ja, dass er fortleben würde in seinem Söhnchen, das sie beseligt im Arm hielt. Während sie mir also nun vom Vater des Kleinen erzählte, zielte sie auch darauf ab, mir die hehre Herkunft Ben-Onis darzulegen und hoffte für ihn mein Verständnis zu wecken.

Und die gefühlvollen Worte verfehlten nicht ihre Wirkung. Mir wurde damals zum ersten Mal klar, den einzigen, letzten Sohn eines uralten Fürstengeschlechts geboren zu haben. Während ich zuhörte, fühlte ich nah die Ahnen des Knaben, fühlte mich ihnen verpflichtet, fühlte den Drang zu bewahren. Da war es, dass ich mir schwor, meinen Jungen auch als Hiwiter großzuziehen, ihn anzuhalten die Seinen zu ehren – nicht, weil ich ihn zur Abkehr von Israel anstacheln wollte. Doch ich erkannte, spürte, dass er niemals ganz werden würde, wenn er vom Leben der großen Vorfahren gar nichts erführe.

Schade, gerade der heutige Tag des stillen Gedenkens wäre geeignet gewesen wirklich gemeinsam zu trauern. Aber die meisten von uns betrachten die Weiber von Schechem gleichgültig, achten gering deren Jammer, Kummer und Trübsal, so wie man auch die Leiden der Ochsen und Esel geringschätzt. Wäre denn unsere Wehklage unwahrhaftig geworden, hätten wir darin auch einzustimmen den Weibern gestattet? Ist nicht die Trauer, der Schmerz des Verlustes, das was uns einigt? Wer kann schon sagen, dass sein Leid das menschlich tiefere Leid ist? Wie kann man gar den Tod eines einzelnen Mannes beweinen, gleichzeitig aber anderer Männer Verderben bejubeln? Wenn meine Brüder einfach nur mitfühlend hinschauen würden, sähen sie doch, wie ähnlich der Weiber Gram ist dem ihren. Aber sie winken die Sklavinnen bloß, wenn's ihnen an Wein fehlt. Manch einer schaut dann mit unverhohlener Gier auf die Mägde, sieht nur das Fleisch, wonach es dem eigenen Fleische gelüstet. So offenbart sich mir wie ein frostiger Windhauch die Wahrheit: Auch um den eigenen Ahnen trauern die Brüder nicht wirklich. Nicht bloß das Leid der Besiegten ist ihnen ohne Bedeutung, auch das des Vaters kann ihre Herzen nicht wirklich erweichen. Ohne wahrhaftiges Mitgefühl sind die meisten von ihnen, nicht in der Lage, anderer Leid als das ihre zu sehen.

Während ich dasaß umringt von den dunklen Weibern des Onkels, sah ich Abora verbissen schuften im Dienste der Meinen, sah, wie die Witwe sich anstrengte schwere Schläuche zu tragen. Auch ihre Töchter, die Mägde des Hamor, mussten sich mühen. Unbekümmert derweil und bedenkenlos plapperten Esaus Weiber und wollten mein Kind am liebsten die ganze Zeit halten. Keine erwähnte den Vater des Jungen, stellte mir Fragen. Deswegen war ich mir sicher, dass meine Tanten Bescheid wussten. Aber sie ließen sich davon nicht im Geringsten beirren. Freudig lachend und lautstark bewunderten sie meinen Jungen, streichelten, drückten und schnupperten ihn als einen der Ihren. Stillschweigend ließ ich der Tanten sorgloses Treiben geschehen. Nur mit einiger Mühe gelang es mir höflich zu lächeln. Mir war ihr fröhliches, ja fast kindisches Schnattern zuwider. Oft ging mein Blick zu den stillen Weibern von Schechem hinüber. Wenige Schritte entfernt verrichteten sie ihre Arbeit, unerreichbar jedoch für die achtlosen Herzen der Meinen.

Schließlich erhob ich mich unauffällig und ohne Ben-Oni, ging zu Abora und nahm ihr ein Weingefäß aus den Händen. Nickend bedeutete ich dem Weib eine Weile zu ruhen. Also versorgte ich glühend vor Wut die Herren und Brüder gleich einer Sklavin mit Wein und dem Saft vergorener Gerste, wollte sie zwingen die Dienerinnen zur Kenntnis zu nehmen. Kaum einer merkte indes, dass eine der Ihren ihm diente. Einzig mein Vater entdeckte unter den anderen Mägden gleich das verschleierte Haupt seiner still gewordenen Tochter. Früher schon meinte er oft, ich wäre zu stolz und zu störrisch. Jetzt da ich mich beherzt auf die Seite der Sklavinnen stellte, sah er sich darin wahrscheinlich wieder aufs Klarste bestätigt. Während er lauschte, was Esau erzählte, vornehm und freundlich, sah er mich durchdringend an, die Züge von Kummer gezeichnet. Eben erfüllt noch vom Zorn ob der nicht beachteten Trauer, wütend, weil offenbar niemand Schechems Verhängnis gedachte, senkte ich jetzt nur noch schamvoll das Haupt und wusste nicht weiter. Nur einen Atemzug lang hielt ich stand den Blick meines Vaters, schon war das sichere Recht meiner stummen Klage erschüttert. Denn in den Augen des Herrn gewahrte ich keinerlei Abwehr, keinen Versuch sich gegen die Wut seiner Tochter zu wehren. Das ließ mich schlagartig selbstgerecht und unerbittlich erscheinen und ich erspürte das unermessliche Leid dieses Mannes, ahnte die schwere Last, die der Himmel ihm auferlegt hatte. Tief getroffen vom Blick meines Vaters begann ich zu wanken, zweifelte plötzlich heftig an dem, was ich eben noch glaubte. War es mir wirklich darum gegangen Abora zu helfen, oder doch eher zurechtzuweisen die herzlosen Brüder? Woher bloß nahm ich das Recht die Söhne des Vaters zu hassen? War ich denn ernsthaft und ehrlich bereit für wahre Versöhnung? Aufgewühlt und entgeistert entfloh ich dem Ort solcher Fragen.

Später, gen Abend, als alles Tagwerk der Sklaven getan ist, trete ich ein in das Zelt der Abora, möchte sie trösten, wissend, wie sehr sie es liebt ihren jungen Enkel zu halten. Tagsüber haben wir kein Wort gewechselt, stumm bloß getrauert. Doch als ich jetzt ins einfache Zelt der Hiwiterin gehe, ist mir bewusst, dass die langen Tage des Schweigens vorbei sind. Sicher, seit meiner Schwangerschaft haben wir beide fast täglich viel miteinander gesprochen, viel voneinander erfahren. Aber wir haben es immer vermieden über den einen alles entscheidenden Tag des Verrats nur ein Wort zu reden. Nun allerdings, als der erste Todestag Sichems und Hamors unaufhaltsam zu Ende geht, drängen Gefühle zur Sprache.

Als sich das Dunkel im Innern des Zeltes nach und nach lichtet, seh ich Abora allein, die Töchter sind offenbar draußen. Regungslos sitzt sie beim Lager, ist anfangs kaum zu erkennen. Voll liegt das immer noch tiefbraune Haar dem Weib auf den Schultern. Offenbar hört sie mich nicht, denn es folgt kein Wort der Begrüßung. Einen Schritt näher zu ihr jedoch wird mir klar, dass sie betet. Das lässt mich zögern und zwingt meine Füße innezuhalten. Nun kann ich auch die leise gesprochenen Bitten erkennen. Tief in Gedanken versunken sucht sie, wie ich vermute, Frieden im Herzen am Ende dieses beschämenden Tages. Stumm und ganz wie von selbst, im Gefühl einer tiefen Verbindung, stimme ich ein in das Herzensgebet der leidvoll Geprüften. So steh ich da mit dem Kleinen im Arm und bitte um Hilfe, bitte den Herrn dieses Weib und die Ihren fortan zu schützen, bitte um Hilfe für mich, der Wahrheit mit Mut zu begegnen.

Dann, als ich wieder hinausgehen möchte, regt sich das Söhnchen, macht ein paar kurze Geräusche, leise nur aber vernehmlich.

„Herrin", empfängt mich Abora, sich dienstbeflissen erhebend, „bitte verzeiht, ich habe Euch gar nicht eintreten hören."

Sie zu entschuldigen schüttle ich leicht meinen Kopf und lächle. Weiterhin ohne ein Wort, gerührt von der plötzlichen Nähe, reiche ich ihr den geliebten und nunmehr strampelnden Enkel. Strahlend im Halbdunkel leuchten sofort der Großmutter Augen. Schon hat das Kind sich beruhigt, sachte gewiegt von der Ahnin. Während Abora Ben-Oni herumträgt, rufe ich draußen rasch einen Diener, heiße ihn uns eine Lampe zu bringen. Ehe der Sklave zurückkommt, bettet Abora den Kleinen, legt ihn auf flaumweiches Lammfell unter den Schutz eines Deckchens. Dann, als das Lämpchen gebracht worden ist, schauen wir beide plötzlich betreten und scheu auf den friedlich schlafenden Jungen.

„Ihr habt gebetet, Abora", beginne ich unbeholfen, „möge der Herr und der Himmel Euch endlich Frieden gewähren." Auch wenn das Schicksal Hamors Gemahlin zur Sklavin gemacht hat, bin ich doch nicht in der Lage, sie anzureden als solche. Ich seh in ihr noch immer die vornehme

Fürstin von Schechem, Herrin von vielen, Mutter von Sichem und Ahnin Ben-Onis. Nun ist sie auch noch die Gattin des Vaters, mir eine Mutter. Trotzdem hat sie ihre Magd von Anfang an „Herrin" gerufen. Also ist eine der anderen beides: helfend und herrschend.

„Ach, Herrin, mir geht es gut", erwidert Abora bekümmert, „nicht für mein eigenes Heil erflehte ich himmlische Gnade. Frieden gewähren", erläutert sie zögernd, „möge der Himmel endlich den vielen verstorbenen Männern meines Geschlechtes. Dafür alleine habe ich heute und oft schon gebetet." Dinah horcht auf, denn sie merkt, dass auch für Abora das Schweigen nunmehr vorbei ist, Schmerzen und Kummer zu Wort kommen sollen. Abwartend blickt sie die Ältere an, will sie nicht drängen. Leise, fast flüsternd fährt die Hiwiterin fort zu erklären. „Jählings und wider Erwarten kam für sie alle das Ende, unvorbereitet traf es die fiebernden Väter und Söhne. Immer noch geistern die Toten herum, verwirrt und verloren, finden geplagt von erlittenem Unrecht nirgendwo Ruhe."

„Ja, ich verstehe", entgegne ich fest, „denn auch mich verfolgen Bilder des Schreckens, blutiger Lager, und wollen nicht weichen. Nahezu jede Nacht suchen mich heim die Schreie der Opfer. Immer noch sehe ich vor mir das hasserfüllte und böse Grinsen des Bruders, das irre Flackern in glutvollen Augen, sehe das triefende Schwert, begierig zu töten, erhoben. Hätte mein eigener Bruder Levi mich damals erschlagen, wäre ich einverstanden gewesen, erlöst von der Schande, Schwester zu sein von derart verblendeten, boshaften Meuchlern. Aber das Los hat bestimmt, dass ich weiterlebe und Kummer, Schmach und Verzweiflung ertrage, bis meine Schulden getilgt sind."

„Gott hat gewollt, dass Ihr lebt", gibt Abora mir zu bedenken, „nicht zum Ertragen von Unrecht allein, von Schuld oder

Schande. Sehet, ihr wart genauso zum Tragen von Leben erkoren!"

„Sicher, Abora", bestätige ich mit Blick auf Ben-Oni, „dieses gleich süße wie bittere Erbe ward mir zur Freude. Aber in jener Nacht ahnte ich nicht empfangen zu haben. Mir wurde vielmehr genommen, jegliche Hoffnung entrissen. Das was mir blieb, war zunächst nur Verzweiflung, Trauer und Abscheu. Und meine Qualen wuchsen noch an in den folgenden Tagen, Wochen und Monden, so tief hatte diese Nacht mich erschüttert. Wenn also ich schon im Herzen so sehr bedrängt und verstört bin, wie müssen die, die ihr Leben verloren, im Geiste geplagt sein?"

Langsam, fast schwermütig senkt sich der Blick der einstigen Fürstin. „Deswegen bete ich, Herrin, bitte *Ba'al* den Beraubten helfend zur Seite zu stehen und Seelenschmerzen zu lindern."

Urplötzlich regt sich in mir wie damals ein Zorn der Enttäuschung. „Mutter, verzeiht, aber wo war *Ba'al*, als es galt Euch zu hüten? Was tat der Herr Eurer Sippe um abzuwehren das Unheil, fernzuhalten Verderben und Tod von den Lagern der Seinen?"

Da fühlt Abora sich angegriffen und blitzenden Auges schaut sie mich an, ist ganz die gestrenge Gebieterin Schechems. „Wendet Euch doch, wenn Ihr wollt, an Israels mächtigen Beistand! Schließlich hat er uns besiegt, durch die Hand der Seinen geschlagen." Kaum ist's gesagt, da wendet sich ab die Erregte, die Lippen fest aufeinander, die Augen geschlossen, und ringt um Fassung.

Tief sind die Wunden der Witwe, verheilt indessen ist keine. Deshalb ermahne ich mich, vor allem behutsam zu bleiben. Wieder beruhigt, erkläre ich ihr den Grund meiner Zweifel. „Ich bin nicht hierhergekommen um Euren Gebieter zu schmähen. Aber ich habe die Hoffnung verloren opfernd und betend Hilfe und Trost zu erhalten, wirksamen Schutz gegen Unrecht, gleich ob der Himmelsherr nun *Ba'al* oder anders genannt wird. Glaubt Ihr, ich könnte mich hinwenden noch an den Gott meiner Brüder? Mich hat der Herr meiner Väter verlassen, herzlos verstoßen. Denn er verlieh meinen Brüdern den Sieg, den Knechten der Rache, ließ es geschehen, dass schuldloses Leben ausgelöscht wurde. Levi, mein Bruder, der mich zu Boden geschlagen hat, sieht sich auserwählt vom Allmächtigen dessen Schlachten zu schlagen. Und der Erfolg gibt ihm Recht, er muss seine Taten nicht büßen. Wer also sollte und könnte meine Gebete erhören?"

Dann wird es still und die Augen Aboras ruhen in meinen. Schließlich schüttelt sie sanft ihren Kopf, die Geprüfte, und lächelt. „Kein Herr verlässt je die Seinen, lässt sie zurück in Bedrängnis. Auch und gerade in der Verzweiflung, ist er Euch nahe. Kümmert Euch nicht um die vielen Frevler, denn sie sind gerichtet. Irgendwann werden sie ihre Bluttat verantworten müssen. Aber glaubt nicht, dass der Herr Lüge und Unrecht verteidigt! Macht Eurem Gott keine Vorwürfe, Schuld sind die Menschen alleine. Bittet ihn vielmehr um Trost und sage ihm Dank für Ben-Oni! Hadert doch nicht mit dem Bösen, setze aufs Gute, das da ist!"

Dass es gerade diese Geraubte, die so sehr vom Bösen heimgesucht wurde, fertigbringt Worte wie diese zu sagen, rührt mich zutiefst und beschämt mich zugleich, erfüllt mich mit Trauer. Raunend bloß kommt mir die klägliche Antwort über die Lippen: „Aber ich finde ihn nicht, diesen Herrn, er scheint sich mir wirklich abgewendet zu haben, mich nicht mehr für würdig zu halten. Und meine Brüder verachten, verspotten mich unbehelligt."

„Würdig", entgegnet Abora, „weswegen sollte der Herr Euch unwürdig schätzen? Hat er denn nicht Euch mit Nachwuchs gesegnet?" Lächelnd blickt sie zum Enkel herüber und schweigt eine Weile, scheint in Gedanken versunken, alles Gesagte zu prüfen. Dann, als ich langsam befürchte, Abora will nichts mehr sagen, schüttelt sie wieder das Haupt, widerspricht mir deutlicher diesmal: „Nein, nicht der Herr hat sich abgewandt, sondern Ihr seid gegangen, habt Euch verborgen und möchtet nicht länger vor ihm erscheinen. Ihr, mit Verlaub, Herrin, Ihr seid es selbst, die sich unwürdig findet. Was also hindert Euch aufrichtig Gott um Hilfe zu bitten?"

„Ja, aber das ist doch klar", entfährt es mir ungewollt heftig. „Hätte es mich nie gegeben, wäre das tödliche Unheil nicht über Schechem gekommen, würde auch Hamor noch leben. Wäre ich stets ergeben im heimischen Lager geblieben, hätte ich nicht von Eurem Sichem bedrängt werden können. Er wäre nicht seinen Trieben verfallen, Schänder geworden. Alle Gemeuchelten würden sich noch des Lebens erfreuen. Wie also könnt Ihr mich fragen, weshalb ich mich selbst verfluche?"

Nun wird auch sie etwas lauter, schiebt meine Worte beiseite. „Hätte und Wäre und Würde – derart zu denken ist eitel. Ihr habt euch damals doch bloß für Schechems Bewohner begeistert. Was Ihr als Mensch seid und wo ihr vom Himmel hingeschickt werdet, kann doch kein Grund zur Verurteilung sein, kein Ausdruck des Bösen." Dann hält sie plötzlich inne und schaut mich mit spöttischem Blick an. „Oder wollt Ihr mir sagen, dass Ihr damals Sichem verführt habt?"

„Nein, ganz gewiss nicht!", weise ich derlei Bezichtigung von mir. Aber es fehlt mir auf einmal die Kraft, mich selbst zu beschützen. Statt einer lauten Verneinung, klingt nur ein klägliches Jammern. „So war es nicht, überhaupt nicht, Mutter, das müsst ihr mir glauben!"

Kurz legt Abora mir ihre Hand auf den Arm und umfasst ihn. „Mögt Ihr mir, Herrin", sucht sie mich flüsternd zur Ruhe zu bringen, „heute nicht sagen, was zwischen euch damals wirklich passiert ist?"

Da, durch die einfache Bitte Aboras jählings erschüttert, laufen die Tränen mir über die Wangen, stockt mir der Atem. Seit jenem Tag, an dem Sichem mich meiner Ehre beraubte, seit jenem folgenschweren Ereignis im Walde bei Schechem, hat mich kein Mensch je gefragt, meine eigene Mutter erst recht nicht, was uns zu jener Zeit denn so heftig zusammengeführt hat. Bilder vom Ort des Geschehens, vom lautlos kreisenden Falken, Bilder von Sichems lächelnden Augen bedrängen mich nunmehr lebhaft und zahlreich und reißen mein Herz hinab in die Trauer. Mühsam entwind' ich mich diesem plötzlichen Strom der Gefühle. Erst als ich leise atmen kann, fange ich an zu erzählen.

„Wir standen an vor dem Brunnen, Rana und ich, unter vielen. Noch war der Tag nicht vorbei, die Häuser der Siedlung erstrahlten rot im berückenden Lichte der untergehenden Sonne. Meine hiwitische Freundin plapperte ununterbrochen. Sie war gewiss die keckste und mutigste Magd, die ich kannte. Und ich war mehr als froh, sie als enge Vertraute zu haben. Plötzlich verdrehte die Freundin die Augen, deutete damit angewidert zur Seite, wo einige Jünglinge standen. Diese versuchten, so Rana entschlossen, bloß zu gefallen, trachteten danach bewundernde Blicke auf sich zu ziehen. Mir war das peinlich, ich traute mich nicht hinüber zu sehen. Rufe und lautes Gelächter wogten von dort bis zum Brunnen. Offenbar reizten die Burschen einander mutig zu zeigen, wie viel Geschick oder Kraft man besaß, auch Witz und Gescheitheit. Manche der Mägde kicherten, wendeten oft ihre Köpfe. Anders ein älteres Weib, das hinter uns stand und empört war. Mürrisch versuchte sie uns vor schamlosen Knaben zu schützen, schimpfte die Burschen und hieß sie ohne Verzug zu verschwinden. Rana betrachtete einfach nur kurz das lautstarke Treiben, zuckte dann unbeeindruckt die Schultern und nannte es albern.

Schließlich obsiegte in mir die Neugier, die Schaulust der Augen. Heimlich fast sah ich hinüber und da erblickte ich Sichem. Während die anderen Jünglinge weiter scherzten und sprangen, stand dieser Eine ganz still und ließ seinen Blick auf mir ruhen. Unwillkürlich erstarrte ich, fühlte ein plötzliches Glühen. Aber da war keine Scham oder scheu, nicht das Gefühl etwas Unerlaubtes zu tun, was nun peinlicherweise bemerkt wird. Nein, was ich sah, war von solcher Vertrautheit, solch einer Nähe, wie ich sie niemals erlebt hatte, auch nicht für möglich gehalten. Während der dunkle Jüngling dort drüben mir vollkommen fremd war, schien mir zugleich aber auch, als sähe ich in seinen Augen einen noch unerforschten Bereich meines eigenen Wesens. Er war ein Teil meiner selbst, ein Teil, der mich heilsam ergänzte. Wie war es möglich gewesen, so lange halb nur zu bleiben? Wie war es möglich, dass ich nie bemerkt hatte, wie viel mir fehlte. Fraglos war ich mir bis zu der Stunde immer gewesen, fraglos, nicht ahnend, wonach sich mein Herz all die Zeit sehnte. Noch als ich voller Erstaunen mich selbst im Fremden gewahrte, war ich mir sicher, dass dieser genau dasselbe erlebte. Kein Wort der Welt hätte diese Begegnung einfangen können. Kein Wort war nötig das Wunder des Augenblicks zu erklären.

Ob ich am Ende lange so dastand, – Ich kann es nicht sagen. War es tatsächlich ein Augenblick bloß, der uns dort einander blitzartig zeigte, erhellte und Glück versprechend enthüllte? Zeitlos war mir der Moment dieser klaren Einsicht erschienen, so als ob alles verstummte und stillstand die Sonne am Himmel. Aber ich weiß, dass für die, die herumstanden, alles recht schnell ging. Rana bemerkte indessen sofort, dass etwas passiert war. Zügig erfasste die Freundin die Lage, lächelte spöttisch, zog mich am Arm zu sich hin und löste die Fesseln des Zaubers. Staunend erfuhr ich von ihr, dass der junge Mann ihr Cousin war, mehr noch: der älteste Sohn des mächtigen Stadtfürsten Hamor. Das, was sie sagte, vor allem jedoch, *wie* sie es sagte, war wohl gedacht mich zu warnen, leise zur Vorsicht zu mahnen. Rana, so dachte ich damals, meinte, der Fürstensohn wäre viel zu vornehm für eine wie mich, eine Tochter der Wüste. Heute indes versteh ich sie anders, die Mahnung der Freundin. Denn wie ich später erfuhr, galt Sichem bei vielen als Leichtfuß. Leichtsinnig nannte man ihn, nicht Böse doch etwas zu sorglos.

Derlei Behauptungen hielt ich letztlich jedoch für belanglos, wusste ich doch, dass ein selten tiefes Verständnis uns einte. Deswegen gab es für mich keinen Grund den Jüngling zu meiden. Da er mir innerlich nah war, sah ich die Nähe des Mannes nicht als Bedrohung. Vielmehr erschien mir sein Dasein, sein Um-mich-herum-Sein natürlich. Als er am nächsten Tag kam, sich anbot mein Wasser zu tragen, war ich darüber gar nicht erstaunt und erst recht nicht erschrocken. Schweigend reichte ich ihm meinen Krug, den er ebenfalls wortlos annahm und ungeübt, wie er war, zu umfassen versuchte. Aber ich ließ ihm die Last, die er nunmehr auf sich genommen, hielt mich zurück und vermied es, ihn durch mein Lachen zu kränken. Deswegen schritt ich voraus, beglückt, dass der Jüngling mir folgte.

Kaum etwas knotet ein engeres Band als gemeinsames Schweigen. Reden wir häufig nicht deshalb, um uns auf Abstand zu halten, bauen mit bloßem Gerede scheinbar uns schützende Zäune, treiben wie Grenzsteine tief in den Boden achtlose Worte? Ununterbrochen reden wir, wenn wir einander nicht trauen. Anders jedoch, wenn wir schweigen und Stille aushalten können. Dann nämlich sprechen die Herzen unmittelbar zueinander. Dann erst erlauben wir andre unsere Wahrheit zu sehen. So war es auch zwischen Sichem und mir in jenen Momenten. Ich ging voraus und er war bereit meine Last zu erleichtern. Er, der gewohnt war zu führen, zeigte sich willig zu folgen."

„Und", unterbrach mich Abora erstaunt, „er redete gar nicht?"

Ihre Verblüffung entlockt mir ein Lächeln, denn ich versteh sie. „Spürbar gewiss", ergänze ich, „war sein Bedürfnis zu sprechen. Aber er muss sie gefühlt haben jene heilige Nähe, dieses ganz Neue und gleichzeitig unbeschreiblich Vertraute. Jedenfalls brach er das Schweigen auch in den Tagen danach nicht. Irgendwie schien ihn das Unverhoffte beeindruckt zu haben. So vergingen in heimlicher Absprache mehrere Tage. Er stieß zu mir, sobald ich mich anschickte heimwärts zu gehen, war wie ein Diener für mich, geflissentlich, treu und verschwiegen."

Kurz blickt Abora herüber zu mir und mustert mich prüfend. „Hatte denn nicht Euer Vater im Lager längst einen Brunnen ausheben lassen? Weswegen trugt ihr das Wasser nach Hause?"

Argwöhnisch hat sie gefragt, die zurückgebliebene Mutter, und ich entschließe mich deshalb sogleich ihr nichts zu verhehlen. „Leider", beginne ich, „fehlte unserem Brunnen am Anfang ausreichend Wasser, obwohl er so tief ins Erdreich hinabging. Erst mit der Zeit ward es leichter die Eimer sauber zu füllen. Oft gab's zu wenig für uns und erst recht zum Tränken der Herden. Aber es stimmt schon, es wäre nicht wirklich nötig gewesen täglich zum Wasserschöpfen hinunter nach Schechem zu gehen. Doch mir gefielen die langen Wege gemeinsam mit Sichem. Komisch, wir hatten noch gar nicht gesprochen und doch war er mir nah wie ein Bruder. Anders indessen als meine eigenen Brüder im Lager tat Euer Sohn nicht so eingebildet und herrisch wie jene. Während die Brüder daheim mir gerne Befehle erteilten, zeigte sich Sichem ohne zu zögern bereit mir zu folgen. Einfältig mögt Ihr mich schimpfen, Herrin, doch sah ich uns damals ehrlich und tief wie zwei alte, treue Geschwister verbunden. Wir hätten demnach genauso gut beide Brüder sein können oder auch Schwestern – die Bindung wäre die gleiche gewesen. So wie sich innig liebende Schwestern einander erfreuen, so ging's auch mir in der heilsam erlebten Gegenwart Sichems."

Dann halt' ich inne und lausche den schwachen Nachklang der Worte. Was treibt mich an, mich hier vor Abora so zu erklären? Wogegen suche ich Unbedarfte mich zu verteidigen? Gegen den unausgesprochenen Tadel, den ich befürchte? Gegen den Vorwurf des Trugs, der stillen Versuchung des Sohnes? Sah ich nicht damals bereits, nachdem ich der Ehre beraubt war, derlei Beschuldigung oft in den starren Mienen der Leute? Auch von den Meinen erhielt ich mitunter tadelnde Blicke. Was, schienen alle zu fragen, treibt sich ein Jungweib wie du auch draußen im Walde herum, alleine mit diesem Hiwiter? Wärst du im Kern eine wirklich ehrbare Tochter gewesen, hättest du nie einen Blick auf den fremden Jüngling geworfen. Ja, ich vermeinte ihr unbesonnenes Urteil zu hören, sah, dass sie dachten ich hätte den Jüngling selber ermutigt. Kann ich's Abora verdenken, dass sie den gleichen Verdacht hegt?

Unsicher schaue ich auf, bereit ihrem Blick zu begegnen. Doch was ich sehe, vermag meine Furcht sofort zu vertreiben. Denn ihre Augen berühren mich sanft und ohne Entrüstung. Vielmehr erkenne ich darin mütterlich warmes Verständnis. „Herrin", erklärt sie, „ich habe gesehen, wie diese tiefe Herzensbegegnung Sichem verwandelte, ernsthafter machte. Er war noch nie in der Lage, Gefühle gut zu verbergen. Früh also sah ich die Wirkung, die Ihr zu jener Zeit hattet, spürte an ihm, wie aufrichtig Ihr dem Jungen geneigt wart. Sichem war immer als Schwärmer und Schwätzer unstet gewesen. Nun aber zeigte der Sohn sich zielstrebig, ruhig, entschlossen. Ganz sicher wollte mein Sohn sich Eurem geschenkten Vertrauen würdig erweisen, Euch als verlässlicher Wächter begleiten."

„Wie – ein verlässlicher Wächter?", frage ich völlig entgeistert, weite die Augen, meine nicht richtig verstanden zu haben.

Aber Abora versucht nicht des Sohnes Ehre zu retten. Sie hat nicht vor, dem Toten die Last der Verfehlung zu nehmen. „Ja, in der Tat", bekräftigt sie, „das war gewiss, was er wollte. Doch er vermochte es gar nicht zu wollen, täuschte sich selber. Denn er war schwach und konnte sich kaum ein Vergnügen versagen. Diesbezüglich war Sichem immer schon anders als Hamor, wahrscheinlich mehr wie der Vater des Vaters, Andur der Kühne. Jedenfalls stellte er früher und frecher als sonst ein Jüngling unseren Burgmägden nach, die sich deshalb öfter beschwerten. Doch als er Euch begegnet war, änderte er sein Verhalten. Als ich ihn dann danach fragte, wunderte mich seine Antwort. Das, was er fühlte als tiefe Verbindung, nannte er heilig. Dieses Besondere schwor er sich damals immer zu schützen. Ich war erfreut und nur allzu gerne bereit ihm zu glauben. Doch als ich schließlich erfuhr, was mein Sohn getan haben sollte, wusste ich, ihm war die Schwäche dann doch zum Schicksal geworden. Da überkam mich unmittelbar ein Gefühl von Bedauern, nahm ich doch an, dass er Eure Gunst, Herrin, eingebüßt hatte. Mir schien die Saat seines Glückes unwiderruflich verloren, ehe sie aufgehen konnte, zerstört durch blinde Begierde."

Wehmütig lächelt Abora, noch in Gedanken bei Sichem, trauert erneut um den frühen Verlust des munteren Sohnes. Dann kehrt sie wieder zu mir und zu dem, was ich ihr erzähle. Würdevoll hebt sie das Haupt und zeigt einen Stolz ohne

Härte. „Also von mir", sagt sie, „habt ihr Verachtung nicht zu befürchten. Mir war es früher schon aberwitzig und kläglich erschienen, einfach die Schwäche des Mannes dem Weib zum Vorwurf zu machen. Aber ich hoffe, Ihr könnt eines Tages Sichem verzeihen."

Diese fast demütig ausgedrückte Erwartung Aboras rührt mich erneut, doch versetzt sie mich weitaus mehr in Erstaunen. Sprachlos versuch' ich den Sinn des eben Gehörten zu fassen. Offenen Mundes sitze ich da und betrachte die Witwe. Sie, die Betrogene, bittet mich ihrem Sohn zu vergeben? Erst durch den Anblick des Weibes finde ich wieder zur Sprache. „Ihm, Mutter", stammle ich zaghaft, „habe ich längst schon verziehen. Gleich nach dem unerwartet und rüde erzwungenen Beischlaf, reute den unbesonnenen Jüngling bereits sein Vergehen. Als er so ungestüm, wie von Sinnen über mich herfiel, war ich von Angst und Entsetzen gelähmt und hilflos gewesen. Doch als dann seine Wollust zerronnen war, wurde er weicher. Rasch wich der Löwe von eben einem versöhnlichen Lämmchen. Da er mir nah war, näher als sonst einer jemals gewesen, fühlte ich nach, was sein Herz nun seinerseits heftig bedrängte. Hin- und hergerissen war Sichem, beschämt ob der Schandtat, hochgestimmt aber auch und berauscht von den Wonnen des Leibes. Erst als sein Atem leiser ging, konnte er mich wieder sehen, konnte mich wahrnehmen, meine missliche Lage erkennen.

Nach dem gewaltsamen Eindringen schmerzten mir Leib und Schenkel. Blutbesudelt war ich und mein Kleid war verdreckt und zerrissen. Unreiner aber kam ich mir vor in der Tiefe der Seele, unrein, entwürdigt, und schämte mich deshalb arg meiner Blöße. Als er es sah, wurde Sichem gleich anders, einfühlsam, zärtlich, nahm seinen Umhang, mich zuzudecken und hielt mich umfangen. Aufrichtig bat er mich damals ihm seine Wucht zu verzeihen. Und er versprach, mich so bald wie möglich zum Weibe zu nehmen, schwor mir bei Gott sich immer um mich und die Meinen zu kümmern. Doch nicht die Worte und das, was sie sagten, gaben mir Hoffnung. Vielmehr verriet mir der Klang seiner Stimme, dass es ihm ernst war, dass er mich wirklich erkannt und das Schicksal anerkannt hatte. Während die Wahrheit mich schützte, legte sich meine Verwirrung. Nun, da der Heftige Schwäche und Sehnsucht vor mir entblößte, ward es mir selbst zum Bedürfnis ihm die Gewalt zu verzeihen.

Doch ich war mehr als töricht zu glauben, dass dadurch alleine alles bereits überstanden, gänzlich befriedet sein würde. Ich hatte Sichem verziehen, ihm nachgesehen die Grobheit. Aber ich merkte zu spät, dass viele das gar nicht vermochten, ja, dass sie gar nicht bereit waren, meine Meinung zu hören. Bald nach dem Vorfall im Walde, nach meiner Heimkehr ins Lager, wussten die Brüder bereits, was mir, ihrer Schwester, passiert war. Irgendwie hatten sie früh schon Wind von der Sache bekommen. Möglich, dass einer von ihnen uns in die Wildnis gefolgt war. Jedenfalls zeigten sich insbesondere Levi und Schimon maßlos gekränkt, ob der Schändung ihrer verzogenen Schwester.

Not hatte Sichem zur Notzucht getrieben, wildes Begehren. Das sah ich gleich, sah die Schwäche hinter dem Drängen und Zerren. Doch als die Göttin der Wollust keuchend und satt von ihm abließ, zeigte sich mir in den Augen des Mannes echtes Erkennen. Da wichen sämtliche Zweifel, ob es ihm wirklich um mich ging. Da ward mir klar, dass er wirklich mit mir vereint werden wollte. Ungeduldig nur drängte sein Leib, weil die Sehnsucht der Seele ihn schon so lange begleitet, innerlich angespornt hatte. Dass es der Fürstensohn ernst meinen könnte, ernsthaft bereute, zogen die Brüder – verstockt wie sie waren – nicht in Erwägung. Schon, dass der Täter Hiwiter war, reichte ihnen zum Urteil. Denn für so manchen der Meinen waren die Einwohner Schechems mehr nicht als wilde Gauner, die hurten und fraßen wie Tiere.

Ebenso wenig erkannten die Brüder, was in mir vorging. Keiner von ihnen ahnte auch nur, was mich seelisch bewegte. Ich war für Levi ein sündiges Weib bloß, Israels Schandfleck. Schimon beklagte, dass ich mich weigerte ihm zu gehorchen. Starrköpfig schimpfte er mich und drohte mich öfter zu schlagen. Ruben, dem Erben, war ich wohl einfach nur schwierig und lästig. Aber auch Juda, der wenig älter als ich war, enttäuschte, hüllte sich ständig in Schweigen, wollte mich nicht unterstützen. Letztlich betrachteten alle Geschwister mich als ihr Eigen, wertvoller kaum als ein Rind oder Schaf, das nunmehr geraubt war. Aber da ich eine Tochter des Herrn war, musste natürlich Israels Ehre beschützt, zur Not wiederhergestellt werden. Meine gefährdete Würde sorgte sie nicht im Geringsten. Sie sahen bloß ihre eigene reine Ehre besudelt. Dass mich ein anderer angefasst hatte, kränkte sie maßlos, stach in den Stolz dieser Brüder, durchbohrte tief ihren Dünkel. Nicht wegen dem, was mir widerfahren war, wollten sie Rache, nein, sondern nur wegen dem, was man ihnen angetan hatte. Gleich was ich fühlte und dachte, egal, was immer ich wollte, ich wurde nicht mal gefragt, schon gar nicht gehört und gesehen. Nur noch Genugtuung forderten sie, Abgeltung, Ausgleich. Weit entfernt wie die Sterne am nächtlichen Himmel für uns sind, war die Vergebung, schon der Gedanke daran, für die Brüder. Deswegen wurden sie schließlich zu Abgesandten des Unheils."

Da zieht Abora vernehmlich die Luft ein, strafft ihren Rücken, legt ihren Kopf erschöpft in den Nacken und schließt ihre Augen. „Mir ist schon klar, Herrin", sagt sie mit Vorsicht, „dass diese Brüder lange noch nicht zu verzeihen vermögen, aber könnt ihr es?"

„Das", unterbreche ich sie überrascht und auch etwas heftig, „habe ich doch gerade gesagt, ich vergab Eurem Sohne. Zweifelt Ihr denn, dass ich aufrichtig meine, was ich Euch sage?"

Schweigend und langsam schüttelt Abora das Haupt, das geneigte, blickt unter dunklen Brauen hervor und erklärt sich genauer. „Oh, dass Ihr Sichem vergabt, Herrin, glaub ich sofort, denn ich seh es. Ihr habt den Erben erkannt und geliebt, da will man verzeihen."

„Dann", unterbreche ich ungeduldig erneut, „ist mir dunkel, weshalb Ihr dennoch bezweifelt, dass ich kann, was ich schaffte."

„Dem zu verzeihen, der uns in Liebe verbunden und nah ist, – das", so Abora, „ist letztlich nur eine einfache Übung. Wirklich herausgefordert sind wir von den Fremden und Feinden. Die, die wir hassen und meinen berechtigt hassen zu dürfen, lehren uns erst, welcher Herzenskraft es bedarf zu verzeihen."

„Wie, ich soll denen verzeihen, die böse und ungerecht sind, die, die verstockt sind und meine Vergebung gar nicht verdienen?" Ungewollt habe ich laut und etwas zu heftig gesprochen. Daher werfe ich rasch einen Blick auf den ruhenden Säugling. Aber Ben-Oni schläft einfach weiter und lässt sich nicht stören. „Wie kann ich", frage ich nunmehr gemäßigt, „einem verzeihen, wenn mir derselbe weiter mit Hass und Verachtung begegnet?"

„Glaubt ihr", entgegnet das Weib, „man kann sich Vergebung verdienen? Wie wollt ihr das denn bewerten, dass einer Nachsicht verdient hat? Soll er Euch reumütig bitten, ihm seine Schuld zu verzeihen? Soll er sich bettelnd und weinend vor Euch in den Staub werfen?"

„Wenn ihn nicht reut, was er tat, so könnte ich ihm nicht

vergeben. Er würde mich", erkläre ich, „deshalb doch einfach verhöhnen, würde mich lediglich ob meiner Schwäche grinsend verspotten."

„Nicht wegen dem", erwidert Abora, „der Schlimmes getan hat, nein, sondern wegen uns selbst vergeben wir Schuld oder Unrecht."

„Wie, aber Sichem", frage ich staunend", bedurfte doch dringend meiner Vergebung? Ihm hat's gut geholfen von seiner Bürde entlastet zu werden."

„Sicher, Vergebung ist auch für den, dem Vergebung zuteilwird, heilsam, das stimmt schon, doch eben nicht nur und auch nicht zuvorderst. Was", fragt Abora mich forschend, „wäre mit Euch denn geschehen, hättet ihr gar nicht verziehen und wäret herzlos geblieben?"

Daran zu denken verwirrt mich zunächst und bringt mich zum Schweigen. Aber ich spüre, Aboras Gedanke berührt mich im Innern. Auch wenn ich bisher nicht so zu fühlen gewohnt und geneigt war, merke ich doch, dass mich ihre vertrauliche Frage nicht loslässt. Schließlich gestehe ich ein, dass die Herrin irgendwie recht hat. „Hätte ich Sichem", entgegne ich, „seine Gewalt nicht verziehen, wäre ich seitdem von Hassgefühlen besessen gewesen. Dann hätte ich ihn zuletzt wohl ebenso umbringen können."

Daraufhin nickt die Hiwiterin schweigend, fühlt sich bestätigt. „Hass ist ein Gift und es schadet uns selbst andauernd zu hassen. Anfangs", erklärt sie, „bemerkt man vielleicht die Wirkung des Gifts nicht. Irgendwie lebt und bewegt sich der Leib ja weiter wie immer, aber allmählich hört unser fühlendes Herz auf zu schlagen. Leblos und starr wie ein Felsen geworden, kennt's weder Freude, Wahrheit noch Mitgefühl und wir werden Dämonen des Dunkels. Deshalb seid froh, Herrin, Eurem Schänder vergeben zu haben. Dadurch ist Euch ein gefühlvolles Herz erhalten geblieben." Kurz hält sie inne, die Witwe, um zögernd dann weiterzureden. „Dennoch scheint Euer Gemüt vom Schatten des Bösen verdunkelt. Ihr habt die Notzucht verziehen, doch gab's noch andere Übel, schlimmere Übel, die weiter bis jetzt ihr Unheil verbreiten. Deswegen fragte ich Euch, ob Ihr zu vergeben bereit seid, wirklich bereit seid das Herz den zutiefst Verhassten zu öffnen."

Da schnürt mir plötzlich etwas den Hals zu und nimmt mir die Luft weg. Fest wie vom Leib einer Schlange umschlungen scheint mir mein Brustkorb. Darin gefangen harrt eine Kümmernis ihrer Erlösung. Stechend durchfährt mich der Schmerz dieser tief verborgenen Trauer. Schließlich gelingt es mir mühsam Worte der Not zu erwidern. „Nein, das kann keiner erwarten, Abora, das ist unmöglich! Keiner kann ernsthaft erwarten, – Gott! – dass ich denen verzeihe. Nie, nicht so lange ich lebe, werde ich diesen Halunken je ihre Abscheu erregenden Meuchelmorde verzeihen. Gleich, was Ihr sagt und wie heilsam für mich Vergebung auch sein soll, unverzeihlich ist das, was die beiden mir angetan haben. Nein, meine Brüder verdienen bloß noch geächtet zu werden."

„Dann werdet Ihr", prophezeit mir Abora, weiterhin leiden, denn Euer wundes, geschundenes Herz kann so nicht verheilen."

„Endlich und restlos geheilt", entgegne ich ohne zu denken, wäre ich erst, wenn die Brüder leibhaft bestraft werden würden, erst wenn sie das, was sie taten am eigenen Leibe erlitten."

Plötzlich betrübt betrachtet Abora mich, während sie zuhört. Was sie dann antwortet, trifft mich heftig und unvorbereitet. „Ja", sagt sie, „so ist es offenbar immer, wenn wir nicht verzeihen: Wer nicht vergibt, der sinnt ewig auf Rache, möchte bestrafen. Glaubt mir, es gibt keine einzige gute, gnädige Rache. Sicher, der Rachedurstige sieht seine Rache als rechtens, weist auf ein Unrecht, das ihn nun zurückzuschlagen verpflichtet. Auch Eure Brüder sahen sich selber im Recht zu bestrafen, waren sich sicher die Ungerechten beherzt zu bekämpfen. Sie haben damals am meisten befürchtet schwach zu erscheinen, wollten sich Geltung verschaffen, uns ihre Härte beweisen.

Ihr wiederum meint die Unrechten leiden lassen zu dürfen, glaubt, dass vergangene Untaten Euch genau das erlauben. Das ist das Wesen des Rächers, dass er sich selber im Recht sieht. Rächend jedoch schafft er wieder und wieder weiteres Unrecht. Das hört nicht auf, denn es nimmt von alleine niemals ein Ende. Einzig die Liebe vermag diese Schicksalskette zu brechen. Ihr müsst entscheiden: Entweder wählt Ihr den Weg der Verzeihung, oder der Hass wird Euch blenden – wie es den Brüdern passiert ist."

Irgendwie fühle ich schon, dass wahr sind die Worte Aboras. Tief in der Nacht meines Herzens leuchtet mir ein, was ich höre. Aber ich halte noch fest an dem, was Gewohnheit mir vorgibt. Noch nicht bereit, mich ganz dieser Wahrheit geschlagen zu geben, stell' ich das Weib auf die Probe, ziehe sie selbst gar in Zweifel. „Wollt Ihr mir sagen, Ihr habt in der Tat den Mördern vergeben, jenen, die mitleidlos kranke Männer und Knaben erschlugen, jenen, die Euer Geschlecht so heimtückisch ausgelöscht haben? Bis auf den heutigen Tag sind die Meuchler straffrei geblieben. Mehr noch, sie schwelgen im Glanz des gierig geraubten Vermögens. Sie sind die Herren und machen Euch und die Euren zu Sklaven, treten die Würde der früher so stolzen Weiber mit Füßen. Sie sind verantwortlich dafür, dass Eure Töchter inzwischen aufwachsen in Knechtschaft, gezwungen Verrätern zu dienen. Denen, behauptet ihr nun, habt ihr alles Unrecht verziehen?" Unfähig das zu verstehen, schau ich entgeistert und schüttle ungläubig wieder und wieder das Haupt und wende den Blick ab.

Aber Abora ficht das nicht an, denn sie weiß, was passiert ist. „Glaubt Ihr", beginnt sie, „ich wüsste nicht, welches Leid man uns antat? Glaubt Ihr, ich sähe es nicht, das Unrecht der feigen Verbrecher? Doch, was erwartet Ihr, Herrin, wie sollte ich mich verhalten? Sollte ich heimlich eindringen nachts in die Zelte der Täter, ihnen mit Wucht einen vollen Krug auf dem Schädel zerschmettern? Ja, ist es das, was ihr wollt, dass ich Eure Brüder ermorde? Sollte ich wirklich mein Leben hergeben nur um zu töten? Denn Ihr versteht, ich hätte mich damit ja selber gerichtet. Und meine Töchter, was würde dann aus den Wehrlosen werden? Würde der Herr, Euer Vater, sie danach weiter beschützen?"

Herrisch und streng blickt die Fürstin mich an, jetzt zornig statt milde. Einen Moment lang befürchte ich gar, dass nunmehr vorbei ist unser vertrauensvolles Gespräch und die Mutter mich fortjagt. Unter den glühenden Augen Aboras schrumpfe ich förmlich. Das, was sie sagt und mehr noch der Mut der Besiegten beschämt mich. Arglos und hochnäsig komm' ich mir vor, mich reut mein Gerede.

Aber die aufgebrachte Hiwiterin ist noch nicht fertig. „Nein", gibt sie selbst sich die Antwort, „natürlich wollt Ihr das gar nicht. Wer wünscht sich schon, dass die eigenen Brüder umgebracht werden? Nein, das ist nicht, was Ihr von mir wollt, nicht Gewalt oder Blutdurst. Doch wie Ihr selbst soll auch ich dem Dämon des Hasses mich beugen. Wenn ich wie Ihr die Mächte der Finsternis preise und ehre, fühlt Ihr Euch besser und gleichfalls berechtigt weiter zu hassen." Etwas versöhnlicher fährt sie dann fort – den Blick auf den Enkel. „Seht Ihr, ich habe gelernt nur *Ba'al* noch richten zu lassen. Er kennt die himmlische Wahrheit, die uns zu schauen verwehrt ist. Er weiß, was fehlt einem jeden von uns und führt uns zur Ganzheit. Damit erlaubt er mir, klarer mich selbst im andern zu sehen. Hass ist seit je die schwingende Doppelaxt unseres Unglücks. Gleich welchem Bruder er gilt, der Schlag trifft am Ende mich selber. Auch wenn mir Israels Söhne Schreckliches angetan haben, heißt das mitnichten, dass mir über sie zu richten erlaubt ist, oder dass ich alleine schon deshalb ein besserer Mensch bin. Gott ließ das Unheil geschehen, er wird den Sinn offenbaren. Irgendwie fügt sich das Böse ein in die göttliche Absicht."

So sind die Worte Aboras, die ich im Herzen bewege. Doch als ich endlich etwas erwidern will, muss ich es lassen. Denn ihre Töchter treten gerade in diesem Moment ein. Als sie mich sehen, halten sie inne, verneigen sich höflich. Liebevoll werden die beiden dann von der Mutter empfangen. Das ist für mich in der Regel das Zeichen mich zu erheben. Vorsichtig nehme ich also das warme Bündel vom Lager, wünsche bereits eine friedliche Nacht den adligen Weibern. Aber ich merke, dass etwas mich hindert wirklich zu gehen. Nahe am Ausgang verharren die jungen Töchter Aboras, halten die Augen gebannt auf den kleinen Neffen gerichtet. Da wird mir klar, dass die Mutter den beiden alles erzählt hat. Diese bestätigt es still, als unsere Augen sich treffen.

Also entscheide ich kurz noch zu bleiben, lasse mich nieder, schlage das Deckchen zurück und zeige den Mägden den Jungen. Hamors verbliebene Töchter sahen Ben-Oni schon früher. Nun aber sehen und mustern sie ihn als engen Verwandten. Weil sie den schlafenden Jungen mit großen Augen betrachten, reiche ich ihnen das Bündel, lasse die Große es halten. Völlig verzaubert vom Wunder des Lebens, staunen sie schweigend. Dann drückt die ältere Magd ihr Gesicht ins Deckchen des Kindes, saugt in sich auf den Duft dieses neuen hiwitischen Erben. Just als die junge Tante des Knäbleins den Kopf wieder anhebt, öffnet Ben-Oni die Augen, sieht in die ihren und lächelt. Damit entlockt er den Mädchen Rufe spontaner Entzückung. Wieder empfinde ich stark, das Kind ist nicht meines alleine, nicht nur ein Nachkomme Israels, reiner Enkel des Bundes. Wie ihre Mutter betrachten auch diese Mägde den Jungen ganz als den Spross des ehemals starken hiwitischen Stammes.

Kurz, einen Atemzug lang bloß, fürchte ich gar den einzigen, innig geliebten Sohn an das hiesige Volk zu verlieren. Doch in den Augen der Mädchen, im warmen Lächeln Aboras, spüre ich nicht im geringsten Missachtung, Neid oder Abwehr. Schon tritt an Stelle der Furcht das Bedürfnis mich zu bedanken, Dank zu bezeugen den fremden Göttern, dem Gott meines Vaters. Diese hiwitischen Waisen und Witwen lieben den Jungen, anerkennen Ben-Oni als ehrbaren Erben der Ihren.

Solch eine liebevolle und uneingeschränkte Begrüßung durfte der Junge im Kreis meiner Brüder gar nicht erfahren. Einige sehen im Knaben bloß einen elenden Bastard, Frucht einer niederträchtigen Missetat, Sohn einer Hure. Anfangs bedrohten sie mich und nannten das Kind eine Schande. Wochen lang war ich in steter Furcht um das Leben des Jungen. Erst als mein Herr sich zum Enkel erklärte, wichen die Sorgen. Jakob, mein Vater, rief meine grimmigen Brüder zur Ordnung, sagte das Fleisch seines Fleisches wäre ein Enkel des Bundes, würde zur Gottes wachsenden Schar der Gerechten gehören. Alle die Seinen, alle, so sagte der Herr, wären heilig. Wehe, wer einen der Auserkorenen irgendwie schade. Warnende Worte wie diese hielten die Brüder auf Abstand. Seitdem hat keiner mehr mich und das Kind bedroht und belästigt. Außer vom Vater jedoch bekommen wir keinerlei Achtung, wenigstens nicht von den eigenen Brüdern, auch nicht von Leah. Sicher, die Weiber des Esau haben den Kleinen umfangen. Aber die waren gewiss nur höflich und wertschätzten jeden. Außerdem werden sie bald unser Lager wieder verlassen. Dann wird sich zeigen, wie wenig Rückhalt ich letztendlich habe.

Muss ich mich irgendwann also mit meinen Brüdern versöhnen? Angenehm kühl ist die Nacht und ich entscheide draußen zu bleiben, vorerst nicht schlafen zu gehen, unter den Sternen zu sitzen. Bläulich und hell strahlt der Mond, in den Bäumen zirpen Zikaden. Angelehnt mit dem Knaben im Schoß am Stamm einer Eiche, denke ich nach über das, was mir heute Abend gesagt ward. Mir wird erst langsam bewusst, dass ich irgendwie anders gestimmt bin. Merkwürdig ist mir zumute, etwas bedrückt meine Seele. Also versuche ich nachzuspüren den Sinn des Gesagten. Irgendein Wort hat sich mir in die Herzenserde gegraben, wurde wie Saatgut versenkt und keimt nun im Lichte der Wahrheit, keimt zur Erkenntnis, die endlich wirkliche Wandlung ermöglicht. Und diese Wandlung vollzieht sich bereits, erfasst meine Glieder.

Still ist das Lager geworden, immer mehr Feuer verglühen. Draußen am Rande des Gutes stehen die Wachen beisammen, spähen hinein in das Dunkel des nunmehr feindlichen Landes. Immerzu, denke ich, wähnen wir uns von Feinden umgeben, meinen wir uns mit Schilden und Schwertern beschützen zu müssen. Denn wir betrachten die Fremden dort draußen so, wie wir selbst sind, rechnen damit, dass sie gleichfalls heimtückisch angreifen werden. Das, was wir fürchten, ist letztlich nur unser eigenes Antlitz.

Da, in diesem Moment, als ich diesen Gedanken bewege, öffnet sich mir eine Tür und ich sehe alles verbunden, sehe beschämt, dass *ich* eben *auch* zu den Angreifern zähle. Plötzlich umweht eine Kälte unangenehm meine Schultern. Bebenden Herzens erkenne ich, was Abora gemeint hat. Ich bin nicht besser, schon gar nicht gerechter als meine Brüder. Bloß weil ich nicht mit dem Schwerte wütete, bin ich nicht reiner. Auch wenn das Blut meiner Brüder nie meine Hände befleckt hat, habe ich beide im Herzen mehr als nur einmal getötet. Was also habe ich beigetragen zur Eintracht im Lager? Nichts, keinen einzigen liebevollen Versuch der Befriedung! Vielmehr gefiel ich mir stets als wehrloses Opfer von Unrecht, machte den anderen Vorwürfe, still, doch durchaus vernehmlich.

Sicher, die Brüder sind arglistig mordend schuldig geworden. Zweifellos wird sie der Himmel dafür zur Rechenschaft ziehen. Was aber bringt sie dazu ihre Schuld als Schuld zu erkennen? Was kann der Meuchler Gewissen wirksam zum Leben erwecken? Was kann den Stein gewordenen Herzen noch Tränen entlocken? Was hilft dem Bachlauf der Reue doch noch ins Fließen zu kommen? Angriff und Vorwurf gewiss nicht, auch nicht Verachtung und Ächtung. Denn so lange sie Schläge bekommen, werden sie schlagen. Das ist es, was sie früh schon gelernt haben: Hass ist berechtigt. Wer sich nicht wehrt, wird geschlagen; also ist Abwehr vonnöten. Aber in Wahrheit ist alles gerade umgekehrt richtig. Wer sich verteidigt, wird immer Kräfte des Angriffs entfesseln. Schon sich zu wappnen bedeutet Gegengewalt zu erregen. Schon eine leise gedachte Verdammung ruft zur Gewalt auf.

Warm liegt Ben-Oni mir in den Armen, ich drücke ihn an mich. Kein Lüftchen regt sich, indessen mein Herz sich langsam beruhigt. So lagen, denke ich unvermittelt, dereinst meine Brüder friedlich im Arm ihrer damals noch jungen, glücklichen Mutter. Was ist mit ihnen passiert, dass sie so gewalttätig wurden? War er von Anfang an vorgezeichnet, der Weg dieser beiden? Hatten sie jemals die Wahl irgendwie anders zu werden, oder hat stets der Gebieter im Himmel alles entschieden? Mussten sie sterben, die Söhne *Ba'als*, die Erben des Alten, ausgelöscht werden zum Wohle des einen, einzigen Gottes? Irgendwie seltsam und kaum zu glauben erscheint es mir heute, dass meine beiden Brüder mit wenigen

Knechten alleine sämtliche Männer der großen Stadt zu bezwingen vermochten. Waren sie also geführt, vom Allmächtigen hingeleitet?

Leise murmelt Ben-Oni im Schlafe und strampelt ein wenig. Wohin, mein Kind, werden dich diese Beine später mal tragen? Was werden dann diese Hände ergreifen, halten und geben? Ob du als Mann deiner Sippe gerecht oder ungerecht wirst, lässt sich nicht sagen, nur auszuschließen ist keines von beiden. Manchen gewiss wirst du Freude, manchen auch Kummer bereiten. Das, was der Herr für dich vorsieht, lässt sich am Ende nicht ändern. Aber egal, was es ist, der Junge wird immer mein Sohn sein. Deswegen würde ich ihm auch jederzeit alles verzeihen. Ähnlich hat Mutter den Brüdern den Ungehorsam vergeben. Das ist allein begründet im Blut, überraschend mitnichten. Doch, dass Abora ihnen die Tat zu verzeihen vermochte, diesen ihr fremden Söhne von zugewanderten Eltern, – das und nur das offenbart mir das Wesen wahrer Vergebung.

Längere Zeit verharre ich schweigend im Schutze der Eiche. Erst als Ben-Oni, mit einem Mal rastlos, anfängt zu weinen, wird mir gewahr, dass auch mich eine tiefe Trauer erfasst hat. Lautlos wie Nebel netzen die Tränen mir Augen und Wangen. Lang ist es her, dass ich weinte, ich kann mich gar nicht erinnern, wann sich zuletzt eine Trübsal so stark und tränenreich Bahn brach. Seit dem Verrat war ich nicht in der Lage wirklich zu trauern. Kalte Verachtung hielt meine Seele beständig umklammert, hinderte mich das Gefühl des Verlustes ganz zu durchleben. Immerzu gab ich mich hin, dem erzkalten Zorn der Gerechten, hegte und pflegte den Hass mit heillos versteinerter Miene. Schwer wie ein Felsbrocken lag dieser Ingrimm mir auf dem Herzen. Nun aber bricht das Gestein und die Wasser fließen in Bächen, quellen hervor aus den unvermuteten Tiefen der Erde. Und sie ist alles und jeden umfassend, diese Betrübnis. Tränen vergießen Ben-Oni und ich um das, was im Himmel ebenfalls bitter beweint wird, Bedrängnis, Tod und Verderben. Das ist die Traurigkeit Gottes, das Leid des himmlischen Vaters, jenseits von Für oder Wider, jenseits von Mitleid und Schwäche. Denn ich beweine nicht mich, das Los einer ledigen Mutter. Nein, diese Trauer gilt nicht den rechtlosen Opfern alleine, sondern dem Leid, das alle Geschöpfe durchhalten müssen. Nur wer mit offenem Herzen menschliche Nöte betrachtet, ahnt das Ausmaß der Kümmernis unseres ewigen Hüters.

So überwältigt vom Gram der Geprüften, höre ich nichts mehr, liebkose nur meinen Jungen, suche uns beide zu trösten. Dann aber schrecke ich hoch, bemerke, dass jemand sich nähert. Leise bewegt sich ein Schatten vor schwach erleuchtetem Himmel. Plötzlich erstaunt ist Ben-Oni schlagartig leise geworden. Etwas ungelenk trachte ich rasch auf die Beine zu kommen. Doch die vertraute Stimme des Vaters beruhigt mich wieder, heißt mich mit milde gesprochenen Worten sitzen zu bleiben. Unweit entfernt von der Eiche ragt das Gestein aus dem Boden. Dort lässt mein Herr sich nun nieder und atmet dabei vernehmlich.

„Wie geht's dem Jungen?", fragt er mich sachte und zeigt auf das Bündel.

Noch vom Gefühl der Beklemmung benommen, nicke ich schweigend. Ob mich der Herr, überlege ich kurz, schon länger erblickte? Sah mich mein Vater gar aus dem Zelt der Hiwiterin treten? Ist er mir hierher gefolgt, besorgt um das Wohl seines Enkels? „Vater, dem Jungen geht's gut", entgegne ich vorsichtig lächelnd. „Prächtig gedeiht er, der Sohn eurer Magd, wird tagtäglich schwerer." Während ich's sage jedoch, bezweifle ich selbst meine Worte. Sicher, Ben-Oni ist kräftig, auch seine Stimme ist kraftvoll. Doch er vermisst seinen Vater, Trauer verdunkelt sein Wesen. Sollte ich seinem Großvater nun aber davon erzählen? Doch als ich aufschaue, seh ich auf Anhieb, dass ich mich irre. Nachdenklich scheint er zu sein, mein Herr, in Gedanken woanders, fragte nur höflichkeitshalber nach, wie der Enkel gedeihe. Also beschließ' ich zu warten, Vater den Vortritt zu lassen.

„Heute", beginnt er kurze Zeit später, „ward alles verschoben. Aufgenommen ins Reich seiner Ahnen ist nunmehr mein Vater. Er hat die Seinen verlassen, ist selbst zum Ahnen geworden. Dafür ward ich an den Platz des obersten Alten gerufen. Leer wurde folglich die Stelle, die ich bis dahin besetzt hielt. Aber auch diese hinwieder wird einen Nachfolger finden. Heimführen werden die ersten Söhne bald eigene Weiber, Nachkommen zeugen und hier in der Nähe Häuser errichten. Irgendwann haben sich alle um Weib und Kinder zu kümmern. So treten sie an den Ort, an dem ich vor kurzem noch selbst stand. Dann ist ein jeder der Söhne gewiss den Seinen am nächsten. Du bist bereits zur Mutter geworden, der Kindheit entwachsen. Aber du kannst nicht hinausgehen, euch eine Heimat zu gründen. Deswegen frag ich mich, Dinah, was wird aus dir, wenn ich tot bin?"

„Vater", entgegne ich rasch, „der himmlische Herr ist Euch gnädig. Sicher wird er Euch ein langes, heilvolles Leben bescheren." Mir widerstrebt es durchaus an Vaters Versterben zu denken. Innerlich weiß ich sehr wohl, dass er allein mich verteidigt. So ist es immer gewesen, stets hat der Herr mich behütet. Nun aber möchte ich nicht, dass wegen mir Sorgen ihn quälen. Deshalb versuche ich heiter und zuversichtlich zu klingen. „Auch", sage ich, „wenn bereits die älteren Brüder erstarken, Weiber sich suchen und nächstens eigene Häuser errichten, seid Ihr alleine doch weiterhin unser aller Gebieter. Sorgt Euch nicht, ob Eurer Magd; so Gott will, Herr, werde ich leben."

„Tochter", erwidert mein Herr, „du weißt, deine Lage ist schwierig. Denn deinen Jungen hast du trotz allem in Schande empfangen. Du bist", ergänzt er behutsam, „entwürdigt ehrlos geworden. So sehen's alle, egal, was du sagst, das kannst du nicht ändern."

„Und was denkt Ihr, Vater?", frage ich plötzlich laut und verbittert. „Seht Ihr mich auch als ein schamloses Weib, ein Schandmal des Hauses? Meint Ihr, ich habe damals gewollt vergewaltigt zu werden? Glaubt Ihr, ich bilde mir ein, welche Ängste und Schmerzen ich hatte? Denkt Ihr, es hat mir gefallen wie Dreck behandelt zu werden?"

Schnell ist mein Ausbruch vorbei, im Grunde so schnell wie er auftrat. Plötzlich verlegen geworden blicke ich schweigend zu Boden. Niemals zuvor sprach ich solche Worte im Beisein des Vaters. Gleichzeitig drängt es mich aber das, was sich schickt, zu missachten, mich dieser ewigen Falschheit beherzt entgegenzustellen. Wenn mich die Leute als schamlose Dirne ansehen wollen, werden sie's tun, ich aber beuge mich nicht ihrem Urteil. Wahrlich, ich weigere mich, beschämt durch die Gegend zu gehen. Hab ich denn Grund mein Haupt zu bedecken, die Augen zu senken?

Vaters müdes Gesicht zeigt den Schmerz, den ihm *mein* Schmerz bereitet. „Dinah, du weißt, weil dein Herz es dir sagt, wie sehr ich dich liebe. Nie hab ich daran gezweifelt, dass du rechtschaffen und rein bist, auch nicht nachdem ich erfuhr, was dir Sichem angetan hatte. Gutmütig sah ich dich immer schon, hilfsbereit und empfindsam. Glaub mir, ich weiß, dass dir Unrecht geschah, entsetzliches Unrecht. Nicht nur des Jünglings Gewalt war ein ehrverletzendes Übel. Wie man versuchte, dich zu verleumden, war ebenso schändlich. Sei dir gewiss, ich verabscheue jene Heuchler aufs Tiefste. Aber ich kann dich nicht vor den Folgen der Lügen bewahren, jetzt nicht und weniger noch, wenn ich alt geworden und schwach bin."

„Vater", entgegne ich ungeduldig, „ich weiß, was Ihr möchtet. Dass Ihr Euch sorgt, versteh ich, doch mir droht ein weiteres Unglück. Ihr meint es gut und möchtet die Tochter verheiratet sehen. Wahrscheinlich habt Ihr bereits einen ausgesuchten Bewerber. Aber die Aussicht zu heiraten lähmt mich, lässt mich erzittern. Zwingt mir nicht auf, Herr, die freudlose Bürde liebloser Ehe. Sicher, für mich wird's nicht leicht werden, dennoch bin ich entschieden: Heiraten werde ich nicht, ich bleib bei den Weibern aus Schechem."

„Heiraten, Kind", entgegnet er, „heiraten wäre das Beste." Tief seufzend atmet er aus, die Gestalt geprägt von Bedauern. „Ja", wiederholt er eindringlich, „das wäre sicher das Beste. Doch ist es leider gar nicht so einfach in Zeiten wie diesen. Durch die Gewalt meiner Söhne wurde mein Leumund verdorben. Keiner im Lande traut noch dem Jakob, dem alten Hebräer. Wo also hol ich ihn her, diesen ausgesuchten Bewerber? Denke daran, meine Tochter, dass du nicht mehr unbefleckt bist. Glaubst du, ein Mann will ein Weib, das schon einem andern gehört hat?"

Nun, da die harten Worte gesagt sind und langsam verhallen, neigt sich mein Vater versöhnlich nach vorne, senkt seine Stimme. „Dinah, ich sehe, dass lauter und unverdorben dein Herz ist. Aber ein Fremder besieht dich zunächst mit anderen Augen. Er sieht im ledigen Weib, das geboren hat, bloß eine Schande. Deswegen käme er gar nicht dazu dein Gutes zu schätzen. Nein, es wird schwer, einen ehrbaren Mann für dich zu gewinnen. Dinah, mein Kind, ich will dich nicht kränken, doch so ist die Lage. Ausgeschlossen indes den Bewerber zu Hause zu finden, dich einem Knecht oder Sohn eines alten Dieners zu geben! Mu, mein Verwalter, käme als Vater vielleicht noch in Frage. Aber der Mann hat nur Töchter im heiratsfähigen Alter. Also du siehst, meine Liebe, auch wenn's dir jetzt nicht so vorkommt: Ledig zu bleiben droht dir zum traurigen Schicksal zu werden."

„Traurig", sage ich leise mit Blick auf das Bündel im Schoße, „traurig bin ich, weil mein Junge aufwachsen muss ohne Vater. Abgeschnitten ist er von der Vorfahren Kraft und Belehrung. Nur aus Geschichten wird er vom Herrn seines Vaters erfahren. Das macht mich traurig, kein Zweifel, nicht aber ledig zu bleiben. Gott hat mich hierher gebracht, eine unfreiwillig Befleckte. Er hat verhindert, dass mich das Schwert meines Bruders durchbohrte. Leben und Leben gebären hat er mich seitdem geheißen. Oft in den Monden seit Schechem war mir ein Fluch dieses Leben. Weiterzuleben, das fühlte ich stark, war schwerer als sterben. Nur – mir blieb keine Wahl, hatte Gott doch entschieden. Ebenso legte er fest, dass ich keinen Mann haben sollte. Also ist er wohl bereit mich als Unvermählte zu dulden. Deshalb grämt Euch nicht, Vater, ob dem, was der Herr so gewollt hat."

„Wie ich schon sagte", bemüht er sich nunmehr heiter zu klingen, „hab ich zur Zeit meine Not für dich einen Gatten zu finden. Du bist noch jung und die Zeiten werden sich auch wieder ändern. So lange bin ich bereit dich weiter zu schützen und nähren."

Ich bin erleichtert, so sehr, dass ich darob selber erstaunt bin. „Vater", verspreche ich froh, „Ihr werdet's gewiss nicht bereuen."

„Du und Abora, ihr beide versteht euch, glücklicherweise. Mir ist es lieb, wenn du ihr dabei hilfst hier heimisch zu werden. Sorge dich auch um die beiden Töchter der einstigen Fürstin, nehme sie großherzig an, Kind, als deine jüngeren Schwestern. So wärest du und nur du eine Tochter zweier Geschlechter, ehrliche Botin des Friedens, dessen wir dringend bedürfen."

„Das mach ich gern, Herr, sind doch die beiden ans Herz

mir gewachsen. Und ihren Neffen, das solltet ihr sehen, lieben sie innig."

Bei der Erwähnung Ben-Onis scheint mein Gebieter zu zögern. Etwas, das spüre ich gleich, ist unausgesprochen geblieben, etwas, das er wie ein Herr allein zu entscheiden beansprucht. Angespannt such' ich den Blick dieses stillen Herrn zu erhaschen. Gleich was er sagen wird, Widerrede ist nicht mehr gestattet.

„Du und Abora", beginnt er, „du und die Töchter des Hamor stärkt euch zu viert aus dem Brunnen der ewig spendenden Mütter. Wohltuend seid ihr einander nährend und tröstend verbunden. Wärme und Milch werden auch deinen Jungen anfänglich stärken. Vorbilder aber sucht dein Ben-Oni am Brunnen vergeblich. Weiber am Brunnen, Männer am Tore! – Du weißt, was ich meine. Das ist seit Alters der Brauch und die Weisheit sesshafter Stämme: Weiber behüten die Quelle körpererquickenden Wassers. Männer bewachen die Tore zum lichten Reich der Verstorbenen. Dinah, dein Sohn ist der Spross eines stolzen Herrschergeschlechtes. Er wird schon bald ein Mann sein und braucht einen männlichen Führer, einen, der ihn durch die Tore des Lebens schützend begleitet, einen, der selbst durch die schmalen Gänge der Angst und Versuchung mutig gegangen ist, eingeweiht in die Kraft seiner Ahnen."

„Herr", unterbreche ich aufgewühlt, könntet *Ihr* nicht der Mann sein? Ihr seid erfahren und weise, führt uns im Sinne des Einen. Wer, wenn nicht ihr, wäre besser als hehres Vorbild geeignet."

„Nein, Dinah, Kind", sagt der Angesprochene klar und entschieden. „Das kannst du selber erahnen: Dein Sohn wird anders durchlichtet. Jene Gestirne, die mein Wesen prägten, prägen nicht seines. Er braucht für sich eine anders geartete

Kraft und Führung, jemanden also, in dem er sich selbst vorausahnen könnte."

„Wer, Vater, wer sollte meinen Ben-Oni dergestalt helfen?" Noch als mein Mund die entscheidende Frage bildet und ausspricht, sehe ich vor mir die Antwort, die einzig richtige Antwort. Und ich beginne zu zittern, nicht fähig weiter zu reden.

„Dinah", erwidert mein Herr", ich habe mit Schimon gesprochen. Der hat inzwischen, das weißt du vielleicht, ein Weib der Hiwiter liebgewonnen und sieht seine Bluttat von damals nun anders. Milder macht ihn das sanfte Gemüt dieser wahllos Geraubten. Zwar ist dein Bruder weiterhin hart, ja von furchtloser Härte. Aber im Herzen des Mannes keimt schon das Saatkorn der Reue."

Kurz hält mein Vater inne und wartet, dass ich etwas sage. Doch ich vermag nicht zu sprechen, nicke gedankenverloren.

„Schimon", fährt Vater nun fort, „erklärt sich bereit seinen Neffen aufzunehmen bei sich, für den Jungen auch künftig zu sorgen. Ihm, Dinah, schmerzt es dich leiden zu sehen, du bist ihm teuer. Er hat dein Herz nicht verstanden und tut's vielleicht immer noch nicht. Deswegen konnte er Sichem nur als Gewalttäter sehen. Also entbrannte dein Bruder vor Wut, als er hörte, was dieser Mann vom Stamm der Hiwiter dir angetan hatte. Er war von Sinnen und wird sein Gewaltverbrechen noch büßen."

„Aber", entgegne ich ängstlich erregt, „er hasst meinen Jungen."

„Liebe und Hass", entgegnet mein Vater gesetzt, „sind einander näher, als wir es gern hätten; hast du das selbst nicht erfahren? Einerseits hasst er natürlich im Sohn den groben Erzeuger. Andererseits aber liebt er in ihm zugleich seine Schwester. Heftig ist Schimons Gemüt, doch ebenso schonungslos ehrlich. Er ist im Grunde nicht fähig, sich lange selbst zu betrügen. Auch wenn Ben-Onis Vater von Schimon nicht umgebracht wurde, weiß dieser doch, dass er durchaus Schuld daran trägt, dass Ben-Oni Halbwaise wurde. Dinah, es wäre deshalb gerecht, wenn dein Bruder dem Jungen nunmehr ein Vater sein würde, er ihm den Toten ersetze."

Einerseits drängt es mich kräftig weitere Gründe zu finden, gegen den Willen des Vaters zu sprechen, ihn abzuwenden. Andrerseits weiß ich, dass Vaters Gedanke weise und recht ist. Eigentlich weiß ich schon seit dem langen Gespräch mit Abora, dass ich mich ihm, meinem Bruder nun werde zuwenden müssen. Noch aber fällt es mir schwer, der Macht der Vergebung zu trauen. Unwillkürlich umfange ich schützend den schlafenden Jungen. „Kann ich Ben-Oni", frage ich, „unbesorgt ihm überlassen? Nanntet Ihr Schimon nicht eben noch heftig, hart und gefühllos?"

Vater, der Herr vieler Söhne, kennt und versteht meine Sorge. „Schimon, mein Kind, da bin ich mir sicher, wird deinen Jungen immerdar liebevoll hüten, egal wie viel es ihn koste. Glaub mir, dein Bruder wird später auch seinen eigenen Söhnen niemals so innig und fest verbunden sein wie diesem Jungen. Schimon ist hart in der Tat, aber unerschrocken genauso. Auch und vor allem deswegen halte ich ihn für geeignet."

„Wie?", unterbreche ich staunend, „deshalb passt mein Sohn zu Schimon?"

„Kind, das Wesensgemüt deines Sohnes ist dem deines Bruders überaus ähnlich, ähnlicher sicher, als du es dir wünschest. Siehe, dein Sohn ist ein Krieger – anders als Sichem, sein Vater, anders wohl auch als Hamor sein Großvater, Schechems Gebieter. Er ist im Wesen ein Nachfahr tapferer, kampfstarker Ahnen."

Mehr als verärgern und sorgen, lässt die Erklärung mich staunen. „Aber, wie könnt Ihr das wissen, noch kann der

Junge nicht reden. Er ist noch klein, seine Beine sind schwach und kraftlos die Hände. Seht doch, wie friedlich er mir die ganze Zeit über im Arm liegt!"

„Dinah", erwidert mein Vater ernst und gelassen, „ich sehe, sehe im Licht seiner Augen: Er ist zum Krieger geboren. Wiedererkennen wird er sich in Schimons Kraft und Beherztheit. Ihm wird es gut tun, den furchtlosen Onkel um sich zu haben. Er wird am Streitbaren wachsen, Schwäche und Furcht überwinden."

Dieses Gerede von Streit und Furcht ist mir plötzlich zuwider. Eher verbittert als zornig fasse ich alles zusammen: „Also mein Sohn soll genauso kämpferisch werden wie Schimon?"

„Nein, Kind, Ben-Oni wird der nur, den er zu werden bestimmt ist. Aber bestimmt ist auch Schimon, bestimmt von ihm zu lernen. Ja, du hörst recht, mit der Zeit wird dein Bruder ebenfalls wachsen, reifen am Vorbild des Knaben, lernen vom Schatz fremder Ahnen. Wisse, dein Sohn ist ein älterer Krieger, als du es dir vorstellst. Mir hat der Himmel gezeigt, die Seele Ben-Onis ist weise. Er führt im Herzen ein Wissen mit sich, das lange gereift ist. Schimon wird das, wie ich hoffe, dereinst zum Vorteil gereichen. Noch ist dein Bruder nicht in der Lage, die Kräfte des Kriegers dauerhaft ohne Gewalt zum Wohl der Gemeinschaft zu nutzen. Siehst du, mein Kind, wie weise der Herr es gefügt, dass Ben-Oni, ausgerechnet der Sohn des von Schimon verhassten Hiwiters, ihm dabei helfen soll, seine Kriegergewalt zu veredeln?"

Das also sollte es sein, was für mich Vergebung bedeutet: Herzugeben den Sohn für die innere Läuterung Schimons, hinzugeben den Schuldlosen dem, der sein Vater gemeuchelt. Sicher, ich spürte schon lange vor der Geburt meines Jungen: Er war ein anderer, keiner nur aus unserer Sippe der Mutter. Er würde ungewisse und andere Wege beschreiten. Mir stünde, wenn's so weit wäre, nicht zu, ihn daran zu hindern. Nur, dass es *so* kommen würde, konnte ich damals nicht ahnen.

Dann, als ich einfach dasitze, still über Tod und Vergeltung sinniere, ohne ein Urteil die wirren Wege des Menschen betrachte, dann – kommt das Neue und kommt wie ein auffrischender Luftzug. Plötzlich, ganz unerwartet und ebenso unerklärlich regt sich im Herzen ein tiefes Mitgefühl mit dem Bruder, so dass ich *er* bin und spüre, wie er im Innern versehrt ist. Abweisend hoch sind die Mauern, die Schimon gebaut, um gänzlich unbesiegbar zu werden, sich unangreifbar zu machen. Aber die Burg meines Bruders – ich fühl's, als wäre ich drinnen – wurde ihm längst zum Kerker, in dem sein Empfinden verkümmert. Seine so ungnädige Härte, die schwer wie ein Felsen mir fast den Atem raubt, trifft meinen Bruder selbst noch am meisten. Erst diese plötzliche Regung des Herzens lässt mich erkennen, dass ich dem Bruder verziehen und dies mich vom Hass erlöst hat.

Traurig und doch auch erleichtert schaue ich rüber zum Vater. Er scheint zu sehen, was in mir vorgeht, und in seinen Augen glänzen die Lichter des Himmels, während er schweigend mir zunickt. Schließlich erhebt er sich langsam, wendet sein Antlitz gen Himmel. So steht er regungslos da, als horche er fernen Gesängen. Dann blickt er lächelnd zu mir und legt, ob zum Gruß oder Segen, kurz seine Hand auf den Jungen, der warm und schwer mir im Schoß liegt. „Lasst uns jetzt ruhen, mein Kind", beendet der Engelsbezwinger unser Gespräch und sagt, schon im Gehen, „der Morgen ist nahe."

# Personen

### Abora
Gemahlin und später die Witwe Hamors, des Hiwiterfürsten von Schechem

### Andur
Fürst in der Burg zu Schechem, Hiwiter und Vater von Hamor

### Aratu
Schmied und Waffenschmied in Harran, Lehrherr von Schimon

### Basmat
Ehefrau von Esau, eine Frau aus dem Volk der Hurriter

### Beldom
Urgroßvater Andurs, Hiwiter und Erbauer der Burg zu Schechem

### Ben-Oni
Söhnchen Dinahs. Er trägt den gleichen Namen, den Rachel im Sterben ihrem zweiten Sohn gab: „Kind des Schmerzes" oder „Unheilssohn". Jakob, der Vater, hatte das von Rachel geborene Kind bei der Beschneidung aber Benjamin, „Kind der Freude" genannt.

### Bilha
Rachels Magd und Nebenfrau von Jakob, dem sie zwei Söhne gebar: Dan und Naftali

DAI
Jüngster Bruder von Sichem

DINAH
Tochter Jakobs und Leahs, wird das Opfer einer Vergewaltigung

ELANA
Gattin von Andur, Mutter von Hamor, kommt aus Ugarit, einer kanaanitischen Stadt im Nordwesten Syriens

ERAM
Zweitältester Sohn Esaus, Vetter von Schimon und Levi

ERI
Hauptmann der Wache in der Hiwiterburg zu Schechem

ESAU
Älterer Zwillingsbruder von Jakob, Schwager von Leah, Onkel von Schimon, Levi und Dinah

HAMOR
Stadtfürst von Schechem, Herrscher aus dem Volk der Hiwiter, Vater von Sichem

ISAAK
Vater von Jakob und Esau, Sohn von Abraham

ISRAEL
Ehrenbezeichnung Jakobs. Nachdem ein Engel Gottes am Fluss Jabbok mit Jakob gerungen und ihn nicht hatte besiegen können, nannte er ihn Israel, „Gottesstreiter" (Genesis 32, 29).

JAKOB
Stammvater der Hebräer, von Gott auch Israel genannt; Sohn von Isaak, Zwillingsbruder von Esau; lebte und arbeitete viele Jahre bei seinem Onkel Laban in Harran

JEHUDITH
Ehefrau von Esau, eine Frau aus dem Volk der Hurriter

LEAH
Ältere der beiden Töchter Labans, Schwester von Rachel; Jakobs erste Frau, dem sie sechs Söhne gebar: Ruben, Schimon, Levi, Juda, Issachar und Sebulon; außerdem Mutter Dinahs

LEVI
Dritter Sohn Jakobs und Leahs, ein Priestertyp ohne Güte

MACHALATH
Ehefrau von Esau, eine Frau aus dem Volk der Hurriter

MHODAR
Ältester Sohn Esaus, Vetter von Schimon und Levi

Mu
Jakobs Verwalter. Der Name ist akkadisch und bedeutet Wasser.

RACHEL
Jüngere der beiden Töchter Labans, Schwester von Leah; Jakobs zweite Frau, dem sie zwei Söhne gebar: Josef und Benjamin

RANA
Cousine von Sichem, Freundin von Dinah

RUBEN
Ältester Sohn Jakobs und Leahs, der zum einen als verantwortungsbewusster Erbe in Erscheinung tritt. Andererseits ist er aber auch ein leidenschaftlicher Mann, der seinen Vater mit Bilha betrügt.

SCHIMON
Zweitältester Sohn Jakobs und Leahs, ein kriegerischer Kerl, kühn, hart und furchtlos

SICHEM
Ältester Sohn des Stadtfürsten Hamors vom Stamm der Hiwiter, ein schwärmerischer, auch etwas verwöhnter Jüngling

SILPA
Leahs Magd und Nebenfrau von Jakob, dem sie zwei Söhne gebar: Gad und Asser

# Glossar

*Die Erzählungen in diesem Buch spielen in einer fernen Vergangenheit. Insofern kann man es als einen historischen Roman bezeichnen. Obwohl es mir vor allem darum geht, das Unvergängliche im Geschichtlichen aufleuchten zu lassen, habe ich mich doch bemüht, die Darstellungen in einen historisch korrekten Kontext einzubetten. Wer über diese Hintergründe mehr wissen will, kann hier Näheres erfahren. Die Hauptquelle für meine Recherchen waren verschiedene online Bibeln und Wikipedia. Verantwortlich für eventuelle Fehler oder Ungenauigkeiten bin ich alleine.*
*L.H.*

## Abraham

Abraham (arab. Ibrahim) gilt als der Stammvater sowohl der Juden als auch der Araber. In der Genesis wird berichtet, dass sein Vater Terach aus der Stadt „Ur in Chaldäa" stammt, also aus dem Süden des heutigen Irak. Ur gilt aber als eine der ältesten *sumerischen* Städte. Chaldäer gab es im 18. Jh. v. Chr. noch nicht. Solche historischen Ungenauigkeiten legen den Schluss nahe, dass die Geschichte des Stammvaters wohl erst viel später aufgezeichnet wurde. Somit war Abraham wahrscheinlich ein Sumerer und keinesfalls ein Chaldäer. Das ist insofern von Bedeutung, als das Volk der Chaldäer spätestens seit dem 6. Jh. v. Chr. bei den Juden verhasst war. Anlass dazu war die Zerstörung des Jerusalemer Tempels und die Verschleppung vieler Juden durch den babylonischen Herrscher Nebukadnezar II. im Jahre 587. v. Chr.

Abraham ist bereits mit Sarai verheiratet, als sein Vater beschließt mit den Seinen von Ur nach Harran zu ziehen. Später, Terach ist inzwischen gestorben, wird Abraham von Gott aufgefordert nach Kanaan zu gehen. Gehorsam tut er, wie ihm geheißen, und wandert bis nach Schechem. Nach einem zwischenzeitlichen Verbleib in Ägypten wohnt er im Hain Mamre bei Hebron. Dort gebiert seine Frau, die bereits in hohem Alter ist und inzwischen Sara heißt, einen Sohn: Isaak. Dieser Isaak bekommt schließlich die Zwillingssöhne Esau und Jakob. Abraham stirbt im Alter von 175 Jahren und wird in der Höhle Machpela beigesetzt.

**Aschera**
Aschera ist eine syrisch-kanaanäische Meeresgöttin; sie wurde unter anderem in Form eines Kultpfahls verehrt. Im Alten Testament steht sie zusammen mit Ba'al für Irrglaube und Götzendienst. Möglich, dass etwa im Altbabylonischen Reich oder im Mittleren Reich Ägyptens mit den Namen Ischtar bzw. Isis die gleiche himmlische Macht angerufen wurde.

**Ba'al**
Ba'al ist wohl eher eine allgemeine Bezeichnung für den Obersten Gott eines Pantheons als für eine ganz bestimmte Gottheit. Im kanaanäischen Stadtstaat Ugarit wird Ba'al als Wettergott verehrt, der Wind, Wolken und Regen beherrschte. Indem er die Dürre beendete, war er ein Spender von Fruchtbarkeit. Im Alten Testament steht er zusammen mit Aschera für Irrglaube und Götzendienst.

**Beschneidung**
Das, was wir Beschneidung nennen, heißt auf Hebräisch Brit Mila, was wörtlich „Bund der Beschneidung" bedeutet. Gemeint ist der Bund mit Gott, den jeder männliche Nachkomme durch die Beschneidung eingeht. Diesen Bund schloss Gott nach der Thora mit Abraham. Die Beschneidung

wurde mithin bereits vom Urvater der Israeliten eingeführt. Gemeinhin nahm und nimmt man sie am achten Lebenstag des Knaben vor.

**Bier**
Schon im Alten Reich Ägyptens gab es an mehreren Orten Bierbrauereien. Trotz chemischer Analysen von Rückständen in Bottichen und Krügen ist bis heute nicht genau geklärt, welche Zutaten das ägyptische Bier hatte. Die meisten Wissenschaftler gehen davon aus, dass so genannte Bierbrote aus Emmer leicht angebacken wurden um danach durch ein Sieb gedrückt zu werden. Die Brotbrocken hat man dann, so die Annahme, mit Wasser oder Dattelsaft eingeweicht und ausgepresst. Der so erhaltene Sud wurde durch Gärung schließlich zum Bier. Offenbar fügte man dem Sud gelegentlich auch ungekochtes, grob geschrotetes Getreide hinzu.

Im 2. Jahrtausend v. Chr. war das ägyptische Reich in Kanaan die vorherrschende Großmacht. Man darf deshalb wohl davon ausgehen, dass ägyptisches Bier auch bei den kanaanitischen Stämmen bekannt war.

**Erz**
Erz oder Bronze gilt als eine der ersten von Menschen hergestellten Legierungen. Dazu mussten die Gießer mindestens 60% Kupfer mit einem anderen Metall wie beispielsweise Blei verbinden. Wann die Menschen zuerst dazu in der Lage waren, ist nicht klar. Es wird angenommen, dass Erz bereits ab ca. 2500 v. Chr. in Vorderasien gewerbsmäßig angefertigt wurde. Zumeist handelte es sich dabei um arsen- oder bleihaltige Bronzen. Die geschichtliche Periode, in denen Waffen und Werkzeuge vorwiegend aus Erz bzw. Bronze gefertigt wurden, heißt Bronzezeit. Die Datierung dieser Periode variiert je nach Region und Kultur. In Palästina begann die Früh-

bronzezeit bereits in der ersten Hälfte des 3. Jahrtausends v. Chr.

### Falken
Ob im 18. Jahrhundert v. Chr. in Kanaan die Beizjagd ausgeübt wurde, ist nicht bekannt. Historiker gehen allerdings davon aus, dass in Zentralasien die Beizjagd bereits ca. 3500 v. Chr. bekannt war. In Ägypten wurde der Falke mit Sicherheit verehrt. Man bildete nicht nur die zentrale Göttergestalt Horus als Falken ab, sondern mumifizierte sogar verendete Falken. Auch über eine eventuelle Beizjagd im Antiken Ägypten gibt es keine gesicherten Kenntnisse.

### Harran
Harran ist eine antike Stadt am Oberlauf des Euphrats. Sie liegt heute im Süden der Türkei, im Grenzbereich zu Syrien. Laut dem Buch Genesis ist einst Abram, wie Abraham damals noch hieß, von dort nach Kanaan gezogen. Jakob vollzog die Reise zunächst in umgekehrter Richtung, als er vor seinem Bruder Esau nach Harran floh, wo Laban, der Bruder seiner Mutter, lebte.

### Hiwiter
Die Hiwiter waren ein Volk, das in der Bronzezeit im Land Kanaan lebte. Im Alten Testament werden sie oft in einem Atemzug mit anderen Volksgruppen wie Jebusiter, Amoriter oder Perisiter genannt. Es handelt sich um Völker, die alle von Kanaan abstammen sollten, einem Enkel Noahs. Außer Schechem gründeten die Hiwiter auch andere Städte wie Gibeon und Kirjat-Jearim – beide nahe Jerusalem. Wie alle Kanaaniter sollen sie vorwiegend in Städten gesiedelt und vom Handel gelebt haben.

**Ischtar**
Ischtar dürfte den Einwohnern Harrans als Tochter des Stadtgottes Sin gut bekannt gewesen sein. Sie galt als die Göttin des Krieges und der Sexualität. Man verehrte sie in der Gestalt des Morgen- sowie des Abendsterns. Ihre Symboltiere waren der Schakal und vor allem der Löwe, ihr Zeichen der achtzackige Stern.

**Jakobs Zeit**
Jakobs Geschichte findet sich im 1. Buch Mose, in der Genesis. Nach meiner Überzeugung sind die biblischen Erzählungen nicht historisch, sondern sinnbildlich gemeint. Das heißt, dass man den Sinn dieser Geschichten verfehlt, wenn man ihre Figuren einer geschichtlichen Zeit zuordnet. Sie sind eher wie Archetypen im Leben unserer Seelen. Ein historischer Jakob, wenn es ihn denn tatsächlich gegeben hat, müsste nach wissenschaftlicher Ansicht ungefähr im 18. Jahrhundert v. Chr. gelebt haben.

**Kanaan**
Im 1. Buch Mose ist Kanaan der Name einer Person, nämlich einer der Enkel Noahs. Er war der Sohn Hams, der bei Noah in Ungnade gefallen und von diesem daraufhin verflucht worden war. Im Altertum bezeichnete der Name eine Gegend, die heute in etwa dem Staatsgebiet Israels entspricht. Im 2. Buch Mose wird von Kanaan als dem Land gesprochen, in dem „Milch und Honig fließen". Die Geschichte dieses Landes ist sehr wechselhaft. Im 2. Jahrtausend v. Chr. stand es zumeist unter der Vorherrschaft der Ägypter. Dann hatten die Philister die Oberhoheit, später die hebräischen Stämme.

**Leier**
Altertumsforscher gehen davon aus, dass die Leier oder Joch-

laute bei den Sumerern in Mesopotamien entstanden ist. Das war etwa 2700 v. Chr. Ungefähr Zweihundert Jahre später gab es in der Levante dann schon „Kinnor" genannte Leiern. Solch ein Instrument hat der legendäre, judäische König David in späterer Zeit wohl auch gespielt, als er seine Psalmen dichtete bzw. vortrug.

**Mamre**
Der Ort Mamre befand sich bei Hebron im Westjordanland, eine der ältesten ununterbrochen bewohnten Städte der Welt. Abraham, der bis dahin wie ein Nomade in Kanaan umhergezogen war, wurde hier sesshaft. In Mamre erscheint ihm Gott in Gestalt dreier Männer, die ihm zahllose Nachkommen versprechen. Unweit von Mamre liegt die Höhle Machpela, wo Abraham seine Frau Sara begrub. Dort wurde er schließlich auch selbst beigesetzt.

**Rosen**
Wann genau die Menschen anfingen Rosen zu kultivieren, ist nicht mit Sicherheit zu sagen. Es gibt Hinweise, dass dies in China bereits um 2700 v. Chr. geschah. Sicher ist, dass es in Ägypten bereits im 2. Jahrtausend vor Chr. eine Rosenkultur gab. Erhalten ist eine große Zahl von Berichten über Rosen, meist über die Nutzung und ihre Kultur in Gärten. Bekannt ist auch, dass in späterer Zeit die Römer Rosen aus Ägypten importierten.

**Schechem**
Schechem ist die hebräische Urform des im Deutschen üblichen Ortsnamen Sichem. Es handelt sich um eine antike Stadt in Zentralkanaan, dort, wo heute Nablus ist – also im palästinensischen Autonomiegebiet. Schechem lag an einem strategisch wichtigen Ort. Sie war an der Straße zwischen

dem Mittelmeer und dem Jordantal gebaut worden und zwar auf dem Scheitel eines Passes zwischen den Bergen Garizin im Süden und Ebal im Norden. In der Zeit Dinahs war Schechem eine bedeutende Stadt.

**Sin**
Sin ist der Mondgott Harrans. Dort befand sich sein Hauptheiligtum. Er gilt auch als Beschützer der Gebärenden. Häufig symbolisierte die Mondsichel den Gott Sin. Für die Mondsichel standen unter anderem die Hörner eines Stieres oder der Bogen. Weitere Symbole Sins waren wahrscheinlich das hölzerne Wagenrad, ein Trog oder die Niere. Viel später, im 6. Jh. V. Chr., beruft sich der letzte König des Neubabylonischen Reichs auf den Gott Sin. Wie sein himmlischer Herr stammte dieser Nabu-na'id aus Harran.

**Wein**
Schon im 3. Jahrtausend v. Chr. war Kanaan eine bedeutende Anbauregion für Wein. Es wird vermutet, dass der vergorene Rebensaft von dort sogar bis nach Ägypten exportiert wurde. Noah, der Urvater der nachsintflutlichen Menschheit gilt in der Bibel als erster Winzer. Überhaupt kommt dem Wein im Alten und Neuen Testament eine wichtige, zumeist symbolische Bedeutung zu. Man denke nur an den Weinberg, der mal für das Volk Israel, mal für das irdische Dasein, mal für das Himmelreich zu stehen scheint.